En 2018, Harlequin fête ses 40 ans !

Chère lectrice,

Comme vous le savez peut-être, 2018 est une année très importante pour les éditions Harlequin qui célèbrent leur quarantième anniversaire. Quarante années placées sous le signe de l'amour, de l'évasion et du rêve... Mais surtout quarante années extraordinaires passées à vos côtés ! Azur, Blanche, Passions, Black Rose, Les Historiques, Victoria mais aussi HQN, &H et bien d'autres encore : autant de collections que vous avez vues naître, grandir et évoluer, avec un seul objectif pour toutes – vous offrir chaque mois le meilleur de la romance. Alors merci à vous, chère lectrice, pour votre fidélité. Merci de vivre cette formidable aventure avec nous. Les plus belles histoires d'amour sont éternelles, et la nôtre ne fait que commencer...

Un merveilleux cadeau

*

Pour l'amour d'Apolonia

*

Un week-end de mariage

SHIRLEY JUMP

Un merveilleux cadeau

Traduction française de
ADELINE MAGNE

HARLEQUIN

Titre original :
ONE DAY TO FIND A HUSBAND

Ce roman a déjà été publié en 2013.

HARPERCOLLINS FRANCE
83-85, boulevard Vincent-Auriol, 75646 PARIS CEDEX 13
Service Lectrices — Tél. : 01 45 82 47 47

www.harlequin.fr

ISBN 978-2-2803-8491-9

1

Il l'observait à la dérobée depuis un bon moment. Grande, blonde, élancée, elle était de ces femmes qu'à peu près n'importe quel homme normalement constitué aurait rêvé d'inviter à dîner. Elle se tenait à cinq mètres de lui, sans se douter le moins du monde de la question qu'il allait lui poser... Pourvu que son plan marche...

En bon Irlandais, son grand-père aurait probablement soufflé sur son trèfle à quatre feuilles, tapé par trois fois sur une rampe d'escalier et murmuré une prière à la Sainte Vierge. Mais Finn McKenna n'était pas superstitieux. Il croyait davantage aux heureux hasards provoqués par un travail acharné, et Dieu savait qu'il avait réfléchi à cette démarche : il l'avait longuement soupesée, examinée sous toutes les coutures, avait par deux fois vérifié ses recherches. Bref, il avait pris toutes les garanties pour obtenir une réponse favorable de la jolie femme qu'il allait aborder.

— Tiens : cadeau du barman.

Il se retourna et sourit en voyant les deux pintes de bière brune que son frère lui tendait.

— Merci.

Il savoura une longue gorgée. Frais à souhait, le breuvage sombre était un vrai velours, il déployait une remarquable richesse d'arômes. Ce Riley... Il n'y avait que lui pour se procurer de la Guinness dans une soirée VIP. Dans ce raout de professionnels de l'architecture, le bar proposait plutôt des Martini et des vins millésimés à plusieurs centaines de dollars la bouteille. Une bière y détonnait autant qu'un pissenlit dans un parterre de roses au cordeau. A vrai dire, Finn s'en fichait royalement. Il n'avait jamais été du genre à se soucier de ce que les autres racontaient sur lui, ni à s'embarrasser de conventions. Ce trait de caractère avait d'ailleurs été l'une des clés de sa réussite, avant de provoquer certains de ses récents déboires.

Mais ce soir, il allait renouer avec le succès. Il allait remettre son entreprise à flot, avec l'aide de cette femme : Ellie Winston. Seulement, elle ne le savait pas encore.

Une nouvelle fois, il récapitula tout ce qu'il savait d'elle. Eleanor Winston, « Ellie » pour les intimes, avait 29 ans, elle était diplômée d'une école d'architecture de renom, avait travaillé pendant trois ans dans un cabinet à Atlanta, puis était revenue à Boston peu avant que son père ne tombe malade. Elle était, depuis deux semaines, PDG par intérim de l'entreprise familiale, WW Architectural Designs. D'après la rumeur, son père avait été victime d'une crise cardiaque et ne pourrait reprendre son activité dans l'immédiat, sinon jamais. Le bruit courait également qu'elle n'était pas ravie de ses nouvelles responsabilités. Jusqu'alors, elle s'était spécialisée dans la construction de pavillons cossus, et la perspective de dessiner des hôpitaux ou des immeubles de bureaux ne la faisait semblait-il pas sauter de joie. Raison de plus pour qu'elle prête l'oreille à la proposition qu'il allait lui soumettre.

Pendant plusieurs semaines, il avait étudié ses concurrents avant de se décider pour WW. Ellie Winston était dans une situation délicate, elle ne dirait sans doute pas non à… à un coup de main. Oui, il allait lui présenter les choses ainsi : un coup de main à une consœur jeune et inexpérimentée, submergée par les responsabilités. Ils seraient gagnants tous les deux.

— Alors, c'est ça, ta grande idée ? lui lança Riley. Parler à Ellie Winston ? Ici ? Maintenant ? Dans cette tenue ?

Finn se regarda à la dérobée dans un miroir. Où était le problème ? Ce costume gris foncé lui allait parfaitement, surtout avec une chemise blanche et une cravate bleu marine.

— Et alors ? Elle est très bien, ma tenue.

— Oui, pour un enterrement.

Riley désigna sa propre chemise, qu'il portait comme à son habitude le col déboutonné, et sans cravate.

— Laisse-toi aller, pour une fois. Fais rêver ces dames.

Finn leva les yeux au ciel. De toute façon, il n'avait jamais accordé aucun crédit aux conseils de son frère. Il l'adorait, mais ils avaient des caractères diamétralement opposés.

— C'est l'occasion ou jamais, au contraire, dit-il. Elle aura bu quelques verres qui l'auront mise de bonne humeur. Et surtout, je vais la prendre au dépourvu.

— Là-dessus, je suis d'accord avec toi.

Finn reporta son attention sur Ellie Winston. Le type à côté d'elle venait manifestement de raconter quelque chose de très drôle : elle riait à gorge déployée, la tête renversée en arrière. Chaque fois qu'il l'avait rencontrée, elle avait été ainsi : exubérante, extravertie. Un sentiment diffus le troubla. L'espace d'une seconde, il envia l'homme qui l'avait fait rire et s'imagina que c'était lui qui l'égayait de la sorte.

Vraiment, elle était belle. Belle et mystérieuse.

Mais dans la mauvaise passe qu'il traversait actuellement, il ne pouvait pas se laisser distraire de ses objectifs. Surtout par une femme. N'apprendrait-il donc jamais ?

— Avec ce genre de femme…, fit Riley en secouant la tête. Inutile de jouer aux durs, Faucon.

— Arrête. Tu sais très bien que je déteste ce surnom.

— Pourtant, il te va comme un gant, dit-il en lui tapotant l'épaule. Tu n'as pas ton pareil pour bondir sur ta proie, la dépecer et rembourrer ton nid avec ses plumes… en y mettant les formes, bien entendu.

— Bien entendu, répéta Finn avec un haussement d'épaules agacé.

Il avait gagné ce surnom de Faucon quelques années plus tôt, après avoir progressivement éliminé plusieurs de ses concurrents par une série de rachats surprise. Cela avait permis à son cabinet d'architecture de devenir l'un des plus importants de Nouvelle-Angleterre. Du moins, pendant un temps. Plus précisément, jusqu'à ce que sa fiancée et associée lui assène un coup de poignard dans le dos. La garce… Elle avait bien failli lui faire mordre la poussière, et il était loin d'avoir redressé la barre. A présent, le seul surnom qu'il méritait était celui de « *loser* ».

Mais plus pour longtemps…

Une serveuse s'approcha pour leur présenter un plateau de tapas. Finn la remercia d'un geste, mais Riley arbora son sourire le plus enjôleur.

— J'hésite… Ils ont tous l'air appétissants, mais pas autant que vous.

Elle rougit légèrement et sourit.

— Goûtez-en un, pour voir.

Il opta pour un canapé au saumon qu'il engloutit en une bouchée.

— Celui-ci n'est pas mal… Mais j'ai du mal à choisir.

— Qui vous parle de choisir ? fit-elle avec un sourire aguicheur avant de s'éloigner d'un pas chaloupé.

Finn réprima un soupir.

— Pourrais-tu penser à autre chose qu'aux femmes, pour une fois ?

— Et toi, pourrais-tu penser à autre chose qu'au travail, pour une fois ?

— Tu racontes n'importe quoi ! Je suis responsable d'une entreprise, je dois rester concentré sur mes objectifs.

Une fois, une seule, il s'était permis de dévier de cette règle en se consacrant à une relation — mal lui en avait pris. Chat échaudé…

— On a tous le choix, Finn. Personnellement, je choisis de finir la soirée dans les bras d'une femme comme celle-ci.

Finn haussa les épaules. A quoi bon discuter ? Riley ne semblait vivre que pour honorer sa réputation d'incorrigible play-boy. Enfant déjà, il avait l'habitude de n'en faire qu'à sa tête.

C'était étrange comme les trois frères McKenna avaient des rôles bien définis. Lui, Finn, en tant qu'aîné, avait toujours eu le sens des responsabilités. Brody, le cadet et le plus paisible des trois, avait entamé la carrière respectable de médecin généraliste. Enfin, Riley, le petit dernier, affreusement gâté, avait toujours fait les quatre cents coups et s'était débrouillé pour échapper à toute responsabilité ou quasiment. D'ailleurs, il préférait vivre sur l'héritage de leur grand-père plutôt que de se donner la peine de chercher un métier.

— Laisse-toi vivre un peu, dit-il avec un soupir. Tu devrais sortir de ton bureau, de temps en temps.

— Mon travail est très prenant.

Non loin, la femme sur laquelle se polarisaient son attention comme ses espoirs continuait de bavarder avec d'autres confrères. Finn balaya la salle de réception du regard. Dans cette foule en chaussures vernies et en costumes sombres, deux personnes se singularisaient : Riley, avec sa chemise blanche et son blazer, et Eleanor Winston, vêtue d'une petite robe carmin dont la coupe très cintrée accentuait sa taille de guêpe. Elle était la seule femme à avoir choisi une tenue colorée. La seule habillée pour un cocktail plutôt que pour un enterrement, comme aurait dit Riley. Ses talons hauts allongeaient ses jambes et galbaient ses mollets bien dessinés, laissant deviner des cuisses fuselées et…

Il devait se concentrer !

— Tu pousses l'exigence à l'extrême, dit Riley, insistant. Quand même, tu as installé un clic-clac dans ton bureau ! C'est vraiment typique du célibataire sans vie amoureuse. A moins que ton assistante ne te tienne chaud la nuit.

Finn manqua s'étrangler avec sa bière.

— Mlle Marstein ? Et puis quoi, encore ? Elle pourrait être grand-mère !

— Et toi, tu pourrais rentrer dans les ordres. Laisse-toi aller, bon sang, vis un peu.

Finn soupira. Riley ne comprenait rien. Il ne se rendait pas compte que McKenna Designs restait dans une situation fragile et que le moindre faux pas risquait de lui faire perdre le terrain regagné au prix d'énormes efforts. Si encore il ne s'était agi que de lui, mais il avait des employés qui devaient faire vivre leur famille, rembourser des crédits… Il ne pouvait pas les laisser tomber.

— Je ne peux pas, pas en ce moment. Ma société a souffert de la conjoncture et…

Il s'interrompit en secouant la tête.

— Je n'aurais jamais dû lui faire confiance.

Riley posa une main sur l'épaule de son frère.

— Arrête de te flageller. Tout le monde fait des erreurs.

— Quand même, je n'aurais jamais dû lui faire confiance.

Combien de fois avait-il ressassé cette phrase ? Cent ? Mille ? De toute façon, l'eût-il répétée comme un mantra, quelle différence ? Le mal était fait.

— Tu étais amoureux, Finn. Tous les hommes se comportent comme des imbéciles dans ces cas-là : parole d'expert.

— Ah bon ? Tu as été amoureux, toi ? Vraiment amoureux ?

Riley eut un haussement d'épaules désinvolte.

— Sur le moment, je croyais l'être.

— Eh bien, je ne retomberai pas dans les mêmes erreurs.

— Je baisse les bras. Tu ne vas tout de même pas vivre en ermite à cause d'une histoire malheureuse ?

Une histoire malheureuse ? C'était le moins qu'on puisse dire ! Son ex avait débauché ses principaux clients, sali sa réputation et brisé son cœur. A ce niveau-là, il aurait mieux valu parler de *Titanic* sentimental.

— Ce n'est pas le moment pour en parler, de toute façon.

Ellie Winston s'était à présent jointe à un autre groupe, gratifiant chacun d'un sourire ou de quelques mots, et recevant un accueil pareillement chaleureux. Elle était vraiment d'une sociabilité hors pair. Fraîchement débarquée de Caroline du Nord, elle avait su gagner la sympathie de l'ensemble de la profession et n'avait pas tardé à se faire des amis. Pas de doute, elle serait un formidable atout pour sa société.

— Je dois rester concentré sur mon travail.

— Moi, j'ai plutôt l'impression que tu te concentres sur elle.

— Elle est un moyen pour une fin, rien de plus.

— Quelle fin ? Tel que tu es parti, je te vois finir vieux, noyé sous les papiers et dormant tout seul dans ton clic-clac.

— Mais non, répondit Finn, impatienté.

Pourtant, son frère avait touché juste. Pendant un temps, il avait pensé pouvoir concilier amour et travail. Il avait même acheté une bague et versé un acompte sur une jolie maison en banlieue. Quelle naïveté… Apparemment, l'amour, le vrai, était un conte de fées qui n'arrivait qu'aux autres. Il préférait désormais s'en tenir à des relations tranquilles et sans histoire, et réserver les surprises de la vie à la sphère professionnelle. Or quelque chose lui disait qu'Eleanor Winston n'était justement pas du genre sans histoire. Sa robe écarlate, son sourire gouailleur et son évidente spontanéité étaient autant de signes qu'une relation avec elle risquait de laisser un homme sur les genoux. C'était justement ce qu'il tenait à éviter. Avec elle, il lui faudrait garder les idées claires.

Mais voilà qu'elle prenait congé de ses amis et se dirigeait vers la sortie... Elle avançait lentement tant la salle était noire de monde, mais elle aurait quand même vite fait de disparaître.

— Elle s'en va, dit Finn. Je te retrouve tout à l'heure.

— O.K. Un conseil, frérot : contente-toi de lui offrir un verre. Et surtout, ne lui parle pas travail. Ou du moins, pas avant... tu m'as compris. Oh ! et si jamais tu bloques, tu n'as qu'à penser « Que dirait Riley à ma place ? » : succès garanti.

Finn lui répondit par un signe impatient, mais son frère ne s'intéressait déjà plus à lui : la serveuse revenait, toujours aussi avenante. Finn posa sa pinte de bière sur le plateau d'un serveur, ajusta sa cravate et s'efforça d'afficher un sourire que Riley aurait probablement qualifié de grimace. Peu importait. Il n'avait pas l'intention de poser pour un magazine ou de faire ami-ami avec Eleanor Winston. Il jeta un coup d'œil à son frère, qui flirtait à présent avec une jolie brune. Un bref instant, il envia sa facilité avec les femmes. Comment faisait-il pour être aussi naturel, à son aise ?

Il prit une longue inspiration pour se détendre, puis allongea le pas et rattrapa Eleanor Winston comme elle s'apprêtait à pousser les grandes portes vitrées du hall.

— Mademoiselle Winston.

Elle s'arrêta, la main sur la barre métallique, et se tourna vers lui avec un mouvement gracieux. Ses longs cheveux blonds tressaillirent comme un rideau de soie. La gorge de Finn se serra. La robe écarlate galbait ses courbes harmonieuses et un modeste décolleté en V laissait deviner une poitrine voluptueuse.

Elle le fixa d'un air absent, puis son regard s'éclaira.

— Monsieur McKenna ! Je vous ai vu dans *Architecture actuelle*.

— Je vous en prie, appelez-moi Finn.

Elle avait lu ce papier consacré au prix de l'innovation qui lui avait été décerné l'année précédente ?

— Votre mémoire est impressionnante. Cet article remonte à un an.

— En bonne architecte, j'ai un souci presque maladif du détail.

Elle accompagna cette remarque d'un sourire lumineux : le genre de sourire qu'il était impossible de confondre avec une grimace. Ses yeux verts brillèrent d'un éclat enivrant, capable de remuer un homme jusqu'aux tripes.

Il devait se ressaisir, bon sang ! Il était question d'affaires, rien d'autre.

— Si vous aviez cinq minutes, j'aurais besoin de vous parler.

— En fait, j'étais sur le point de partir, répondit-elle avec un geste vers les portes.

Dehors, malgré l'heure tardive, le ballet des phares striait la nuit agitée. Boston, comme la plupart des villes, ne dormait jamais. Pas plus que Finn McKenna, d'ailleurs.

— Pourquoi n'appelleriez-vous pas mon assistante demain pour convenir avec elle d'un rendez-vous ?

— Si vous pouviez ce soir, je vous en serais reconnaissant.

Le conseil de Riley lui revint à l'esprit et il résolut de l'amadouer, de lui montrer qu'il ne méritait pas l'étiquette d'ours mal léché que tout le monde lui collait. Quand il le voulait, il savait être plaisant, débonnaire même. Il changea donc son angle d'attaque et grimaça un nouveau sourire :

— Que diriez-vous d'aller, je ne sais pas… prendre un verre quelque part ?

— Merci, mais je ne bois pas. A mon humble avis, l'alcool n'aide pas à prendre les bonnes décisions, dit-elle avec un autre sourire. En revanche, si vous appelez demain matin…

— Votre agenda est aussi rempli que le mien. Autant nous dispenser d'un énième rendez-vous, vous ne croyez pas ?

— En d'autres termes, vous me suggérez d'en finir tout de suite de manière à me débarrasser de vous.

— Voilà, c'est tout à fait ça, dit-il en riant.

— C'est qu'il est vraiment tard…

De toute évidence, elle hésitait. Dans une seconde, elle

refuserait, et il se verrait contraint de repousser son plan d'encore un jour, ce qui était impossible. Le temps était un luxe qu'il ne pouvait plus se permettre. C'était maintenant qu'il lui fallait ce rendez-vous, et en tête à tête. Heureusement, en affaires, il savait quand serrer la bride et quand la lâcher. Le moment était justement venu de la resserrer… un peu.

— Allez… Je vous assure que je ne mords pas.

— Vous n'êtes pas du genre à vous repaître des restes de vos concurrents ?

— C'est une rumeur, rien de plus. Je me suis comporté ainsi une fois, dit-il, marquant une pause comme pour réfléchir. Bon, d'accord, peut-être deux.

Elle rejeta la tête en arrière avec un grand éclat de rire.

— Seigneur, monsieur McKenna. Je ne vous imaginais pas comme cela.

A quoi s'était-elle attendue, au juste ? A un prédateur sans pitié, comme il était décrit dans l'article ? A un homme incapable d'humour ?

— Je prends cette remarque comme un compliment.

— A voir, répondit-elle en souriant.

Elle avança la main et lui toucha brièvement le bras. Aussi rapide qu'il ait été, ce contact suffit à l'embraser tout entier. Qu'y avait-il dans cette bière ? Il se laissait pourtant peu aller à des réactions physiques ou émotionnelles… Toute sa vie, ou presque, avait été à l'image des bâtiments fonctionnels qu'il concevait : sans fioritures ni fantaisie. Il recula d'un pas, en proie à une fébrilité tout à fait inhabituelle.

— Je suis désolé, vous avez raison. Il se fait tard et vous devez avoir envie de rentrer. J'appellerai votre assistante demain matin.

— Mais non, c'est moi qui suis désolée, M. McKenna. J'ai eu une très, très longue journée et je…

Elle se tourna de nouveau vers la double porte, le regard perdu dans le vague, puis consulta sa montre.

— Il est minuit. Objectivement, la journée est terminée, n'est-ce pas ?

— Cela ne tient qu'à vous, Cendrillon. Vous pouvez encore un peu vous attarder au bal.

La plaisanterie avait franchi ses lèvres sans hésitation. Riley n'aurait pas dit mieux ! Elle éclata de rire, un rire plaisant, léger et aérien, presque musical.

— Cendrillon… C'est entendu, vous m'avez convaincue. Ce sera même agréable de terminer la journée par une conversation suivie au lieu de ces bavardages sans queue ni tête. Mais je prendrai un thé, pas une tequila, dit-elle en pointant vers lui un index moqueur.

— Parfait, dit-il, tout sourire.

Son plan se déroulait beaucoup mieux que prévu ! Un tel départ était de bon augure… Il ouvrit la porte et, d'un ample mouvement de bras, l'invita à passer.

— Après vous… Cendrillon.

— Mon Dieu, quel charmeur !

Elle le gratifia d'un autre sourire et sortit dans la nuit, laissant derrière elle un subtil parfum de jasmin et de vanille. Le plan ! Il devait penser au plan ! Il saurait trouver les mots pour la convaincre et, en moins de temps qu'il n'en fallait pour le dire, son entreprise serait remise à flot.

Pourtant, Ellie Winston n'en restait pas moins une concurrente. Tandis qu'il lui emboîtait le pas dans les rues illuminées de Boston, il ne put s'empêcher de douter. Et si cette initiative, au lieu d'être la meilleure de sa vie, était la pire ?

2

Elle devait être folle.

Car il fallait bien l'être pour accepter d'aller boire un verre à minuit avec un homme qu'elle connaissait à peine, de surcroît l'un de ses principaux concurrents. Pourtant, Ellie avait été incapable de refuser son invitation. Quelque chose dans son sourire, dans son attitude, l'avait charmée. Finn McKenna ne lui donnait pas l'impression d'être un beau parleur mais plutôt une personne au contact facile, facette de sa personnalité qu'il devait rarement révéler dans sa pratique professionnelle. Le surnom de « Faucon » qui lui avait été attribué dans le petit monde de l'architecture ne correspondait pas à l'homme au vif regard azur et aux cheveux couleur chocolat qui l'avait appelée Cendrillon. Et cela l'intriguait. Beaucoup.

Installée en face de lui dans un fauteuil en similicuir rouge, une tasse de thé fumant entre les mains, elle l'observa avec curiosité. Il était beaucoup plus jeune qu'elle ne l'aurait cru pour un homme d'une telle notoriété : la petite trentaine, au plus. A peine plus vieux qu'elle, en somme.

— L'homme à qui vous parliez, tout à l'heure, à la soirée, c'est votre frère ?

Il hocha la tête.

— Oui : Riley. C'est le plus jeune de nous trois.

— Il vous ressemble beaucoup.

— Ah bon ? Le pauvre.

— Il est du métier, lui aussi ?

— Pas du tout. Il est juste venu pour boire à l'œil.

— C'est vrai ? Il avait bien raison. Bon sang, comme cette

soirée était longue. J'ai bien cru qu'elle n'en finirait pas, dit-elle en se massant la nuque.

— Pourtant, vous n'aviez pas l'air de vous ennuyer.

— Je suis douée pour la conversation, croyez-moi : une vraie pipelette. Mais en fait, je déteste ce genre d'événement mondain, dit-elle en se penchant vers lui comme pour lui avouer un secret.

— Moi aussi. Quelle hypocrisie… Tout le monde se fait des sourires, avec une seule idée en tête : découvrir les projets des concurrents pour leur piquer des marchés. Pourtant, il est difficile de se passer de ces rencontres professionnelles. Je les considère comme un mal nécessaire.

— Alors, nous avons au moins un point commun, dit-elle en riant.

— Je ne sais pas pour vous, mais personnellement je suis beaucoup plus heureux lorsque je dessine mes plans. C'est tellement plus stimulant que ces bavardages stériles.

— Je suis bien d'accord avec vous, mais…

Elle soupira et tourna doucement sa cuillère dans sa tasse.

— Mais quoi ?

— Eh bien, je viens de succéder à mon père, et je dois agir comme lui.

Ce qui, en l'occurrence, signifiait qu'elle devait assister à ce genre de réception et s'y montrer aussi joviale que son père l'avait été. Cette soirée serait sans doute suivie de beaucoup d'autres, tout aussi assommantes. Henry Winston était loin d'être remis de sa crise cardiaque et le médecin avait souligné que le stress ou des soucis excessifs pourraient lui être fatals. Dans ces conditions, il était improbable qu'il reprenne ses responsabilités bientôt, peut-être même ne le ferait-il jamais.

— Avez-vous rencontré mon père ? demanda-t-elle à Finn.

— Oui, c'est même un homme très sympathique. J'aime beaucoup son franc-parler.

— Il est très bavard. Sur ce point, je tiens de lui. Il dit toujours qu'il est impossible de deviner d'où viendra la prochaine opportunité. Si bien qu'il est aussi chaleureux avec un garçon de café qu'avec un banquier.

— C'est justement pour cela qu'il est apprécié et respecté.

— Merci, dit-elle en souriant, touchée. J'espère que je me montrerai à sa hauteur.

— J'en suis sûr.

La conversation retomba. Elle trempa les lèvres dans sa tasse, et ajouta un peu de sucre. Pourquoi l'avait-il invitée ? S'il voulait parler affaires, il prenait son temps. Et pourtant, pour quelle autre raison aurait-il demandé à la voir ? Malgré son badinage à propos de Cendrillon, elle avait le sentiment qu'il ne s'intéressait pas à elle en tant que femme. Ce qui l'étonnait le plus, c'était que, parmi toutes les personnes présentes à la réception, il l'ait choisie, elle, pour boire un verre. Pourquoi ?

Les yeux baissés vers son café, Finn se tenait droit, dans une attitude presque guindée, le visage impénétrable. Il n'avait pas l'air froid, mais plutôt impassible, aussi sévère que le béton dans lequel il construisait ses bâtiments. Manifestement, son humeur badine n'était plus qu'un lointain souvenir. Etait-elle tombée sur un bon moment ? Avait-il joué la comédie ? Qui était le vrai Finn McKenna ? Et d'ailleurs, pourquoi était-elle aussi curieuse de le savoir ?

— J'ai entendu dire que WW a décroché le contrat Piedmont, dit-il soudain.

Ellie, qui portait sa tasse à ses lèvres, interrompit son geste.

— Comment se fait-il que vous soyez au courant ?

Un fin sourire étira les lèvres de Finn.

— Il est normal que je m'informe sur la concurrence. Permettez-moi de vous féliciter.

— Merci.

Elle aurait voulu lui dire à quel point elle redoutait de se lancer dans un projet d'une telle ampleur, surtout sans les conseils précieux de son père. Elle aurait aussi voulu lui demander comment il avait fait pour gérer seul sa société pendant toutes ces années, mais elle n'osa pas. De toute façon, elle avait déjà lu la réponse dans l'interview qu'il avait donnée au magazine *Architectures* : il rentabilisait son temps au maximum, ne se permettait aucun loisir et organisait ses journées de manière à caser vingt heures de travail dans douze. Comme en écho à ses pensées, le portable de Finn se mit à sonner.

— Désolé, dit-il avec un soupir. Je dois prendre cet appel. C'est un client californien. Il a dû oublier le décalage horaire.

— Je vous en prie, allez-y.

C'était là le véritable secret de sa réussite : il avait sacrifié sa vie privée à son métier. Lorsqu'elle avait choisi de devenir architecte, elle avait justement voulu éviter d'en arriver là. Mais à présent, depuis qu'elle était aux manettes de WW, elle s'apercevait chaque jour un peu plus qu'elle ne pourrait jamais réussir sur tous les tableaux. A un moment ou à un autre, il lui faudrait faire un choix.

Elle songea au portrait dans son portefeuille, aux dizaines d'autres photos accrochées partout chez elle, aux formulaires empilés sur son bureau dans l'attente non d'une signature mais d'un miracle : il faudrait bien cela pour tenir la promesse qu'elle avait faite en Chine l'année précédente…

L'appel terminé, Finn glissa son portable dans sa poche.

— L'hôpital Piedmont est un gros contrat, reprit-il.

Pourquoi disait-il cela ? Par curiosité, par jalousie ? Son cabinet avait été l'un des rares sélectionnés pour présenter un projet. D'ailleurs, Henry Winston avait été persuadé que le contrat irait à McKenna Designs, étant donné leur expérience dans le domaine médical. Or, en définitive, c'était WW qui avait été retenu : preuve qu'il ne fallait jamais jurer de rien…

Elle croisa les mains sur la table avec un bref hochement de tête.

— Je suis sûre que nous sommes à la hauteur.

— Je sais qu'un projet de cette ampleur a de quoi intimider, même avec votre expérience.

C'était le comble ! Voilà qu'il se permettait une pique à peine voilée sur ses compétences. Un confrère aussi bien informé que lui ne pouvait pas ignorer qu'elle s'était spécialisée dans la construction de résidences d'habitation plus que dans les bâtiments publics. Cette remarque l'atteignait d'autant plus qu'elle faisait écho à ses propres incertitudes. Ce qu'elle aimait, dans ce métier, c'était le contact avec les clients, la possibilité d'imaginer avec eux des maisons conformes à leurs souhaits, et de les construire. Malheureusement, à présent qu'elle était aux commandes de WW, elle ne pouvait pas se défiler devant ses responsabilités. Son père comptait sur elle.

— Nous avons une équipe solide et motivée.

— Rectificatif : vous aviez.

— Pardon ?

— Vous *aviez* une équipe solide et motivée. Aux dernières nouvelles, Farnsworth a démissionné la semaine dernière.

Ellie ouvrit des yeux ronds. Comment était-il au courant ? Ils avaient pourtant pris soin de ne pas ébruiter l'affaire. George Farnsworth, l'un des piliers de WW, avait en effet été débauché par un concurrent. Cette défection, à un moment aussi périlleux, avait pris Ellie de cours, et elle n'était pas encore arrivée à lui trouver un remplaçant.

— Vous semblez bien informé, monsieur McKenna.

— Appelez-moi Finn.

Elle poussa sa tasse de côté et se pencha vers lui.

— Ce que j'aimerais savoir, c'est pourquoi vous vous intéressez autant à nous.

Un sourire ténu dansa sur les lèvres de Finn.

— Tout ce qu'on raconte sur vous est vrai.

— Tiens donc ? Et que dit-on de moi, je vous prie ?

— Que vous êtes intelligente, compétente. Et que votre faconde pourrait vous tirer de n'importe quelle situation.

— On ne vous a pas menti au sujet de ma faconde, répondit-elle en riant.

Un silence tomba tandis que la serveuse passait à côté d'eux.

— Vous me demandiez pourquoi j'ai pris ces renseignements sur votre entreprise et sur vous-même, dit-il.

Elle acquiesça d'un hochement de tête.

— Eh bien, c'est que…

Il marqua une légère pause avant de lâcher :

— J'aurais une proposition à vous faire.

— Une proposition ?

Elle haussa un sourcil, un sourire enjôleur aux lèvres. Elle pouvait tirer son épingle du jeu dans cette conversation. Il était hors de question de laisser l'avantage à Finn McKenna. Il ne lui avait encore rien dit de substantiel et elle refusait de laisser rien paraître de sa surprise ou de sa curiosité.

— Dans quel sens dois-je le prendre ?

— Je vous assure, mademoiselle Winston…, répondit-il avec un rire bref.

— Appelez-moi Ellie.

— Eh bien, Ellie. Je… je vous assure que…

Il s'interrompit de nouveau, comme pour rassembler ses pensées.

— Ma proposition est purement professionnelle.

Ah. Ce n'était donc pas pour… Tant mieux, au fond. Oui, c'était un mal pour un bien. Dans sa situation actuelle, elle ne voyait pas comment concilier son travail avec une vie sentimentale. Elle avait d'autres chats à fouetter : il lui fallait gérer une entreprise, s'occuper de son père malade et réaménager son appartement en prévision des bouleversements prochains qu'elle prévoyait dans sa vie. L'amour pouvait attendre.

Elle garda le silence, attendant qu'il développe son propos.

— Je sais que le départ de Farnsworth vous a laissés dans une situation délicate, dit-il. C'était l'architecte le plus expérimenté de votre équipe, et vous avez été chargés d'un projet hospitalier majeur, susceptible de vous rapporter des millions.

Ellie hocha la tête. En effet, l'hôpital Piedmont était une énorme aubaine pour WW. Son père avait fait des pieds et des mains pour décrocher ce contrat, et il était, à juste titre, fier de l'ajouter aux réalisations de la société. De plus, ce travail allait établir la réputation de WW dans le domaine des infrastructures médicales, ce qui, avec le vieillissement de la population, était une stratégie prometteuse. Autant de raisons pour lesquelles l'échec n'était pas permis.

— En tant que nouveau PDG, vous êtes sur la sellette, dit-il sur le même ton factuel et précis. Vous ne pouvez pas vous permettre de perdre ou de bâcler ce contrat. L'image de votre société en serait durablement ternie.

Elle ne pouvait lui donner tort sur aucun de ces points. Manifestement, il avait bien étudié sa situation, mais où voulait-il en venir ? Il réaligna sa cuiller à côté de sa tasse, comme pour se donner le temps de réfléchir, mais elle avait le sentiment qu'il marquait une pause délibérée. Elle garda le silence et attendit qu'il s'explique.

D'une certaine manière, elle lui savait gré d'être allé tout de suite au cœur du sujet et de lui avoir épargné les beaux discours. Elle avait rencontré beaucoup trop de collègues masculins qui pensaient parvenir à leurs fins par quelques compliments et des sourires charmeurs. Rien de tel avec lui : il semblait être quelqu'un de franc et direct, qui jouait cartes sur table sans s'embarrasser de vaines paroles. La fraîcheur et le naturel avec lesquels il l'avait abordée étaient l'exception, pas la règle. Le vrai Finn McKenna, c'était cet homme froid, méthodique et opiniâtre qu'elle avait en face d'elle. Un faucon. Il voulait obtenir quelque chose d'elle et ne la lâcherait pas avant de l'avoir.

— J'ai dans mon équipe deux architectes seniors qui vous fourniraient une aide précieuse sur ce dossier. Si vous acceptez ma proposition, ils superviseraient le déroulement du projet. Bien entendu, vous resteriez seul maître à bord. Et nous vous offririons toutes les ressources dont nous disposons. Nous vous assisterions dans l'univers compliqué des infrastructures spécialisées, dans les eaux troubles du monde exécutif.

Eaux troubles ? C'était à croire qu'il la prenait pour une imbécile ! Elle s'efforça de dissimuler sa colère sous un masque de flatterie.

— Vous êtes trop généreux, Finn.

Puis, soudain sérieuse :

— Mon père m'a toujours dit que rien n'était jamais gratuit. Par conséquent, dit elle en se penchant vers lui, qu'attendez-vous en échange ?

Il eut un bref hochement de tête et sourit d'un air qui disait : « Touché ! »

— Mon entreprise traverse des moments difficiles, en partie du fait de la conjoncture, mais aussi à cause de… d'un projet malheureux, dit-il comme si ces mots lui coûtaient. Notre cœur de métier réside dans les infrastructures de commerces et d'entreprises, mais nous avons également une expérience du domaine médical. C'est un secteur en pleine expansion, et qui s'inscrit dans la logique de nos activités. De votre côté, ma proposition, si vous l'acceptez, vous permettrait de renforcer votre position à la tête de WW en vous aidant à mener à bien un projet essentiel. Tout le monde serait gagnant.

— D'après ce que j'ai entendu, McKenna Designs vient d'essuyer un sérieux revers, et vous peinez à vous en remettre.

Dans le petit monde de l'architecture, tout se savait, et les collaborateurs d'Ellie n'avaient pas manqué de la renseigner sur la concurrence. Dans leur débriefing, le nom de Finn McKenna était revenu à plusieurs reprises.

— En effet, nous connaissons quelques… remous, dit-il.

— Tout comme nous.

— C'est justement pour cette raison que je me suis adressé à vous.

Il se renversa sur son siège et porta sa tasse de café refroidi à ses lèvres. La balle était à présent dans le camp d'Ellie, et il attendait sa réaction.

Tout en l'observant, elle s'était rendu compte de deux choses. D'une part, il l'estimait incapable d'assumer ses responsabilités sans une aide extérieure ; d'autre part, son offre lui profiterait à lui beaucoup plus qu'à elle. Qu'est-ce qu'il s'imaginait ? Qu'elle allait lui sauter au cou et le remercier ? Elle pouvait recruter un autre architecte, peut-être même au sein de McKenna Designs. Il était comme tous les autres, comme ces confrères si « dévoués » qui ne voyaient qu'une potiche dans la petite Ellie Winston. Le Faucon était à l'affût d'une nouvelle opportunité, voilà tout. Cette discussion avait été une perte de temps : un luxe qu'elle ne pouvait se permettre.

Elle se leva, déposant quelques dollars sur la table.

— Merci pour votre proposition, mais nous saurons nous en passer. Bonne soirée, M. McKenna.

Sur ces paroles, elle tourna les talons, espérant bien ne plus jamais avoir affaire à Finn le Faucon.

3

Lorsque, la veille, elle était rentrée du café en taxi, Ellie s'était bien juré d'oublier l'offre de Finn. Il ne s'intéressait à elle que pour la supplanter, et elle aurait été folle de réfléchir à sa proposition.

Toutefois, à mesure que la réunion du personnel avançait, son esprit revint à plusieurs reprises sur la discussion de la veille.

Vous êtes sur la sellette.

Vous ne pouvez pas vous permettre de perdre ou de bâcler ce contrat.

Tout le monde serait gagnant.

Vraiment ? Comment pouvait-elle en être sûre ? Et si elle acceptait, les bénéfices l'emporteraient-ils sur les inconvénients ? Ne cherchait-il pas plutôt à glisser un pied dans la porte, pour ensuite s'imposer ? Il n'en était pas à son coup d'essai. Par curiosité, elle avait évoqué le nom de Finn McKenna devant quelques collègues : tous comme un seul homme l'incitèrent à la prudence et lui rappelèrent que, « lorsqu'il invitait ses concurrents à dîner, c'était pour les passer à la marmite ».

Larry, le plus ancien de ses architectes, se massa les tempes avec un soupir.

— Je suis très inquiet. Ce projet a besoin d'un leader solide. Nos architectes sont tout à fait compétents, bien sûr, mais sans ton père ou Farnsworth…

— … nous risquons d'être débordés dès le début, dit-elle. C'est vrai, nous avons une excellente équipe, mais il nous manque quelqu'un qui s'y connaisse dans le domaine médical.

Larry opina.

— S'il s'agissait d'une banque, d'un hôtel de luxe, d'infrastructures commerciales, tout irait bien. Nous pourrions effectuer ce genre de travail les yeux fermés. Je ne doute pas que nous mènerons ce projet à bien, mais la présence d'un architecte confirmé nous faciliterait grandement la tâche. Sans compter qu'une grande partie de nos ressources sont déjà mobilisées sur la construction du centre commercial de la Route 1 et la résidence immobilière de Back Bay.

Il avait raison, évidemment. Entre la technologie intégrée, les normes d'environnement et les réglementations gouvernementales, ils n'allaient pas s'en sortir. La construction d'un bâtiment hospitalier était infiniment plus complexe que celle d'un immeuble de bureaux. Dans ce domaine, les compétences de Farnsworth auraient été précieuses, et, sans lui, ils devraient sans cesse vérifier les normes, rencontrer les sous-traitants et contrôler chaque élément du dossier.

— Je vais trouver quelqu'un, dit-elle.

— D'ici la fin de la semaine ? Les dessins sont prévus pour le quinze.

— Farnsworth avait bien commencé quelque chose ?

Larry secoua la tête. Catastrophée, Ellie faillit s'effondrer. Farnsworth l'avait assurée qu'il s'occupait des travaux préparatoires ! Que faire ? Son père avait une expérience des infrastructures médicales mais, dans l'état où il se trouvait, elle ne pouvait pas lui demander de l'aide. Il lui fallait donc engager quelqu'un. Mais trouver, d'ici la fin de la semaine, la perle rare qui pourrait immédiatement s'adapter et mener le projet sans le moindre faux pas ? Il lui fallait un professionnel avec des années d'expérience, organisé, débrouillard, capable de diriger une équipe en un clin d'œil… Autant dire mission impossible.

— Je vais trouver quelqu'un, dit-elle de nouveau. D'ici la fin de la journée. Promis.

Elle se força à sourire et attendit que la salle de réunion se vide pour laisser libre cours à sa panique. L'esprit en pleine confusion, elle griffonna des lignes sur son carnet, avant de se rendre compte qu'elle avait écrit un nom… et peut-être une solution. Mais cette option donnait tous les avantages à Finn. C'était à lui que reviendrait le prestige du projet. Et elle donnerait probablement l'impression qu'elle n'avait pas les épaules assez larges, qu'elle était obligée de recourir à une aide extérieure. Elle tapota nerveusement son crayon sur le carnet. Il devait bien y avoir un moyen de tourner ce partenariat à son avantage… Pour passer alliance avec le Faucon, il lui faudrait jouer gros. Très gros.

A 11 heures du matin, la journée de Finn était déjà bien entamée. Couché tard, levé tôt, il s'était tout de suite attelé au travail mais son bureau continuait de crouler sous les piles de dossiers.

Il avait acheté ce bureau, une merveille en acajou, dans une brocante dix ans plus tôt, et l'avait retapé lui-même. A l'époque, il travaillait dans des locaux minuscules, bien trop petits pour un meuble aussi monumental. Depuis, celui-ci l'avait suivi à chacun de ses déménagements successifs, jusqu'à cette étude spacieuse, au onzième étage d'un immeuble de standing.

Il se frotta les yeux avec un soupir. Parfois, il avait l'impression de passer son temps à colmater un tonneau percé. Un client les avait encore lâchés aujourd'hui. Quand donc cette spirale infernale cesserait-elle ? Lucy pouvait être fière : plus d'un an après les faits, son coup bas continuait de nuire à l'entreprise.

Bah, des mauvaises passes, il en avait connues d'autres. Tôt ou tard, il finirait par redresser la barre. Il regrettait, pourtant, qu'Ellie Winston ait refusé son offre. Clairement, elle n'était pas à la hauteur sur le dossier Piedmont, et elle ne pouvait compter sur personne dans son équipe pour la seconder. Malgré tout, elle avait refusé son aide. Qu'à cela ne tienne… Il trouverait bien un moyen de la convaincre. A moins, bien sûr, qu'elle ait déjà un candidat sous la main. Il n'avait eu vent d'aucune rumeur en ce sens, mais c'était une possibilité.

— Toc toc. C'est l'heure de la pause déjeuner.

Finn leva les yeux vers Riley, un grand sourire aux lèvres dans l'encadrement de la porte. Quoi qu'il arrive, son frère affichait une indéfectible joie de vivre, sans doute parce qu'il ne se souciait de rien au monde. Ou parce que sa nuit s'était mieux terminée que la sienne.

— Pas tout de suite. Tu vois bien que je suis occupé.

— Parfois, je me demande si tu es vraiment humain…

— Aux dernières nouvelles, oui.

— Donc, il t'arrive de t'alimenter. Allez, viens ! C'est moi qui régale.

Finn secoua la tête, mais entendit son estomac gronder.

— C'est bon, tu as gagné. Mais vite, alors.

— Tu me connais : je ne suis jamais le dernier dès lors qu'il s'agit de travailler… à ne rien faire.

Très amusé de sa propre plaisanterie, il précéda Finn jusqu'à l'ascenseur.

— Quand même, tu pourrais t'autoriser un jour de congé de temps en temps, histoire de sortir, de rencontrer des filles.

— Nous en avons déjà parlé, pas plus tard qu'hier soir si mes souvenirs sont bons.

— Oui, et j'insisterai jusqu'à ce que tu admettes enfin que j'ai raison et que tu t'encroûtes.

— Pas du tout ! Je vais très bien, au contraire.

— A force de te le répéter, je suppose que tu as fini par t'en convaincre.

Finn haussa les épaules.

— Alors, hier, cette serveuse ? demanda-t-il pour changer de sujet.

— Finalement, je suis sorti avec la brune.

Le voyant lever les yeux au ciel, Riley éclata de rire.

— Que veux-tu que je te dise ? Le monde est rempli de jolies filles… Comme celle avec qui tu devais parler, hier soir. D'ailleurs, ça s'est bien passé ?

— Non, pas vraiment comme prévu.

— Ah bon ? Tu n'as pas obtenu son numéro ?

— Pourquoi ? Elle est dans les pages jaunes, non ?

Riley secoua la tête.

— Comment fais-tu pour ne penser qu'au travail ?

Les portes de l'ascenseur coulissèrent avec un bruit feutré. Dehors, Finn plissa les yeux au soleil et respira profondément la brise. Les deux frères se dirigèrent d'un accord tacite vers leur adresse habituelle, *Chez McGill*. C'était ce qui lui plaisait, avec Riley : cette facilité à se comprendre sans se parler.

Malgré leurs différences de caractère, il s'était toujours senti très proche de lui, peut-être plus même que de Brody… Sans doute parce qu'avec Riley la conversation était facile.

Comme ils atteignaient l'entrée ombragée du café, Finn s'arrêta devant la porte.

— Est-ce qu'il t'arrive de penser que…

Riley lui lança un coup d'œil.

— Penser quoi ?

— Rien.

Riley était bien la dernière personne à consulter, surtout pour des questions professionnelles. Finn savait à l'avance ce qu'il lui répondrait : trouve-toi une fille et passe à l'action. D'une certaine manière, il lui enviait sa légèreté. Il aurait voulu savoir comment Riley faisait pour avoir le cœur aussi libre. Leur mère n'avait pas eu cette chance, elle non plus. Si cela avait été le cas, elle aurait moins souffert de voir l'objet de son amour s'éloigner d'elle. A l'époque, Riley était sans doute trop petit pour prêter attention à ce genre de détails.

Après le soleil éblouissant de la mi-journée, l'intérieur du café lui parut sombre. La salle dégageait une atmosphère chaleureuse, avec ses murs lambrissés, son plancher de chêne lustré par le passage des clients et ses tables rustiques garnies de confortables fauteuils de cuir rouge. La carte, généreuse et délicieuse, proposait une grande variété d'épais sandwichs servis avec des frites maison, le tout arrosé de bière brune.

Sitôt installés, un serveur d'une soixantaine d'années s'approcha d'eux.

— La même chose que d'habitude, Marty, dit Finn. Pas de bière pour moi.

— Moi, j'en prendrai deux : la sienne et la mienne. Et un sandwich de corned beef au pain complet.

— Comme d'habitude, en d'autres termes, dit Marty en souriant avant de s'éloigner.

Riley se tourna vers Finn.

— Donc, pourquoi ça n'a pas marché hier ?

Il allait répondre quand son portable sonna. Il décrocha en faisant signe à son frère d'attendre.

— Finn ? C'est Noël. Il y a du nouveau sur le dossier

Langham. Le client vient de nous appeler pour dire qu'il choisissait Park. Apparemment, ils leur proposent 20 % de moins.

Finn retint un juron. Joe Park était un nouveau venu à Boston qui taillait des croupières à la concurrence en cassant les prix.

— J'appelle tout de suite Langham. Je vais lui faire entendre raison, tu vas voir.

Mettant aussitôt sa déclaration à exécution, il téléphona au client et ne mit pas longtemps à le convaincre de faire appel à une entreprise bien établie sur le marché. Il prit soin de ne pas dénigrer son rival, mais insista implicitement sur les risques de confier le travail à une entreprise sans grande expertise.

Une fois l'appel achevé, Riley lui décocha un sourire amusé.

— Heureusement que je ne suis pas l'un de tes concurrents.

— Ce sont les affaires.

— Ah bon ? Ne me dis pas que tu as réservé le même traitement à la jolie blonde.

— Non, plutôt l'inverse, même. Je crois que j'ai été trop gentil avec elle.

Devant le rire incrédule de Riley, il eut un mouvement d'impatience.

— Elle m'a dit non, si tu veux tout savoir. Mais ce n'est que partie remise. J'ai rédigé une liste d'arguments pour qu'elle accepte, dit-il en tapotant la poche de sa chemise.

— C'est incroyable comme un type aussi intelligent que toi peut parfois être aussi stupide.

— Pas du tout. C'est un raisonnement logique, au contraire.

— Peut-être, mais tu n'as plus le temps de peser le pour et le contre. Il faut que tu changes de tactique.

Finn hocha la tête. Il ne soupçonnait pas une telle intuition chez son petit frère. Sans doute le sous-estimait-il…

— D'accord. Dis-moi ton idée.

Riley se renversa sur son siège avec un grand sourire.

— Facile. Fais ce que je ferais à ta place.

Finn se rembrunit aussitôt.

— Coucher avec elle pour parvenir à mes fins ? Bon sang, tu ne penses vraiment qu'à la bagatelle…

Riley posa la main sur son cœur en un geste théâtral.

— Finn, tu me blesses vraiment. Moi, insinuer une chose

pareille ? Jamais, tu me connais… Enfin, peut-être que si, mais pas dans ton cas. Surtout pas dans ton cas.

— Eh, fais attention à ce que tu dis.

— Tu es beaucoup trop coincé pour te résoudre à un tel procédé.

— Et je m'en félicite.

Il avait toujours pris soin de régler sa vie comme du papier millimétré. Il avait même choisi sa fiancée sur des critères purement rationnels : une femme de son milieu professionnel, partageant ses centres d'intérêt, et dont la personnalité réservée lui convenait. Au final, ce choix avait été le pire de sa vie : non seulement elle avait rompu, mais elle lui avait volé son carnet d'adresses.

Entre eux, avait-il jamais été question d'amour ? S'il l'avait aimée, il n'aurait pas si vite tourné la page, émotionnellement du moins. L'amour, le vrai, était-il méthodique, planifié, ou au contraire aussi sauvage qu'un feu de broussailles ? L'image d'Ellie dans sa robe rouge carmin assaillit aussitôt son esprit et une onde de chaleur déferla dans son corps. Il secoua la tête et se concentra sur ce que lui disait Riley.

— Pour arriver à tes fins avec une femme, il existe quelques méthodes simples.

— Lui offrir des fleurs ?

— Par exemple, mais ce n'était pas à cela que je pensais.

Marty apporta leur commande, si discrètement qu'ils le remarquèrent à peine.

— Il faut que tu arrives à deviner ce qu'elle désire le plus au monde, et le lui offrir, dit Riley.

— C'est justement pour cela que ma liste…

— Bon sang, arrête, avec ta liste. Ce n'est pas ça qui intéresse les femmes, ni personne, d'ailleurs, à part toi, peut-être, fit-il avec un regard malicieux. La plupart des gens sont régis par trois grands élans : l'argent, l'amour, le sexe.

Finn secoua la tête en riant. Le pire, c'était que le conseil de son frère n'était pas dénué de bon sens. Lui-même, dans le cadre des affaires, avait coutume de déterminer les desideratas de son interlocuteur et de les satisfaire, à des conditions qui satisfaisaient chacune des parties.

— Toi, tu es régi par l'élan numéro trois, je suppose.

— Peut-être bien, dit Riley en souriant. En tout cas, c'est l'un des trois qui anime la jolie blonde d'hier soir. A toi de deviner lequel.

— C'est aussi simple que ça ?

Appuyé au dossier, Riley porta la bière à ses lèvres.

— Aussi simple que ça.

Ellie se tassa sur son siège, le regard rivé sur la femme assise en face d'elle. Soudain, elle se sentit mal. On étouffait, ici ! Les paroles tournèrent en boucle dans son esprit en un magma de sons qui s'entrechoquaient, incompréhensibles. Enfin, les syllabes s'agglomérèrent et formèrent des mots d'une cruelle réalité.

— Tu en es sûre ? demanda-t-elle dans un souffle.

Linda Simpson, la coordinatrice d'adoption, eut un hochement de tête affirmatif.

— Absolument certaine.

Oppressée, Ellie posa une main sur son ventre. Elle avait tant sacrifié pour avoir sa place dans un monde dominé par les hommes : sa vie sentimentale… les enfants… Enfants qu'elle ne pourrait pas concevoir naturellement. L'obstétricien avait été formel : elle n'avait d'autre choix que l'adoption.

Et encore, s'il ne s'était agi que d'elle… Qu'allait devenir Jiao, à présent ? La pauvre petite l'attendait à l'autre bout du monde, dans un orphelinat en Chine, à la merci d'une bureaucratie impersonnelle. Ellie éprouva un douloureux pincement au cœur au souvenir de ce petit chérubin aux cheveux noirs et aux grands yeux rieurs. Avait-elle mal entendu ? De nouveau, elle regarda Linda : à son expression de compassion et de regret, le doute n'était pas permis.

— Donc, pour adopter Jiao, il me faut un mari ?

— C'est ce qu'ils m'ont dit ce matin. Partout dans le monde, la tendance est au durcissement des politiques d'adoption. L'orphelinat ne fait qu'appliquer la loi. Je suis désolée.

Que faire ? Monter un dossier dans un pays moins strict ? C'était hors de question. Elle avait une promesse à honorer.

Trois ans plus tôt, alors qu'elle était en Chine pour assister à un séminaire, elle s'était égarée sur le chemin de l'hôtel et avait atterri dans un petit village. Elle y avait fait la connaissance d'une femme qui allait bouleverser sa vie : Sun Yuchin. En définitive, elle n'était jamais arrivée à l'hôtel, ni à la conférence. Pendant cinq jours, elle avait aidé Sun à construire un puits et à réparer la maison d'un voisin. Ce fut le début d'une belle amitié, renforcée au fil de nombreux séjours qu'elle ne manqua pas d'effectuer, notamment à la naissance de Jiao, la fille de Sun. Elle avait même donné le biberon à la petite... Malgré les différences culturelles, la barrière de la langue, Sun et elle se comprenaient et s'estimaient. Sun était une femme courageuse et combative en dépit des malheurs qui avaient émaillé sa vie : la mort de ses parents, puis celle de son mari, et enfin, l'année précédente, la découverte de son cancer, en stade 4. Après avoir annoncé la nouvelle à Ellie, elle avait formulé une demande folle : elle voulait qu'Ellie s'occupe de Jiao lorsqu'elle ne serait plus là. Qu'elle l'emmène aux Etats-Unis et devienne sa mère.

Comment aurait-elle pu revenir sur une telle promesse ? D'autant plus que Jiao, avec son visage de lutin facétieux et son sourire contagieux, avait d'ores et déjà pris dans son cœur une place qu'aucun autre enfant ne comblerait jamais.

Oui, mais se marier dans un délai aussi court ? Il devait forcément y avoir un moyen de contourner cette obligation...

— Mais enfin, ils disaient... Toi-même, tu disais que tout allait bien. La mère de Jiao m'avait demandé explicitement d'élever la petite, elle avait approuvé l'adoption avant son décès. Tu m'as toujours affirmé que ces arguments l'emporteraient sur tous les autres.

Linda leva les mains en un geste d'impuissance.

— Oui, mais le gouvernement a le dernier mot, et ils estiment qu'un couple est mieux à même de garantir le bien-être d'un enfant. Ni toi ni moi n'y pouvons rien.

Ellie s'efforça de maîtriser sa colère. Il n'aurait servi à rien de s'en prendre à Linda. Au cours des derniers mois, celle-ci n'avait ménagé aucun effort, aucun contact pour faire aboutir son dossier. Elle avait relancé sans relâche les ambassades de Chine et des Etats-Unis, l'orphelinat. Cet échec serait aussi le sien.

Un mari. Comment était-elle censée en trouver un ? Au supermarché, sans doute ?

— Donc, maintenant, qu'est-ce qu'on fait ? Et Jiao, que va-t-elle devenir ?

— Eh bien, si tu as un petit ami, ce serait sans doute l'occasion de passer aux choses sérieuses. Sinon…

Linda leva de nouveau les mains.

— Je suis désolée. Tu aurais sans doute plus de chances avec un autre enfant.

Ellie ne l'écoutait plus. Elle savait que, faute d'un miracle, cette enfant qu'elle considérait déjà comme sa fille resterait à l'orphelinat, et ce pour des années, peut-être. Non, c'était inconcevable. Cet incroyable enchaînement d'événements ne pouvait pas se terminer ainsi. Sa rencontre fortuite avec Sun, l'amitié spontanée qui les avait aussitôt unies, Jiao… Au cours de ses voyages en Chine, Ellie était devenue comme une deuxième mère pour elle. Lors de l'enterrement de Sun, elle l'avait serrée contre elle, pelotonnée. Rentrer aux Etats-Unis sans elle avait été un véritable crève-cœur. Si Ellie avait su que l'adoption risquait d'achopper, elle serait d'ailleurs restée en Chine. Rien n'était pire que de songer à ce petit ange seul au monde, dans un orphelinat bondé. Saisie par un sentiment de désespoir, elle respira profondément, une fois, deux fois. Du calme. Il fallait réfléchir.

— Donne-moi un peu de temps, s'il te plaît. Est-ce que je peux te rappeler plus tard ?

Linda hocha la tête avec un soupir.

— Bien sûr. Je ne dois recontacter l'orphelinat que dans un jour ou deux.

Autrement dit, passé ce délai, il lui faudrait abandonner tout espoir d'adopter Jiao. Dans le meilleur des cas, on lui trouverait une autre famille. Dans le pire, elle resterait des mois, voire des années, sans savoir ce qui allait advenir d'elle.

A moins d'un miracle, bien sûr…

4

Finn McKenna n'était pas facile à surprendre. Depuis dix ans qu'il dirigeait son entreprise, il en avait vu et entendu de belles, mais cette… comment dire, cette offre d'Ellie Winston le laissait complètement abasourdi.

— Un mariage ? Vous voulez dire, une cérémonie à l'église, avec un prêtre et tout le reste ?

Un sourire dansa sur les lèvres d'Ellie.

— Je pensais davantage à un passage rapide à la mairie, mais si vous insistez…

— Mais… mais nous ne nous connaissons même pas !

Il en balbutiait, ma parole ! Lui qui ne balbutiait jamais. Un mariage ? Quelle était cette idée ? Il s'était attendu à ce qu'elle lui réclame plus d'autonomie dans la gestion du projet, ou une plus grande part des bénéfices, une solution sensée, enfin. Au lieu de quoi elle lui proposait un partenariat à égalité sur le projet Piedmont s'il acceptait de l'épouser.

— Il me faudrait un peu de temps pour réfléchir. Nous devrions sans doute reprendre cette conversation à un autre moment…

— Non. Je préférerais régler la question dès maintenant.

Perchée au bord de son siège, elle le regardait avec intensité. Elle portait une robe jaune pâle couleur de jonquilles qui rehaussait la blondeur de ses cheveux, parsemés d'éclats dorés. Bon sang, elle lui faisait perdre tous ses moyens…

— Si vous aviez un moment, nous pourrions sortir en discuter quelque part, dit-elle.

Sur le point de répondre par la négative, il se rendit compte qu'elle lui offrait sur un plateau d'argent l'occasion de lui représenter son offre de la veille. Il jeta un coup d'œil par la fenêtre.

— Pourquoi pas, après tout ? Nous pourrions déjeuner dans un restaurant, ou dehors : il fait un temps splendide. Que diriez-vous d'une promenade sur l'Esplanade ?

— Bonne idée. Il y a une éternité que je ne me suis pas promenée le long de la rivière. Tenez, j'ai même pensé à apporter des chaussures plates, dit-elle en sortant un petit paquet de son sac.

— Vous, vous êtes une femme pratique.

— Oh ! non ! répondit-elle en riant. Une fois n'est pas une habitude.

Tandis qu'elle enfilait ses sandales, il prévint Mlle Marstein de son absence, éteignit son ordinateur et glissa son portable dans sa poche.

Quelques minutes plus tard, comme ils sortaient d'une petite rue, Finn inspira profondément la brise salée provenant de l'Esplanade.

— Je ne m'aère pas assez.

— Moi non plus, répondit-elle avec un soupir. Pourtant, pendant mes études, j'adorais les activités d'extérieur — la randonnée, le canoë-kayak, le VTT… Depuis, je n'arrive plus à trouver le temps.

Il jeta un coup d'œil surpris sur la robe et les talons pointus qui dépassaient de son sac.

— Vous faisiez de la randonnée, vous ?

— On dirait que ça vous étonne. C'est une activité trop masculine pour moi ?

Le regard de Finn s'attarda malgré lui sur sa silhouette tout en courbes.

— Hein ? Non, pas du tout.

— Et vous, vous faites du sport ?

— Plus maintenant. Au lycée, je pratiquais la course à pied et la natation, et à la fac j'étais un mordu de vélo. A présent, il doit être recouvert de toiles d'araignées.

— Raison de plus pour le sortir.

Ils atteignirent l'Esplanade, noire de flâneurs. Régulièrement, des cyclistes les dépassaient à toute allure avec un sifflement qui semblait ponctuer leur conversation de points d'exclamation.

— Un jour, peut-être, répondit Finn. L'exercice me manque.

— Il ne faut pas remettre éternellement ce qu'on aime faire à demain. Les années passent sans qu'on s'en rende compte et on finit par passer à côté de sa vie.

Il crut percevoir une sorte de nostalgie dans sa voix, un regret… Mais de quoi, au juste ? Aurait-elle voulu plus de temps pour les loisirs, ou éprouvait-elle, plus généralement, un vide dans sa vie ? Il aurait souhaité lui poser la question. Il aurait voulu aussi lui confier qu'il se surchargeait de travail pour combler sa solitude. Mais il n'osa pas et se tourna vers elle. Au soleil, elle était resplendissante, la tentation personnifiée. Il s'éclaircit la gorge.

— Les choses sont loin d'être aussi simples. Gérer une entreprise demande un temps fou.

— Sans doute, mais vous devriez prendre soin de vous, ne serait-ce que dans l'intérêt de votre travail. Après tout, si le patron va mal…

Elle laissa sa phrase en suspens et lui lança un sourire. Il sentit son estomac se nouer. Il adorait la voir sourire. Et que dire de sa voix… Elle était teintée d'un léger accent du Sud qui enrobait ses mots d'un je-ne-sais-quoi de doux et d'insolent à la fois. C'était enivrant. D'ailleurs, tout était enivrant, en elle. Pas seulement ses sourires, sa voix, sa silhouette, mais toute sa personne prise dans son ensemble. Comme il aurait aimé faire une balade à vélo avec elle à la campagne, se promener dans les collines et regarder le monde s'agiter en contrebas, au loin. Il s'imagina avec elle, pique-niquant sur les rochers, la brise et le soleil pour seuls compagnons.

Bon sang… En présence de cette femme, ses pensées ne cessaient de s'égarer. Il s'éclaircit de nouveau la gorge.

— Pour en revenir à votre proposition de tout à l'heure, étiez-vous sérieuse ?

L'expression aimable d'Ellie se mua aussitôt en un masque froid, à tel point qu'il regretta presque d'avoir amené le sujet.

— Oui. Très sérieuse, même.

Elle poussa un long soupir et observa une famille installée

dans l'herbe, en face d'eux : deux enfants talonnés par un petit chien couraient en cercle autour de leurs parents.

— J'ai besoin de vous et vous avez besoin de moi. Le mariage est la meilleure solution pour nous deux.

— Pourquoi ne pas tout simplement rédiger un accord de partenariat ? Ce n'est qu'un projet commercial !

— Pas pour moi. Il me faut un mari. Maintenant.

— Mais pourquoi ?

Elle ralentit le pas.

— Tout d'abord, laissez-moi vous exposer les avantages de cette solution. Primo, nous ne nous connaissons pas. Pour un tel projet, c'est l'idéal.

— Pour un partenariat, peut-être, mais pas pour un mariage.

— Je ne vous connais sans doute pas très bien, M. McKenna, mais je sais que vous travaillez du matin au soir, que vous passez la moitié de votre temps en voyage et que vous avez la vie sociale d'un bernard-l'ermite.

Il ouvrit la bouche et la referma. Etait-il aussi transparent que cela ? Pourtant, rien à redire à ce tableau. Riley aurait dressé les deux pouces s'il l'avait entendue. Plaisantait-elle ? Il lui jeta un bref coup d'œil : non, elle avait l'air très sérieuse au contraire.

— Tout de même, ne pensez-vous pas qu'il serait plus sage de rédiger un accord commercial ?

Un accord quantifiable, qui rentrerait dans des cases « actif » et « passif » bien distinctes.

— Non, du moins, pas pour moi, répondit-elle. Si une telle solution suffisait, vous pensez bien que je vous l'aurais proposée.

Elle désigna de la main une petite colline herbeuse qui descendait à la rivière, à l'écart de la foule des promeneurs et des skaters, et il la suivit jusqu'à la rive. Au loin, une équipe de rameurs fendait l'eau en cadence. Comme ils s'asseyaient dans l'herbe, elle posa ses yeux verts sur lui. Il frissonna.

— Par ailleurs, dit-elle, j'imagine que vous êtes aussi fatigué que moi du jeu de la séduction. Et vous vous êtes peut-être interrogé sur votre avenir en vous demandant où vous pourriez bien caser ce fichu rêve américain dans votre emploi du temps.

Il eut un sourire amusé.

— Oh ! pour cela, c'est bon. J'ai trouvé un créneau l'année prochaine, le 30 mars, à 14 heures.

Elle éclata de rire, ce qui l'étonna agréablement. D'habitude, il n'était pas connu pour son sens de l'humour, mais elle semblait le trouver drôle. Il en était flatté. D'ailleurs, que pensait-elle de lui ?

Il secoua la tête. De nouveau, ses pensées s'égaraient : la faute à cette proposition étrange, certainement.

— J'espérais trouver une date moins lointaine, répondit-elle. Beaucoup moins lointaine.

— Pourquoi maintenant ? Et pourquoi moi ? Vous êtes une femme charmante, belle, drôle, sexy… Vous pourriez choisir n'importe quel homme.

Une légère rougeur se répandit sur les joues d'Ellie.

— Merci.

C'était son tour à présent de balbutier. Elle se tut, comme pour réfléchir à une réponse, et il eut le sentiment qu'elle lui dissimulait quelque chose. Pourquoi voulait-elle à tout prix se marier ? Il avait beau passer en revue ce qu'il savait d'elle, elle n'avait pas l'air prête à tout pour cela. Pourtant, il y avait forcément une raison.

— J'ai connu en Chine une petite fille qui a besoin d'une mère, et je lui ai promis de l'adopter. Les démarches étaient sur le point d'aboutir, jusqu'à ce matin.

Elle se mordit la lèvre et se tourna vers lui.

— L'agence vient de m'apprendre qu'il me faut un mari pour obtenir la garde de Jiao.

Il haussa les mains.

— Holà, attendez une minute. Je n'ai pas de place pour un enfant dans ma vie, moi.

— Je ne vous demanderais pas de vous occuper d'elle, justement.

— Dans ce cas, que voulez-vous ?

— Un mariage platonique, basé sur des intérêts réciproques.

Nous resterons ensemble le temps nécessaire à l'adoption, après quoi nous divorcerons et repartirons chacun de notre côté.

Une union sans engagement, donc. Cette offre n'aurait pas dû lui déplaire. Or, pour une raison qu'il ne s'expliquait pas, il était déçu.

— Vu sous cet angle, votre solution a l'air terriblement cynique.

— Allons, nous sommes tous les deux des pragmatiques. Je n'ai aucune envie de me fourvoyer dans une relation ni de perdre mon temps en parades nuptiales, surtout depuis que je dirige l'entreprise de mon père. J'ai besoin d'un mari pour la forme, et vous, vous avez besoin d'un partenaire commercial.

Il scruta son visage : elle paraissait sincère. D'ailleurs, pour lui soumettre une demande aussi folle, il fallait sans doute qu'elle soit au pied du mur. Les paroles de Riley lui revinrent à l'esprit : *découvre ce qu'elle désire le plus au monde, et donne-le-ui.* D'accord, mais tout de même… Un faux mariage ?

— Je ne sais pas si c'est une bonne idée, répondit-il. Cette enfant risque de souffrir lorsque son père disparaîtra au bout de quelques semaines.

— Vous ne serez pas obligé de faire partie de la vie de Jiao. Je vous demanderai seulement d'être présent lors des visites et tout au long des procédures d'adoption. En échange, nous collaborerons sur le projet Piedmont. De la sorte, l'entreprise de mon père continuera de se développer et la vôtre renouera avec le succès. Pour nous tous, c'est la combinaison gagnante.

A côté d'eux, des pigeons picoraient l'herbe à la recherche de miettes. L'air résonnait du rire gai des enfants et, au loin, la rumeur de la circulation bourdonnait, entrecoupée de coups de Klaxon. La vie continuait, imperturbable.

— Il s'agirait d'un mariage blanc, rien de plus, dit-elle, insistante.

— Une sorte d'alliance impersonnelle, basée sur des objectifs communs ?

— Vous avez tout à fait compris.

— Et, en échange, nos entreprises deviendraient partenaires ?

— Sur le projet Piedmont, oui. En revanche, dit-elle

avec une sorte d'urgence en dressant l'index, nous reprendrions notre indépendance respective au cas où les choses ne marcheraient pas.

Elle sortit un papier de son sac.

— Je me suis permis de faire rédiger un contrat par mon avocat.

Elle ne perdait pas de temps… Il parcourut le document en diagonale : il récapitulait en effet tout ce dont elle venait de lui parler — l'accord commercial, les clauses d'annulation… Il ne lui restait qu'à signer en bas de la feuille, sur la ligne en pointillé, pour devenir mari par intérim. En bon homme d'affaires, il se disait qu'il aurait tort de laisser filer cette opportunité. Elle lui offrait le partenariat dont son entreprise avait besoin, avec, en bonus, la perspective de profiter d'une compagnie agréable. Sans parler de sexe, il aurait au moins quelqu'un avec qui parler le soir.

Pourtant, son côté cynique le poussait à se demander si, par cette proposition, elle ne cherchait pas à le prendre au dépourvu ou à l'espionner, lui et son entreprise, en vue d'éliminer un concurrent. Paranoïa ? Lucy n'avait pas procédé autrement. Toutefois, lorsqu'il regardait Ellie, il espérait vraiment qu'elle était différente.

Cette proposition de mariage d'intérêt était-elle vraiment digne de crédit ? Au point où il en était, avait-il d'autres choix ? Il fallait qu'il participe à ce projet d'hôpital. Or, en nouant une alliance avec WW, il rétablirait la réputation de son entreprise et détournerait l'attention des revers qu'il essuyait depuis un an. McKenna Designs ne tarderait pas à rebondir. Ils mettraient alors un terme à cette union et repartiraient tranquillement, chacun de leur côté, elle avec l'enfant, et lui avec son entreprise. A la réflexion, cette offre n'était somme toute pas si farfelue. Elle était même très intéressante.

— Je n'ai rien à redire sur ce contrat.

— Fort bien. Je tenais à préciser noir sur blanc que cette alliance était purement commerciale.

Le regard tourné vers la rivière, elle poussa un léger soupir… On aurait presque dit qu'elle était déçue. Mais cette impression était ridicule, puisque l'idée venait d'elle.

— Le temps presse. Jiao est coincée dans cet orphelinat et s'éloigne de moi à chaque jour qui passe. Quant à vous, je suppose que vous avez hâte de vous atteler au projet Piedmont. Les dessins préparatoires doivent être livrés le 15, ce qui nous laisse très peu de jours pour nous organiser.

— Pour le 15 ? Vous plaisantez ?

— Est-ce que j'en ai l'air ? De toute façon, nous sommes l'un comme l'autre des personnes énergiques, n'est-ce pas ? Je ne vous demande pas de me courtiser avec des fleurs et des sorties au restaurant. Notre solution s'assimile davantage à…

— … un partenariat caractérisé par des intérêts communs.

— Tout à fait.

Il observa distraitement un martinet qui voletait autour d'un buisson de fleurs.

— En Afrique, il y a un oiseau qu'on appelle l'indicateur. Il signale l'emplacement des ruches sauvages à un petit carnivore qui les ouvre pour s'emparer du miel, et permet du coup à l'indicateur de se nourrir des larves. C'est le même cas de figure pour nous, dit-il en se tournant vers elle. Cette collaboration va nous permettre d'atteindre nos objectifs réciproques.

— L'analogie est tout à fait juste, même si elle est beaucoup moins romantique que la parade nuptiale des cygnes.

— Non, il ne s'agit vraiment pas d'un partenariat pour la vie.

Tout en prononçant ces paroles, il éprouva un pincement étrange au cœur, comme un regret. Il haussa les épaules. Pas de bêtises : telle que s'arrangeait la situation, tout le monde était gagnant.

— Je ne voudrais pas vous presser, dit-elle, mais nous devons nous décider rapidement. Si vous déclinez mon offre, il faut que je trouve un plan B de toute urgence.

— D'accord. Allons-y.

Elle cligna les paupières.

— Comment cela ? Maintenant ?

— Bien sûr. Pourquoi attendre ? L'un de mes amis travaille au Palais de justice. Nous pouvons nous marier d'ici la fin de la journée, mademoiselle Winston.

— Quoi, aujourd'hui ? Maintenant ?

— Eh bien, oui.

Il l'étudia un instant, se demandant si, malgré ce contrat, elle était aussi déterminée à ce partenariat qu'elle l'avait laissé entendre.

— Vous ne vous attendiez tout de même pas à ce que je vous fasse la cour avec des roses et du champagne ?

— Non, non… Bien sûr que non. C'est une relation professionnelle. Rien d'autre.

— Je vois que nous sommes sur la même longueur d'onde, dit-il, sourire aux lèvres.

— Vous êtes prête ?

Prête ? Ellie n'en savait rien. Ces dernières heures avaient été complètement irréelles. N'était-ce pas une autre Ellie Winston qui avait proposé le mariage à Finn McKenna avant de partir avec lui en voiture pour Rhode Island, au beau milieu de la journée ? En quittant l'agence d'adoption, puis en se rendant chez son avocat, elle n'avait pensé qu'à une chose : il lui fallait un mari, maintenant, et à part Finn elle ne connaissait personne à Boston capable de la suivre sur ce projet fou. Elle s'était adressée à lui parce qu'il avait besoin d'elle autant qu'elle avait besoin de lui. Pourtant, elle s'était malgré tout attendue à ce qu'il refuse. Or, il avait dit oui, et ils étaient à présent partis pour se marier.

Se marier. Avec Finn McKenna. Un homme dont elle ne connaissait rien, ou presque. C'était de la folie ! Elle devait penser à Jiao. Ne penser à rien d'autre qu'à Jiao. Tandis que les kilomètres s'égrenaient, cette phrase se mit à tourner en boucle dans son esprit.

— Pourquoi Rhode Island ? demanda-t-elle finalement.

— Dans le Massachusetts, un délai de trois jours était nécessaire pour obtenir un certificat de mariage. A Rhode Island, il n'y a pas de période d'attente.

— Ah.

Le silence retomba, bercé par le ronronnement du moteur. Elle s'enfonça dans son siège et ferma les yeux. Dans d'autres circonstances, elle aurait trouvé ce voyage impromptu dans une Lincoln tout à fait romantique. L'intérieur en cuir sombre et moelleux l'enveloppait dans un cocon chaleureux, et semblait les séparer tous les deux du reste du monde, comme deux amants en escapade. C'était ridicule, car ce qu'ils s'apprêtaient à faire n'avait rien de romantique.

— Comment se fait-il que vous soyez au courant de ce délai d'attente ?

Un sourire s'épanouit sur les lèvres de Finn.

— C'est à cause de mon frère, Riley. Il est un peu… impétueux, dirons-nous. Je ne compte plus les décisions hasardeuses que nous l'avons dissuadé de prendre.

— Qui ça, nous ?

— Brody, notre frère cadet, et moi. Ce sont nous qui avons hérité des gènes du bon sens.

— Donc, vous êtes trois ?

— Oui. Tous des garçons. De vrais petits diables.

— Moi, je suis fille unique, dit-elle avec mélancolie. Je ne peux même pas m'imaginer ce que ça peut être, de grandir avec des frères et des sœurs.

— Ce n'est pas de tout repos. Il arrive qu'il y ait de la casse.

Il leva la main droite et joignit trois doigts.

— Parole d'honneur, le vase est tombé tout seul, dit-il avec entrain.

Elle aurait tellement aimé que Jiao ait le même genre de souvenirs à l'âge adulte. Malheureusement, adopter un enfant était déjà un parcours du combattant, alors plusieurs… Mais un jour, peut-être… Oui, un jour, elle aussi aurait une famille chaleureuse et exubérante. Encore fallait-il pour cela prendre le risque de tomber amoureuse. Pour l'instant, autant ne pas y songer. Inutile de compliquer davantage sa vie avec une relation qui pourrait la faire souffrir, et sa fille aussi, par voie de conséquence.

— A l'occasion, il faudra que je vous raconte l'anecdote de la grande roue. C'est un rituel, pour Brody et moi : chaque année, lors de Thanksgiving, nous la rappelons à Riley. Il faut dire que, cette fois-ci, c'était vraiment de sa faute. De nous trois, c'était le plus incontrôlable.

Elle tourna un regard vague vers la ville qui défilait comme un ruban coloré. Comme elle l'enviait d'avoir connu cette joie, ces jeux, cette complicité. Par comparaison, son enfance à elle semblait tellement morne et vide, entre une mère absente et un père accaparé par son travail. Resteraient-ils mariés suffisamment longtemps pour qu'elle puisse participer au repas de Thanksgiving avec les deux autres frères McKenna, et rire à leurs plaisanteries bruyantes, partager leurs souvenirs ?

Elle joua un instant avec cette pensée avant de l'écarter. Comme il l'avait remarqué, ils n'étaient pas deux cygnes amoureux mais un oiseau et un carnivore temporairement associés.

— Vous avez de la chance. Mes parents n'ont jamais été très présents. Maintenant, ma mère vit en Californie, c'est comme s'il ne me restait que mon père. On peut dire que j'ai toujours mené une vie plutôt tranquille et prévisible.

Plus pour longtemps : avec Jiao, il allait falloir qu'elle s'habitue au désordre. Saurait-elle se débrouiller, elle qui n'avait aucune expérience des enfants, même pas comme baby-sitter ? Pour s'être occupé de ses frères, Finn en savait certainement plus qu'elle sur la question ! Elle était seulement sûre d'une chose : elle aimait cette gamine et ne voulait pas lui faire défaut. Il était hors de question qu'elle la confie à une armada de baby-sitters, qu'elle rate le spectacle de fin d'année ou qu'elle paye un professeur particulier pour l'aider à faire ses devoirs. Elle ne serait pas une mère à mi-temps. Certes, étant donné ses obligations professionnelles, élever seule un enfant serait une gageure, mais d'une manière ou d'une autre elle trouverait une solution. Mieux valait une mère célibataire, mais aimante, que des parents absents et indifférents.

Finn actionna le clignotant et sortit de la voie rapide.

— Se marier sur un coup de tête, je n'appelle pas cela une vie tranquille ou prévisible.

Elle éclata de rire.

— Vous avez raison. Personne ne me croirait si je racontais ce que je suis en train de faire.

— Et moi donc.

Il s'arrêta à un embranchement et se tourna vers elle, les yeux dissimulés derrière ses lunettes noires.

— Il est encore temps de nous rétracter, vous savez.

Elle repensa à ce qu'il venait de lui raconter sur ses frères, sur leur enfance chahuteuse, puis à la vie monotone qu'elle avait menée jusqu'à présent.

— Non. Ma décision est prise.

— O.K., dit-il en engageant la voiture sur la route du centre-ville. La mienne aussi.

Il avait parlé d'une voix douce, presque triste, comme si cet arrangement signifiait quelque chose d'autre pour lui. Etait-il lui aussi insatisfait de sa vie ? Cherchait-il à y insuffler un peu d'animation, à combler un vide ? Ou était-il seulement intéressé par l'aspect pratique de ce mariage ?

Ils ne se dirent plus rien jusqu'à l'arrivée au palais de justice, un énorme bâtiment de briques percé de fenêtres imposantes. Sa coupole lui donnait des airs d'église. En parfait gentleman, Finn lui ouvrit sa portière, lui prit le coude lorsqu'ils traversèrent la rue, puis la devança sur les marches qui menaient à l'entrée et lui tint la porte.

— Merci.

— C'est la moindre des politesses vis-à-vis de ma future épouse.

Elle reçut un coup au cœur. Elle n'arrivait toujours pas à réaliser ce qu'ils étaient en train de faire.

— Vous n'allez tout de même pas me porter par-dessus le seuil, j'espère ?

Il se tourna vers elle.

— Nous n'avons pas réfléchi à cela.

— A quoi donc ?

— Eh bien, à l'après.

La gaieté d'Ellie s'évanouit aussitôt. Ah, oui. Elle non plus n'avait pas pensé aussi loin. Pourtant, l'agence d'adoption n'en resterait certainement pas là. Dans le meilleur des cas, ils réclameraient un rapport à Linda concernant le couple qui allait accueillir Jiao, et si Finn et elle vivaient séparés il ne serait pas difficile de découvrir la supercherie.

— Nous devrons vivre ensemble, ou personne ne nous croira, dit-elle en le regardant fixement.

— Oui, vous avez raison. Il nous faudra donner l'apparence de la réalité à ce mariage.

Il se tourna vers elle. Immobile au milieu des allées et venues, elle se rendait à peine compte des pas qui résonnaient sur le carrelage de marbre, des voix qui emplissaient le vaste hall. Toute son attention était focalisée sur cet homme qui allait changer sa vie, et celle de Jiao, par la force d'un seul mot.

— Si l'on apprend que je me suis marié sur un coup de tête, les gens réfléchiront à deux fois avant de m'appeler le Faucon.

— Ils vous surnommeront la Colombe ?

— Je ne pense pas, même si je vous épousais à Venise, sur une gondole.

— Vous n'en savez rien. Bien des personnes ont été changées par le mariage, par une relation.

— Oui, et pas toujours en bien.

Comme elle l'observait avec curiosité, il s'éclaircit la gorge.

— Bon, sans doute, vous avez raison. Il faut que ce mariage ait l'air crédible. Nous devrons vivre ensemble. Au moins, le soir venu, nous pourrons en profiter pour travailler sur le projet d'hôpital.

Il s'était exprimé d'un ton détaché, presque clinique, mais elle ne put se retenir de penser à des activités nocturnes bien différentes. Depuis qu'elle avait remarqué Finn à la soirée au Park Plaza, il l'avait intriguée. Elle avait aimé sa façon de tordre le cou aux conventions en préférant une pinte de bière brune à une flûte de champagne. Elle appréciait aussi le fait qu'un homme aussi dur en affaires puisse se montrer aussi charmant. De loin, elle l'avait trouvé beau, de près il était d'une beauté franchement ravageuse. A chacun de ses sourires, son cœur bondissait. Des images indésirables assaillirent son esprit : Finn la tenant dans ses bras, l'embrassant, lui faisant l'amour…

Cela ne faisait pas partie du contrat, du tout. Ils devaient s'en tenir à une relation platonique. L'amour compliquerait tout. A supposer qu'épouser quelqu'un en catastrophe n'était pas déjà en soi une décision compliquée… Tout à coup, elle sentit une boule d'angoisse lui bloquer la gorge. Elle allait demander à Finn de rebrousser chemin lorsqu'une porte s'ouvrit sur un grand homme mince qui s'approcha d'eux d'un air enjoué.

— Désolé, je suis en retard. J'ai eu une journée de fou, comme d'habitude.

Finn le gratifia d'une tape dans le dos et d'un grand sourire.

— Content de te voir, Charlie. Ça va ?

— Très bien ! Mais toi aussi, on dirait. Alors comme ça, on se marie en douce ? Tu m'étonneras toujours.

L'homme la gratifia d'une poignée de main chaleureuse.

— Juge Charlie Robinson, pour vous servir.

Elle ouvrit des yeux ronds.

— Vous… tu m'avais seulement dit que tu avais un ami au tribunal.

— Charlie et moi sommes amis d'enfance. Nous étions colocs à Harvard. Pour moi, avant d'être un juge, il reste l'idiot qui a bombé ma chambre à la crème chantilly.

— Je plaide innocent, répondit Charlie, les yeux pétillants. On n'a jamais rien pu prouver contre moi.

Les deux hommes échangèrent un grand rire.

— Eh bien, allons-y, dit Finn. Je sais que tu as une journée chargée.

— Pas de problème. Pour un ami, je trouve toujours le temps, surtout lorsqu'il est question de le marier. Donc…

Il tapa dans ses mains.

— Etes-vous prêts à officialiser votre union ?

Ellie regarda Finn. Courage. Elle n'avait pas le choix : elle n'agissait pas pour elle, mais pour Jiao. Et puis ce mariage serait temporaire, un simple morceau de papier… Mais il lui apporterait la famille qu'elle avait toujours désirée, ainsi qu'un foyer à Jiao. Et tout cela sans risquer son cœur.

— Oui, dit-elle.

— Dans ce cas, mes chers tourtereaux, je vous invite à me suivre dans mon bureau.

Finn tendit le bras à Ellie.

— Prête à devenir Mme McKenna ?

C'était une bonne question. Elle leva les yeux vers son regard azur. Elle connaissait à peine cet homme, mais elle appréciait ce qu'elle savait de lui. De nouveau, ses pensées se portèrent sur Jiao, et sa résolution se renforça.

— Certainement, monsieur McKenna. Il se trouve que je n'ai rien de mieux à faire cet après-midi.

5

L'affaire fut terminée en cinq minutes, plaisanteries de Charlie comprises. Son assistant et un employé servirent de témoins. A leur mine blasée, ils n'en étaient certainement pas à leur premier mariage impromptu. Finn eut un moment de panique lorsque Charlie lui demanda les alliances, mais ce dernier mit cet oubli sur le compte de l'émotion et les déclara mari et femme.

Mari et femme… Les mots tourbillonnaient dans sa tête. Il s'était vraiment marié. Lui dont la vie avait toujours été réglée comme du papier millimétré s'était marié du jour au lendemain avec une quasi-inconnue. Il n'en revenait pas.

— Et à présent, le moment que vous attendez tous les deux, dit Charlie en refermant le registre. Tu peux embrasser la mariée.

Finn ouvrit des yeux ronds. Naïvement, il avait pensé qu'un mariage civil liquidé en vitesse lui éviterait ce genre de comédies.

— Euh, je ne crois pas que…

— Bon sang, je ne te savais pas si timide. Embrasse-la, voyons.

Sur le point de dire non, Finn se ravisa. Il n'avait pas le choix. S'il se défilait, Charlie se poserait immanquablement des questions. Il se tourna vers Ellie. Elle le dévisageait de ses grands yeux verts, les lèvres entrouvertes. Elle était belle à croquer, dans cette robe toute simple, couleur jonquille. Une poussée de désir balaya ses réserves. Immobile, elle semblait en proie aux mêmes hésitations. Ses yeux brillaient telles deux émeraudes et une légère rougeur se répandit sur ses joues encadrées de longs cheveux blonds. Elle avait tout l'air d'une jeune mariée. Mais justement, ce n'était pas un vrai mariage. Il n'y aurait pas de baiser. Pas de nuits d'amour. Rien d'autre que ce moment.

Le regard d'Ellie croisa le sien et un éclat malicieux y luisit.

— Eh bien, M. McKenna, vous n'allez tout de même pas refuser d'embrasser votre femme ?

— Ne jamais désobéir à un juge, dit-il d'une voix sourde.

Il s'approcha d'elle, leva la main pour caresser sa joue. Aussitôt, un frisson électrique courut le long de son bras. La poitrine d'Ellie se souleva, s'abaissa. Un léger parfum floral, aguichant, l'incitait à se pencher vers elle. Il devinait que quelque chose était en train de se jouer, quelque chose qu'il n'estimait pas forcément nécessaire ou bienvenu dans sa vie. C'était comme s'il se tenait au bord d'une falaise, prêt à sauter. Allait-il finir dans l'eau ou sur des rochers ? Comment savoir ? Il voulait l'embrasser, voilà tout. Juste une fois.

Il inclina la tête et leurs lèvres s'unirent avec douceur. Sa bouche était si fraîche, et ses cheveux soyeux le chatouillaient agréablement. Il prit une inspiration et se laissa envahir par un doux parfum de jasmin.

Mais Ellie s'écarta et rompit leur baiser aussi vite qu'il avait commencé. Leurs regards se croisèrent, chargés d'électricité, puis elle se tourna vers Charlie.

— Eh bien, voilà. C'est officiel, à présent.

Le visage fendu d'un sourire, le juge leur serra la main et les témoins leur murmurèrent leurs félicitations avant de s'éclipser.

— Tous mes vœux de bonheur, dit Charlie. Je vous souhaite d'avoir beaucoup d'enfants.

Ils allaient déjà commencer par une petite fille… C'était d'ailleurs l'une des raisons pour lesquelles ils s'étaient embarqués dans ce faux mariage. Finn jeta un coup d'œil vers Ellie, mais, tournée vers la fenêtre, elle lui dérobait son visage.

Ils sortirent du palais de justice quelques minutes plus tard, un certificat de mariage à la main : un papier qui semblait peser plus lourd qu'un bloc de ciment. Comme ils regagnaient la voiture, il s'immobilisa. Ils ne pouvaient pas terminer la journée sans marquer l'événement, d'une manière ou d'une autre.

— Ça vous dirait, de déjeuner quelque part avant de repartir à Boston ?

— Oh ! non, j'ai du travail, répondit-elle en s'écartant pour laisser passer des employés affairés. Mais merci pour l'invitation.

— Allons, on ne se marie pas tous les jours. Vous avez bien cinq minutes pour un verre de vin, ou un thé glacé. Quelles que soient les raisons qui nous ont amenés ici, c'est un grand moment, pour vous comme pour moi. Vous ne pensez pas ?

Son sourire emporta les dernières réserves d'Ellie. Il y avait quelque chose de désarmant dans ce sourire en biais, malicieux. Avec lui, on ne savait jamais vraiment à quoi s'attendre. Tout à l'heure, par exemple, elle avait pensé qu'il se contenterait d'effleurer ses lèvres pour sceller l'affaire. Eh bien, non : il l'avait bel et bien embrassée. Et quel baiser ! Bref, mais si tendre. Il lui avait caressé la joue avec une délicatesse respectueuse, puis s'était incliné vers elle et avait soutenu son regard, le temps de faire battre son cœur plus vite. Pourquoi avait-il fait durer ainsi un geste aussi anodin ?

Elle se prit à se demander ce que se serait, d'être mariée pour de vrai avec lui. L'embrasserait-il ainsi chaque soir, ou avant de partir au travail ? Pendant un instant, elle eut envie de croire à cette farce, de faire comme s'il s'agissait d'une union sincère, et non pas un marché.

Il avait raison : ce n'était pas une journée comme les autres. D'ailleurs, elle non plus n'avait pas envie de retrouver son quotidien tout de suite et de se confronter aux problèmes pratiques qu'ils allaient devoir régler — de décider, par exemple, où ils allaient vivre.

Le semblant d'euphorie qu'elle avait ressenti s'évanouit aussitôt. Non, il ne l'avait pas invitée à un rendez-vous galant. Il s'agissait d'un déjeuner d'affaires.

Et rien de plus.

*
* *

— Hein ? fit Riley d'une voix si forte que Finn dut éloigner le combiné. Tu t'es marié ? Quand ça ? Avec qui ?

— Attends, ce n'est pas…

Finn allait lui dire qu'il ne s'agissait pas d'un vrai mariage lorsque son regard tomba sur Ellie. Sous l'ombre d'un chêne, elle téléphonait à un collègue et ponctuait ses phrases d'amples mouvements de la main. La lumière mouchetait ses cheveux et caressait ses traits délicats. Des jolies filles, il en avait vues des centaines, mais aucune qui conciliait une telle beauté à une personnalité aussi marquante. N'importe quel homme aurait été heureux et fier d'être l'époux d'une femme comme elle. Sauf qu'objectivement, sans les intérêts réciproques qui les liaient, ils n'étaient rien l'un pour l'autre.

— Avoue que c'est pour le moins inattendu, dit Riley. Qu'est-ce qui t'a pris ? Je croyais que tu étais contre le mariage, surtout après ta mésaventure avec Lucy…

— Oui, c'est vrai, mais cette fois-ci, c'était… différent.

— Eh bien, félicitations, frérot. J'en connais un qui va faire jaser, à la prochaine réunion de famille.

Finn laissa échapper un petit rire.

— Je suis bien sûr que tu vas t'empresser de tout raconter à Brady dès que nous aurons raccroché. Avec toi, les rumeurs se répandent plus vite qu'un feu de forêt.

— Et où allez-vous partir en lune de miel ?

Aux mots de « lune de miel », il songea aussitôt au beau corps d'Ellie étendu près du sien, alangui et luisant de sueur, sur une plage ensoleillée. Il secoua la tête sans parvenir à évacuer totalement cette image.

— Ni elle ni moi n'avons vraiment le temps en ce moment. Avec le travail, tu comprends, on ne peut pas toujours faire ce qu'on veut.

De toute façon, ils divorceraient avant d'avoir le temps de dégager un créneau pour des vacances communes. Mais cela, il était hors de question de le raconter à Riley.

— Vous allez tout de même fêter cela ? C'est l'occasion ou jamais, enfin !

Riley s'interrompit avant d'ajouter, facétieux :

— Je suppose qu'il est trop tard pour enterrer ta vie de garçon.

— Oui, et de toute façon ce n'était pas au programme. En fait, c'est justement à ce sujet que je t'appelais. Je pensais l'inviter à boire un verre, mais…

— Boire un verre ? Et pourquoi pas un pique-nique, pendant que tu y es ?

— Et alors ? Où est le mal à cela ?

— Attends, ne me dis pas que c'était ta deuxième idée…

Non, ça avait été sa première, mais il n'osa pas le lui avouer. Il n'avait jamais vraiment su s'y prendre avec les femmes, mais à ce point, c'était désespérant. Encore pouvait-il se raccrocher à l'idée qu'Ellie était une partenaire commerciale avant d'être une femme. Cette invitation ne serait qu'une manière de rendre leur partenariat plus agréable.

— Il fait beau, nous pourrions acheter des sandwichs et…

— Tais-toi et écoute-moi. A ta place, voici ce que je ferais.

Il écouta le plan d'action de Riley et raccrocha au bout de quelques minutes. Au même instant, Ellie rangea son portable et le rejoignit.

— Désolée. C'était un appel important.

— Inutile de vous excuser, je comprends tout à fait.

Alors qu'il parlait, son portable l'interrompit. Comme il sortait l'appareil de sa poche, elle posa sa main sur la sienne en un contact léger et délicat qui le fit frissonner.

— Non, ne répondez pas. Eteignons nos portables, pour une fois. Nous avons bien mérité une petite récréation.

— Tout à fait d'accord. A ce propos, j'aurais quelques idées pour ce soir, Mme McKenna.

Elle ouvrit de grands yeux en s'entendant appeler par ce nom.

— Ah bon ? Quel genre d'idées ?

— Surprise… Vous allez voir.

Pourvu que le plan de Riley marche… Aujourd'hui, Finn voulait sortir le grand jeu. Il serait bien assez tôt pour se remettre aux affaires le lendemain.

*
* *

Arrivée chez Finn, Ellie se figea sur le seuil de la terrasse, émerveillée. Deux fauteuils en osier agrémentés de lourds coussins rayés se faisaient face de part et d'autre d'une petite table garnie d'assiettes à motifs floraux et de verres en cristal. Tout autour, d'énormes pots en terre cuite débordaient d'une débauche de fleurs qui ondulaient sous la brise. Des bougies et des lampes montées sur des supports de bronze baignaient la scène d'une douce lumière dorée. Le crépuscule jetait des lueurs pourpres sur la ville. Au loin, les feux de position des bateaux clignotaient dans le port.

— C'est magnifique, dit-elle dans un souffle.

Le visage de Finn s'illumina d'un sourire.

— Merci.

— Comment avez-vous trouvé le temps de tout préparer ?

— Vous vous souvenez que nous nous sommes arrêtés en revenant de Rhode Island ? Eh bien, j'en ai profité pour passer quelques coups de fil.

— Manifestement, vous avez su vous adresser aux bonnes personnes.

Elle lui offrit sa main et le laissa la guider sur la terrasse transformée pour l'occasion en salle à manger extérieure. A l'instant où il lui présenta un fauteuil, une musique de jazz résonna doucement et un serveur sortit par une porte latérale avec un plateau chargé d'une bouteille de vin blanc et d'une autre de jus de raisin. Il disposa des verres sur la table et servit Ellie, puis Finn, avant de se retirer. L'étonnement d'Ellie allait croissant. Il s'était même souvenu qu'elle ne buvait pas d'alcool. Pourquoi tant de prévenance à son égard ?

Il leva son verre et l'inclina légèrement.

— A notre… partenariat.

Elle hocha la tête, s'efforçant de sourire malgré un pincement de déception. Elle n'avait pas de place pour un homme dans sa vie, encore moins pour un dont, tôt ou tard, elle devrait se séparer. Tous les deux allaient se contenter de faire semblant.

— A notre partenariat, et à la réussite de nos affaires, renchérit-elle, pour elle-même autant que pour lui.

6

Dans un demi-sommeil, Finn remarqua sur sa main un éclat doré : celui d'une bague. Il lui fallut une seconde pour comprendre pourquoi il se réveillait dans une chambre inconnue. Hier. Mariage avec Ellie Winston. Dîner sur la terrasse. Les alliances, livrées chez lui par son assistante. Tout retrouvait sa place, maintenant. Après le repas, il l'avait reconduite chez elle, et il était resté dormir dans la chambre d'amis.

Une musique gaie et entraînante provenait de quelque part dans la maison. Il se leva, enfila un pantalon et se dirigea pieds nus vers la cuisine. L'appartement d'Ellie était à son image : propre, gai, lumineux. Bref, à l'opposé de son intérieur à lui, en vieux chêne et moquette sombre.

Debout devant l'évier, le dos tourné, elle remplissait une carafe d'eau, balançant les hanches au rythme de la musique. Elle était déjà habillée pour le travail, d'une jupe bleu pâle et d'un petit pull blanc à manches courtes, et ses cheveux blonds dégringolaient sur son dos en boucles ondoyantes. Elle était pieds nus et, pour une raison qu'il ignorait, il eut l'impression d'empiéter sur sa vie privée.

Il se contraignit à détacher son regard de sa silhouette gracile et s'éclaircit la gorge.

— Bonjour.

Elle lui fit face si brusquement qu'elle faillit lâcher la carafe.

— Oh. Bonjour. J'avais presque oublié…

Elle s'interrompit en rougissant avant de reprendre :

— Voulez-vous du café ?

— Avec plaisir.

Elle s'affaira à préparer la cafetière, puis se tourna vers lui.

— Désolée, je n'ai pas grand-chose pour déjeuner. D'habitude, je file juste au bureau avec un muffin dans mon sac.

— Un muffin ira très bien, sincèrement.

Son regard ne cessait de revenir sur l'anneau à sa main. Il était à présent le mari de cette femme… Ellie Winston. Non : Ellie McKenna. Seulement quelques jours plus tôt, il n'aurait rien demandé de mieux qu'une relation basée sur des intérêts communs, dénuée de ces fadaises romantiques. Or, à présent que son souhait était réalisé, il ne pouvait s'empêcher d'être affreusement déçu. Comme si cela ne suffisait pas, la radio se mit à diffuser une ballade romantique. Entre eux, l'air semblait vibrer de tension.

— J'ai myrtille et banane, dit-elle en désignant une boîte. En muffins, je veux dire.

Il fit un pas dans la cuisine. Les murs jaune crème et les placards blancs donnaient une impression d'espace et de lumière. Il y régnait un ordre impeccable. Seuls quelques objets apportaient ici et là une touche personnelle : une coupe de céramique faite main et débordant de fruits, un vase vert foncé garni de marguerites, un dragon en jade qu'elle avait dû ramener de Chine. Cet intérieur chaleureux et éclectique correspondait bien à l'image que renvoyait Ellie. A côté de lui, la cafetière faisait entendre un discret goutte à goutte. Le soleil inondait la pièce, semant de l'or sur les boucles d'Ellie, ces boucles enchanteresses… Il aurait voulu en saisir une, l'enrouler autour de son doigt.

— Oui, j'en prendrais bien une… enfin, un.

— Lequel des deux ?

Pendant une seconde, il crut qu'elle lui demandait de choisir entre elle et les gâteaux.

— A la myrtille, s'il vous plaît.

Elle se détourna vivement, ouvrit la boîte d'un geste sec et pivota vers lui, si vite que l'emballage en plastique lui échappa des mains. Les muffins roulèrent par terre dans un nuage de miettes.

— Et zut !

Il se baissa en même temps qu'elle pour ramasser les

gâteaux, et leurs épaules se heurtèrent. Bon sang… D'habitude, il n'était pas aussi maladroit.

— Désolé.

— Il n'y a pas de quoi.

Il allongea le bras au moment où elle tendait le sien pour attraper un muffin, et leurs mains s'effleurèrent. Elle se releva, trébucha et, cherchant à se retenir, posa la main sur son torse nu. Elle s'écarta comme si elle s'était brûlée. Une sorte de secousse électrique traversa Finn. Ses yeux cherchèrent aussitôt le visage d'Ellie : celle-ci le dévisageait fixement, les lèvres entrouvertes.

— Désolé, dit-il de nouveau.

Elle baissa le regard.

— Non, non. C'est moi. Je peux préparer des toasts, si vous préférez.

— Ne vous embêtez pas, je n'ai pas vraiment faim. D'ailleurs, je dois me préparer pour aller au travail.

Oui, retourner au travail, à la sécurité de la routine. Cet égarement ne le mènerait à rien, sinon à la catastrophe.

— Allez-y, je vais nettoyer tout cela.

— Comme vous voudrez.

Il jeta les miettes à la poubelle et se détourna pour partir.

— Oh… Finn ?

Son nom s'était échappé de sa bouche, doux comme un baiser. Il aurait tellement aimé l'entendre l'appeler ainsi chaque matin, chaque jour. Chaque nuit. Il se tourna vers elle et détailla les grands yeux verts, le sourire délicat, les courbes sensuelles, jusqu'aux pieds nus.

— Oui ?

— Le café est prêt.

Le café est prêt.

Finn se prépara en vitesse, l'humeur plombée. A quoi s'était-il attendu ? A ce qu'elle lui demande de l'embrasser, de l'emporter dans sa chambre ? Il avait ce qu'il désirait : une relation platonique qui lui permettait de garder l'esprit concentré sur son travail. Pourtant, il n'arrivait pas à se débarrasser de l'image d'Ellie se déhanchant au rythme de la musique pendant qu'elle préparait le café. Manifestement, il vivait seul depuis trop longtemps.

Une fois prêt, il griffonna un mot l'informant qu'il la retrouverait plus tard, dans les locaux de WW, et s'en alla. C'était peu glorieux, comme sortie, mais elle lui avait fait perdre tous ses moyens et il avait besoin de se reprendre.

Deux heures plus tard, il arriva au siège de WW accompagné de Noël et de Larry, deux de ses meilleurs architectes. Ces derniers avaient déjà travaillé sur le projet Piedmont lors de l'élaboration de l'appel d'offres, et envisageaient cette réunion avec sérénité. Une assistante les conduisit à une salle de conférences dans laquelle les collaborateurs de WW les attendaient, installés à une longue table que présidait Ellie.

Ce n'était plus la même femme : ses longs cheveux étaient à présent disciplinés par un chignon et elle avait chaussé de sages ballerines noires. Ses formes harmonieuses étaient dissimulées par la veste de tailleur de sa jupe bleue. Elle était repassée en mode « affaires ». Parfait. Et pourtant, il n'arrivait pas à se départir d'une vague tristesse à la voir ainsi.

— Messieurs, tout d'abord, merci de votre présence, dit-elle.

Tandis qu'elle effectuait les présentations, il alla se poster à côté d'elle.

— Avant toute chose, je… enfin, Finn et moi avons une nouvelle à vous annoncer.

Elle le regarda, et il hocha la tête. La veille, ils avaient convenu que le plus sage était de rendre l'information publique tout de suite, et sans détours.

— Nous… Ellie et moi… venons de nous marier.

Ces paroles tombèrent dans un silence stupéfait.

— Mariés ? finit par balbutier Larry. Vous deux ?

Ellie hocha la tête en souriant, d'un sourire qui illumina son visage. Le sourire d'une jeune mariée.

— Oui, hier soir. Tout est allé très vite.

Noël fronça les sourcils.

— Qu'est-ce que c'est que cette histoire ? C'est pour cette raison que vous travaillez ensemble ?

Finn sourit avec gêne. Que répondre ? La vérité ? Certainement pas. Mieux valait laisser croire qu'ils avaient agi sous le coup de la passion : un mensonge auquel lui-même aurait bien voulu croire…

— Pas du tout, détrompe-toi. Pouvoir travailler avec Ellie, c'est la cerise sur le gâteau. Nous avons convenu de collaborer sur ce projet, après quoi nous reprendrons notre indépendance.

Ellie se pencha pour lui saisir le bras et, de nouveau, ce même frisson le parcourut.

— Tu parles de nos agences respectives, bien entendu, chéri.

Au sourire radieux qu'elle lui lança, il aurait pu croire qu'elle était vraiment amoureuse de lui. Quelle sacrée comédienne, tout de même…

Noël lâcha un petit rire incrédule.

— Alors, tu t'es marié, comme ça ? Du jour au lendemain ? Je suis désolé, Finn, mais j'ai du mal à y croire. Cette histoire correspond si peu à ton… personnage…

Coincé, Finn se sentit devenir cramoisi.

— Euh… C'est que… je…

Ellie vint à sa rescousse en posant la tête sur son épaule.

— C'est ma faute. Je voulais éviter les flonflons et j'ai insisté pour expédier l'affaire devant un juge et nous remettre au travail tout de suite. Nous partirons en lune de miel plus tard, n'est-ce pas, chéri ?

— Hein ? Ah, oui.

Bon sang, lorsqu'elle le regardait comme cela, il était à deux doigts d'y croire, de s'imaginer rentrant avec elle le soir dans un petit pavillon de banlieue où les attendaient un chien, un bon petit repas qui mijotait. Et plus, bien plus, une fois la vaisselle rangée et les lumières éteintes.

— Nous envisageons de partir sitôt après avoir bouclé ce projet.

— Eh bien, félicitations à vous deux, dit Noël en leur serrant la main. Je vous souhaite le meilleur.

Tandis que le reste du groupe se joignait à ses vœux, Finn jeta un coup d'œil à Ellie : elle recevait les compliments sans ciller.

— Sur ce, au travail, dit-elle. Ce projet est énorme et nos délais sont très serrés. Par conséquent, ne perdons pas plus de temps et définissons notre travail, des grandes lignes jusqu'aux détails.

Larry, l'un des architectes d'Ellie, grommela entre ses dents, mais les autres collaborateurs semblaient donner à Finn et à ses employés le bénéfice du doute.

— Très bien, dit Finn. Tout d'abord, Ellie, merci d'avoir accepté ce partenariat. Je ne doute pas qu'en conjuguant l'expertise de nos deux entreprises nous créerons un hôpital qui surpassera tous les autres en Nouvelle-Angleterre.

— C'est bien notre objectif, répondit-elle en ouvrant un classeur. Piedmont désire un projet innovateur. C'est d'ailleurs pour cette raison que le dossier de WW a retenu leur attention. Au lieu de nous baser sur des modèles existants, nous avons imaginé un bâtiment en nous plaçant du point de vue du patient, de l'admission jusqu'à la sortie, le but étant de générer un environnement apaisant et propice à la guérison, un endroit chaleureux et calme offrant à l'usager une sécurité maximale. Toutefois, c'est justement là que réside l'un de nos principaux challenges. WW s'est surtout spécialisé dans les bâtiments d'entreprises, qui ne répondent pas vraiment à ces priorités.

Marquant une pause, elle se tourna vers Finn et ses employés, et reprit :

— Je pense qu'en associant notre savoir-faire en matière de sécurité au vôtre dans le domaine de la conception de bâtiments de vie nous allons casser la baraque, si vous me permettez le jeu de mots.

— Je suis tout à fait d'accord, dit Finn en esquissant un croquis qu'il présenta à Ellie et au reste de l'assemblée. Le plus simple serait de concevoir des chambres standardisées dans lesquelles l'équipement médical se trouverait toujours à la même place, tout en veillant à donner une touche particulière à chaque pièce. Pour cela, nous pourrions, par exemple, installer des lumières d'ambiance en complément d'un éclairage plus agressif, utilisé pour les procédures médicales, ou encore insonoriser les chambres, de manière à ce que les patients ne soient pas gênés par les allées et venues dans les couloirs.

Les études ont démontré qu'un environnement calme favorise la guérison.

Il compléta son schéma de quelques coups de crayon rapides et précis.

— Il faudrait également prévoir pour les familles un espace de visite dans chaque chambre. Rien de bien grand nécessairement, mais quelque chose de beaucoup plus confortable que ce que proposent les bâtiments existants.

Larry lâcha un soupir impatienté.

— Tout cela est très joli, mais que faites-vous des prix ? Nous risquons d'avoir des problèmes avec le client.

— Pas du tout, répondit Finn. Nous allons contacter nos prestataires pour leur annoncer qu'ils vont être associés à un projet révolutionnaire qui fera l'objet d'une énorme couverture médiatique. Vous verrez qu'ils nous remercieront, au contraire, de leur donner la chance de participer, et qu'ils n'hésiteront pas à revoir leurs tarifs à la baisse.

— En d'autres termes, vous voulez les plumer avec le sourire.

— C'est une bonne stratégie, dit Ellie. Merci, Finn.

Puis elle se tourna vers le groupe en tapant dans ses mains.

— Très bien, quoi d'autre ?

D'un coup, comme si une brèche s'était ouverte, les propositions jaillirent en une explosion de créativité. Tous ne formaient plus qu'un seul et même groupe, sans distinction d'appartenance à telle ou telle entreprise. Elle se leva pour noter les idées sur le tableau, qu'elle ne tarda pas à couvrir complètement. Finn pianotait à toute vitesse sur son ordinateur portable. Au cours de la première heure, il lui vint à l'esprit qu'ils formaient une bonne équipe, à eux deux. Ni l'un ni l'autre ne se faisaient concurrence. Au contraire, leurs esprits semblaient se mêler, tant ils étaient sur la même longueur d'onde. Elle n'avait qu'à lancer une idée pour qu'il la développe. Habitué à diriger des débats et à mener des groupes, il appréciait de pouvoir, pour une fois, partager la tâche avec quelqu'un.

Lorsque la réunion fut interrompue pour le déjeuner et que la salle se vida, il l'aida à nettoyer le tableau.

— Nous faisons du bon boulot, ensemble.

— N'est-ce pas ? dit-elle avec un sourire.

Dans le couloir, les membres de l'équipe chuchotaient et coulaient des regards en direction de la salle de conférences.

— On dirait que nous faisons jaser, dit-il.

— C'était prévisible. Je pensais quand même que nous aurions un peu plus de temps pour…

— Pour peaufiner notre histoire ?

— Oui. Nous aurions dû en parler davantage hier soir. J'avoue ne pas avoir assez réfléchi sur la question.

— Moi non plus. J'étais trop concentré sur le travail.

— Comme je vous comprends, dit-elle en riant. Moi aussi, je suis débordée.

Elle leva les bras et s'étira pour soulager ses épaules. Il fut tenté de lui proposer un massage, mais n'en fit rien. Leur partenariat ne prévoyait pas ce genre de… services.

— Vous vous en êtes bien sortie. Pour un peu, j'aurais cru que…

Comme il s'interrompait, elle inclina la tête.

— Que quoi ?

— Eh bien, que vous étiez amoureuse de moi.

Elle éclata de rire comme à une bonne plaisanterie.

— Je suis ravie d'avoir été aussi crédible. Sur ce, à toute à l'heure.

— Attendez ! Qu'est-ce que vous faites, ce midi ?

Pourquoi lui posait-il cette question ? Voulait-il lui proposer un rendez-vous sentimental ou un simple repas entre associés ? D'un autre côté, tout le monde s'attendait à les voir déjeuner ensemble. Encore une fois, il devait maintenir les apparences.

— J'ai déjà un repas dans le réfrigérateur du coin-cuisine, répondit-elle avec un sourire d'excuse. J'ai l'habitude de manger à mon bureau.

— Moi aussi.

Dehors, il faisait un temps magnifique, un de ces temps qui remplissaient les parcs et les terrasses des cafés. Il en avait assez de l'air conditionné qu'il respirait à longueur de journée, cinq jours de la semaine, et parfois six. Il songea aux appels qu'il devait passer, aux e-mails qui attendaient une réponse, aux dossiers qui encombraient son bureau. Puis il regarda Ellie, et voulut profiter de sa compagnie ne serait-ce que quelques minutes, le temps de l'entendre de nouveau rire, de voir son sourire. Il serait bien assez tôt pour revenir à ses obligations.

— Allons déjeuner dehors, sur l'esplanade ou ailleurs. Un peu d'air ne nous fera pas de mal.

— Vous voulez prendre une pause deux jours de suite ? Ma parole, vous allez faire jaser.

— Au point où nous en sommes…

Le sourire d'Ellie jaillit et ses yeux brillèrent d'un éclat malicieux. Elle glissa sa main dans la sienne.

— Vous avez raison. Un peu plus ou un peu moins…

Ellie consulta son portable : toujours rien. Linda avait-elle bien reçu son message ? L'attente était insupportable. Dieu merci, la réunion de ce matin lui avait occupé l'esprit et Finn avait eu raison de lui proposer de prendre l'air. Si elle était restée enfermée, elle serait devenue folle !

Finn rangea son portable et déballa son sandwich. Depuis qu'ils étaient sortis pour déjeuner, il avait reçu deux appels professionnels, auxquels il avait répondu avec une efficacité impressionnante. Lors du premier, il avait dissuadé un sous-traitant de procéder à une modification qui aurait compromis la sécurité d'un bâtiment, lors du deuxième il avait négocié une baisse de tarifs.

— Je comprends d'où vous vient ce surnom de Faucon, dit-elle. Vous ne lâchez rien !

— Les affaires sont les affaires.

— Peut-être, mais obtenir une remise tout en raccourcissant les délais, j'appelle cela un miracle.

— Je fais juste mon boulot, répondit-il, gêné.

— Et vous vous en acquittez à merveille. Cette ténacité à la tâche vient-elle de votre position d'aîné de la famille ?

— Je n'en sais rien… Peut-être. A vrai dire, je n'y ai jamais réfléchi.

Elle allait répondre lorsque son portable vibra. Elle jeta un bref coup d'œil à l'appareil avant de le glisser de nouveau dans sa poche.

— Vous attendez un appel ?

Elle hocha la tête.

— Oui, de l'agence d'adoption. J'ai dit à la personne qui s'occupe du dossier que je m'étais mariée. Elle est censée me rappeler dans l'après-midi.

— Comment pensez-vous vous préparer ? demanda-t-il en attaquant son sandwich.

— Me préparer à quoi ? A l'entretien ? Ça ne devrait pas être la mer à boire.

— Non, je voulais dire…

Il traça un cercle dans l'air avec son sandwich.

— … au fait d'élever un enfant toute seule.

— Ah… Je serai loin d'être un cas isolé.

— Sauf que, dans le même temps, vous dirigez une entreprise.

— C'est vrai.

Elle promena le regard sur le parc de l'autre côté de la rue. A cette heure-ci, il était rempli d'enfants qui couraient dans tous les sens, de chiens qui s'amusaient à rattraper des Frisbee, de familles qui pique-niquaient dans l'herbe.

— Je ne m'attends pas à ce que ce soit facile tous les jours.

Bel euphémisme… En fait, elle ne cessait de s'interroger. Parviendrait-elle à jongler avec tous ces impératifs ?

— Mais je trouverai un moyen de me débrouiller, dit-elle.

— Tout de même, ne pensez-vous pas qu'il aurait été préférable d'attendre de rencontrer une personne avec qui… eh bien, fonder une véritable famille ?

Elle suivit des yeux un enfant d'à peine trois ans encadré de ses parents, à qui il donnait la main en gambadant.

— Peut-être. Mais, en toute franchise, je n'ai jamais eu envie de me marier.

— Ah bon ? Pourquoi ?

— Peut-être que j'ai toujours eu peur.

— De quoi ?

— Je ne sais pas… D'être déçue, de ne pas donner le meilleur à mes enfants. Je n'ai pas grandi dans une famille à proprement parler. Mes parents se contentaient de partager le même toit, mais ils avaient chacun leur vie. Je ne savais pas si je serais capable de faire mieux.

— Je vous comprends. Beaucoup de gens pensent comme vous.

— C'est votre cas ?

— Ne parlons pas de moi, voulez-vous ? répondit-il avec un rire bref.

— Pardon, j'étais juste curieuse. Vous ne donnez pas l'impression de vouloir rester éternellement célibataire.

— Qu'est-ce que vous en savez ?

Il se leva et jeta le reste de son sandwich dans une poubelle. L'intermède était terminé. Elle s'était confiée à lui, mais il ne lui avait pas rendu la pareille. Cette rebuffade lui fit l'effet d'une gifle.

Elle regarda de nouveau le jeune couple et l'enfant. Ils s'étaient assis dans l'herbe, et la jeune maman s'amusait à poser un cookie sur la paume de son fils pour vite le retirer lorsque celui-ci refermait sa main. En entendant le rire léger du garçonnet, elle sentit son cœur se serrer. La douleur était poignante. Au fond d'elle-même, elle aspirait à un tel bonheur, à ce genre de complicité. Elle regarda Finn la rejoindre sur le banc et comprit qu'elle ne réaliserait jamais ce rêve avec lui. Elle avait épousé le Faucon, pas un prince charmant. Pour lui, ce mariage était un partenariat comme un autre : une alliance impersonnelle à envisager sans émotion.

Elle aurait dû s'en féliciter. Après tout, c'était ce qu'elle avait voulu, n'est-ce pas ? Malgré tout, ce mariage lui laissait un goût amer.

Parce qu'elle s'attachait toujours plus à l'homme qu'elle avait épousé.

7

Finn avait passé une heure sur le tapis de course, et s'acharnait depuis une demi-heure sur une machine de musculation. Il transpirait abondamment, mais cela ne changeait rien : la tension qui lui nouait les épaules ne s'allégeait pas. Ellie lui revenait sans cesse à l'esprit. Il s'attachait trop à cette femme, trop vite. Tout au long de la journée, il s'était surpris à penser à elle des dizaines de fois. Quelle était sa couleur préférée ? Est-ce qu'elle aimait mieux le printemps ou l'automne ? Dormait-elle sur le côté droit ou gauche du lit ? Lors de leur pause de midi, il avait même failli lui confier que lui non plus n'avait jamais imaginé se marier un jour. Heureusement, il s'était retenu à temps. Il était hors de question que leur relation sorte du cadre qu'ils s'étaient fixé tous les deux. Ellie le voyait uniquement comme un moyen pour une fin : sitôt qu'elle aurait sa fille, elle se passerait de sa compagnie.

Il s'inclina sur le banc et tira sur les barres. Ses biceps n'en pouvaient plus, mais il insista, une fois, et une autre, et une autre encore.

Ce n'était pas seulement à cause d'Ellie qu'il avait tant besoin de se dépenser. Cette histoire d'adoption lui semblait de plus en plus problématique. Ce qu'elle lui demandait, c'était de jouer au papa par intérim et de laisser le champ libre une fois le projet d'hôpital terminé. Et l'enfant, dans tout cela ? Il était bien placé pour savoir à quel point la perte d'un parent pouvait être douloureuse. Lui et ses frères avaient vécu cette situation, et ils avaient mis des années à retrouver une sécurité affective, malgré l'amour de leurs grands-parents. Comment pouvait-il imposer une telle souffrance à cette petite fille ?

Il vida profondément ses poumons et se releva. Sa séance de musculation était terminée, mais ses questions demeuraient sans réponse. Après une douche rapide, vêtu d'un jean et d'un T-shirt, il héla un taxi à qui il donna l'adresse d'Ellie.

La nuit qui tombait drapait Boston d'un voile bleuâtre. L'air clair et tiède invitait à la promenade… mais il ne se permettait jamais ce genre de plaisir. A tort, peut-être. Sa vie s'équilibrerait sans doute mieux s'il lui arrivait de profiter du crépuscule… S'il lui arrivait de partager de tels instants de sérénité avec quelqu'un qui vivrait vraiment avec lui. Mais ce n'était pas le cas. Et il était stupide de prendre ses désirs pour des réalités.

Sa mère avait été comme cela : idéaliste, pétrie de rêveries romantiques, elle s'était brûlée à la réalité comme un papillon à une flamme. Pas question de répéter ses erreurs. Il s'était toujours fait fort de garder la tête froide dans le travail comme dans sa vie personnelle, et ce n'était pas maintenant qu'il changerait sa ligne de conduite.

Quelques instants plus tard, le taxi le déposa devant un élégant immeuble de briques rouges aux fenêtres fleuries de pensées. Il composa le code et pénétra dans un hall au carrelage blanc, décoré de boiseries sombres. Les boîtes aux lettres étaient éclairées par un dispositif en fer forgé qui semblait plus vieux que sa grand-mère. Il aimait le charme chaleureux de cet endroit, si différent de la tour de verre ultramoderne dans laquelle il habitait. En même temps, mieux valait ne pas y prendre goût. Son arrangement avec Ellie était temporaire, et il ne devait surtout pas d'imaginer qu'il était ici chez lui.

Il la trouva dans la cuisine, occupée à remplir le lave-vaisselle.

— Bonsoir.

Elle se retourna et lui sourit.

— Bonsoir. Désolée, je ne vous ai pas attendu pour le repas. Je n'étais pas sûre de l'heure à laquelle… Enfin, vous n'étiez pas obligé de me tenir au courant, de toute façon. Nous ne sommes pas vraiment mariés.

Il laissa son sac tomber par terre.

— J'ai mangé un morceau en sortant de la salle de sport. L'agence vous a contactée pour l'entretien ?

— Oui, je dois les voir dans deux jours.

— Ah. Très bien.

Les procédures avançaient vite. Tant mieux : de la sorte, ils pourraient bientôt reprendre leur vie normale, chacun de leur côté.

— A ce propos, nous devrions réfléchir à notre histoire, pour le cas où ils nous poseraient des questions. Je ne veux pas leur laisser croire que…

— … que nous nous connaissons à peine.

Elle hocha la tête, et indiqua le balcon d'un geste.

— Nous pouvons nous asseoir dehors, si vous le voulez. Mon balcon est beaucoup plus petit que le vôtre, mais nous pourrons quand même prendre un peu l'air.

Quelques instants plus tard, ils s'installaient autour d'un plateau garni de biscuits apéritifs, d'un assortiment de fromages et de serviettes décorées.

— Comme c'est joli.

Elle haussa les épaules en souriant.

— Vous êtes gentil, mais ce n'est pas grand-chose, surtout comparé avec la soirée que vous avez organisée.

— Non, c'est beaucoup mieux, dit-il en optant pour un biscuit et un morceau de fromage.

— Mon plateau, bien mieux qu'un dîner gastronomique avec musique douce et bougies ?

— Oui, parce que c'est vous qui l'avez préparé. Moi, je suis incapable de penser à ces petites touches personnelles.

— Vous ne cuisinez pas du tout ?

— Je serais incapable de me faire des œufs brouillés. Par contre, je sais très bien commander les plats à emporter. Dans la famille, c'est ma grand-mère la cuisinière : un vrai cordon-bleu.

Elle avala une gorgée de thé glacé.

— Et vos parents, où sont-ils ? Est-ce qu'ils vivent à Boston ?

Il pâlit légèrement.

— Non. Plus maintenant. Ils sont morts, dit-il après un silence. Dans un accident de voiture. J'avais onze ans, Brody, huit, et Riley, à peine six.

— Oh ! c'est terrible, dit-elle en posant la main sur son bras musclé.

Comment un geste aussi simple pouvait-il le toucher autant ? Il aurait voulu qu'il se prolonge, jusqu'à dégeler les recoins de son cœur.

— Nous avons été élevés par nos grands-parents. Les pauvres, nous avons dû les rendre fous, avec nos cris et nos bagarres continuelles.

— Je veux bien vous croire.

— Ma grand-mère disait que nous étions des catastrophes ambulantes, mais elle nous adorait. Elle était très stricte, ce qui ne l'empêchait pas de nous faire des surprises, de nous offrir des jouets ou des cookies aux moments les plus inattendus.

— La grand-mère idéale, en somme.

— Oui. Celle dont chaque enfant rêverait. Je me rappelle une fois où Brody et moi nous étions disputés pour je ne sais plus quelle raison. Quoi qu'il en soit, ma grand-mère nous a obligés à passer le râteau dans le jardin, en commençant chacun de notre côté. Lorsque nous nous sommes rejoints, lui et moi, nous avions ramassé un énorme tas de feuilles dans lequel nous nous sommes roulés. Notre dispute était oubliée.

— On dirait que c'est d'elle que vous avez hérité l'art du compromis, dit-elle en riant.

— Oui, sans aucun doute. Elle m'a beaucoup appris.

Cela faisait longtemps qu'il ne s'était pas autant confié à quelqu'un. Même Lucy n'avait pas su grand-chose de lui : ensemble, ils parlaient surtout travail. Etait-ce parce que Lucy ne s'intéressait pas à lui, ou parce qu'ils n'éprouvaient pas la nécessité de se confier l'un à l'autre ? A moins que son instinct ne l'ait poussé à se méfier d'elle ?

Et Ellie ? Sa sollicitude était-elle sincère, ou essayait-elle simplement de rassembler des renseignements en vue de l'entretien ? Au reste, pourquoi s'en souciait-il autant ? Tout à l'heure, à la salle de sport, il s'était juré de ne pas s'aventurer sur un terrain personnel avec elle, mais il ne cessait de franchir la ligne jaune. Il savait qu'il devait se méfier, bon sang !

— Je crois que dans la vie tout le monde a besoin d'une personne comme votre grand-mère.

— C'est vrai.

Il se tourna vers elle et s'aperçut qu'elle le dévisageait. Elle ouvrit la bouche comme pour poser une autre question, mais il la devança en sortant de sa poche un papier qu'il lui tendit.

— Tenez. J'ai pensé que vous auriez sans doute besoin de savoir quelques petites choses sur moi, lors de l'entretien.

Elle parcourut la feuille en diagonale.

— Pointure… taille de costume… modèle de voiture… Cette liste ne m'apprend rien sur vous, à part quoi vous offrir à Noël, dit-elle en levant les yeux vers lui.

— Que vous faut-il de plus ?

Elle laissa tomber la feuille sur la table basse et, les genoux repliés, entoura ses jambes de ses bras. Dans ce pantalon de survêtement et ce petit T-shirt rose pâle, elle avait l'air aussi à l'aise que sur un oreiller moelleux.

— Désolée, mais votre liste ne me dit rien de ce qu'une femme devrait savoir de son mari.

— Bien sûr que si. Vous seriez censée ne pas ignorer ma pointure et la marque de ma voiture, non ?

— Je ne parle pas de ça. Votre femme devrait deviner le fond de votre cœur, vos peurs, vos rêves, ce qui vous énerve. Elle serait capable de répondre à n'importe quelle question vous concernant parce qu'elle vous connaîtrait aussi bien qu'elle-même.

Il remua sur son siège, en proie à un malaise grandissant.

— Je ne suis proche de personne à ce point.

— Pourquoi ?

Il se détourna.

— Aucune idée.

— Tout de même, votre ancienne fiancée devait bien vous connaître un peu. Vous lui avez sûrement raconté des anecdotes personnelles, comme celle de votre grand-mère, par exemple. D'ailleurs, parlez-moi de votre ex. Pourquoi vous êtes-vous séparés ?

— Je ne veux pas parler de Lucy.

Elle poussa un soupir impatienté.

— Faites un effort, bon sang ! Nous sommes censés n'avoir aucun secret l'un pour l'autre.

— C'est pour cela que j'avais rédigé cette liste…

— Oubliez cette liste !

Elle se leva, s'accouda à la balustrade, puis se retourna vers lui.

— Pourquoi ne me faites-vous pas confiance ? demanda-t-elle d'une voix douce. Chaque fois, vous avancez de deux pas et vous reculez de trois.

— Mais non.

Il alla se poster à l'autre bout du balcon et suivit du regard un voisin qui sortait ses poubelles. Avec les biscuits apéritifs, le survêtement, elle lui avait vraiment offert une tranche de son quotidien. Pour un peu, il aurait vraiment cru qu'il vivait en couple avec elle.

Elle s'approcha de lui, si près qu'il pouvait respirer son odeur : un bouquet de jasmin auquel se mêlaient de légères notes de vanille. Il se souvenait de ce parfum, et de la première fois qu'il l'avait senti : c'était lorsqu'il l'avait embrassée, dans le bureau de Charlie, pour sceller leur mariage. Et voilà que l'envie le reprenait de l'embrasser et de… Non, il s'égarait.

— A quoi jouons-nous, au juste ? demanda-t-elle d'une voix douce.

— Nous faisons semblant d'être mariés.

— C'est tout ?

Comme il ne répondait pas, elle leva les yeux vers lui.

— Est-ce que je peux vous poser une question ?

— Allez-y.

Elle demeura silencieuse un bref instant, le regard fixé sur lui.

— Pourquoi avez-vous accepté de m'épouser ?

— Parce que c'était la condition pour que je puisse travailler sur le projet Piedmont.

— Tout de même, avouez que c'est étrange. Vous êtes un négociateur redoutable, à tel point qu'on vous surnomme « le Faucon », dit-elle en faisant le signe de guillemets avec les doigts. Or vous avez accepté d'emblée, sans rien discuter. Voilà ce que j'essaie de comprendre.

Autour d'eux, l'air sembla se figer. Même la rumeur de la circulation s'arrêta. Il respira profondément, et, comme une provocation, ce satané jasmin vint lui chatouiller les narines.

Elle avait raison. Il aurait pu exiger une compensation ou décliner sa demande. Mais il n'en avait rien fait.

— Je ne sais quoi vous répondre, si ce n'est que j'avais vraiment besoin de ce projet d'hôpital pour remettre mon entreprise sur les rails.

Elle s'avança d'un pas.

— C'est tout ? Je ne vous crois pas.

— Tant pis pour vous. Nous sommes ensemble pour le travail, et rien d'autre.

— Rien d'autre ?

Elle se tenait à quelques centimètres de lui. Il n'avait qu'à faire un pas pour la tenir contre lui. Le désir pulsa dans ses veines, plus impérieux que jamais. Son regard se posa sur ses lèvres.

— Si, dit-il, le souffle court.

Il avança le bras et saisit une mèche blonde : elle était aussi soyeuse qu'il l'avait imaginé.

— Et pour toi ?

Elle secoua la tête, la gorge serrée.

— Pour moi aussi…

Elle se mordit la lèvre, puis lâcha d'un seul trait :

— C'est en train de devenir beaucoup plus qu'un simple partenariat.

Il observa ses lèvres prononcer ses paroles, sentit la tiédeur de son haleine… Au diable le bon sens ! Cédant à son envie, il se pencha vers elle et l'embrassa. Leurs formes s'épousaient à la perfection. Son baiser, d'abord tendre, s'embrasa soudain sous le coup d'un désir incontrôlable. Lorsqu'elle se pressa contre lui, il ne put retenir un gémissement sourd.

Une sonnerie transperça le brouillard qui encombrait son esprit. Son portable ! S'arrachant des bras d'Ellie, il se précipita vers l'appareil : trop tard. Toutefois, l'interruption avait rempli son office. Il avait retrouvé la raison. Ellie s'avança vers lui, un sourire aux lèvres. Bon sang, comme il aurait voulu la serrer dans ses bras et reprendre là où ils s'étaient arrêtés… Il fallait qu'il s'en aille. Il ne pouvait pas se laisser aller à cette folie.

Il prit son verre pour s'occuper les mains, et ne pas être tenté de la toucher de nouveau.

— Désolé, c'est impossible.

— Impossible ou hors contrat ? demanda-t-elle avec un sourire.

— Nous ne devons pas faire comme si… comme si nous étions vraiment mariés. Nous sommes associés, c'est tout.

Il reposa son verre en secouant la tête. Le plateau apéritif délaissé semblait le narguer. Les mains sur ses hanches, elle le dévisageait fixement.

— De quoi as-tu peur ?

— Moi ? De rien. Je pense juste qu'il est préférable de s'en tenir à une relation strictement professionnelle.

— Et ce baiser, alors ? Il était strictement professionnel, lui aussi ?

— Non, c'était une erreur à ne pas répéter.

— Ah oui ? Et le restaurant de l'autre soir ? Le baiser devant le juge ? Des erreurs, aussi ?

Il soupira. Voilà exactement pourquoi il avait redouté de s'engager dans cette voie-là. Il avait suffi d'un moment d'égarement pour qu'il lui donne à espérer, pour qu'elle s'imagine que cette relation pouvait évoluer en quelque chose de sérieux. Il ne voulait pas la blesser, la faire pleurer comme il avait si souvent vu sa mère le faire.

Il prit une profonde inspiration et se força à dire les mots qu'il aurait dû prononcer beaucoup plus tôt.

— Après l'entretien, je crois qu'il ne faudra pas tarder pour le divorce.

Voilà, c'était dit, mais ces paroles, aussi brutales qu'un pansement arraché d'un coup, ne le soulageaient pas. Immobile, elle le fixait de ses yeux verts écarquillés par le choc.

— Quoi ?

— En revanche, rien ne nous empêche de maintenir notre partenariat, si tu le souhaites.

Il s'efforçait de parler d'une voix neutre, professionnelle, mais son parfum ne cessait de titiller ses sens et son regard brillant de larmes exprimait une supplication muette. Surtout, ne pas se laisser attendrir. Ce choix était le plus dur, mais c'était le meilleur, pour elle comme pour lui.

— Si… si tu veux, je laisserai mes collaborateurs à ta

disposition et je continuerai de te seconder sur le projet Piedmont. Nous travaillons bien, ensemble. Il n'y a pas de raison de mettre un terme à un partenariat qui marche.

— Ce n'est pas ce qui était prévu. Tu étais censé m'aider pour l'adoption.

— Je sais, et je ne vais pas me dédire. Je serai avec toi pour l'entretien.

— Pour faire semblant d'être mon mari.

— C'était bien notre arrangement, non ?

Elle resta un instant silencieuse. Non loin, une voiture klaxonna, un chien aboya.

— Et tout à l'heure, tu m'as embrassée pour sceller cet arrangement ?

— C'est l'impression que je te donne ?

— Bien sûr. Tu désirais nouer un partenariat pour soutenir ton entreprise. Moi, je voulais récupérer Jiao. Ce mariage nous permet d'arriver tous les deux à nos fins, c'est tout. Une transaction, voilà tout ce qu'il est. N'est-ce pas ? fit-elle, insistante, en faisant un pas vers lui. A moins qu'il représente quelque chose de plus pour toi.

Que lui répondre ? Qu'il était las de passer ses nuits dans un clic-clac sur son lieu de travail ? Qu'il ne supportait plus de n'entendre que le bruit de ses pas chez lui ? Qu'il se demandait de plus en plus pourquoi il trimait si dur ? Qu'elle avait ouvert une fenêtre dans sa vie ? Impossible. Lui avouer tout cela aurait précisément été s'égarer dans l'une de ces histoires d'amour qu'il avait toujours fuies comme la peste.

Il poussa un long soupir.

— Les choses ne sont pas aussi simples que cela, vraiment.

— Pourquoi ? Où est le mal à s'attacher à quelqu'un, Finn ? Pourquoi crains-tu de t'engager ?

— Je ne crains rien. Nous sommes mariés, je te rappelle.

— Ce n'est pas un mariage, mais un contrat. Je sais bien qu'au début je ne désirais rien d'autre, mais…

Elle secoua la tête.

— A présent que je te connais sous un autre jour, j'ai de plus en plus envie de donner une chance à notre histoire. Et pourtant, je ne suis pas du genre à prendre des risques, surtout en matière de sentiments. Mais chaque fois, tu te dérobes et tu redeviens le Faucon.

— Ce n'est pas vrai !

— Tu n'es qu'un lâche, Finn, dit-elle en se détournant. Je ne sais même pas pourquoi… pourquoi je me suis laissée aller à espérer.

Lâche, lui qui essayait seulement d'être raisonnable ? A prendre ses désirs pour des réalités, elle s'exposait à souffrir. Etait-ce si dur à comprendre ?

— Tu crois vraiment que nous pouvons donner une réalité à ce mariage ? Réponds-moi franchement, Ellie. Tu m'imagines former avec toi une jolie petite famille, avec les 2,5 enfants des statistiques, la voiture break et le chien ?

Le regard tremblant, elle secoua la tête avec véhémence.

— Non, non ! Avant peut-être, mais plus maintenant.

Elle frissonna. Une petite pluie fine s'était mise à tomber, mais ni lui ni elle ne s'en souciaient. Il porta un regard absent vers les portes-fenêtres du salon, striées de gouttes d'eau qui s'écoulaient lentement, comme des larmes.

— Je suis désolé, mais cette ambiguïté ne peut plus durer. Je ne peux pas te donner plus que ce qui est stipulé dans le contrat.

En la voyant pleurer, sa résolution vacilla. Il aurait été prêt à revenir sur ses paroles pour ne pas la voir dans cet état.

— C'est tout ce que je suis, pour toi ? Un contrat ?

— C'est bien ce que tu voulais, non ? Et, au fond, c'est la meilleure des solutions, pour nous deux.

Sans un regard de plus, il tourna les talons et s'en alla avant que les larmes d'Ellie n'aient raison de sa détermination.

8

Ellie approcha la chaise en plastique du lit de son père.

— Comment te sens-tu, Papa ?

— Beaucoup mieux, à présent que tu es là.

Son sourire était encore faible mais, sous les épais cheveux blancs, ses yeux verts brillaient de joie, comme chaque fois qu'elle se rendait à son chevet.

— Ils m'ont prescrit un nouveau traitement qui donne plutôt de bons résultats, dit-il en pliant le bras pour faire saillir son biceps. Je serai bientôt d'attaque pour courir le marathon de Boston.

— Nous avons le temps d'y réfléchir.

Henry éteignit la télévision.

— Comment vas-tu, ma petite Ellie ?

— Très bien. Ne te fais pas de souci pour moi.

— C'est plus fort que moi. Je suis ton père, après tout.

Elle lui serra fort la main. Etant donné son état de santé, il était hors de question qu'elle lui raconte ses problèmes.

— Et l'adoption ? Les procédures avancent ? Si tu savais comme j'ai hâte de rencontrer ma petite-fille.

Elle soupira. Une fois de plus, elle se félicita de ne rien lui avoir dit de son mariage précipité.

— En fait, je suis tombée sur un petit problème. Rien de bien grave, rassure-toi, dit-elle avec empressement en le voyant froncer les sourcils. Seulement, les formalités risquent d'être plus longues que prévu.

— Veux-tu que je contacte quelqu'un ? Que j'engage un avocat ?

Il tendait déjà le bras vers le téléphone, mais elle l'arrêta.

— Tout va bien, je t'assure. Ne t'inquiète pas. Il ne s'agit que d'un contretemps.

— Ah, tant mieux. Vivement qu'elle arrive. Tu m'as tellement parlé de cette petite et montré tant de photos d'elle que j'ai l'impression de la connaître déjà.

Il se redressa péniblement sur ses oreillers.

— Peux-tu me passer un peu d'eau, ma chérie ?

— Bien sûr.

Elle l'aida à se saisir d'un verre, la paille tournée vers lui, puis reprit sa chaise.

— Je te fatigue, Papa.

— Toi ? Quelle idée ! Au contraire, je me sens toujours mieux après t'avoir vue, ma petite fille. Mais s'il te plaît, parle-moi donc d'autre chose que de ma santé. Raconte-moi ce qui se passe à WW.

— Tout va bien, Papa.

— Tss-tss. Tu me serines toujours la même chanson. Arrête donc de mentir, dit-il en souriant, recouvrant sa main de la sienne. Je sais bien que tu agis avec les meilleures intentions du monde, mais tu peux tout me dire. Je suis capable d'encaisser.

Elle ne demandait rien de mieux que de libérer son cœur, mais le médecin avait été catégorique : pas de stress.

— Pour le moment, tu dois te rétablir. Le travail viendra après.

Il fronça les sourcils avec un soupir d'énervement.

— Je passe mon temps dans ce lit à essayer de me rétablir. J'en ai assez, de cet endroit. J'ai l'impression d'être en prison. Avec cette nourriture infecte, on s'y croirait vraiment. J'ai besoin de me changer les idées.

— Justement, je t'ai apporté des livres et des magazines. Tu as aussi la télé. Si tu veux autre chose…

Il balaya ses paroles d'un geste de la main.

— Parle-moi du travail.

— Papa…

Il fronça les sourcils avec une détermination de fer.

— Ma chérie, je t'adore et ta sollicitude me touche, mais c'est en gardant le silence sur WW que tu m'inquiètes. Je ne doute pas de ta capacité à diriger l'entreprise — tu es compétente et intelligente, et son avenir t'importe autant qu'à moi. Simplement, dans cette chambre d'hôpital, je me sens à l'écart, inutile. WW fait autant partie de moi que mon bras droit.

Elle soupira. Elle reconnaissait bien son père : tenace comme un bulldog ! A présent que sa santé s'améliorait, elle ne pourrait pas le tenir éternellement dans l'ignorance de ce qui se passait à WW. Mieux valait distiller petit à petit les informations, de manière à satisfaire sa boulimie d'activité.

— Bon, d'accord. Mais je te préviens : au moindre signe de fatigue, je refuse de te parler d'autre chose que de jardinage.

Henry grimaça, peu enchanté par cette idée.

— Promis.

— Très bien.

Après un bref récit du départ de Farnsworth, Ellie passa en revue les difficultés rencontrées dans le dossier Piedmont, puis évoqua son alliance temporaire avec Finn et les avantages qu'elle en tirait. Elle omit toutefois soigneusement de parler du mariage.

— Tu collabores avec Finn McKenna, dit Henry.

Elle hocha la tête.

— Avec nos délais, nous n'aurions jamais pu recruter et former un nouvel architecte à temps. Les travaux préparatoires doivent être livrés le 15.

— Je comprends, mais quand même… Finn McKenna… Comment lui faire confiance ? Il est passé maître dans le rachat de petites structures comme la nôtre. Il reste avant tout un concurrent, souviens-toi.

— Je sais tout cela. J'ai justement été très vigilante sur le contrat de partenariat. Son entreprise traverse quelques difficultés et…

— Tu sais pourquoi ? Il t'en a parlé ?

Le cœur d'Ellie se serra. Focalisée sur l'adoption, elle avait foncé tête baissée dans ce mariage. Avait-elle fait preuve de négligence ?

— Non, il n'est pas vraiment entré dans les détails.

— Il a eu une relation avec la fille d'un concurrent. Pour être plus précis, ils étaient fiancés. Lorsque leur couple a commencé à battre de l'aile, la fille a récupéré plusieurs des clients de McKenna. A ce qu'il paraît, il a essayé de se battre, mais le tort était fait. L'ironie de l'histoire, c'est qu'il se serait mis avec elle pour pouvoir l'évincer et éliminer un concurrent. En d'autres termes, il aurait été pris à son propre jeu.

La fille d'un concurrent… Tout à coup, elle se sentit transie. Finn l'avait-il épousée pour se débarrasser d'elle ? Seigneur, avait-elle pactisé avec le diable ? Son instinct lui disait que non. Elle avait même l'intime conviction qu'il n'était pas le prédateur que décrivait la rumeur publique. Pourtant, que savait-elle de lui ? Chaque fois qu'elle avait essayé de le connaître plus intimement, il s'était dérobé.

— Fais attention, ma chérie. Finn traîne une réputation d'homme sans scrupule. Ce n'est pas pour rien qu'on l'appelle le Faucon.

Elle hocha la tête. Jusqu'à présent, ce surnom l'avait toujours fait sourire mais, à la lumière de ce qu'elle venait d'apprendre, il prenait une résonance nouvelle, inquiétante. S'était-elle laissée manipuler ? Finn avait-il accepté sa proposition pour pouvoir mettre la main sur WW ?

Elle s'efforça de sourire.

— Je suis sûre que tout se passera bien, dit-elle, plus pour soulager ses propres peurs que celles de son père. Finn est très efficace et sa contribution est essentielle au projet.

— Sans doute, mais à ta place je me méfierais, répondit-il d'un ton définitif. Il fait partie de ces types qui veulent toujours gagner, quel qu'en soit le prix.

— Mais non, Papa. Il a toujours été honnête avec moi. Je ne crois pas qu'il cache son jeu.

Henry Winston n'avait pas l'air convaincu.

— Quand même, reste sur tes gardes. Il est acculé, et dans cette situation un fauve est prêt à tout pour s'en sortir.

Absolument tout… Comme épouser une inconnue pour la déposséder de son bien.

— Tu es incroyable, toi. Depuis une semaine, tu es l'heureux mari d'une fille splendide, mais tu passes encore plus de temps dans ce bureau mal aéré.

Finn allait dire à Riley de se mêler de ce qui le regardait lorsque Brody enfonça le clou :

— Je suis très déçu. Moi qui espérais que le mariage te transformerait…

Finn haussa les épaules. Il ne voulait pas leur parler de son mariage… ou plutôt de son non-mariage, et encore moins du fait qu'il n'avait pas revu Ellie depuis leur dispute sur le balcon, deux jours plus tôt.

— Je suis changé, pourtant.

Brody éclata de rire.

— Pardonne-moi, mais ça ne saute pas aux yeux ! Allez, largue les amarres cinq minutes, d'accord ?

— Pas maintenant. J'ai du travail.

Riley se tourna vers Brody avec un soupir.

— Il ne nous laisse pas le choix. Il faut le kidnapper.

Brody posa l'index sur le menton avec un air de profonde réflexion.

— Mmmh… Mission périlleuse.

— Pas pour deux gars costauds comme nous. Finn, tu viens avec nous, ou nous te ficelons comme un tapis persan.

Finn leva les mains en riant.

— Ça va, ça va. Vous avez gagné. Mais je n'ai le temps que pour un café.

Les trois frères descendirent dans la rue et aussitôt, au lieu de prendre le chemin habituel, Riley bifurqua à droite.

— Eh, je n'ai vraiment pas le temps d'arpenter toute la ville pour un café ! J'ai une journée très…

Riley l'interrompit en posant la main sur son bras et les mena vers une petite brasserie à la pimpante devanture jaune et blanche.

— Justement, dit-il. Tu ne prends jamais le temps pour rien.

— Non, et encore moins pour la bagatelle, dit Brody en riant. Chaque matin, tu arrives au travail aux premières heures, frais comme un gardon. Quand vas-tu partir en lune de miel ?

Finn se sentit rougir. Il n'en fallait pas plus pour qu'il imagine Ellie et ses courbes enchanteresses, l'invitant d'un sourire à entrer dans son cœur, dans son lit, à explorer de ses mains, de sa bouche les monts et les vallées de son corps.

Il s'éclaircit la gorge.

— Je n'ai pas de conseils à prendre de vous deux.

— Dommage pour toi, répondit Riley.

Ils poussèrent la porte et se dirigèrent vers le comptoir décoré d'un grand bouquet de fleurs bleues en harmonie avec les dominantes jaunes et blanches du décor.

— Donc, quoi de neuf avec ta femme, mis à part le fait que tu la délaisses ?

— Pouvez-vous parler d'autre chose ?

Riley jeta un coup d'œil amusé à Brody.

— Non. Et toi ?

— Moi non plus. La vie de Finn est l'un de mes principaux sujets de conversation.

Finn adorait ses frères, mais il les aurait étranglés !

— Dans ce cas, je vous laisse entre vous.

Il commanda un café noir avant de se tourner vers ses frères.

— Qu'est-ce que vous prenez ?

— Ah bon ? C'est toi qui payes ? demanda Riley, qui se tourna vers une serveuse. Alors, je vais prendre un grand café et trois bagels avec du beurre et du fromage à tartiner. C'est pour emporter.

— Pour moi, ce sera deux muffins à la myrtille et un grand café.

Finn roula les yeux.

— Vous n'allez pas manger tout ça ?

— Tu permets ? J'en prends pour trois jours.

— Oui, étant donné la fréquence à laquelle tu nous invites, mieux vaut en profiter.

— Vous êtes vraiment pénibles, vous savez. De vrais gamins.

— Pour une fois, nous sommes d'accord.

Finn empocha sa monnaie et les rejoignit à une table dans un coin. Il regarda autour de lui, tambourinant contre la table au rythme d'une chanson diffusée par la radio : un air connu des années 1970. Il était un peu plus de 9 heures et les clients du petit déjeuner commençaient à partir, mais la serveuse, apparemment seule en service, ne cessait de s'affairer. Une délicieuse odeur de pain grillé et de café torréfié flottait dans l'air.

— Pourquoi avez-vous choisi cet endroit ? Je ne savais même pas que vous veniez ici.

— Si, de temps en temps, histoire de changer, répondit Riley en inspectant le contenu de son sac.

— Comment ça, pour changer ? Eh, tu m'écoutes ?

Au tintement de la cloche de la porte, Riley redressa vivement la tête, puis son visage se fendit d'un sourire idiot. Il donna un coup de coude à Brody.

— C'est le moment. On s'en va.

Ils se levèrent de concert sous le regard stupéfait de Finn.

— Qu'est-ce qui vous prend ? Nous venons à peine de nous installer.

— Oui, mais nous te laissons en bien meilleure compagnie, dit Riley. Garde les paquets, mais n'oublie pas de partager.

— Quoi ? Eh, attendez !

Comme il pivotait sur son siège pour les appeler, il se figea et son cœur bondit.

Ellie se tenait sur le seuil, dans un halo de soleil qui jetait des paillettes dans ses cheveux. Elle portait une robe bleu foncé, légèrement décolletée, dont la coupe soulignait sa taille fine pour s'évaser au niveau des genoux. Ses pieds étaient chaussés de ballerines plates de même couleur.

Il sentit sa gorge se serrer.

Ses frères saluèrent Ellie, puis Riley lui désigna Finn du doigt et se pencha à son oreille pour lui dire quelque chose qui la fit sourire. Finn ressentit comme un violent coup à l'estomac. Lorsqu'elle traversa la pièce dans sa direction, il en oublia presque de respirer. Elle ne souriait plus.

— Je ne m'attendais pas à te trouver ici.

— C'est la première fois que je viens. Encore un coup de mon petit frère.

— Oui, certainement. Nous nous sommes croisés deux ou trois fois ici. Je me souvenais de lui, suite au cocktail, et nous avons discuté. Je lui ai dit que je prenais souvent un café ici, le matin, et c'est sans doute de là que lui est venue cette idée.

— Voilà qui lui ressemble bien, dit-il en secouant la tête. C'est un optimiste impénitent et un entremetteur, à ses moments perdus.

— Cela part d'un bon sentiment. Ton frère t'adore, tu sais, et il t'admire énormément.

Elle inclina la tête pour mieux le regarder.

— Vous vous ressemblez vraiment beaucoup, tous les trois.

— La faute à la génétique. Tu veux un bagel ? Un café ?

Elle jeta un bref regard à sa montre.

— J'ai une réunion dans un quart d'heure. Je ne peux vraiment pas m'éterniser…

Au même instant, son estomac gronda et elle plaqua une main sur son ventre avec un sourire crispé. Malgré leur badinage bon enfant, l'ambiance entre eux demeurait tendue.

— Bon, d'accord. J'ai peut-être le temps pour la moitié d'un bagel.

Il regarda dans le sac.

— J'en ai un aux céréales, un au fromage et un nature.

— Je vais prendre celui au fromage. Quitte à avaler des calories, autant ne pas lésiner.

— Tu es une femme comme je les aime, dit-il, souriant, en lui tendant un petit pain, un couteau et un carré de beurre.

Elle disposa le tout sur une serviette, tartina son bagel et en savoura une bouchée, les yeux fermés. Il prenait autant de plaisir à la contempler qu'elle à savourer son petit pain.

— Délicieux.

— Tout à fait d'accord.

— Oh ! désolée. Tu en veux ?

— Oui… Enfin, non, se reprit-il en se rendant compte qu'elle ne parlait pas d'elle mais du bagel. J'ai déjà déjeuné.

— Laisse-moi deviner…

Il la regarda avec convoitise se lécher le bout du doigt. Bon sang, c'était plus fort que lui. Chaque fois qu'il la voyait, il était saisi par le désir.

— Tu as pris un bol de flocons d'avoine, à l'eau, sans sucre.

— Pas du tout : des muffins.

Elle haussa des sourcils amusés.

— Pas de ceux qui étaient tombés par terre, j'espère ?

Il se rappela aussitôt cette matinée dans sa cuisine, le premier jour de leur mariage, et la tension qui avait électrisé l'air. Il s'éclaircit la gorge.

— Non, les miens sortaient tout juste d'une boulangerie de mon quartier. Je déjeune rarement chez moi. Je préfère acheter quelque chose sur le chemin du travail.

— Mmmh… Ce bagel est vraiment délicieux.

Ses lèvres brillaient, appétissantes. Il se demanda quel goût elles pouvaient avoir. Il aurait voulu les lécher, les mordiller… Après tout, c'était bien ainsi que se comportait un mari avec sa femme.

Sauf lorsqu'ils étaient unis par des liens platoniques…

Mais, justement, était-ce encore le cas ? Combien de fois l'avait-il embrassée, touchée, désirée ? Avait-il vraiment pensé pouvoir s'en tenir à certaines limites avec une femme aussi belle, aussi fascinante ?

— Et pourquoi ?

La question d'Ellie le ramena au présent.

— Pardon ?

— Pourquoi n'aimes-tu pas déjeuner chez toi ?

— Parce ce que c'est vraiment trop calme.

Cette réponse lui était venue sans réfléchir. Pourquoi ne lui avait-il pas dit, par exemple, qu'il détestait cuisiner et faire la vaisselle ?

Les traits d'Ellie s'adoucirent et elle reposa le bagel sur la serviette.

— Je te comprends. Moi aussi, je me sens seule chez moi. J'ai souvent l'impression que le bruit de mes pas résonne dans toute la maison. Dans ces cas-là, je ressens un tel vide…

Un vide. C'était exactement ce qu'il éprouvait, lui aussi, en songeant à sa propre vie. Tout à coup, c'était comme si un fil invisible venait de les réunir.

— As-tu longtemps vécu seule ?

— Oui, depuis presque toujours. Même lorsque j'étais petite, mes parents n'étaient jamais là. Mon père passait son temps à travailler et ma mère…

Elle soupira et repoussa le bagel du revers de la main.

— Ma mère menait sa propre vie. J'ai passé mon lycée en pension, mais après j'ai vécu seule. A l'époque, j'adorais pouvoir organiser ma vie comme je l'entendais, sans avoir à me justifier ou à me soucier des autres, mais à présent…

— Le charme s'est évaporé.

Elle acquiesça d'un hochement de tête silencieux.

Comment en étaient-ils encore venus à échanger des confidences ? Il n'était pas du genre à parler de lui facilement, mais avec elle il n'avait aucun mal à se raconter.

— Je garde un très bon souvenir des journées que j'ai passées chez toi, lança-t-il.

Le visage d'Ellie s'illumina.

— C'est vrai ? Moi aussi.

Elle poussa distraitement son petit pain.

— Avec le temps, mes priorités ont changé. Pendant longtemps, j'ai construit des maisons de famille pour les autres, mais à présent j'aimerais vraiment avoir la mienne. Tu avais raison, l'autre soir.

— A propos de quoi ?

— Eh bien, même si j'ai peur de rater mon mariage comme mes parents ont raté le leur, j'aurais envie d'une petite vie tranquille avec les 2,5 enfants, le chien, un petit jardin, les fêtes entre voisins.

Il la regarda fixement.

— Quel genre de chien ?

— Bah, tu vas rire.

— Mais non ! Laisse-moi deviner. Un golden retriever ?

Elle eut un hochement de tête embarrassé.

— Eh bien, oui. Quoi ? fit-elle comme il secouait la tête en riant.

— Quand j'étais petit, j'ai longtemps demandé au Père Noël de me donner un chien. Je savais que je n'avais aucune chance, puisque ma mère était allergique, mais je demandais quand même, à chaque Noël, à chaque anniversaire. Et la réponse était systématiquement « non ».

— Un chien de quelle race ? Attends, laisse-moi deviner… Un golden retriever ?

Il sourit.

— A l'école, mon meilleur ami avait un golden : un toutou énorme, complètement fou, le plus fidèle que j'aie jamais vu. Chaque soir, à la sortie de l'école, le chien l'attendait dans la cour pour rentrer avec lui.

— Le compagnon idéal, on dirait.

— Il était la mascotte de l'école. J'aurais adoré en avoir un comme ça, ma mère me rappelait à juste titre que ce ne serait pas moi qui nettoierais les poils sur le canapé ou les besoins au fond du jardin.

— C'est vrai, dit-elle en riant. Mais à présent, qu'est-ce qui t'empêche d'adopter un chien ?

— J'aurais peur qu'il s'ennuie, avec moi. Je travaille trop pour pouvoir consacrer suffisamment de temps à un animal.

— Oui, mais parfois il faut réaliser ses rêves d'enfant, non ?

Elle avait dit cela d'une voix si douce qu'il ne put s'empêcher de hocher la tête, la gorge nouée. Quel idiot, s'émouvoir à propos d'un chien… De toute façon il n'avait pas de place dans sa vie pour un animal domestique. Il ne prenait jamais le temps pour rien, son frère n'avait sans doute pas tort. Jusqu'à présent, Finn avait toujours pensé mener une vie bien ordonnée, pleine de petites cases, mais, depuis qu'il connaissait Ellie, ses repères volaient en éclats les uns après les autres.

Elle se pencha vers lui, si près que les notes de son parfum lui caressaient les narines.

— Tu sais ce qu'il m'arrive de faire ? J'aime bien m'arrêter à la devanture des animaleries pour regarder. Cela suffit à satisfaire pour un moment mes envies d'avoir un chien.

— J'aurais dû faire comme toi, quand j'étais petit. Je n'aurais pas autant harcelé le Père Noël.

Elle se leva et lui tendit la main.

— Ça peut s'arranger. Allez, viens.

— Comment ça ? Maintenant ? Je croyais que tu avais une réunion.

— Eh bien, elle attendra.

Joignant le geste à la parole, elle sortit son portable et envoya un bref message.

— Voilà. Je dispose d'une heure avant qu'on ne lance un avis de recherche.

Il songea à la montagne de dossiers entassés sur son bureau, aux coups de fil urgents qu'il avait à passer, aux e-mails à rédiger, aux factures à payer… Aussi brève soit-elle, cette escapade avec Ellie n'était pas raisonnable. Et pourtant, il s'empara de son téléphone et pianota sur le clavier.

— J'ai une heure moi aussi.

— Très bien. Allons-y.

Il se leva et lui prit la main. Ils avaient soixante minutes de liberté. Soixante minutes pour rêver et croire en l'impossible.

9

Lorsqu'elle avait aperçu Finn dans le café, Ellie avait été tentée de tourner les talons, mais Riley s'était penché vers elle pour lui murmurer à l'oreille : « Donnez-lui une chance. Vous verrez : au fond, c'est un gros tendre. » Alors, elle était allée le rejoindre à sa table.

Qui était Finn McKenna ? Un gros tendre, vraiment, ou ce concurrent redoutable contre lequel son père l'avait mise en garde ? L'homme qu'elle voyait ce matin n'avait pourtant rien d'inquiétant, au contraire. Il était redevenu tel qu'elle l'avait rencontré lors du cocktail : complexe, tout en nuances, et même un peu sentimental sous ses airs bourrus.

Elle n'y comprenait plus rien. Ce mariage se résumait pour lui à un « contrat » : c'était le mot qu'il avait employé, et elle ne l'avait toujours pas digéré. Et voilà qu'ils se retrouvaient ensemble, dans un refuge animalier. Que voulait-il, exactement ?

— Vous souhaitez adopter un chien ?

Tirée de ses pensées, Ellie sourit à l'employée.

— Non, pas encore. Nous sommes juste venus jeter un coup d'œil.

Finn hocha la tête. L'employée poussa une porte métallique et leur fit signe de la suivre.

— Venez. Vous trouverez certainement ici de quoi vous intéresser. Prenez votre temps. Je reviens dans un moment.

Sitôt la porte refermée, une cacophonie d'aboiements se déchaîna. De part et d'autre d'un long couloir, les chiens bondissaient dans leur cage et se pressaient aux barreaux en frétillant, la langue pendante et les yeux brillants d'espoir.

— On dirait qu'ils veulent tous rentrer avec nous, dit Finn.

Nous... L'expression lui avait-elle échappé ? A moins qu'elle n'accorde trop d'importance à un simple mot.

— Un seul suffirait.

Il se pencha pour caresser la tête d'un épagneul, qui se tortilla en battant la queue. Ellie s'accroupit et lui gratta le dessus du crâne, entre les oreilles.

— Il est vraiment adorable.

— Oui, mais c'est un chien de grand-mère.

— Qu'en sais-tu ? Il est peut-être aussi féroce qu'un tigre.

Il se releva en riant. Ils passèrent devant un doberman, plusieurs chows-chows et un chien au pelage blanc ébouriffé qui semblait être un concentré de toutes les races du chenil. De part et d'autre, les chiens leur faisaient fête. Finn s'arrêta devant une cage dont l'occupant, un golden retriever femelle, se mit sur ses pattes et se dirigea vers lui en secouant la queue.

— Ma pauvre chérie, je suis sûr que tu t'ennuies à mourir, ici.

Le chien frétilla de plus belle.

— Elle est magnifique, non ?

Ellie hocha la tête et passa deux doigts au travers de la grille pour caresser une oreille de la chienne, qui inclina la tête vers elle avec un gémissement. Lorsque Finn la gratouilla derrière l'autre oreille, l'animal jappa avec bonheur. Ellie s'approcha d'un panneau sur la grille.

— Elle s'appelle Heidi.

— C'est un joli nom pour un chien. Pourquoi s'est-elle retrouvée ici ?

— La fiche dit que son ancien maître était trop vieux pour s'occuper d'elle. Comme c'est triste.

— Oui. La pauvre ne peut même pas comprendre pourquoi elle a atterri ici.

— Elle doit se sentir complètement oubliée, dit Ellie avec un soupir.

Elle n'entendait plus les aboiements du chenil. La main à plat sur la grille, elle regardait fixement la chienne et voyait deux beaux yeux, en amande, noirs et tristes.

— Tu penses à quelqu'un d'autre, n'est-ce pas ?

Ellie se mordit la lèvre inférieure en hochant la tête.

— Parle-moi un peu d'elle.

Elle se tourna de nouveau vers la fiche.

— Elle a six ans, elle est stérilisée et…

— Non, parle-moi de cette petite fille en Chine.

Le cœur d'Ellie bondit. Jamais il ne lui avait posé la moindre question sur Jiao.

— Tu veux vraiment que je te parle d'elle ?

Il opina. Il continuait de flatter la chienne, mais offrait toute son attention à Ellie. Celle-ci réprima le sourire qui lui montait aux lèvres. Après tout, il pouvait avoir posé cette question par simple curiosité, sans pour autant vouloir faire partie de la vie de Jiao.

— Elle a deux ans et elle est très intelligente pour son âge. Elle adore lire, ou du moins tourner les pages des livres et inventer des mots. Les canards sont ses animaux préférés, elle en a d'ailleurs un en peluche dont elle ne se sépare jamais. Elle a des yeux noirs magnifiques et… Excuse-moi, je pars dans tous les sens…

— Non, au contraire, continue. Elle compte beaucoup pour toi et j'aimerais en savoir plus sur elle. Comment l'as-tu rencontrée ?

Elle l'observa d'un regard scrutateur. Il paraissait sincère… Un espoir timide palpita dans son cœur.

— Il y a quelques années, je me suis rendue en Chine pour une conférence. En rentrant à l'hôtel, mon taxi a pris la mauvaise route et je me suis retrouvée dans un petit village. Le moteur a chauffé et nous avons été contraints de nous arrêter. Le temps que le radiateur refroidisse, je suis allée dans une petite échoppe dont la patronne s'appelait Sun. Comme j'étais à peu près la seule cliente, nous avons engagé la conversation. Au bout du compte, je suis restée toute la semaine dans ce village.

— Sun est la mère de Jiao ?

Ellie opina, la tête tournée vers la fenêtre ensoleillée. En ce moment, en Chine, il faisait encore nuit, mais bientôt le monde de Jiao serait éclairé par ce même soleil.

— Elle l'était.

— Comment cela ?

— Sun est morte il y a trois mois.

— Oh ! non ! C'est terrible, dit-il en posant la main sur son épaule.

Elle se mordit la lèvre et s'efforça de ravaler ses larmes.

— Voilà pourquoi Jiao a besoin de moi. Ces dernières années, je suis souvent retournée dans ce village. Sun et moi étions devenues amies. Lors de mon dernier voyage, elle m'a parlé de son cancer et m'a demandé si je pouvais prendre soin de sa fille. J'ai accepté, bien sûr, et j'essaye depuis de faire venir Jiao.

Il se tourna vers la cage du chien, dissimulant son visage à Ellie.

— C'est très noble de ta part.

— Je suis consciente des risques. Je ne sais pas si Jiao serait plus heureuse ici ou dans une famille en Chine. Je ne sais pas non plus si je serai une bonne mère.

Elle soupira et passa les doigts au travers de la grille. Il posa sa main à côté de la sienne.

— Je suis sûr que tout se passera bien. Tu as une personnalité qui rend les gens heureux.

Leurs regards se croisèrent.

— Même quand je fais tomber des muffins par terre ?

Il éclata de rire et se tourna de nouveau vers Heidi.

— Même à ce moment-là. C'est une qualité importante, pour un parent. Les enfants ont besoin de se sentir en sécurité, aimés.

— Ce n'était pas ton cas ?

Il secoua la tête.

— Mes parents n'auraient jamais dû se marier et avoir des enfants. D'ailleurs, mon père répétait souvent que, sans moi et mes frères, il ne serait pas resté.

— Il le disait devant vous ? C'est terrible !

— A l'époque, je ne pensais pas en souffrir. Mon père a vite cessé d'aimer ma mère, mais elle s'efforçait de le reconquérir par tous les moyens, en pure perte, bien sûr. Sur le plan matériel, mes frères et moi n'avons manqué de rien, mais jamais il ne nous a apporté l'amour dont ma mère avait besoin. Je l'ai si souvent entendue pleurer toute seule la nuit… Je me suis même demandé si…

Il se tut et détourna le regard.

— Si quoi ? demanda-t-elle d'une voix douce.

— Si l'accident est arrivé à la suite d'une dispute. La dispute de trop. Bah, comment savoir ?

Ces propos lui ouvraient une fenêtre sur la personnalité de Finn. Elle comprenait tellement mieux, à présent, pourquoi il se tenait sur la réserve avec les autres, pourquoi il bridait sans cesse ses émotions. Pourquoi, aussi, il se noyait dans le travail.

— Ces souvenirs ne doivent pas gâcher ta vie.

— Ce n'est pas le cas, rassure-toi.

— Tu en es sûr ?

Il la regarda un instant avant de se détourner.

— As-tu réussi à avoir un rendez-vous pour la visite du domicile ?

De nouveau, il se dérobait lorsque la conversation prenait un tour trop personnel. Ils n'avanceraient donc jamais…

— Oui. J'allais te téléphoner à ce propos. Ils passent vendredi à 11 heures.

Il hocha la tête.

— J'y serai.

— Ah bon ? Je ne savais pas… Enfin, je ne pensais pas que tu viendrais… après ce que tu as dit l'autre soir.

— Non, j'y serai. Parce que…

Il plongea les doigts dans la fourrure de Heidi, qui émit un grognement de plaisir.

— Personne ne devrait subir une telle situation. Même pas un chien. Encore moins une petite fille.

Elle se sentait exploser de joie. Elle aurait voulu l'embrasser, le serrer fort dans ses bras ! Par prudence, toutefois, elle s'efforça de contenir ses sentiments.

— Merci.

— Je t'en prie.

Leurs regards s'accrochèrent l'un à l'autre, mais Heidi se pressa contre le grillage en gémissant pour réclamer leur attention.

— En voilà une brave fille, dit Finn en se tournant vers l'animal.

Quelque temps plus tôt, Ellie aurait éclaté de rire si on

lui avait dit que Finn McKenna était du genre à se laisser attendrir par un gros toutou dans un refuge animalier. Ces derniers jours, pourtant, elle avait découvert un Finn très différent de la façade qu'il offrait aux autres. Un Finn dont elle ne se lassait pas.

— Tu aimes beaucoup les chiens.

— On dirait que ça t'étonne.

— Eh bien, oui. Tu n'es pas tel que je le croyais.

Il se leva et s'approcha d'elle. Autour d'eux, le vacarme du chenil sembla s'apaiser et tomber à l'arrière-plan.

— Ah bon ? A quoi t'attendais-tu, dis-moi ?

— Eh bien, tout le monde raconte que tu ne vis que pour le travail : les articles dans la presse, les confrères…

Son père, pas plus tard que la veille…

— Ma réputation me précède, dit-il d'une voix étrange.

— Et tu ne fais rien pour la démentir. Enfin, pas toujours. Lorsque je t'ai rencontré, à cette soirée de cocktail, tu n'étais pas comme ça. En revanche, lors de notre réunion, tu m'intimidais par ton sang-froid. Tu donnais l'air de ne jamais avoir la moindre pensée irrationnelle, de ne jamais prononcer un mot plus haut que l'autre. Et dans ton travail, tu es d'une intelligence et d'une efficacité remarquables.

— Pas très exaltant, ce portrait, dit-il avec une moue de dédain.

— Et je connais aussi un autre Finn : celui qui fait des plaisanteries bébêtes sur Cendrillon, qui déjeune dans des fast-foods pour ne pas avoir à manger dans un grand appartement vide, qui est attendri par un chien esseulé… Celui qui emmène une fille dans un refuge animalier plutôt que dans une boutique.

— Il y a tellement d'animaux abandonnés, pourquoi acheter un chiot si on peut…

Il acheva sa phrase d'un haussement d'épaules gêné.

— Je ne sais pas. Je trouvais cela plus logique, c'est tout.

— A juste titre, dit-elle avec un sourire.

Elle aurait voulu en savoir plus sur ce Finn-là… Sur lui en général. Plus elle le côtoyait, plus elle appréciait l'homme qu'elle avait épousé.

Et plus elle le côtoyait, plus elle désirait le connaître. Ce Finn secret, sensible, attendri par un chien ou le sort d'une petite fille à l'autre bout de la terre… Il la faisait craquer, et cette révélation provoqua une légère panique en elle, aussitôt remplacée par une délicieuse sensation de vertige.

— Tu es quelqu'un de bien, dit-elle en souriant.

Il leva la main vers son visage pour lui caresser la joue.

— Merci.

Elle se sentit fondre. A la façon dont il la regardait, elle se prenait à espérer qu'elle était plus qu'un contrat pour lui. Lentement, très lentement, il s'approcha, frôlant ses lèvres de son souffle. Le cœur d'Ellie se mit à cogner contre sa poitrine.

— Toi aussi, tu es étonnante, dit-il d'une voix sourde. A tellement d'égards…

— C'est vrai ?

En guise de réponse, il laissa ses lèvres errer sur les siennes, comme pour les goûter, puis posa une main sur l'arrière de sa tête et l'embrassa avec une avidité qui la laissa sans souffle. Elle se pressa contre lui, offerte, et lui mordilla la bouche, rendant caresse pour caresse, morsure pour morsure. Il l'embrassait comme s'il s'apprêtait à la dévorer. Leurs langues se mêlèrent en un ballet sensuel qui déchaîna en elle une étourdissante spirale de désir. L'onde de chaleur déferla sur elle avec une violence qui faillit la faire chavirer. Elle avait tant rêvé qu'il la serre ainsi dans ses bras. C'est ainsi qu'il l'aurait embrassée, si tous les deux avaient été vraiment mariés. A coup sûr, s'ils ne s'étaient pas trouvés dans ce refuge animalier, leur étreinte aurait donné lieu à bien plus qu'un baiser.

Derrière elle, un jappement la fit sursauter et elle s'écarta, les joues roses et le souffle court. Le charme était rompu. Immobile, il avait dans les yeux cette hésitation qui la désespérait. Avait-il peur ou cachait-il son jeu ? Les craintes de son père étaient-elles fondées ? Quoi qu'il en soit, le résultat était le même : elle risquait son cœur sans que lui consente à la moindre contrepartie.

— Je n'en peux plus, Finn. Tu ne te livres jamais qu'à moitié. Une partie de toi-même reste toujours secrète.

— Pas du tout !

— Si. Tu viens de me dire que tes parents ont raté leur mariage et je sais que tu crains de reproduire leurs erreurs : j'ai vécu la même chose lorsque j'étais enfant. Longtemps, j'ai eu peur de m'attacher aux autres, moi aussi. Mais tu sais ce que Sun m'a appris, avant de mourir ? Il faut aimer de tout son cœur, quoi qu'il en coûte, parce que le bonheur qu'on procure à ceux qu'on aime vaut plus que tout au monde.

Il se détourna en secouant la tête.

— Pour finir avec un cœur brisé ? Merci…

— C'est comme en affaires : on ne peut pas gagner à tous les coups. Mais à ne jamais prendre de risques, on est certain de perdre.

Elle attendit un moment qu'il réagisse, mais il demeura silencieux. Preuve sans doute qu'elle avait touché un point sensible… à moins qu'il ne cherche encore à garder ses distances. S'intéressait-il à elle pour elle-même ou pour WW ? Se laissait-elle aveugler par ses émotions ?

Derrière eux, la porte s'ouvrit et l'employée entra dans le chenil.

— Avez-vous trouvé votre bonheur ?

Ellie regarda Finn une dernière fois : ses traits étaient redevenus de marbre, impénétrables. L'homme sensible et vulnérable de tout à l'heure avait bel et bien disparu, à moins qu'il n'ait été un mirage.

— Non, répondit-elle. Il n'y a rien ici qui m'intéresse. Je suis désolée de vous avoir fait perdre votre temps.

10

Ellie ne l'attendit même pas pour partir. Elle avait dû rentrer à pied ou prendre un taxi. Quelle importance ? Le message était clair : elle en avait fini avec lui. Il aurait dû s'en féliciter. De la sorte, cette folie passagère ne porterait pas à conséquences.

Elle lui reprochait d'avoir peur de reproduire les erreurs de ses parents, mais ses craintes n'étaient-elles pas excusables, ou du moins compréhensibles ? D'autant plus que le bonheur d'une petite fille était également dans la balance. Il repensa aux chiens du chenil, à leur regard si triste et pourtant plein d'espoir. Il aurait suffi d'un simple oui pour qu'il leur ouvre son cœur, sa maison. Qu'est-ce qui l'en avait empêché ? Pourquoi n'avait-il jamais adopté un chien ? Pourquoi n'avait-il jamais envisagé de se marier et d'avoir des enfants ? Ellie avait vu juste en l'accusant d'avoir toujours évité les risques dans sa vie privée. Si, encore, il avait été heureux de la vie qu'il menait…

Lorsqu'il entra dans son bureau, son regard tomba sur la pile de travail, parfaitement classée, rangée, étiquetée. Ici, pas de surprises : tout était sous contrôle, alors que dans un mariage il y avait tant d'occasions de commettre des erreurs. Le fiasco de son aventure avec Lucy le lui rappelait d'ailleurs chaque jour. Dès lors, comment penser qu'il pourrait s'en sortir avec un chien, et a fortiori un enfant ?

Il se laissa tomber sur sa chaise avec un soupir et se plongea dans les dossiers. Au bout de deux heures, la pile avait diminué de moitié, mais il était encore sur les nerfs.

— Alors, Finn, pas encore en lune de miel ?

Il leva la tête avec un sursaut et sourit.

— Charlie ! Qu'est-ce qui t'amène ?

— J'ai quelques affaires à régler à Boston : l'héritage d'une vieille tante. Du coup, j'en profite pour revoir les amis.

Charlie s'installa confortablement dans un fauteuil, croisant les jambes.

— Vous me manquez, tu sais. Avec tes frères, on a vraiment fait les quatre cents coups.

Finn acquiesça avec un petit rire. A eux quatre, ils en avaient fait voir de toutes les couleurs à leurs parents.

— C'est vrai. Il ne reste que Riley pour porter le flambeau. Il sera toujours un éternel gamin.

— Tu as beau jeu de dire cela, répondit Charlie. Après tout, tu t'es marié sur un coup de tête, pas vrai ? Si je n'avais pas signé le registre, je n'y aurais jamais cru.

— C'était un coup de folie.

— Tu crois ? J'ai vu ta femme, et j'ose affirmer que cette décision était la plus intelligente de ta vie, au contraire.

Finn réprima un haussement d'épaules. Intelligente, cette décision ? Il s'était marié en pensant pouvoir s'en tenir à une relation professionnelle. Au lieu de cela, il avait sombré dans le genre d'aventure imprévisible et passionnée qu'il s'était toujours juré de fuir comme la peste.

— Ne fais pas cette tête. Tu as dégotté la perle rare, mon vieux : une fille intelligente, belle, drôle… Et disposée à épouser quelqu'un comme toi.

— Merci du compliment.

— Ne te vexe pas, voyons. Je veux seulement dire qu'il t'arrive d'être… difficile.

— Comment cela ?

— Tu es têtu comme une mule. C'est un trait de caractère qui t'a servi dans les affaires : tu rentres la tête et fonces dans tout ce qui fait obstacle. Et les résultats sont là, dit-il avec un ample mouvement de la main pour désigner ce qui se trouvait autour de lui. Tu domines le monde, ou du moins Boston. Ta vie pourrait être pire, non ?

— Je ne sais pas. L'année dernière n'a pas été si facile.

Charlie balaya ces réticences d'un signe de la main.

— Lucy t'a porté un rude coup, c'est vrai, mais cette expérience t'a rendu plus fort. Les échecs permettent de mieux apprécier les réussites, n'est-ce pas ?

Le regard perdu vers la fenêtre, Finn médita un instant ces paroles.

— C'est vrai.

— Voilà pourquoi je pense qu'Ellie est la femme qu'il te faut. Elle est un rayon de soleil dans ta vie.

— Attends, mon cas n'est tout de même pas aussi désespéré... non ?

— Non, mais tu ne sais pas arrondir les angles et tu te méfies de la fantaisie. Pour diriger une entreprise, c'est très bien, mais pour ce qui est des sentiments, foncer tout droit, c'est courir à la catastrophe.

— Oui. Tu as peut-être raison.

— Evidemment. Un juge a toujours raison.

— A propos, comment vont tes gamins ? demanda Finn pour changer de sujet.

Charlie rayonna.

— Bien, bien, comme d'habitude. Ce sont les plus beaux enfants du monde, dixit un père très objectif...

Il en parlait avec une telle fierté... Finn connaissait Charlie depuis l'enfance, mais jamais il ne l'avait vu aussi heureux.

— Tu n'as pas peur de commettre des erreurs, parfois ?

— Bien sûr, tout le temps ! C'est normal, étant parent. Mais le jeu en vaut largement la chandelle. Tiens, regarde, fit-il en sortant des photos de son portefeuille. Vois un peu ce que tu rates, mon vieux. Sophie vient de perdre ses deux dents de devant, du coup, elle n'arrête pas de siffler. Et voilà Max, lors de son premier match de base-ball, à l'école...

Mais Finn ne l'écoutait plus. Cet amour, ce souci de bien faire lui faisaient irrésistiblement penser à Ellie lorsqu'elle parlait de Jiao. Elle n'envisageait pas cette adoption sans appréhension, mais elle était déterminée à prendre le risque. Comme il lui enviait cette capacité d'aimer ! Il regarda Charlie, et éprouva un pincement de jalousie. Lorsqu'il aurait divorcé d'avec Ellie, il n'aurait aucune photo à montrer, aucune anecdote à raconter. Seule lui resterait la satisfaction d'avoir aidé Ellie à faire venir sa fille.

Et il retournerait à sa solitude.

Linda avait prévenu qu'elle passerait le vendredi, vers midi, pour la visite du domicile. Ellie avait donc bloqué sa journée et décidé de mettre sa matinée à profit pour nettoyer la maison. L'effort physique lui offrait une distraction et l'empêchait de penser à tous ses soucis. Les dernières nouvelles de l'orphelinat étaient pourtant rassurantes, mais elle n'en pouvait plus de cette attente qui s'éternisait.

Et lorsqu'elle ne pensait pas à Jiao, c'était Finn qui occupait son esprit. Depuis qu'ils s'étaient quittés, il ne lui avait pas donné le moindre signe de vie. Avait-il oublié qu'il lui avait promis d'être présent pour la visite ? Eh bien, elle se débrouillerait sans lui. A vrai dire, ils n'avaient d'ores et déjà plus vraiment besoin l'un de l'autre. Les plans définitifs de l'hôpital seraient livrés le mardi suivant au client. Ensuite, leur mariage n'aurait plus de raison d'être. Tant mieux, sans doute… Oui, tant mieux.

Les larmes jaillirent de ses yeux. Quelle idiote ! Le perdant, dans cette histoire, c'était Finn, pas elle. C'était lui qui n'avait pas cru dans ce mariage. Lui qui n'était pas intéressé par une relation avec elle. Et pourtant, un moment, elle avait bien pensé qu'ils pouvaient construire quelque chose ensemble. Elle avait pensé que… Bah, ça n'avait aucune importance. Elle frotta ses paupières embuées. Ce fichu détergent lui piquait les yeux !

Vers 10 heures et demie, la sonnerie de la porte l'interrompit dans son travail. Elle ôta vivement ses gants en caoutchouc, les jeta dans un seau et dévala l'escalier pour aller ouvrir. Elle se figea en voyant Finn sur le seuil.

— Tu es venu ?

— Eh bien, oui. Je te l'avais promis, non ?

C'était plus fort qu'elle. Chaque fois qu'elle le voyait, elle se sentait traversée d'une onde de chaleur fulgurante. Immobile, elle le contempla. Il portait un polo bleu qui accentuait l'azur de son regard et son jean mettait en valeur ses longues jambes puissantes.

— Merci.

— Il n'y a pas de quoi, répondit-il avec ce sourire de travers qu'elle aimait tant. A quoi puis-je t'aider ? Nous avons beaucoup à faire, et ils vont bientôt arriver.

Il se pencha pour prendre une boîte qu'elle n'avait pas remarquée jusqu'alors.

— J'ai amené quelques affaires personnelles, histoire de donner l'illusion que je vis ici.

Elle sourit, le cœur bouillonnant de joie.

— Bonne idée.

— J'ai apporté des vêtements, deux photos et un pack de bières.

— Le détail typiquement masculin auquel je n'aurais jamais pensé, dit-elle en éclatant de rire.

— Justement. C'est bien pour cela que je suis là.

Une vague de déception noya l'espoir d'Ellie. Une fois de plus, elle avait eu tort de se bercer d'illusions. Il n'était pas venu par gentillesse, mais pour mener à bien le plan qu'ils avaient conçu tous les deux. Sa sollicitude n'était en fait qu'une des manifestations de son esprit méthodique et rigoureux. Lorsqu'elle pensait que le Faucon avait disparu, il revenait aussitôt à la charge. Ses doutes refirent surface. Pourquoi l'aidait-il ? Agissait-il par générosité ou par calcul ?

Elle regarda sa montre : Linda allait arriver dans un peu plus d'une heure. Elle n'avait pas de temps à perdre en spéculations. Pour l'heure, c'était l'adoption qui comptait.

— Tu devrais ranger tes affaires dans ma chambre.

— Oui.

Ils échangèrent un long regard, jusqu'à ce qu'elle se détourne, de peur d'oublier toute prudence si elle le dévisageait une seconde de plus.

— Suis-moi.

Quelle situation grotesque… Elle conduisait son mari dans sa chambre dans le seul but de donner l'impression qu'ils vivaient maritalement !

— J'avais déjà amené ici les affaires que tu avais laissées

lorsque tu es venu dormir l'autre fois. Je ne pensais pas que tu viendrais aujourd'hui et je voulais que le décor ait l'air crédible.

— Les grands esprits se rencontrent.

Elle lui ouvrit la porte. Comme il entrait, elle posa une main sur son bras.

— Merci encore.

Il haussa les épaules d'un air dégagé.

— Je t'en prie.

— Non, je suis sincère. Cette adoption compte beaucoup pour moi et je te suis vraiment reconnaissante d'être venu.

Il la regarda et elle éprouva ce pincement de désir familier.

— C'est moi qui te remercie.

Un silence s'installa. Ellie sentait la nervosité la gagner. Derrière eux, le lit semblait les appeler, les alliances leur jeter des signaux depuis leurs doigts. Dans un mariage normal, ils auraient couché ensemble dans cette pièce chaque nuit. Ils y auraient fait l'amour. Elle se serait coulée contre cet homme, il l'aurait étourdie de ses baisers…

Elle se détourna brusquement et se dirigea vers le placard.

— Attends, je vais te faire un peu de place.

Elle ouvrit les doubles portes et poussa ses robes, puis se retourna vers lui. Il souriait.

— Qu'est-ce qu'il y a ?

— Tu es une fan de Hootie & the Blowfish ?

Il désignait du doigt un vieux T-shirt aux couleurs passées.

— Mon Dieu… Celui-là, je l'avais complètement oublié. Il date d'une quinzaine d'années.

Elle sortit le cintre et caressa le tissu adouci par le temps.

— Je me demande pourquoi je l'ai gardé aussi longtemps.

— Tu es allée les voir en concert ?

— Oui, avec deux amies. Nous étions toutes amoureuses de Darius Rucker. J'adorais ce groupe et je me disais qu'en épousant le chanteur je pourrais écouter leurs chansons tous les jours.

— Mais ça n'a pas marché, sourit-il.

— Non. Nous étions tout au fond de la salle : impossible d'attirer son attention. Et toi, tu aimes aussi Hootie & the Blowfish ?

Il opina.

— Je suis allé les voir en concert juste avant que Rucker ne commence sa carrière en solo.

— Tu as le T-shirt qui le prouve ?

Finn fouilla dans la boîte et en sortit un vieux T-shirt marron. Ellie éclata de rire.

— Je les ai vus au Boston Garden.

— Et moi, à Providence. Nous pourrions passer pour des jumeaux !

— Oui... Enfin, non, surtout pas : les gens nous prendraient pour des fous.

— Et alors ? Ce serait drôle. Et tant pis pour ceux qui jasent.

Elle avait déjà dit cela, le jour où ils s'étaient présentés devant leurs confrères en tant que mari et femme. Ils étaient ensuite allés déjeuner dehors, comme un vrai couple. Et lorsqu'il était venu chez elle, ces moments passés ensemble avaient semblé sincères, eux aussi. Est-ce qu'il avait fait semblant, tout du long ? Pourquoi espérait-elle qu'il n'en était rien, si elle tenait aussi peu à ce mariage ?

Il s'approcha d'elle, si près que son cœur se mit à cogner comme un fou.

— C'est déjà le cas, dit-il.

— Ah bon ? Et que disent les gens, à ton avis ?

Il la regarda avec une fixité qui la fit trembler. Suspendue à ses paroles, elle retint son souffle. Un mince sourire dansa sur les lèvres de Finn.

— Je crois qu'ils n'en reviennent pas de me voir avec une femme comme toi.

— Pourquoi ? Nous sommes si mal assortis ?

— Non, au contraire. Tu es une fille sensationnelle.

Il effleura sa joue, sa bouche d'une caresse tendre et sensuelle qui la fit frémir.

— Intelligente, drôle, sexy... Je pourrais continuer longtemps.

— Finn...

Elle respira profondément pour se redonner contenance. Lorsqu'elle pensait comprendre cet homme, il trouvait le moyen de la désarçonner. Qu'attendait-il d'elle, à la fin ? Une relation professionnelle, ou quelque chose de plus ?

Il se pencha vers elle, la clouant de son regard.

— Chaque fois que je te vois, je meurs d'envie de t'embrasser.

— C'est vrai ?

De nouveau, elle sentit son cœur se gonfler d'espoir. En guise de réponse, il fit danser ses doigts sur son cou, semant une pluie de petits frissons sur sa peau. Enfin, lorsqu'elle pensa ne plus pouvoir supporter l'attente, il se pencha sur sa bouche. Cela commença comme une danse nonchalante et sensuelle dont le tempo s'emballa rapidement, et l'étincelle devint brasier. Elle se cambra contre lui, grisée, tressaillant à la caresse de ses mains sur son dos, ses hanches, ses fesses. Elle avait tellement envie de lui, plus, plus, toujours plus ! Ployée entre ses bras, elle ouvrit davantage les lèvres pour accueillir sa langue. *Plus, plus, plus…*

— Ellie, murmura-t-il sourdement.

Elle l'entendit à peine, assourdie par le tumulte qui faisait rage dans ses veines. Ils firent un pas, un second, et un autre, puis les genoux d'Ellie heurtèrent le lit et ils basculèrent ensemble, les membres enchevêtrés, le souffle rauque. Sans interrompre leur baiser, il glissa une jambe sur la sienne, faisant tournoyer leurs langues dans une danse débridée, sauvage. Sa main, lorsqu'elle la glissa sous son T-shirt, embrasa sa chair palpitante telle une traînée de feu. Elle gémit, arquée sous lui, et haleta lorsque ses doigts effleurèrent le bout d'un sein. Elle murmura son nom et enroula une jambe autour de ses hanches, se plaquant contre lui. Cela faisait si longtemps qu'elle n'avait pas été avec un homme, désirée, aimée. Elle aurait voulu qu'il soit nu contre elle, sur elle, en elle. Jamais personne ne l'avait embrassée, touchée avec une telle habileté. Chacune de ses caresses, chacun de ses baisers alimentaient la flamme de son désir, obscurcissaient sa pensée. Elle se décala pour s'offrir davantage…

A cet instant, l'horloge à l'étage en dessous se mit à sonner, et elle fut ramenée au présent d'une secousse brutale. Qu'est-ce qu'elle était en train de faire ? Elle était folle, ou quoi ?

Elle se dégagea et se mit debout en chancelant.

— Pourquoi agis-tu ainsi ?

— Parce que j'ai envie de toi. Parce que tu es la plus jolie femme que j'ai rencontrée de toute ma vie. Parce que…

— Non, je veux dire, pourquoi es-tu venu m'aider ?

Plus bas, l'horloge marqua dix coups, puis onze, et le silence retomba.

— Parce que je te l'avais promis, dit-il d'une voix douce. L'autre jour, au refuge animalier, lorsque tu m'as parlé de Jiao, j'ai bien vu à quel point tu tenais à cette petite. Tous les enfants méritent d'avoir des parents comme toi, prêts à remuer ciel et terre pour assurer leur bonheur.

— Tu n'as aucune arrière-pensée, juré ? Par exemple, me voler mes clients ?

Devant son air surpris, non, blessé, elle eut envie de retirer ce qu'elle venait de dire.

— C'est vraiment ce que tu crois ? Après tout ce que nous avons vécu ensemble ?

— Toi-même, tu m'as dit que ton entreprise connaissait des problèmes et que tu cherchais à redresser la barre par tous les moyens. Mais est-ce que tu serais désespéré au point d'épouser la fille d'un concurrent comme…

Elle se mordit la lèvre, hésitante, avant de lâcher :

— … comme tu as déjà failli le faire ?

— Tu me crois cynique à ce point ?

— Je ne sais pas, Finn. A toi de me prouver le contraire.

— Eh bien, détrompe-toi. Oui, Lucy était une collègue, comme toi, mais c'est une coïncidence.

— Ah bon ? Parce que j'ai l'impression que notre mariage t'a donné un avantage sur moi et je tiens à m'assurer que l'entreprise de mon père n'est pas en danger.

Il lâcha un juron.

— Jamais je ne t'aurais épousée pour de tels motifs. Je n'ai jamais eu l'intention de vous nuire, à toi et à ton père.

— C'est aussi ce que tu as dit à Lucy ?

Il ouvrait la bouche pour répondre lorsque la sonnerie de la porte retentit.

— Linda est arrivée, dit-elle. Nous reprendrons cette conversation plus tard.

— J'y compte bien.

Il rangea en vitesse ses vêtements dans l'armoire, puis disposa quelques effets personnels sur la table de chevet et la commode. En sortant de la pièce, Ellie jeta un bref regard derrière elle. Cela lui semblait tellement bizarre, de voir les chemises et les pantalons de Finn suspendus à côté de ses robes, comme s'ils vivaient tous les deux ensemble… Les apparences étaient parfois trompeuses…

— Très bien, sourit Linda au terme de la visite, deux heures plus tard. Merci à tous les deux d'avoir été disponibles aussi rapidement.

Posté sur le seuil, Finn glissa un bras autour de la taille d'Ellie.

— Je vous en prie. Tout le plaisir était pour nous.

— Nous allons envoyer aujourd'hui même le rapport à l'orphelinat. La réponse ne devrait pas tarder : quelques jours au plus. Je suis tellement contente pour vous deux ! Je suis sûre et certaine que Jiao sera très, très heureuse avec vous.

Ellie renouvela ses remerciements et lui dit au revoir, puis s'adossa contre la porte refermée. Finn laissa retomber son bras et s'écarta. La comédie était terminée. Il aurait dû s'en trouver soulagé, mais ce n'était pas le cas. Tout à coup, il se rendait compte qu'entre eux c'était bel et bien fini, à tous les points de vue. La visite s'était bien passée, et la question de l'adoption était pour ainsi dire réglée. Sur le plan professionnel, les dessins préliminaires pour l'hôpital étaient prêts et, mis à part une ultime réunion prévue le lundi afin d'aplanir les dernières difficultés, ils n'avaient plus de raison de se revoir en tant que partenaires de travail.

Il en était plus déçu qu'il ne l'aurait cru.

— Encore merci, dit-elle. Tu as été excellent : un excellent acteur.

— De rien.

— Non, vraiment. J'ai adoré lorsque tu lui as dit que nous étions fans du même groupe et que nous étions allés les voir ensemble en concert. C'est ce genre de détails qui font la différence.

— C'est vrai.

La déception revint au galop. Etait-ce à cause de ce baiser époustouflant dans la chambre ? Ou s'était-il si bien pris au jeu qu'il en était venu à y croire sincèrement ?

— Bon, eh bien… Il est temps que je m'en aille.

Le sourire d'Ellie retomba.

— Ah… O.K. On se voit lundi, alors… à la réunion.

— Oui, c'est ça… A lundi.

Il prit ses clés, posées sur le guéridon de l'entrée par souci de réalisme, et actionna l'ouverture à distance.

— Tu veux récupérer tes affaires maintenant ?

— Non, il vaut mieux les laisser, au cas où ils reviendraient.

— Ah, oui, bonne idée.

Elle marqua une pause.

— Tu es sûr de ne rien oublier ?

— Oui, ne t'inquiète pas. Non, attends. J'ai laissé mon portefeuille sur la table de chevet. Je peux monter le récupérer ?

— Bien sûr. C'est ta maison, aussi… du moins, en apparence.

Il répondit par un rire forcé et remonta dans la chambre. Arrivé sur le seuil, il parcourut la pièce d'un dernier regard : l'énorme lit garni d'épais oreillers blancs et d'un coussin rond, couleur chocolat, au milieu, les rideaux blancs que la brise soulevait doucement. Dans un coin, un vieux fauteuil en tissu faisait face à un bureau surmonté d'une lampe. Juste au-dessus, une douzaine de livres garnissait une petite étagère. En s'approchant, il sourit en reconnaissant quelques manuels d'architecture. Le reste de la rangée était composé de romans policiers et de science-fiction. Incroyable… Il avait deux de ces livres sur sa propre table de chevet. Ils aimaient la même musique, les mêmes lectures, travaillaient dans le même domaine… à tous les égards, ils auraient été parfaits l'un pour l'autre.

Son regard se reporta sur le lit. Entre elle et lui, il y avait toujours eu cette flamme, cette électricité indéniable qui le rendait fou et le poussait à des actions irréfléchies — comme se marier du jour au lendemain avec une quasi-inconnue. Avec Ellie, il s'était laissé aller à prendre des risques, et des risques énormes. Lui qui, d'ordinaire, passait son temps à contrôler ses faits et gestes avait foncé dans cette aventure tête baissée.

Sur une photo, Ellie posait avec une fillette radieuse d'environ deux ans, aux cheveux courts et aux beaux yeux noirs en amande : Jiao. Elles avaient l'air tellement heureuses, ensemble. Elles formaient déjà une famille. Confusément, lui aussi aurait voulu faire partie de leur petit cercle, partager leur bonheur. Ellie avait apporté une sorte de légèreté dans sa vie, une gaieté qui allait lui manquer.

Etait-il en train de tomber amoureux d'elle ? Etait-il trop tard pour cela ?

Son portefeuille à la main, il se retourna pour partir. Ellie se tenait sur le seuil.

— Tu n'as pas répondu à ma question, tout à l'heure.

Il se laissa tomber sur le lit avec un soupir. Elle avait donc si mauvaise opinion de lui ?

— Non, je n'ai jamais envisagé d'épouser Lucy pour lui voler ses clients. Je pensais sincèrement qu'elle était celle qui me convenait.

— L'amour de ta vie ?

— Loin de là ! répondit-il, sarcastique. J'avais énuméré les avantages et les inconvénients d'une relation, et Lucy était celle qui cadrait le mieux avec ma petite liste. Je me disais qu'avec elle je faisais le bon choix. Et tu sais quoi ?

Il secoua la tête avant d'ajouter :

— Je n'ai jamais été heureux avec elle. Satisfait, tout au plus.

— Et alors ? Est-ce si terrible que cela ?

— C'est horrible. Parce que tu n'éprouves jamais ce frisson de joie que te procure la personne que tu aimes.

Il la regarda, et une violente émotion lui étreignit le cœur.

— Jamais tu ne te dépêches de rentrer pour la retrouver. Tu ne te surprends pas à gribouiller son nom au lieu de rédiger un contrat. Tu n'éprouves aucun pincement de regret au moment de la quitter.

Il se leva et s'approcha d'Ellie.

— Lorsque j'étais avec Lucy, jamais je n'ai écouté mes sentiments, sauf lorsque je lui ai demandé sa main. J'avais acheté une alliance après avoir bien soupesé ma liste d'avantages et d'inconvénients.

Il marqua une pause et soupira.

— C'est ridicule. Qui peut bien agir ainsi ?

— Certaines personnes, sans doute, dit-elle.

— Lucy ne s'attendait pas à me voir, ce soir-là, et encore moins avec une bague de fiançailles. Et pour cause ! Elle était en tête à tête avec l'un de mes principaux clients. J'ai reçu une vraie douche froide en les voyant tous les deux, mais j'avais enfin compris. Je m'étais trop fié à ma raison pour écouter mon instinct.

— Que disait ton instinct ?

— Il me disait qu'elle ne m'aimait pas, et réciproquement. Que j'étais sur le point de commettre la plus grosse bêtise de ma vie. D'ailleurs, lorsque j'ai rompu, Lucy a mis un point d'honneur à salir mon nom sur toute la place et à débaucher le reste de mes clients.

Il la contempla, le regard fixe.

— Tu avais raison, dit-il. J'ai peur de risquer mon cœur. Mais toi aussi, d'un autre côté.

— Moi ? Je n'ai pas peur.

Pourtant, ses yeux agrandis, son souffle court montraient qu'il avait touché un point sensible.

— Vraiment ? Alors, pourquoi t'ingénies-tu à me repousser sans cesse ?

— Mais pas du tout ! Oh ! et puis, nous n'allons nulle part. D'ailleurs, tu l'as dit toi-même.

Il s'approcha et leva la main comme pour lui caresser la joue, mais suspendit son geste.

— Tu m'as accusé d'être venu pour te voler tes clients.

— Mes craintes sont légitimes.

— Et j'y ai répondu. Arrête d'inventer des obstacles qui n'existent pas.

— Je ne…

Elle s'interrompit et mordit sa lèvre.

— Si, dit-il. Tu t'es comportée comme moi : un pas en avant, un pas en arrière. Lorsque j'avançais, tu reculais, et vice versa. A notre décharge, nous avons toujours dit que ce mariage n'était pas censé durer. Mais la vérité, c'est que tu as aussi peur que moi.

— Non !

Il se pencha vers elle, la transperçant de son regard bleu.

— Vraiment ? Alors, que dirais-tu si je te proposais de ne pas divorcer ?

— Qu'est-ce que tu racontes ? Tu veux revenir sur notre contrat ?

Il hocha la tête et lui caressa la joue avec le pouce.

— J'ai compris quelque chose, aujourd'hui, en faisant semblant d'être ton mari pour la dernière fois. Depuis le début, j'ai regretté que ce mariage ne soit qu'une farce. Parce que les jours que nous avons passés ensemble comptent parmi les meilleurs de ma vie.

Une lueur de peur trembla dans les yeux d'Ellie. Peur d'être blessée, abandonnée. D'accorder sa confiance. Au fond, elle craignait tout autant que lui d'ouvrir son cœur.

— Que veux-tu que je te réponde ? dit-elle, accablée. Je ne sais pas quoi dire.

— Réponds-moi que tu es prête à prendre ce risque, toi aussi. Que tu veux vivre davantage qu'une fiction.

Mais elle se contenta de secouer la tête. Il la dévisagea fixement. C'était fini. Ils n'avaient plus rien à se dire. Pivotant sur ses talons, il s'en alla sans un regard en arrière.

11

Ellie s'installa à côté du lit de son père et le contempla avec bonheur.

— Tu fais plaisir à voir, Papa. Je viens de voir le médecin, il a été très positif.

— J'espère bien. Je respecte ses recommandations à la lettre.

— C'est bien la première fois de ta vie que tu obéis à quelqu'un, répondit-elle gaiement.

— Ce n'est pas faux… Viens t'asseoir ici et parle-moi un peu de toi, dit-il en tapotant le matelas à côté de lui.

— Tout va bien. Très bien, même.

Elle lui mentait à demi : tout allait bien, mis à part le fait qu'elle n'avait pas parlé à Finn depuis la visite de l'agence.

— Les plans de l'hôpital ont été livrés à temps, et le client nous a donné un avis favorable. Mais ce n'est pas la véritable bonne nouvelle.

— Ah bon ? Dis-moi.

— Tu vas bientôt être grand-père ! Jiao arrive dans quelques jours.

Le visage de Henry s'illumina.

— Non, c'est vrai ? Ma chérie, c'est merveilleux !

Il tendit la main vers la fiche de recommandations médicales.

— Raison de plus pour bien suivre chacune de ces règles. Je tiens à pouvoir emmener ma petite-fille au zoo et au parc.

Elle se redressa, prise de court. Jamais son père n'avait eu de temps pour autre chose que le travail, au point de s'en rendre malade.

— C'est vrai ?

Les traits adoucis, il lui prit la main.

— Je suis passé à côté de ton enfance à cause du travail. Tu sais, pendant toutes ces semaines où j'ai été contraint de rester alité, j'ai eu le temps de réfléchir, de regretter…

— Mais non, Papa. Je n'ai pas été malheureuse, voyons. Tu n'as absolument rien à te reprocher.

— Si. Beaucoup, au contraire. J'ai été trop absent.

Son visage se plissa et des larmes mouillèrent ses yeux. Elle tendit la main et lui pressa les doigts.

— Ne t'en fais pas. Nous rattrapons le temps perdu, voilà ce qui compte.

— Non, les moments que je ne t'ai pas consacrés sont irrattrapables, dit-il d'une voix chargée d'émotion. J'ai beaucoup à me faire pardonner, ma petite fille. Je n'aurais jamais dû t'imposer de me remplacer. Comme toujours, j'ai abusé de ta gentillesse et de ta disponibilité.

— Mais pas du tout ! J'adore ce métier.

— Sans doute, mais tu n'aimes pas l'architecture commerciale. Je le savais, mais je t'ai quand même demandé de prendre les rênes mon entreprise.

— Et alors ? C'était bien normal. Je n'allais pas tourner le dos à mon père malade.

— Tu es trop gentille, ma petite Ellie. C'est pour cela que je tiens à ce que tu démissionnes.

— Hein ? Mais Papa, tu n'es pas en état de te remettre au travail. Je resterai jusqu'à ce que…

— Non !

Tout à coup, elle retrouvait le Henry d'antan. Son cœur était sans doute faible, mais son caractère n'avait rien perdu de sa fermeté.

— Tu vas devoir t'occuper d'une petite fille. C'est elle qui doit passer en premier.

— Mais Papa, il faut bien que je gagne ma vie. Je me débrouillerai, ne t'inquiète pas.

— Non. Tu vas lâcher ton poste actuel pour te consacrer à un tout nouveau service, spécialisé dans les projets résidentiels. Tu vas construire à Boston ces belles maisons que tu as créées dans le Sud. Naturellement, il te faudra recruter des collaborateurs compétents, de manière à ne pas sacrifier ta vie privée au travail.

Se consacrer de nouveau à des projets immobiliers ? Ce serait l'idéal. Elle était à l'aise dans ce secteur et saurait davantage organiser son temps pour pouvoir s'occuper de Jiao et lui donner la sécurité et la tranquillité dont elle avait besoin, après les mois difficiles qu'elle venait de vivre.

— Ce serait formidable, mais qui se chargera de la branche commerciale ?

— Larry et Finn McKenna.

Ellie ouvrit de grands yeux.

— Finn McKenna ? Mais tu ne lui faisais pas confiance…

— C'est vrai, mais tu me l'as présenté comme un homme intelligent et capable. Je me suis donc mis en relation avec lui, et il m'a raconté à quel point votre collaboration sur le projet Piedmont s'est bien passée. Je dois avouer m'être trompé à son égard. Il est peut-être dur en affaires, mais, au fond, c'est un brave garçon. Et il tient beaucoup à toi.

Elle lâcha un « pff » impatienté.

— Il ne s'intéresse qu'à son entreprise.

— Tu te trompes, mais ce n'est pas à moi de t'en convaincre.

Pouvait-elle se permettre de laisser à Finn le bénéfice du doute ? Elle devait s'occuper de son père malade, et bientôt de Jiao.

— Tu es sûr de pouvoir te débrouiller sans moi ?

Henry tendit le bras pour lui donner une accolade chaleureuse.

— Je ne veux pas te voir répéter mes erreurs. Je veux que tu puisses voir ta fille grandir.

Les larmes aux yeux, elle serra son père contre elle.

— Tu n'as commis aucune erreur, Papa. Aucune.

Finn n'avait pas vu Ellie depuis des semaines. Elle n'avait pas plus que lui cherché à renouer le contact, mais c'était ce qu'il voulait, non ? Tourner la page, oublier. Et pourtant, dans le même temps, il avait rencontré à plusieurs reprises Henry Winston pour convenir avec lui des modalités d'un rapprochement entre leurs entreprises. Pour couronner le tout, c'était lui qui devrait présider la nouvelle entité.

Il était complètement fou. En acceptant la fusion que Henry lui avait proposée, il savait qu'il serait amené à rencontrer Ellie, peut-être même quotidiennement, mais il avait été incapable de dire non. De même qu'il repoussait de jour en jour le coup de téléphone qu'il devait passer à son avocat.

Quoi qu'il en soit, il avait eu tort de s'inquiéter. Lors de l'inauguration des locaux de WW Architectural Designs, il ne l'avait pas vue. Elle était partie en congé maternité, lui avait-on dit. L'assistante d'Ellie l'avait entretenu pendant une bonne dizaine de minutes du voyage de celle-ci en Chine et de sa petite fille. Depuis, pas un jour ne passait sans qu'il entende parler d'Ellie et de Jiao, et sans que cette évocation ne lui perce le cœur.

Il fallait qu'il la revoie, ne serait-ce que pour savoir comment se portait Jiao depuis son arrivée. Cela ne l'avait pas empêché d'hésiter longuement avant de se rendre au jardin d'enfants dans lequel Ellie emmenait sa fille tous les matins. Le parc était un petit espace ceint d'une barrière en fer forgé que de grands arbres verts semblaient garder comme des sentinelles. Posté devant l'entrée, il promena le regard sur les jeux rouge vif, jaunes et bleus, sur les groupes de mamans, occupées à discuter sur des bancs, sur les enfants qui jouaient à se poursuivre. Enfin, il se figea comme sous l'effet d'une décharge électrique.

Elle était là, assise dans l'herbe, sur une grande nappe, Jiao à ses côtés, et toutes les deux s'amusaient avec des biscuits en forme d'animaux. En voyant la petite rire aux éclats, il se sentait gagné par un vague sentiment de tristesse. Elles n'avaient vraiment besoin de personne, et surtout pas de lui. Ellie n'était pas seule avec sa fille, Linda les accompagnait. Au bout d'une courte conversation, celle-ci se leva et prit congé pour s'en aller.

Elle eut un grand sourire lorsqu'elle aperçut Finn.

— Je ne m'attendais pas à vous trouver ici. Comment allez-vous ?

— Bien.

Le regard de Finn ne cessait de se porter vers Ellie et Jiao.

— Allez donc retrouver Jiao. Cette petite est vraiment merveilleuse.

Pris de court, il ouvrit la bouche, la referma. S'il avouait qu'il ne l'avait jamais vue, Linda comprendrait que ce mariage n'avait été qu'une mascarade. Serait-elle capable de revenir sur l'adoption ? D'en contester la validité ? Devant son trouble, celle-ci posa une main sur son bras et sourit.

— Ne vous inquiétez pas. J'avais déjà tout deviné.

Les yeux de Finn s'agrandirent.

— Ah bon ? Mais comment ? Parce que je ne suis pas allé en Chine avec Ellie ?

— Non, répondit-elle en riant. Pour une raison beaucoup plus simple : vos chaussures.

— Mes chaussures ?

— Lors de la visite, j'ai remarqué vos vêtements dans la penderie et votre portefeuille sur la table de chevet, mais je n'ai pas vu la moindre paire de chaussures nulle part : ça m'a mis la puce à l'oreille. Rassurez-vous : je n'ai rien dit.

Il la dévisagea, bouche bée. Comment avait-il pu négliger un détail aussi parlant ? Par son étourderie, il aurait pu réduire à néant le projet d'adoption.

— Pourquoi ? Je croyais que l'adoption ne pouvait pas aboutir si Ellie restait célibataire.

— En effet, mais j'ai raconté aux Chinois que son mari était retenu aux Etats-Unis pour des raisons familiales, et ils n'ont pas cherché à en savoir plus. De toute façon, j'étais convaincue que, mariée ou non, Ellie serait une mère formidable. Elle adore cette petite plus que tout au monde. C'est un vrai plaisir de les voir ensemble.

— Oui, c'est vrai, dit-il.

A les voir si heureuses ensemble, il se sentit tiraillé par un sentiment d'envie. Il n'aurait jamais pensé souffrir autant en constatant qu'elles vivaient très bien sans lui. Il ne pouvait en vouloir qu'à lui-même. S'il n'était pas entré dans ce mariage à reculons, il n'en serait sans doute pas là.

Peut-être qu'il n'aurait jamais dû l'épouser. Si leurs rapports en étaient restés à un niveau strictement professionnel, il n'éprouverait pas un regret aussi poignant au souvenir d'une relation qui n'avait jamais vraiment existé.

— Je comprends vos craintes, dit Linda.

Il la regarda avec étonnement.

— A quel propos ?

— Eh bien, vous engager dans une relation. Ce n'est pas une décision à prendre à la légère. Ellie a pris ce risque, en faisant venir Jiao. Et vous aussi, vous avez pris un gros risque.

— Moi ? Je n'ai rien fait.

— Si. Vous l'avez épousée et vous êtes resté à ses côtés lorsqu'elle avait besoin de vous.

— C'était bien normal. Elle ne pouvait pas faire venir Jiao autrement.

Lorsqu'ils les regardaient rire ainsi toutes les deux, unies par autant de complicité et d'amour, il ne doutait pas d'avoir fait le bon choix. C'était au moins une consolation.

— Oui, sans doute, dit Linda. Mais êtes-vous sûr d'avoir agi pour cette unique raison ? Ellie serait prête à sauter le pas, si elle vous sentait d'attaque.

Elle lui serra brièvement la main.

— Bien, pardonnez-moi, mais je dois retourner au travail. Profitez bien de votre fille.

Ce n'est pas ma fille, faillit-il rétorquer. Mais Linda était déjà partie. Il allait en faire de même lorsqu'une douzaine d'enfants entrèrent en courant dans l'aire de jeux. Ellie se tourna en direction du bruit, et ses yeux s'agrandirent lorsqu'elle l'aperçut. A présent, plus question de partir. Il entra dans le jardin public et s'approcha d'elle d'un pas résolu.

— Salut.

Quelle entrée en matière lamentable… Ces dernières semaines, il avait songé à des dizaines de manières de l'aborder. « Salut » n'en faisait pas partie.

Elle leva vers lui ses yeux dissimulés derrière des lunettes de soleil.

— Qu'est-ce que tu fais ici ?

— Je… euh…

Pris de court, il s'interrompit avant de lâcher :

— Je te cherchais.

Mieux valait jouer la sincérité. Il n'avait jamais su mentir, de toute façon. Il avait essayé de tromper son monde, et pour quels résultats ? Il en était encore à se morfondre dans sa solitude et à ruminer l'erreur qu'il avait commise en ayant tourné les talons l'autre fois sans insister pour faire durer leur relation.

A côté d'Ellie, Jiao sautillait en répétant un mot qui ressemblait à « gâteau ». Souriante, elle lui donna un biscuit en forme d'animal et garda un œil sur la fillette tandis que celle-ci croquait sa friandise.

— Comment m'as-tu trouvée ?

— Au bureau, les femmes ne parlent que de toi et de la petite. Jiao les a toutes fait craquer.

— C'est bien normal, répondit-elle avec un sourire éclatant en chatouillant la fillette sous le menton.

— Quoi qu'il en soit, je les ai entendues dire que tu venais au jardin d'enfants presque tous les jours.

— Jiao adore sortir prendre l'air. Je suppose que c'est en réaction à toutes ces semaines où elle est restée enfermée à l'orphelinat.

Elle regarda tendrement sa fille avant de se tourner vers lui.

— Pourquoi me cherchais-tu ? S'il s'agit d'un problème professionnel, tu devrais plutôt voir avec Larry. A présent que je vais m'occuper des projets immobiliers, c'est lui qui est chargé du versant commercial.

Cette phrase, ce ton impersonnel le frappèrent comme une gifle. D'un autre côté, il n'avait à s'en prendre qu'à lui-même. Il s'était toujours réfugié derrière l'apparence de relations strictement professionnelles.

— Je venais aux nouvelles, c'est tout.

— Tout va bien. Normalement, je reprends le travail la semaine prochaine, mais à temps partiel seulement. Je serai en charge de la nouvelle division.

Il hocha la tête. Elle ne lui apprenait rien : Henry Winston l'avait déjà mis au courant, lors de leurs discussions des dernières semaines.

— Oui, je sais.

— Comment se passe la fusion entre WW et McKenna Designs ?

— Très bien. Hier, ton père a convoqué l'ensemble des employés pour une conférence téléphonique, et il a expliqué quelles en seraient les répercussions afin de tranquilliser les esprits.

Voilà : ils discutaient de nouveau du travail. Il savait qu'il devait changer de sujet, mais il préférait s'en tenir à un domaine dans lequel il était à l'aise.

— Comment avance le projet Piedmont ?

Tandis qu'elle parlait, Jiao grimpa sur ses genoux et posa la tête sur son épaule. Ellie enroula les bras autour d'elle dans une étreinte pleine d'amour. A la voir ainsi blottie contre sa mère adoptive, on aurait vraiment pu croire qu'elles avaient toujours vécu ensemble.

Il se mit à lui décrire l'avancement du projet d'hôpital, sans cesser de penser à ce qu'ils étaient devenus : des collègues, et rien d'autre. Rien dans la voix d'Ellie, dans son sourire n'indiquait qu'ils étaient mariés. Mais c'était bien ce qu'ils avaient convenu, non ? Ils devaient s'allier le temps du contrat, collaborer sur le projet, puis se séparer en restant bons amis. Ce qu'il n'avait pas prévu, c'était à quel point cet arrangement risquait de le faire souffrir. Il n'en pouvait plus. Le simple fait de parler lui demandait un effort terrible. Il était tombé amoureux d'elle, et il ne pouvait se contenter d'être son collègue. Il voulait être son mari, bon sang !

Il s'arrêta au milieu d'une phrase.

— Désolé. Je n'y arrive pas.

Elle bougea pour caler contre elle Jiao, qui s'était assoupie, et leva les yeux vers lui.

— Que veux-tu dire ?

— Je n'arrive pas à discuter de projets et de législation urbaine comme s'il n'y avait jamais rien eu entre nous. Comme si nous étions étrangers l'un à l'autre.

Il se pencha vers elle, espérant surprendre son expression derrière ces fichues lunettes noires.

— Tu te comportes de la façon la plus lâche qui soit.

— Qu'est-ce qui t'autorise à me parler comme ça ?

— Tu n'as même pas demandé le divorce. Tu n'as pas

contacté d'avocat. Tu t'es contentée de laisser notre couple s'effilocher.

— Je dois m'occuper d'une petite fille. Je ne peux pas passer mon temps à…

Elle se tut, secouant la tête.

— Passer ton temps à quoi ?

Elle se tourna vers lui.

— A tenter de faire vivre une chimère, dit-elle d'une voix légèrement tremblante. Nous avons tenu nos rôles de notre mieux, mais nous sommes trop accaparés par nos vies personnelles pour tenter de construire un couple, et encore moins une famille.

— Tu te cherches des excuses. La vérité, c'est que tu redoutes autant que moi de rater cette histoire.

— Je…

A bout de mots, elle soupira.

— Oui, c'est vrai. Je dois penser à ma fille. Elle a suffisamment souffert, dit-elle en posant un baiser sur les cheveux noirs fins comme un duvet.

Elle ne faisait que répéter des propos qu'il avait tenus lui-même. Il en était revenu, à présent : il aurait voulu trouver les mots pour lui dire de dépasser ses peurs et de sauter le pas. Mais peut-être prenait-il ses désirs pour des réalités. Peut-être essayait-il de lui faire éprouver des sentiments qu'elle n'aurait jamais pour lui, de toute façon.

— Si, entre toi et moi, ça ne marchait pas…

Elle l'interrompit par un haussement d'épaules impatienté.

— Eh bien, Jiao en souffrirait, et je ne peux pas lui faire courir ce risque.

— Mais toi, Ellie ?

— Moi ? Ça ira.

Le tremblement de sa voix démentait son assurance de façade. Il s'efforça de capter son regard derrière les lunettes noires. Il aurait tellement voulu comprendre ce qu'elle ressentait vraiment.

— Tu crois ? insista-t-il.

— Mais bien sûr que oui.

Elle s'éclaircit la gorge, se leva et cala Jiao sur sa hanche pour se libérer une main et ranger les affaires du pique-nique dans un panier. Elle allait partir. Elle allait partir sans qu'il ait trouvé les paroles magiques pour la retenir.

— Ellie…

Sans l'écouter, celle-ci installa la fillette endormie dans la poussette, puis se tourna vers lui avec un sourire neutre.

— Quoi qu'il en soit, je tenais à te remercier pour ta collaboration. Mon père ne tarit pas d'éloges à ton égard.

Il la regarda fixement.

— C'est tout ce que tu retiens des moments que nous avons passés ensemble ?

Elle se tourna vers lui. Malgré les lunettes, il aurait juré qu'elle pleurait.

— A-t-il jamais été question d'autre chose, entre nous ?

Après un bref au revoir, elle s'éloigna sans un regard en arrière.

12

Ellie se répéta pour la centième fois qu'elle avait pris la bonne décision en se séparant de Finn. Tomber amoureuse de lui n'aurait fait que compliquer sa vie. Il avait sans doute raison de l'accuser de manquer de courage, mais sa lâcheté rimait avec sécurité, et elle devait penser à sa fille.

D'ailleurs, en parlant de lâcheté, elle n'en était pas restée là puisqu'elle avait contacté un avocat pour entamer les procédures de divorce. Finn devait avoir reçu les papiers. En tout cas, il n'avait pas téléphoné et n'était pas passé la voir. C'était la preuve qu'il n'avait pas été sérieux dans sa demande au jardin d'enfants, sinon il aurait contesté cette démarche.

Oui, elle avait bien fait de ne pas risquer son cœur pour un homme tel que lui. Cela ne l'empêchait pas de ressasser sans cesse les souvenirs de ce qu'ils avaient vécu ensemble. Heureusement, l'occupation continuelle que lui donnait Jiao l'aidait à oublier.

Ce matin, comme presque tous les jours, elle l'avait habillée pour sortir. Radieuse dans une jolie robe d'été jaune vif, Jiao n'arrêtait pas de babiller un langage dans lequel l'anglais se mêlait au chinois. C'était une musique dont Ellie ne se lassait jamais.

— On va au parc, ma chérie ?

Aussitôt, la fillette battit des pieds et frappa dans ses mains.

— Oui, Maman, oui !

Son anglais s'améliorait de jour en jour. Intelligente et vive, elle apprenait vite.

— Allons-y. Si tu en as envie, on pourrait faire un tour de toboggan et de balançoire, et puis…

— Gou ! s'écria la fillette en bondissant dans la poussette. Gou, Mama, gou !

Etant donné son piètre niveau en chinois, Ellie mit une seconde à comprendre. Sur le trottoir d'en face, un homme promenait un petit caniche blanc. Ellie éclata de rire.

— *Gou* ! On dit un chien, ma chérie. Un chien.

— Sien. Sien Jiao ?

— Non, ce n'est pas le chien de Jiao.

— Sien Jiao ! insista la petite en tendant la main vers l'animal qui s'éloignait.

La phrase se termina en un gémissement de déception. Ellie repensa au moment qu'elle avait passé avec Finn dans le refuge animalier. Ce jour-là, il lui avait laissé entr'apercevoir une facette de sa personnalité et elle l'avait trouvé tellement attachant. Malgré tous ses efforts, elle avait du mal à l'oublier. Quelques jours auparavant, encore, elle était tombée sur le T-shirt de Hootie & the Blowfish et elle l'avait remis un moment en pensant à lui avant de le ranger de nouveau au fond de la penderie.

Elle avait tort de s'accrocher à des souvenirs. Elle n'avait pas besoin de Finn pour réaliser ses rêves. Elle s'achèterait toute seule sa grande maison avec jardin et elle y serait tout à fait heureuse avec sa fille et un chien. Enfin non, pas vraiment heureuse : satisfaite, tout au plus.

Finn avait raison. Elle avait été lâche avec lui. Elle n'aurait peut-être pas dû se défiler lorsqu'il l'avait mise au défi de donner une chance à leur mariage. Au lieu de cela, elle s'était repliée sur elle-même, par peur d'être déçue, blessée. Belle ironie, de la part d'une personne qui n'hésitait pas à faire l'apologie du risque.

Lorsqu'elles entrèrent dans le parc, Jiao ne tenait plus en place dans la poussette et Ellie eut du mal à déboucler la ceinture. Aussitôt libérée, la fillette bondit et courut en direction de l'aire de jeux où s'amusaient deux petites filles qu'elle voyait presque tous les jours.

Ellie s'installa sur un banc et renversa la tête au soleil. Quelque chose de mouillé lui renifla la jambe. Elle sursauta en poussant un cri : son regard tomba sur un golden retriever qui la contemplait, la langue pendante.

— Bonjour, toi. Qu'est-ce que tu veux ?

— Elle te cherchait.

Elle se retourna brusquement.

— Finn.

Elle se redressa, le cœur battant à tout rompre, et s'aperçut qu'il tenait une laisse à la main.

— C'est ton chien ?

— Oui. Elle s'appelle Heidi. Mais tu la connais déjà.

Elle reconnut alors le golden retriever du chenil.

— Tu l'as adoptée ?

— Oui. Tu en fais une tête… On dirait que ça te surprend.

— Non, c'est formidable, mais… comment dire…

— Tu pensais que je serais la dernière personne à prendre un chien ? C'était le cas jusqu'à peu, mais quelque chose est arrivé.

— Ah bon ? Quoi ?

Il sortit de sa poche un papier qu'il déplia : c'était la demande de divorce. Le cœur d'Ellie se serra douloureusement. Il l'avait signée ? Tout était donc fini ?

— J'ai reçu ce document l'autre jour au bureau.

— Je suis désolée, mais nous…

— S'il te plaît, ne m'interromps pas. En lisant ces papiers, j'ai eu l'impression de recevoir un électrochoc. Tout à coup, je me rendais compte qu'en les signant je te perdrais à tout jamais.

— Mais c'était ce que tu voulais, non ? C'est moi qui ai fait traîner les choses, au contraire.

Il pencha son visage à la hauteur du sien, et ces yeux bleus qu'elle adorait tant capturèrent son regard. Elle sentit son cœur s'emballer.

— C'est vraiment ce que tu veux, Ellie ? demanda-t-il d'une voix douce.

Elle aurait voulu mentir, juste pour garder la face et ne pas avouer sa lâcheté. Idiote… Il lui offrait le bonheur sur un plateau d'argent et, par une fierté mal placée, elle allait l'éconduire de nouveau ?

La gorge serrée, elle secoua la tête.

— Non.

Il lui caressa la joue avec une tendresse qui l'émut aux larmes.

— Moi non plus. Tu es la femme la plus merveilleuse que j'ai jamais rencontrée, et je refuse de te perdre. Du moins, pas sans te dire quelque chose.

Suspendue à ses paroles, elle le contemplait fixement.

— Je t'aime, Ellie. Depuis le premier regard. J'aime ta façon de parler, de travailler, de sourire… En ta présence, je me sens… heureux. Non, laisse-moi continuer, dit-il comme elle ouvrait la bouche pour l'interrompre. J'ai beaucoup de mal à exprimer mes sentiments. Cela tient sans doute au fait qu'après la mort de mes parents j'ai dû servir de soutien moral à mes frères. Je ne pouvais pas me permettre de pleurer sur leur épaule, et j'ai pris l'habitude d'avoir l'air solide comme le roc, et de ne jamais décevoir personne. Le problème, c'est que j'ai fini par ne jamais prendre de risques, avec toi, notamment.

Lorsqu'il mêla ses doigts à ses cheveux blonds, elle émit un léger soupir.

— Je me suis dit qu'en évitant de mêler le cœur et les affaires personne ne souffrirait, mais c'est précisément l'inverse qui s'est produit.

De l'autre côté du parc, Jiao les observait sur le bord de l'aire de jeux. Ellie lui adressa un petit signe en souriant avant de se tourner de nouveau vers Finn.

— Comment ça ?

— Je suis tombé amoureux dès le premier jour, même si je ne voulais pas l'admettre. J'ai longtemps reculé devant le risque. Il m'aura fallu cette demande de divorce pour comprendre ce que je voulais vraiment : rester ton mari et former une famille avec toi. Tu m'as appris à ouvrir mon cœur. A présent, la décision t'appartient. Tu as pris le risque d'adopter une petite fille qui vient de l'autre bout du monde. Moi, je te demande de prendre le risque de m'aimer.

Ellie le regarda dans les yeux, le cœur léger. Elle n'avait plus peur. Ses rêves étaient là, à portée de main. Il lui offrait une deuxième chance, elle aurait été folle de ne pas la saisir.

Avec une profonde inspiration, elle lui prit des mains le document et le déchira en deux.

— Je ne veux pas divorcer. Ni maintenant, ni plus tard.

Un éclat doré attira le regard d'Ellie. Elle remarqua l'alliance à sa main gauche. Il ne l'avait jamais enlevée !

— Moi non plus, dit-il dans un murmure.

Il l'attira dans ses bras et posa sur ses lèvres un baiser d'une infinie tendresse.

— Je t'aime, Ellie.

Elle glissa une main dans ses cheveux et plongea son regard dans le sien.

— Moi aussi. Et je t'aime justement parce que tu es un faucon.

Il s'esclaffa.

— Le prédateur qui ne fait qu'une bouchée de ses concurrents ?

— Pas du tout, au contraire. J'ai lu que les faucons étaient connus pour leur fidélité et leur instinct de protection : ils se choisissent un partenaire et un nid pour la vie, et sont ensuite prêts à tout pour les défendre.

Oui, Finn McKenna était bien un faucon, un homme incapable de rien refuser à ceux qu'il aimait. Il avait été ainsi avec ses frères, depuis l'enfance, puis avec elle-même, simplement parce qu'elle le lui avait demandé.

— Donc, à t'en croire, je devrais me mettre à aimer ce surnom de Faucon, dit-il avec un sourire.

— Peut-être bien, oui, répondit-elle en l'embrassant.

Et dire qu'elle avait failli mettre un terme à leur relation par l'envoi de ce morceau de papier.

— J'avais tellement peur ! Je n'osais pas croire que je pouvais compter sur toi. Que tu pouvais être le genre d'homme qu'il me fallait : un mari et un père idéal, si tu le veux bien.

Le regard de Finn se porta sur Jiao et ses traits s'adoucirent.

— J'aimerais être de ces pères qui montrent des photos de leurs enfants à leurs collègues et qui affichent leurs dessins au bureau. J'aimerais être vraiment heureux, et plus seulement satisfait de ma vie.

Elle le contempla longuement avant de faire signe à Jiao de venir.

— Laisse-moi te présenter à ta fille.

Jiao rejoignit Ellie en courant, mais, saisie d'une timidité soudaine à la vue de l'homme aux côtés de sa mère, elle baissa les yeux en se mordant la lèvre.

— Jiao, viens rencontrer Finn et Heidi le chien.

A ce dernier mot, la fillette releva la tête, une lueur dans le regard.

— Un sien ?

Ellie hocha la tête.

— Le chien de Jiao.

Les yeux de Jiao s'agrandirent, émerveillés. Elle pointa le doigt vers l'animal, puis vers elle.

— Le sien de Jiao ?

Finn tira légèrement sur la laisse et la chienne alla poser sa tête sur l'épaule de la fillette, qui battit des mains avec un grand éclat de rire. Heidi lui lécha le visage en remuant furieusement la queue.

— Heidi, sien Jiao, murmurait-elle avec bonheur.

Soudain, la fillette s'immobilisa et recula d'un pas, intimidée par Finn.

— Maman ?

Ellie s'accroupit à côté d'elle, et attendit que Finn en fasse autant.

— Ma chérie, voici Finn : ton papa.

Jiao planta un pouce dans sa bouche et observa Finn avec attention.

— Tu veux caresser le chien ? demanda-t-il.

Avec un sourire timide, elle plongea une menotte dans l'épaisse fourrure de Heidi. Finn l'imita et tous les deux caressèrent l'animal un long moment, sans dire un mot, unis par une complicité grandissante. Enfin, Jiao s'approcha de lui et glissa sa petite main dans la sienne.

— Papa ?

Emu aux larmes, il échangea un rapide regard avec Ellie.

— Oui, je suis ton papa. Et le mari d'Ellie.

— C'est vrai. Et cette fois-ci, c'est une réalité.

Il ouvrit les bras et les réunit toutes les deux dans une grande étreinte.

Et dans un jardin d'enfants ensoleillé en plein cœur de Boston, une famille était née. Leurs rires et les jappements sonores de Heidi remplirent l'air d'un joyeux tintamarre : celui de leur nouvelle vie, loin du silence et de la solitude.

REBECCA WINTERS

Pour l'amour d'Apolonia

Traduction française de
CHRISTINE BOYER

HARLEQUIN

Titre original :
RAFAEL'S CONVENIENT PROPOSAL

Ce roman a déjà été publié en 2011.

1

— Pour ceux d'entre vous qui auraient manqué le début de l'émission, sachez que notre invitée ce soir est la ravissante Mallory Ellis.

Le public applaudit et Jack Hendley, le présentateur du show télévisé le plus populaire de New York, poursuivit.

— A voir la beauté incomparable de Mlle Ellis, vous pourriez facilement conclure qu'elle mène une carrière de mannequin ou de star de cinéma. Mais vous auriez tort. A vingt-neuf ans à peine, elle est l'une des rares femmes à figurer en bonne place au hit-parade des cadres dirigeants établi par la revue de Wall Street. A peine sortie de la prestigieuse université Yale, son diplôme en droit des affaires en poche, Mallory Ellis a été embauchée par les Parfums Windemere, une entreprise extrêmement dynamique de Los Angeles. Depuis qu'elle en a pris la direction, il y a près de trois ans, la société a non seulement changé de nom pour s'appeler désormais Lady Windemere, mais elle est aussi devenue une firme internationale de premier plan, dont les bénéfices ne cessent de croître. Selon l'article du *Wall Street Journal*, le génie de Mallory Ellis réside dans sa capacité inégalée à pressentir les tendances des marchés et à proposer des produits porteurs. Mais ce soir, j'espère qu'elle nous confiera les secrets de son incroyable réussite.

Placée à distance du plateau, l'assistance ne pouvait remarquer la lueur méprisante qui brillait dans l'œil de l'animateur.

— Devenir un magnat industriel en jupons était-il votre rêve de toujours, mademoiselle Ellis ?

Malgré son ton humoristique, il posa sa question avec une

pointe de sarcasme qui n'échappa pas à Mallory. Elle l'avait déjà vu à l'œuvre. Jack Hendley était un machiste aux idées bien arrêtées sur tout ce qui concernait la place de la femme dans la société. Cependant il ne l'impressionnait guère car elle avait l'habitude de ces hommes à l'assurance de façade qui se sentaient menacés par les succès féminins.

Si cela n'avait tenu qu'à elle, elle se serait dispensée avec joie de cette interview télévisée. Mais lorsque Liz Graffman — la présidente-directrice générale de Lady Windemere — la priait de participer à l'émission de Jack Hendley, il ne lui était pas possible de refuser.

Depuis trois ans, les relations qu'elle entretenait avec Liz étaient devenues très amicales, malgré leur grande différence d'âge, et pour lui faire plaisir, elle s'estimait capable de supporter l'animateur une demi-heure.

— Par définition, un magnat possède une, voire plusieurs holdings. Pour ma part, je ne suis qu'une modeste salariée au service d'une entreprise, corrigea-t-elle avec un sourire.

Le visage du présentateur resta fermé. Visiblement, elle l'agaçait en ne se prêtant pas à son petit jeu stupide.

Mallory reprit :

— Cependant, pour répondre à votre question, j'ai grandi à Huntington Beach, une petite ville de Californie, et toute ma jeunesse, je n'ai eu qu'une passion : le surf.

Manifestement surpris, il lui lança :

— Etiez-vous une championne ?

— Non, mais j'ai participé à plusieurs compétitions sur la côte et j'ai remporté quelques coupes.

A ces mots, un rictus carnassier passa sur les lèvres de l'animateur.

— Vraiment ? Dites-moi tout, mademoiselle Ellis : un bel athlète blond vous attend-il quelque part, sur sa planche ?

Ce Hendley était tellement prévisible qu'elle réprima un gémissement.

— Non.

— Cela signifie-t-il que…

— Cela signifie seulement non, l'interrompit-elle avec un sourire.

Comme n'importe quelle jeune femme équilibrée d'une trentaine d'années, Mallory ne dédaignait pas les relations amoureuses, mais, pour le moment, elle accordait la priorité à sa carrière et refusait de la sacrifier pour se consacrer à un compagnon. Un jour, peut-être, changerait-elle son fusil d'épaule, mais sans doute pas dans un avenir proche.

— Alors expliquez-nous comment une sportive de haut niveau comme vous s'est retrouvée vice-présidente d'une importante société ?

Visiblement, elle le déstabilisait avec ses réponses brèves et évasives. Tant mieux. Il commençait à l'agacer avec ses questions personnelles hors de propos. Elle s'était rendue à cette émission pour parler de Lady Windemere, pas pour raconter sa vie.

— Lorsque je ne glissais pas sur les vagues, je dévorais des bandes dessinées sur la plage, à l'ombre d'un parasol. J'adorais en particulier l'histoire des Amazones sur l'île du Paradis et de leurs pouvoirs secrets.

Jack Hendley se tourna vers le public.

— Faut-il s'étonner des goûts de Mlle Ellis ? Elle incarne à la perfection la guerrière farouche prête à tout pour mettre les mâles au tapis !

Sa réflexion provoqua des rires dans l'assistance.

Mallory ignora sa remarque. Lorsque le silence fut revenu, elle reprit :

— Selon l'auteur de cet album, vu le rôle qu'elles ont joué pendant la Seconde Guerre mondiale, les Américaines comme les Européennes auraient pu, avec un peu plus de temps, s'emparer des commandes de leurs pays. Et si les femmes menaient le monde, il n'y aurait plus de conflits sanglants parce qu'elles donnent et respectent la vie.

D'autres rires se firent entendre.

— Inutile de préciser que ces paroles m'ont profondément marquée. J'ai donc décidé d'être une de ces battantes qui prennent le pouvoir et savent l'utiliser.

A ces mots, le public se leva pour applaudir à tout rompre. Il fallut un petit moment à l'animateur pour rétablir le calme. S'éclaircissant alors la voix, il attaqua :

— Est-il exact que, depuis que vous avez pris la direction de Lady Windemere, le personnel de la société est devenu exclusivement féminin ?

Mallory hocha la tête avant de rabattre ses longs cheveux bruns en arrière, d'un geste de la main.

— C'est vrai. Les femmes veulent être belles pour plaire aux hommes mais, dans ce domaine, elles ont besoin d'être conseillées par leurs semblables. Vous êtes marié, monsieur Hendley. Lorsque votre épouse vous demande votre opinion sur son ombre à paupières, que lui répondez-vous ?

— Qu'elle me plaît, quel que soit son maquillage.

— Comme tout bon mari, vous ne prenez pas parti pour ne pas risquer de la froisser. Mais finalement, vous ne lui rendez pas service puisque, pour ne pas l'offenser, vous esquivez la question. Les employées de Lady Windemere, elles, donnent à leurs clientes un avis sincère, mettent à leur service leurs compétences, leur expérience, et leur offrent une large palette de produits. Pour toutes ces raisons, les femmes resteront fidèles à notre marque leur vie entière.

— En d'autres termes, aucun homme ne viendra m'accueillir si je pousse la porte d'un de vos magasins ?

Piquée au vif, Mallory se raidit dans son fauteuil.

— Non.

— Certains risquent de vous accuser de sexisme…

Elle s'attendait à cette provocation et croisa ses longues jambes avant de rétorquer :

— Lady Windemere vend des produits de beauté. Les représentantes du sexe prétendu faible sont donc plus à même de conseiller la clientèle. Si je travaillais dans une entreprise moins spécialisée, la question d'embaucher du personnel masculin ou féminin ne se poserait pas.

Il leva un sourcil étonné.

— Vous voulez dire que si vous étiez à la tête d'une société fabriquant des voitures, par exemple, vous ne congédieriez pas sur-le-champ tous les hommes pour les remplacer par des femmes ?

Que ce type était pénible à revenir sans cesse sur le sujet ! songea Mallory en réprimant un soupir. Inutile de se demander pourquoi ses scores d'audience s'effondraient. Elle commençait à comprendre pourquoi la chaîne avait prévu de lui adjoindre une animatrice pour tenter de tempérer un peu son machisme exacerbé.

— Evidemment ! Dans ces conditions, le sexe des employés n'entrerait pas en ligne de compte.

Calé dans son siège, il la considéra d'un air pénétrant.

— Il ne nous reste qu'un instant avant de clore l'émission. Nous allons peut-être en profiter pour demander au public s'il a des questions…

— Puis-je inviter Mlle Ellis à prendre un verre ? s'enquit un grand barbu.

Mallory regretta que personne ne l'interroge sur Lady Windemere mais, vu la façon dont le présentateur avait mené l'interview, il n'y avait rien d'étonnant à cela.

— Merci, mais, désolée, mon emploi du temps est un peu chargé, répondit-elle avec un nouveau sourire. Pour vous remercier d'être venus, je vous ai apporté des échantillons de nos produits. Ils vous seront distribués à la sortie.

Tandis que l'assistance applaudissait, Mallory tendit un paquet à Hendley.

— Et voici pour votre épouse, avec les compliments de Lady Windemere.

— Merci, cela lui fera très plaisir, j'en suis sûr. Avant de nous quitter, pouvez-vous nous faire part de vos projets immédiats ?

— Je compte me rendre en Europe pour visiter nos nouvelles installations de Lisbonne.

— Les affaires restent donc comme toujours votre priorité. Avez-vous appris le portugais à Yale ?

Son ton condescendant l'exaspéra.

— Non, et je le regrette. Heureusement, les responsables de nos magasins d'outre-Atlantique parlent couramment l'anglais et l'espagnol.

Pour impressionner son auditoire, Hendley prononça quelques mots en catalan au micro, mais déjà Mallory ne l'écoutait plus. Elle pensait à la directrice de la filiale qu'elle allait rencontrer à Lisbonne, Lianor d'Afonso.

Du même âge qu'elle, la jeune Portugaise était une femme adorable, distinguée, intelligente et dotée d'un exceptionnel sens commercial.

Elles avaient fait connaissance à Los Angeles, au cours du stage de formation de trois semaines organisé pour les six nouvelles dirigeantes européennes, et elles n'avaient pas tardé à se lier d'amitié.

Après leurs journées de travail, Mallory l'avait emmenée visiter la région. Elles avaient découvert qu'elles avaient beaucoup en commun et partageaient les mêmes opinions dans de nombreux domaines.

Mallory était fille unique mais, si elle avait eu une sœur, elle aurait voulu que celle-ci ressemble à Lianor.

Le stage avait pris fin quatre mois plus tôt et elle avait hâte de revoir son amie. Lianor avait promis de l'attendre à l'aéroport, demain soir.

A présent Jack Hendley consultait l'horloge murale.

— Il est temps de nous dire au revoir, chers téléspectateurs. Ce fut un grand honneur pour nous de vous recevoir, mademoiselle Ellis.

Bien sûr, il ne lui proposa pas de revenir. Il ne la trouvait pas très amusante.

— Merci de m'avoir invitée.

Elle lui serra la main et se leva.

Comme elle quittait le studio sous les applaudissements, elle pouvait presque entendre les pensées de Hendley : « Pourquoi ne pas renoncer à votre carrière, vous trouver un homme et vous comporter enfin comme une vraie femme, mademoiselle Ellis ? »

Tant de gens le lui avaient fait comprendre !

Soulagée que l'émission soit finie, elle s'engouffra dans un taxi pour rejoindre son hôtel. Elle n'avait pas pris de vacances depuis longtemps et se réjouissait de profiter de ces quelques jours de repos au Portugal.

***

En constatant que la nouvelle boutique de produits cosmétiques Windemere de la rue da Plata était bondée, Rafael d'Afonso poussa un gros soupir.

Il avait espéré que le magasin, dirigé par sa sœur depuis son ouverture, n'attirerait personne et serait très vite obligé de fermer ses portes. Lianor aurait alors été forcée de trouver un autre travail. Peut-être aurait-il pu la convaincre de vendre son appartement de Lisbonne et de revenir vivre dans le domaine familial.

Malheureusement, ses espoirs avaient été réduits à néant la semaine précédente quand Lianor lui avait appris que son chiffre d'affaires dépassait les prévisions de la maison mère. Elle adorait son métier et n'avait aucune intention de démissionner.

Depuis la mort de leurs parents, douze ans plus tôt, Rafael, comme tout frère attentionné, veillait sur elle. Dotée d'un caractère bien affirmé, sa sœur n'en faisait qu'à sa tête et avait déjà repoussé plusieurs demandes en mariage. Si elle continuait à se consacrer à sa carrière, elle allait finir vieille fille !

De six ans sa cadette, elle avait déjà vingt-neuf ans. Les années passaient. Un jour prochain, elle se rendrait compte qu'elle n'avait ni mari ni enfants, mais il serait trop tard. Il refusait de laisser les cicatrices du passé lui gâcher l'existence.

Ces temps-ci, les soucis s'accumulaient sur les épaules de Rafael mais, au fond, c'est peut-être ce qui lui permettrait de faire pression sur Lianor, de la contraindre à mener une vie normale pour une femme. Il ne voulait que son bonheur.

Comme il entrait dans la boutique, il croisa son regard. Elle s'entretenait avec une cliente. Ses deux autres employées étaient également occupées. Avec une profonde inspiration, il réprima son impatience. Il l'attendrait, des heures s'il le fallait.

A son grand soulagement, Lianor se libéra rapidement et l'invita à la suivre à l'étage. Après l'avoir embrassé avec chaleur, elle s'installa à son bureau, un sourire satisfait sur les lèvres.

— Assieds-toi, mon cher frère. Pourquoi cet air grave ?

Il resta debout.

— J'ai une terrible nouvelle à t'apprendre, Lianor. Comme tu le sais, Maria se plaignait depuis quelque temps de douleurs à l'estomac. Sur mes conseils, elle a fini par consulter un médecin qui a demandé des analyses poussées. Le diagnostic est tombé ce matin : cancer incurable en phase terminale. Elle ne sortira pas de l'hôpital.

— Oh non ! s'écria sa sœur, horrifiée.

En larmes, elle se jeta dans ses bras.

— La malheureuse ! Comment aurions-nous pu imaginer… ? Et Apolonia ? L'as-tu mise au courant ?

Rafael avait laissé sa fille de dix ans jouer avec une de ses amies à la maison sous la surveillance d'une des domestiques.

— Non, cela va être un énorme choc pour elle.

— Je n'arrive pas à y croire. Maria semblait solide comme un roc pour son âge. Je pensais qu'elle vivrait au moins jusqu'à la majorité d'Apolonia. C'est affreux !

Avec un soupir, il hocha la tête. Depuis la mort de sa femme, emportée par une pneumonie peu de temps après la naissance de leur enfant, c'est Maria qui avait élevé la fillette.

Dernièrement, la petite lui avait paru silencieuse et triste, ce qui ne lui ressemblait pas. Sans doute avait-elle perçu le malaise de sa nounou et s'en inquiétait-elle sans le dire.

Il craignait sa réaction en apprenant la disparition prochaine de celle qui s'occupait d'elle depuis toujours. Dans cette terrible épreuve, Apolonia aurait besoin de Lianor à ses côtés, de son soutien sans faille.

— Voilà pourquoi j'ai préféré venir plutôt que de te téléphoner, reprit-il. J'aimerais que tu rentres avec moi. Nous lui parlerons ensemble ce soir.

Essuyant ses yeux, sa sœur s'écarta de lui.

— Je suis désolée, Rafael, mais je ne peux pas.

Il fronça les sourcils.

— Pourquoi ? Qu'as-tu de si important à faire ?

— La vice-présidente de la société arrive de New York. Je dois aller la chercher à l'aéroport dans deux heures.

— La célèbre Lady Windemere ?

Comme il fallait s'y attendre, la pique blessa Lianor.

— Je regrette que tu la juges aussi mal. Ses succès professionnels ont peut-être été salués par Wall Street, elle a manifestement le sens des affaires, mais…

— Ses dents rayent le parquet, tu veux dire !

— C'est faux ! Elle n'est pas actionnaire de la société, elle n'est pas Lady Windemere. Elle s'appelle Mallory Ellis et je te serais obligée de cesser de la dénigrer.

Comment aurait-il pu s'en empêcher ? *Mallory*. Même son prénom avait une consonance masculine. La nouvelle idole de Lianor n'avait sans doute rien de féminin. La pensée que sa sœur se lie avec une féministe pour qui le mariage et la famille ne signifiaient rien le rendait fou.

— Combien de temps va-t-elle rester ici ?

— Jusqu'à après-demain soir.

Comme il étouffait un juron, elle posa une main apaisante sur son épaule.

— Ecoute, ne dis rien à Apolonia pendant deux jours encore. Je te promets de retourner au *palàcio* dès que Mallory sera repartie aux Etats-Unis.

Frustré, il serra les mâchoires.

— Où va habiter cette femme pendant son séjour au Portugal ?

— Chez moi, dans mon appartement.

— Non, Lianor, tu ne peux pas faire ça !

— Mallory est devenue une amie, Rafael. Quand j'étais en Californie, elle m'a accueillie à bras ouverts. Nous avons passé quelques jours chez ses parents, des gens charmants, elle m'a fait visiter la région. Pas question de la laisser dans une chambre d'hôtel anonyme. D'ailleurs, toi aussi, tu offres toujours l'hospitalité à tes amis ou associés de passage.

— Il se trouve que je vis dans un immense palais, ce qui facilite les choses, tu le reconnaîtras.

— Je l'y aurais bien conviée mais, vu tes réticences vis-à-vis de mes choix professionnels, j'ai finalement préféré y renoncer.

— Cette maison est également la tienne, lui rappela son frère. Invite-la à y venir. Je lui ferai préparer une chambre.

Depuis des mois, Lianor lui rebattait les oreilles avec cette Américaine. Mieux valait faire sa connaissance, pour mieux la combattre et limiter sa désastreuse influence sur Lianor.

— Mallory compte beaucoup pour moi, Rafael. Acceptes-tu de lui donner la suite Alfama ?

La suite Alfama ? Il la réservait en général aux chefs d'Etat et aux hauts dignitaires ! Il faillit lancer cette remarque à sa sœur mais il se mordit la lèvre à temps.

— D'accord, je t'accorde cette faveur... en échange, naturellement, d'un service équivalent de ta part.

— Bien sûr.

Elle ne mesurait pas à quoi elle venait de s'engager.

— Je préviendrai Vaz qu'elle restera deux jours.

— Merci, murmura-t-elle avant de le serrer dans ses bras. Tu es adorable avec moi. Je sais que tu te fais beaucoup de souci pour Apolonia. Je vais réfléchir à une nounou qui pourrait prendre la place de Maria.

— J'ai déjà quelqu'un en tête. Mais nous en reparlerons quand tu m'accorderas toute ton attention.

Après l'avoir de nouveau embrassée, il quitta la boutique de meilleure humeur qu'à son arrivée. Sa fille et Lianor s'adoraient. Sa sœur ne pourrait pas le laisser tomber lorsqu'il lui demanderait de remplacer Maria.

Du même coup, elle reviendrait vivre au milieu de sa famille, de leurs amis. Elle mènerait enfin une existence normale.

Pour s'assurer qu'elle ne lui ferait pas faux bond, il allait rendre immédiatement visite à Maria et lui dire que Lianor était d'accord pour s'occuper d'Apolonia à plein temps. La vieille femme en serait rassurée.

Et quand sa sœur irait à son tour voir Maria à l'hôpital, la vieille dame la remercierait de prendre en charge la petite. Lianor n'aurait pas le cœur de contrarier une mourante.

Elle l'ignorait encore, mais elle avait autant besoin d'Apolonia que celle-ci avait besoin de sa tante.

Installée dans la Jaguar de Lianor, Mallory ne cessait de s'extasier sur l'impression que lui avait produite Lisbonne lors du survol en avion. La ville lui avait paru charmante et romantique à souhait. Nichée au milieu des collines et traversée par le Tage, la vieille cité médiévale l'avait émerveillée.

Son amie hocha la tête.

— La propriété de ma famille te plaira aussi. Nous y demeurerons pendant ton séjour. Elle se trouve sur la côte, à une petite demi-heure de la capitale. La maison domine l'océan et nous possédons même une plage privée.

— Cela semble idyllique ! Le Portugal est un pays enchanteur et, pour quelqu'un comme moi qui vient du Nouveau Monde, fouler un sol chargé de tant d'histoire est fascinant.

— Tu vas certainement adorer visiter les vieux quartiers de Lisbonne.

— J'en suis sûre. Et à en juger par ton chiffre d'affaires, y installer la boutique Lady Windemere était la bonne décision.

— Je le savais. Depuis l'ouverture, le magasin ne désemplit pas.

— Liz sera ravie de l'apprendre. Comme je suis contente qu'elle ait pris le risque de s'installer en Europe et qu'elle t'ait donné la direction de cette filiale !

— Et pour moi, quelle promotion !

Comme tout le personnel de Lady Windemere, Mallory aimait beaucoup la jeune Portugaise et, curieusement, plusieurs personnes de la société leur avaient fait remarquer qu'avec leur haute taille et leur chevelure brune, elles auraient pu, de loin, passer pour des sœurs.

Mais de plus près, le teint mat et les yeux noirs de Lianor contrastaient avec la peau claire et les prunelles bleues de Mallory. En tout cas, la remarque leur avait fait plaisir.

— Apprécier son travail est une chance dans la vie, Lianor. Peu de gens peuvent s'en vanter. Et tes résultats sont si probants que Liz compte t'augmenter sous peu.

— Fantastique ! Et pourtant, tu sais, Mallory, quand Rafael, mon frère, a appris que j'allais diriger la boutique de la rue da Plata, il avait parié qu'elle ferait faillite et que je me retrouverais très vite au chômage. Eh bien, il avait tort. Les clientes affluent.

— C'est un brillant homme d'affaires, je crois. Mais comme beaucoup de ses semblables, il ne comprend pas le désir des femmes de prendre soin d'elles, d'être belles, d'où leur attirance pour les nouveaux produits de beauté.

— Son épouse, Isabel, qui est morte il y a dix ans, était ravissante mais elle ne se maquillait jamais parce qu'il n'aimait pas ça. Il a toujours pensé que les hommes appréciaient leur compagne au naturel.

— Pourtant, d'après nos études de marché, les Portugais — comme d'ailleurs la plupart des Européens — sont en majorité très contents que leurs chéries se fassent belles pour eux. Seuls 20 % de tes compatriotes masculins les préfèrent sans rouge à lèvres.

— J'en étais sûre ! J'ai hâte de montrer ces chiffres à Rafael. Cela dit, le succès de la boutique le rend fou. Ces statistiques le rendront sans doute plus furieux encore.

— Pourquoi ? N'a-t-il pas envie que tu réussisses ?

— Pas vraiment. Ma nomination à la direction de la filiale l'a mis en colère.

— Je ne comprends pas. Après tes études, tu as pourtant travaillé plusieurs années dans les services marketing d'un grand groupe.

— Oui, mais je n'y exerçais pas de grosses responsabilités.

— Avec tes talents et tes diplômes, tu aurais pu ! Pourquoi te voir occuper un poste important ennuie-t-il ton frère ?

— Il voudrait que je me marie, que je fonde une famille, et il est persuadé qu'une femme qui réussit une brillante carrière fait fuir les hommes. La société portugaise est encore très patriarcale. Comme tous les Portugais, Rafael est très protecteur et directif. Il…

— Ne m'en dis pas plus ! la coupa Mallory. Je vois le genre. Les types comme lui sont également légion aux Etats-Unis. Si tu avais vu le présentateur de l'émission où j'étais invitée hier soir, tu comprendrais que le machisme est encore bien vivant dans tous les pays du monde.

Et elle lui raconta son interview avec Jack Hendley.

Lianor hocha la tête.

— Il me fait penser à Rafael. De surcroît, mon frère craint que, travaillant à la tête d'une boutique de cosmétiques, fréquentée évidemment par des femmes, je n'aie aucun contact masculin. Je ne le suis pas dans son raisonnement.

Travailler dans un univers plus mélangé ne me garantirait pas de rencontrer quelqu'un d'intéressant.

— Je partage tout à fait ton avis. Pour le rassurer, tu devrais lui rappeler que notre prochaine campagne publicitaire vise les hommes qui, après tout, ont toujours une raison d'offrir du parfum ou des produits de beauté à leurs compagnes, à leurs petites amies ou à leurs mères. Les représentants du sexe fort sont donc également des clients potentiels. Et ton prince charmant se trouve peut-être parmi eux.

— Mais Rafael voudrait que je me marie aujourd'hui, tout de suite !

Elles éclatèrent de rire.

— J'ai l'impression qu'il t'aime beaucoup, remarqua Mallory.

— C'est vrai et c'est réciproque.

Mallory le savait déjà. Quel que soit le sujet de la conversation, son amie faisait sans cesse référence à son frère.

Lianor lui jeta un regard de biais.

— Ton père m'a paru charmant et intelligent. Te reproche-t-il de n'être pas encore casée ?

— Il n'y fait jamais allusion. Maman non plus. Sans doute parce qu'ils se sont eux-mêmes passé tardivement la bague au doigt.

— Ma mère n'avait que dix-neuf ans le jour de ses noces et Rafael a demandé sa main à Isabel quand elle avait vingt ans à peine.

Encore et toujours Rafael.

— Pourquoi ne s'est-il pas remarié, à ton avis ?

Sa compagne laissa échapper un profond soupir.

— Ce ne sont pas les occasions qui lui ont manqué ! Toutes les femmes lui courent après. Mais il a tellement adoré Isabel qu'il ne parvient pas à l'oublier. Et il se dévoue corps et âme à sa fille, Apolonia. De surcroît, il travaille comme un fou.

« Apolonia, quel joli prénom ! » songea Mallory.

— Peut-être devrais-tu essayer de lui faire rencontrer quelqu'un. Tu le connais mieux que quiconque. S'il était lui-même heureux en ménage, il t'embêterait moins avec ton célibat.

— Il ne faut pas rêver ! Pourtant, je retiens ton idée. Elle permettrait peut-être de résoudre le problème qu'il m'a confié cet après-midi et qui m'a complètement bouleversée.

Mallory se sentit brusquement inquiète en percevant le sanglot retenu dans la voix de Lianor.

— As-tu envie d'en parler ? s'enquit-elle avec précaution.

— Pardonne-moi, je n'aurais pas dû mettre le sujet sur le tapis, mais je me sens si proche de toi !

— Moi aussi. Pourquoi crois-tu que je suis venue au Portugal ? Tu diriges si bien la filiale que je n'avais pas besoin de faire le voyage. Mais cela me faisait plaisir de te retrouver.

— J'en suis très heureuse, Mallory. Demain, dimanche, je te montrerai la région. Et si seulement tu restais deux semaines ici, je te ferais visiter Lisbonne de fond en comble.

— Ne me tente pas ! Je ne peux pas m'absenter si longtemps. Mais depuis que je travaille pour Liz, je n'ai pratiquement pas pris de vacances et je compte bien profiter de la journée de demain pour me dorer au soleil. A présent, raconte-moi les soucis de ton frère.

En quelques mots, Lianor lui résuma le drame que représentait la maladie de la nounou d'Apolonia.

— Maria est irremplaçable. Elle fait pratiquement partie de la famille et, depuis des années, Rafael s'est totalement reposé sur elle. Bien sûr, Ines, la femme de ménage, pourra peut-être prendre quelque temps le relais, mais ce ne sera qu'une solution temporaire.

Mallory ne put qu'en convenir.

— Une de mes amies d'enfance, Joana, a récemment divorcé de son mari espagnol, poursuivit Lianor. Elle est revenue vivre au Portugal et cherche du travail. Apolonia comme son père la connaissent depuis toujours et l'apprécient. Si elle acceptait de les aider, tout s'arrangerait.

— Tu as sans doute raison. Et en prime, après quelque temps, peut-être tomberont-ils amoureux l'un de l'autre. Ce serait formidable ! Ta meilleure amie deviendrait ta belle-sœur.

— Cela m'étonnerait. Depuis toujours, Joana est folle de

Rafael, mais du jour où il a rencontré Isabel aucune femme n'a plus trouvé grâce à ses yeux.

Manifestement, toutes les femmes succombaient au charme de cet homme, songea Mallory.

Elles longeaient maintenant la côte. Le paysage était d'une beauté à couper le souffle. Le soleil s'apprêtait à plonger dans la mer, l'air iodé embaumait, les vagues déferlaient sur le sable et Mallory se souvint avec mélancolie de sa jeunesse passée à surfer sur les rouleaux californiens.

Quand la voiture franchit de hautes grilles en fer forgé, elle ne put retenir un cri émerveillé en découvrant le petit château de marbre rose qui se découpait sur le ciel velouté.

— Voilà le palais d'Afonso, annonça Lianor.

— Il est magnifique !

— Le roi Pedro II l'aurait fait construire pour son frère, le roi Afonso, qui était paralysé et serait mort à l'âge de onze ans. D'autres personnes prétendent qu'il le lui aurait offert pour se racheter de l'avoir fait exiler des années aux Açores et s'emparer ainsi du pouvoir. En tout cas, quand mon arrière-grand-père en a hérité, l'entretien de la propriété était tel que ma famille a dû le transformer en hôtel de luxe. Depuis la disparition de nos parents, Rafael se charge de le faire prospérer ainsi qu'une demi-douzaine d'autres palaces. Comme son sens des affaires l'a rendu très riche, il n'a pas de problèmes.

Apparemment, les d'Afonso menaient une existence digne d'un conte de fées. Mais comme tous les humains, ils devaient affronter leur part de tragédies.

— As-tu demandé à ton frère de te confier la direction de l'un d'eux ?

— Non, je préfère être indépendante. Et c'est ce que me reproche Rafael.

— Je vais finir par avoir peur de lui !

— Surtout pas, c'est un garçon charmant. Il t'a réservé la meilleure suite. Le président du Mexique et sa femme l'occupaient la semaine dernière.

Mallory secoua la tête.

— Je ne veux pas de traitement de faveur.

— Depuis trois ans, tu travailles comme une folle. Il est temps pour toi d'être un peu chouchoutée. Alors laisse-toi faire.

Un petit rire s'échappa des lèvres de la jeune femme.

— Si tu me prends par les sentiments…

— Nous y sommes.

2

Rafael entra dans ses appartements privés, situés dans l'aile ouest du palais.

— Ines ?

La vieille femme de ménage — elle fêterait bientôt ses soixante-dix ans — se trouvait dans la cuisine.

— Je suis là, monsieur. Comment allait Maria, ce soir ?

— Son état se détériore rapidement, malheureusement.

A ces mots, les yeux d'Ines se remplirent de larmes.

— Elle manque déjà terriblement à Apolonia.

— Où est-elle ?

— Avec son amie Violente. Son papa doit passer la chercher d'un instant à l'autre. En l'attendant, elles regardent des cartes postales.

Il soupira.

— Avec les vacances scolaires, vous n'allez pas pouvoir vous occuper de ma fille toute la journée. Vous avez déjà fort à faire. A votre avis, laquelle des domestiques est assez sérieuse pour s'en charger quelques heures par jour ?

— Nina ou Brianca.

— Brianca n'est-elle pas un peu jeune ?

— Elle a dix-huit ans mais la tête sur les épaules et elle s'entend bien avec la petite. Pour Apolonia, elle serait une grande sœur.

Sur ce dernier point, Ines avait raison.

— Pourrez-vous parler à Brianca ? Naturellement, j'augmenterai ses gages pour la dédommager de ce surcroît de travail.

— Je lui en toucherai un mot demain matin.

— De toute façon, Lianor prendra bientôt le relais.

D'un air intensément soulagé, la vieille femme joignit les mains.

— Elle est d'accord ? s'écria-t-elle avec joie.

— Pas encore officiellement, mais elle le sera, assura Rafael d'un ton ferme. Surtout pas un mot à Apolonia. Je ne veux pas aborder le sujet avec elle avant de lui avoir appris que la pauvre Maria ne reviendra pas.

— *Claro*, murmura Ines en se mouchant.

Rafael consulta sa montre. Lianor allait arriver d'un instant à l'autre.

— J'ai des coups de fil à passer puis j'irai retrouver ma fille. Merci de votre aide, Ines. *Boa noite.*

— *Boa noite.*

Chef-d'œuvre d'architecture baroque et maure, le palais d'Afonso stupéfia Mallory. Emerveillée, elle promena les yeux autour d'elle.

Du marbre rose couvrait le sol et la cage d'escalier, des milliers de fleurs et d'oiseaux peints à la main ornaient les plafonds, d'immenses toiles de grands artistes s'étalaient sur les murs.

— Cette demeure est une véritable splendeur, j'en reste sans voix ! murmura-t-elle.

— Pendant que tu l'admires sous toutes ses coutures, je vais monter voir si ta chambre est prête, répliqua Lianor en riant.

Mallory la vit croiser et saluer d'un signe de tête dans l'escalier un couple élégamment vêtu, des clients de l'hôtel, sans doute. Comme ces derniers ouvraient une porte, elle aperçut la salle à manger. Sa somptuosité lui coupa le souffle.

« Quel endroit magnifique ! songea-t-elle, éblouie. Et ce bijou donne sur l'Atlantique ! C'est le paradis sur terre ! »

Perdue dans son émerveillement, la jeune femme sursauta quand une voix se fit entendre derrière elle.

— *Tia* Lianor !

Mallory se retourna et découvrit deux fillettes d'une dizaine d'années qui sortaient de la cuisine où régnait manifestement une intense activité.

Prenant conscience de sa méprise, la petite brune aux yeux en amande, semblables à ceux de Lianor, porta la main à sa bouche.

Mallory s'approcha d'elle en souriant.

— Tu es sans doute Apolonia. Parles-tu anglais ?

Après un instant d'hésitation, l'enfant hocha la tête.

— Oui.

— Ta tante m'a dit beaucoup de bien de toi. Elle va descendre dans un instant. Je m'appelle Mallory Ellis, ajouta-t-elle en lui tendant la main.

Un grand sourire illumina le visage de la petite fille.

— Ravie de faire votre connaissance. Vous êtes certainement son amie de Californie.

« Son amie », pensa Mallory, touchée.

— Oui. Je suis venue passer deux jours avec elle. De dos, tu m'as prise pour elle, non ?

La méprise était d'autant plus aisée que les deux jeunes femmes portaient chacune un pantalon noir.

Comme Apolonia opinait du menton, elle poursuivit.

— Beaucoup de gens nous confondent. Comment se nomme ta camarade ?

Se rappelant brusquement les bonnes manières, la fillette fit les présentations.

— Voici Violente Camoes, ma meilleure amie. Nous attendons son père.

— Bonjour, Violente. J'aime beaucoup ton prénom.

— Elle le déteste, confia Apolonia. Son frère prétend que c'était le surnom donné à la première reine du Portugal par ses domestiques parce qu'elle était *insana*.

— Folle ?

— Oui.

Réprimant un fou rire, Mallory reprit.

— Et lui, comment s'appelle-t-il ?

— Tomas.

— Alors je comprends ! Il est jaloux parce qu'il ne porte pas le nom d'un roi !

Apolonia se tourna vers sa compagne pour lui traduire leur échange.

L'aisance de la fillette dans la langue de Shakespeare stupéfia Mallory. Aux dires de Lianor, l'enfant poursuivait ses études dans un établissement religieux réputé où sa tante avait aussi été scolarisée autrefois. Sans doute avait-elle également l'occasion de pratiquer l'anglais avec les touristes de passage à l'hôtel. En tout cas, la petite fille lui paraissait charmante, cultivée et bien élevée.

— Mon père prétend que vous êtes très « ambitieuse », reprit cette dernière. Mais je ne connais pas le sens de ce mot.

Dissimulant son hilarité — il lui tardait de rapporter l'opinion de Rafael à Lianor —, Mallory rectifia.

— Je me qualifierais plutôt de « travailleuse ». J'aime mon métier, me servir de mon cerveau.

Elle se tapota la tête pour aider la fillette à comprendre.

Perplexe, Apolonia remarqua :

— En général, papa apprécie les gens qui prennent leur travail à cœur. Pourtant, en parlant de vous, il fronçait les sourcils.

Sur ces entrefaites, un homme frappa à la porte-fenêtre. Agé d'une quarantaine d'années, le père de Violente était grand et élégant. Manifestement pressé, il fit signe à sa fille de le suivre. D'un geste, cette dernière salua Mallory et Apolonia puis se hâta de le rejoindre.

A peine étaient-ils partis que Lianor arriva. Sa nièce se jeta dans ses bras et commença à lui parler en portugais.

— Devant notre invitée, je te propose de poursuivre en anglais, suggéra sa tante. Ce serait un bon entraînement pour toi.

— Elle le manie avec un brio qui m'a épatée, je l'avoue, intervint Mallory. Elle est pratiquement bilingue.

D'un air admiratif, elle regarda l'enfant.

— A ton âge, j'aurais été bien incapable d'ânonner deux mots dans une langue étrangère. Tu me sembles très intelligente.

— Merci, répondit Apolonia en rougissant de plaisir.

— A présent, viens, déclara Lianor. Nous allons te montrer ta chambre.

Mallory les suivit au second étage. Elles traversèrent un long couloir orné de dorures et de draperies avant d'emprunter un autre escalier pour se retrouver dans l'aile sud du palais.

Au-dessus d'une double porte étaient gravés des vers en portugais. Lianor les traduisit pour son amie :

— *Offre-moi tes lèvres, mon amour*
Serre-toi étroitement contre moi
Comme quand nous arpentions les rues d'Alfama.

« Il s'agit d'un extrait d'un poème de Frederico de Brito, expliqua-t-elle. Il fait allusion au quartier Alfama de Lisbonne dont les ruelles sont si étroites que les habitants des immeubles peuvent serrer la main de leurs voisins d'en face en se penchant par leur fenêtre. Un de nos ancêtres devait avoir des idées romantiques et a recopié ces lignes. A moins qu'il n'ait voulu rappeler à son épouse ses devoirs conjugaux. »

— Sans doute, approuva Mallory avec un sourire.

Elle jeta un regard de biais à Apolonia qui ne semblait pas suivre la discussion. Pour l'inclure dans la conversation, elle lui lança :

— Pourquoi ces deux jeux de portes ?

— Nous nous trouvons dans les anciens appartements du monarque. Des soldats se tenaient en permanence sur le seuil.

— S'il s'agissait du roi Pedro II, je comprends pourquoi, remarqua Mallory en riant. Il avait beaucoup d'ennemis.

Mais son rire s'évanouit en découvrant la suite royale. C'était vraiment un petit palais dans le palais. Décorées dans un mélange de styles arabe, wisigoth et maure, les pièces dépassaient en beauté tout ce que la jeune femme aurait pu imaginer.

Poursuivant la visite, la tante et la nièce lui montrèrent également un grand salon aux tommettes bleues et blanches, rappelant les tons de l'océan. Des poutres de chêne soutenaient le plafond orné de fleurs et d'angelots.

Mallory découvrit aussi une magnifique bibliothèque remplie d'ouvrages datant du Moyen Age, une salle de musique et son piano ancien, une petite cuisine et une salle à manger avec une terrasse face à la mer.

La vue était si belle que Lianor dut pratiquement l'arracher de force à sa contemplation pour l'entraîner dans la chambre du roi où trônait un lit à baldaquin. La pièce donnait également sur la plage et, enchantée, Mallory comprit que le chant du ressac la bercerait toute la soirée.

Les yeux perdus dans l'immensité de la mer, elle remplit ses poumons d'air iodé tandis qu'une légère brise soulevait ses cheveux.

— La suite est-elle à votre goût ? s'enquit Apolonia.

— Elle me plaît tant que j'aimerais dormir sur le balcon cette nuit pour rêver des navigateurs portugais qui ont courageusement affronté les flots pour partir à la découverte du Nouveau Monde.

La réponse parut ravir la fillette.

— Moi aussi, j'adore la mer.

— En vivant ici, cela ne m'étonne pas.

— Et aimez-vous également nager ?

— C'est mon sport préféré.

— Comme moi ! Papa m'a appris.

— A propos, intervint sa tante. Ton père doit te chercher partout.

L'enfant secoua la tête.

— Il est allé voir Maria à l'hôpital. J'espère qu'elle va vite revenir.

Imperceptiblement, Lianor envoya un signal de détresse à son amie.

— Je suis sûre qu'il est rentré maintenant. Tu vas pouvoir lui poser la question. Il est tard et tout le monde est fatigué, surtout Mallory qui a passé sa journée dans l'avion.

Gentiment, elle posa la main sur l'épaule de sa nièce.

— Allons nous coucher, d'accord ? A quelle heure veux-tu ton petit déjeuner demain matin, Mallory ?

Sachant qu'il ne servirait à rien de lui dire qu'elle ne voulait pas les déranger, elle répondit :

— Vers 10 heures ? Avant j'irai piquer une tête dans l'océan. Partagerez-vous ce repas avec moi ?

— Bien sûr ! s'exclamèrent Apolonia et Lianor.

Toutes trois s'embrassèrent avec chaleur avant de se séparer. « Quelle charmante enfant ! » songea Mallory, espérant que si elle avait un jour le bonheur d'avoir une fille, celle-ci ressemblerait à Apolonia.

— Bonne nuit.

— A demain et merci pour tout, Lianor.

En refermant la porte derrière elles, Mallory promena les yeux autour d'elle en proie à une étrange excitation. Elle avait l'impression d'avoir, comme par magie, remonté les siècles. Les Phéniciens, les Grecs et les Romains avaient foulé cette terre. Et Vasco de Gama avait entrepris son grand voyage vers le Nouveau Monde en partant des côtes portugaises.

Après avoir laissé un message sur le répondeur de ses parents pour leur dire qu'elle était bien arrivée, elle s'installa sur la terrasse avec une couverture.

Elle n'avait pas l'intention de passer la nuit dehors mais quand les cris des mouettes la tirèrent de son sommeil, la matinée était déjà bien entamée. La journée promettait d'être belle.

Un sourire aux lèvres, elle rentra se préparer une tasse de café qu'elle savoura sur le balcon. La vue des bateaux qui dansaient au loin sur les vagues la ravissait toujours.

Sur la plage privée du palace, quelques clients de l'hôtel se doraient au soleil, des employés installaient des transats et des parasols. L'envie de plonger dans l'océan qui s'était emparée de Mallory devint irrépressible. Elle avait le temps. Le petit déjeuner ne serait pas servi avant une bonne heure.

Elle enfila son maillot de bain, ses sandales, s'enroula dans une grande serviette-éponge et descendit l'escalier en colimaçon.

— *Bom dia!* lui lança un des serveurs en lui ouvrant galamment la porte.

— *Bom dia*. Merci.

Dès qu'elle arriva sur le sable, elle courut vers les flots.

L'eau était délicieuse, le soleil brillait dans un ciel sans nuages, la jeune femme avait l'impression d'être dans un petit paradis terrestre.

Bondissant dans les vagues, Mallory fendit l'écume comme un dauphin. Elle ne s'était pas amusée ainsi depuis des années. Puis elle s'éloigna vers le large. Satisfaite de constater qu'elle n'avait pas perdu son crawl malgré le manque d'entraînement, elle passa un bon moment à nager. Comme elle se décidait à rentrer, elle entendit soudain des cris de panique.

Sur la plage, une vingtaine de personnes amassées gesticulaient, l'air affolé. Au milieu du brouhaha, Mallory reconnut tout à coup le prénom d'Apolonia, hurlé par une voix hystérique, et elle sentit son sang se glacer.

« Mon Dieu ! »

Sans perdre de temps, la jeune femme s'élança dans la direction vers laquelle tous les gens étaient tournés. Quelques nageurs tentaient également de se porter au secours de la fillette mais ils ne se déplaçaient pas assez vite pour avoir une chance de la rejoindre avant elle.

Elle aperçut la tête de l'enfant entre deux vagues. Sans doute s'était-elle éloignée du rivage et n'avait-elle pas eu la force de revenir. Le regard terrifié, elle levait les mains en pleurant. Seigneur, elle était en train de se noyer !

« Mon Dieu, je vous en prie, ne la laissez pas couler ! »

Redoublant d'efforts, Mallory atteignit enfin la fillette et se plaça derrière elle pour lui soutenir la tête hors de l'eau.

— Je suis là, chérie. Tout va bien. Calme-toi et laisse-moi faire. Ton papa ne pourrait pas vivre sans toi. Je vais te ramener à lui.

Avec mille précautions et sans cesser de prier, elle nagea jusqu'à la plage, entraînant Apolonia dans son sillage.

Dès qu'elle eut pied, elle prit la petite fille dans ses bras. Fendant la foule, elle la déposa sur le sable et la plaça sur le côté pour lui faire vider ses poumons.

Mais la poitrine de l'enfant restait inerte. Réprimant la panique qui s'emparait d'elle, Mallory s'agenouilla pour pratiquer aussitôt sur elle la respiration artificielle.

Elle bascula la tête de la fillette en arrière et plaqua sa bouche sur la sienne pour lui insuffler de l'air.

« Garde ton sang-froid, Mallory », s'ordonna-t-elle. Mentalement, elle comptait pour ne pas perdre le rythme. « Une, deux, inspiration, trois, quatre, expiration. Une, deux, inspiration, trois, quatre… »

Par chance, elle avait suivi des cours de secourisme autrefois. Un jour, elle s'était déjà portée à la rescousse de quelqu'un. Mais il s'agissait alors d'un adulte qui avait retrouvé son souffle en quelques instants.

Malheureusement, Apolonia était plus faible. Elle avait nagé trop longtemps, son petit corps frêle était épuisé. Pourtant, il fallait qu'elle vive. Trop de tragédies frappaient sa famille. Et c'était une enfant exceptionnelle.

« Mon Dieu, je vous en prie, sauvez-la ! »

Au moment où la jeune femme commençait à perdre espoir, la fillette gémit et balbutia :

— Papa…

Le cœur de Mallory bondit de joie.

— Je suis là, *querida* ! s'écria une voix masculine emplie d'amour et d'émotion.

Sur ces entrefaites, les pompiers, alertés par les clients de l'hôtel, apparurent.

— Laissez-nous prendre le relais.

Avec soulagement, elle les vit se pencher sur Apolonia. Par-dessus leurs épaules, elle croisa deux yeux noirs brillant de larmes. L'homme la regarda d'un air incrédule avant de se relever.

Il ne la dévisagea qu'un instant, mais ce fut suffisant pour qu'elle se trouve prise de tremblements incoercibles qui ne cessèrent pas lorsqu'il s'éloigna avec les secouristes vers l'ambulance.

A son tour, Lianor s'approcha d'elle et lui entoura les épaules. Tout en pleurant, elle lui exprima sa gratitude et elles sanglotèrent un long moment dans les bras l'une de l'autre.

Quand, enfin, elles se relevèrent, une vieille femme se signa en marmonnant quelque chose que Mallory ne comprit pas. Son amie les présenta.

— Voici Ines, notre femme de ménage. Elle a dit « Dieu vous bénisse… »

— Je L'ai prié et Il m'a aidée.

Lorsque Lianor lui traduisit la réponse de Mallory, les yeux d'Ines se remplirent de larmes.

Les clients de l'hôtel qui se trouvaient sur la plage vinrent également la féliciter pour son courage et la manière extraordinaire dont elle avait secouru l'enfant.

Finalement, ne resta sur le sable qu'une jeune fille en

Bikini, le visage enfoui dans les mains. Lianor s'assit près d'elle pour la réconforter.

— C'est Brianca, Mallory. Ines lui avait demandé de surveiller Apolonia jusqu'au petit déjeuner. Quand ma nièce t'a aperçue au large, elle a voulu te rejoindre et s'est jetée à l'eau avant qu'elle ne puisse l'en empêcher. Normalement, la petite n'a pas le droit de se baigner sans son père. Brianca se reproche ce qui s'est passé. Pourtant, ce n'est pas entièrement sa faute.

« Non, c'est la mienne. »

Avec une profonde inspiration, Mallory se tourna vers Lianor.

— Acceptes-tu de me servir encore d'interprète ?

— Bien sûr.

— Explique à Brianca que je suis la seule à blâmer. Hier soir, j'ai dit à Apolonia que j'adorais nager. Et ce matin, elle a certainement cru que je l'avais vue et que j'allais venir à sa rencontre. Voilà pourquoi elle s'est aventurée au loin sans crainte. Demande-lui si c'est elle que j'ai entendue crier le nom de l'enfant.

Quand Lianor lui eut traduit la réponse de Mallory, Brianca hocha la tête.

— C'est donc elle qui l'a sauvée. Je me prélassais dans l'eau sans me rendre compte du drame. Si elle n'avait pas hurlé « Apolonia ! », je ne me serais doutée de rien. Grâce à elle, je suis arrivée à temps et j'ai pu lui porter secours. Je suis sûre qu'elle va s'en tirer sans dommage.

Brianca ne semblant pas complètement convaincue, Mallory l'embrassa avec chaleur. Toutes deux versèrent quelques larmes puis un sourire timide apparut sur le visage de la jeune fille.

— Dieu vous bénisse, dit-elle avant de retourner au palais.

Comme elle s'éloignait, Lianor prit le bras de son amie.

— Merci de t'être montrée si gentille avec elle. Tout le monde lui avait reproché sa négligence et elle avait besoin de ces paroles de réconfort. Tu es vraiment quelqu'un de merveilleux, Mallory !

— Je t'en prie, ne dis pas ça ! Apolonia est en vie, c'est la seule chose qui compte. Où l'ambulance l'a-t-elle conduite ?

— A Atalia, tout près de chez Violente, où se trouve l'hôpital le plus proche.

— J'aimerais aller la voir.

— Nous irons dès que tu seras un peu remise de tes émotions. Je connais ta force mais tu as reçu un gros choc aussi bien physique qu'émotionnel.

— Tu as raison, une tasse de thé me fera sans doute du bien.

De retour dans sa suite, Mallory prit une douche chaude avant de s'habiller d'une jupe et d'un corsage en coton.

Elle n'imaginait pas pouvoir avaler quoi que ce soit, mais lorsqu'elle vit l'appétissant petit déjeuner qui l'attendait, elle en eut l'eau à la bouche. Lianor aussi avait faim. Elles se régalèrent des fameuses saucisses dont Apolonia raffolait.

— Elles sont délicieuses, je comprends pourquoi ta nièce m'en a parlé.

— Grâce à toi, elle aura de nouveau l'occasion d'en manger. Pourtant, elle ne le devrait pas, ajouta-t-elle d'une voix tendue.

— Que veux-tu dire ?

— La petite a beaucoup grossi ces derniers temps. J'étais comme elle, au même âge. Mais ma mère s'en moquait et me laissait m'empiffrer de gâteaux toute la journée. A dix-sept ans, j'étais obèse.

— Moi aussi, j'étais grassouillette à l'adolescence puis j'ai grandi d'un seul coup et tout est rentré dans l'ordre.

— Je n'ai pas eu cette chance.

Comme si le sujet la mettait mal à l'aise, Lianor se leva et relança la conversation sur la fillette.

— Combien de temps devra-t-elle rester à l'hôpital, crois-tu ?

Mallory devina que les problèmes de poids préoccupaient davantage sa compagne qu'ils ne l'auraient dû. Peut-être, un jour, l'encouragerait-elle à se confier.

— J'espère qu'elle pourra rentrer ce soir. En tout cas, je suis prête à partir.

Elle avait hâte de revoir l'enfant. Elle savait que des complications étaient toujours à craindre après une noyade même si elle ne voulait pas les évoquer à haute voix pour ne pas inquiéter davantage Lianor.

Cette dernière empaqueta quelques affaires pour sa nièce puis toutes deux s'installèrent dans la voiture.

Un quart d'heure plus tard, elles se garaient devant l'hôpital.

On les informa qu'Apolonia avait été transférée dans une chambre et qu'elles pouvaient la voir sans problèmes.

— Vas-y d'abord, Lianor, lui proposa Mallory par discrétion. Je t'attends.

— Merci, je ne serai pas longue.

Dès qu'elle fut seule, Mallory rejoignit la salle d'attente. Une jeune mère y allaitait son bébé, un vieux couple se tenait par la main. Elle les salua d'un sourire et s'assit dans un coin.

Une tension intérieure l'habitait. Tant qu'elle n'aurait pas vu de ses yeux la fillette, elle ne se sentirait pas tranquille. Incapable de rester immobile, elle se leva et sortit de la pièce pour faire les cent pas dans le couloir. Mais en voyant le grand soleil au-dehors, elle décida d'aller marcher dans le jardin de l'hôpital. L'air frais lui ferait peut-être du bien. Après avoir prévenu l'infirmière, elle poussa la lourde porte vitrée.

Tout en contemplant l'océan, Mallory se remémora les deux prunelles noires qui l'avaient fixée tout à l'heure. Le regard de Rafael était alors teinté d'effroi en songeant à la mort affreuse à laquelle sa fille avait échappé de peu. Sans doute avait-il également éprouvé un choc à l'idée que la femme qu'il détestait sans même l'avoir rencontrée avait sauvé Apolonia.

— Mademoiselle Ellis ?

Elle avait déjà entendu cette voix grave et profonde. Le cœur battant, elle fit volte-face.

Ce matin, elle n'avait remarqué que ses yeux.

A présent, elle le découvrait en entier. Grand et musclé, il lui parut infiniment séduisant avec ses traits harmonieux et volontaires, sa peau mate et ses épais cheveux. Il aurait pu inspirer un Michel-Ange.

Dire qu'il était très bel homme aurait été un euphémisme.

— Comment va votre fille ? s'enquit-elle, la gorge serrée.

— Ils l'ont mise sous perfusion pour l'alimenter et la réhydrater mais elle va s'en tirer. Si son état ne s'aggrave pas dans les heures qui suivent, elle rentrera à la maison ce soir.

— C'est merveilleux ! s'écria-t-elle.

Un intense soulagement s'empara d'elle. Elle n'aurait pas été plus bouleversée si elle avait été la propre mère d'Apolonia.

Teintés d'émotion, les yeux noirs soutinrent les siens.

— Vous l'avez sauvée d'une mort certaine. Sans vous, elle se serait noyée, ajouta-t-il d'une voix tremblante. Je vous dois sa vie. Comment vous remercier ?

Mallory parvenait à peine à respirer.

— Vous venez de le faire, répondit-elle calmement. D'autre part, Brianca mérite autant que moi votre gratitude. Elle a hurlé le nom de l'enfant si fort que je l'ai entendue, et j'ai ainsi pu l'atteindre à temps.

— Si Apolonia était restée quelques instants de plus dans cette eau, elle aurait coulé, murmura-t-il, à l'agonie.

— Mais elle est saine et sauve, répondit-elle avec douceur.

— *Por Deus*. Je lui avais promis de nager avec elle ce matin. Mais j'ai reçu un coup de fil d'un de mes directeurs d'hôtel et elle a quitté la chambre avant moi. J'étais toujours en ligne quand une domestique m'a crié de venir. Et lorsque je suis arrivé sur la plage, vous lui faisiez le bouche-à-bouche...

Il s'interrompit un instant.

— Je n'ai connu cette douleur qu'une fois auparavant...

Devinant qu'il faisait allusion à la mort de sa femme, Mallory décida de ne pas le laisser s'enfoncer dans les souvenirs dramatiques.

— J'ai fait la connaissance de votre fille hier soir. C'est un amour !

Il s'éclaircit la gorge.

— Elle ne cesse de parler de vous. Depuis que Lianor est entrée dans sa chambre, Apolonia me supplie d'aller vous chercher.

Mallory sourit.

— Le médecin lui permet-il de recevoir des visites ?

— Vous avez mille fois mérité le droit de la voir. Et il pense que votre présence l'aidera à recouvrer des forces. Je partage son avis. Allons-y.

3

Quand Rafael posa la main sur sa taille pour la guider vers la chambre de l'enfant, Mallory ne put réprimer un frisson. Le geste était tout à fait impersonnel, elle ne l'ignorait pas, mais une étrange chaleur s'empara d'elle.

Dès qu'ils entrèrent dans la pièce, Apolonia salua son arrivée d'un grand sourire. La jeune femme se précipita à son chevet.

— Tu as déjà meilleure mine ! s'exclama-t-elle. Comment te sens-tu ?

— Très bien. J'ai envie de rentrer à la maison.

— Je te comprends. Patiente encore quelques heures, tu n'en as plus pour longtemps.

Des larmes montèrent aux yeux de la fillette.

— Merci de m'avoir sauvée. Je voulais vous rejoindre mais vous étiez loin, il y avait beaucoup de vagues et je n'y suis pas arrivée.

En voyant ses lèvres trembler, Mallory lui prit les mains et se pencha pour l'embrasser.

— Je sais, chérie. N'y pense plus.

— Vous voudrez bien nager avec moi une autre fois ?

Ceux qui prétendaient que les enfants se remettaient vite de leurs frayeurs n'avaient pas tort ! Mais il n'y aurait pas d'autres fois, Mallory partait le lendemain. Pourtant, elle préféra ne pas attrister la petite fille en le lui rappelant.

— Bien sûr, si ton papa est d'accord. Mais pour l'instant, je crois que tu dois surtout te reposer.

Apolonia se tourna vers son père.

— Lorsque j'irai mieux, tu m'autoriseras à me baigner avec Mallory ?

— J'ai une confiance totale en elle, lui répondit-il.

— Merci, papa. Il vaudra mieux ne pas raconter à Maria ce qui s'est passé. Cela la ferait pleurer.

Tendrement, il lui caressa les cheveux.

— Tu as raison, *querida*.

A la vue de l'angoisse peinte sur le visage de Rafael, la jeune femme détourna la tête. Avec sa fille et la nounou adorée de celle-ci dans deux hôpitaux différents, le pauvre portait beaucoup de soucis sur ses épaules.

Mallory aussi avait du mal à contenir ses émotions. Sans doute aurait-elle besoin de pleurer tout son soûl pour évacuer le stress de la matinée. Que se serait-il passé si elle avait atteint trop tard Apolonia ?

— Vous vous sentez bien ? s'enquit soudain Rafael, de l'autre côté du lit.

Cette fois, ses yeux noirs étaient teintés d'inquiétude.

— Oui, oui. Je suis juste un peu fatiguée. Ce n'est rien.

Elle posa la main sur le bras de la fillette.

— Il faut te reposer, chérie. Je te parlerai plus tard.

— Ne partez pas ! s'écria l'enfant, devinant qu'elle s'apprêtait à quitter la pièce.

La supplique de la petite fille la toucha au cœur. D'un regard, elle demanda de l'aide à Lianor.

— Mallory a raison. Nous ne serons pas loin.

Apolonia se mit à pleurer.

— Non, restez avec moi ! Je t'en prie, papa, ne la laisse pas partir !

Cette réaction si spontanée émut profondément la jeune femme.

Rafael reprit la parole.

— *Querida*, elle ne va nulle part, déclara-t-il d'un ton sans réplique.

Se reprochant d'avoir blessé involontairement la fillette, Mallory se rassit sur sa chaise. Lianor s'installa près d'elle.

Rafael prit place au côté de sa fille. Il lui caressait les cheveux en lui murmurant des mots tendres, et Mallory ne pouvait s'empêcher de penser qu'il était magnifique à regarder.

De temps à autre, une infirmière ou un interne passait

examiner l'enfant. Chaque fois, Mallory retenait son souffle dans la crainte d'entendre l'annonce d'une détérioration de son état.

Entre deux périodes d'assoupissement, Apolonia bavardait avec Mallory. Elle lui demanda à quoi jouaient les petites Américaines, comment elles s'habillaient, et elles bavardèrent ainsi un bon moment de tout et de rien. A un moment, Lianor proposa à son frère d'aller lui acheter un sandwich mais, encore préoccupé de ne pas voir sa fille complètement tirée d'affaire, il déclina sa proposition.

Vers 6 heures du soir, le père de Violente vint à son tour s'enquérir de la santé de la fillette. Il l'embrassa, salua Lianor et échangea quelques mots avec Rafael. Mais son regard était fixé sur Mallory.

Une fois les présentations faites, il poursuivit en anglais.

— Hier soir, je vous ai prise pour Lianor.

— Lorsque nous nous trouvions à Los Angeles, beaucoup de gens ont fait la même erreur. J'ai été très contente de faire la connaissance de votre fille, *senhor* Camoes. Violente est charmante.

— Je vous en prie, appelez-moi Luis. Vous l'avez beaucoup impressionnée. De près, ajouta-t-il en dévisageant tour à tour les deux femmes, on voit que vous n'êtes pas si semblables. Mais vous êtes toutes deux très belles, assura-t-il d'un ton admiratif.

— Merci, répondirent-elles en chœur.

— J'espère que vous séjournez quelque temps au Portugal.

— J'adorerais prolonger mes vacances mais, malheureusement, je vais bientôt être obligée de retourner aux Etats-Unis.

Il sourit.

— Pas si Apolonia et Violente peuvent s'y opposer. A Atalia, tout le monde ne parle plus que du sauvetage et de votre courage. Ma femme et moi espérons vous avoir à dîner quand la petite sera rétablie. Carolina n'a pu venir. Notre dernier-né fait ses dents et ce n'est pas facile.

— Pauvre chou, compatit Mallory. Si je suis toujours ici, je viendrai chez vous avec plaisir.

— Parfait, nous allons organiser ça. *Boa noite.*

— *Boa noite.*

Dans la soirée, le médecin réapparut. Il écouta une dernière fois le cœur et les poumons de la fillette puis se tourna vers Rafael avec un grand sourire.

— Notre petite patiente a très bien réagi et semble remise de sa mésaventure.

A ces mots, le cœur de Mallory bondit de joie et elle serra la main de Lianor avec force. Rafael murmura une prière d'action de grâces. Le soulagement de tous était immense.

Le médecin se pencha vers Apolonia.

— Dès que l'infirmière sera venue t'enlever la perfusion, tu rentreras chez toi. Je ne te retiens plus.

— Youpi ! s'exclama-t-elle.

— Mais, une fois à la maison, tu te coucheras tout de suite. En revanche, demain, si tu te sens bien, tu pourras te lever et t'habiller.

— Quand pourrai-je retourner nager ?

Il se mit à rire.

— Pas avant trois jours ! D'accord ?

— Mais je ne peux pas attendre si longtemps ! Mallory repart aux Etats-Unis demain !

Se reprochant une fois de plus d'être la cause de la déception de l'enfant, Mallory baissa la tête.

Mais Rafael affirma soudain :

— Elle a changé ses projets, *querida.*

— C'est vrai ? s'écria la petite fille, les yeux brillants d'espoir.

Stupéfaite, Mallory resta pétrifiée.

Pour la seconde fois, Rafael parlait à sa place. Elle commençait à comprendre le désir d'indépendance de Lianor. Mais ce n'était pas le moment de s'expliquer avec lui. D'ailleurs, elle n'avait pas le cœur de refuser quoi que ce soit à la fillette.

— Oui, se contenta-t-elle de répondre.

Elle téléphonerait à Liz pour lui exposer la situation. Sa patronne l'avait encouragée à prendre quelques jours de congé, lui proposant même de s'absenter plusieurs semaines. Si elle n'avait pas insisté, c'est que Mallory lui avait affirmé qu'elle adorait son travail et que la perspective de partir seule si longtemps ne l'amusait pas. Mais, maintenant, la jeune femme avait une bonne raison de prolonger un peu son séjour au Portugal.

Comme Rafael quittait la pièce avec le médecin, elle vit une lueur de satisfaction briller dans ses yeux.

Lianor alla chercher la voiture et Mallory resta seule avec Apolonia. Une fois sa perfusion retirée, elle lui brossa les cheveux et les lui tressa.

Ravie, l'enfant s'admira dans le miroir de sa chambre.

— J'adore cette coiffure !

Puis Mallory l'aida à s'habiller d'un pantalon corsaire et d'un T-shirt en coton et lui attacha ses sandales.

— Que cette tenue te va bien ! s'exclama-t-elle.

— *Tia* Lianor me l'a offerte.

— Elle a bon goût.

— Et je n'ai pas l'air trop grosse dedans.

« Quoi ? »

— Tu n'es pas grosse !

Les yeux de la fillette se remplirent de larmes.

— Tomas et d'autres enfants de l'école me trouvent obèse.

Sans réfléchir, Mallory la prit dans ses bras et l'embrassa.

— Tu es très belle, chérie. Un jour, les garçons te le diront. Mais pour le moment il ne faut pas t'inquiéter. Ils sont trop jeunes, c'est l'âge bête. Attends et tu verras.

— Je voudrais tant vous ressembler !

Comprenant ses tourments, la jeune femme continua à la bercer doucement.

— Tu sais, à quatorze ans, j'étais moi aussi un peu rondouillarde. Beaucoup d'adolescents passent par ce stade.

Les yeux écarquillés, la petite la dévisagea.

— Vous ?

— Oui et, comme toi, j'ai dû endurer les méchancetés de mes camarades de classe. Et j'en ai beaucoup souffert. Puis j'ai grandi et minci.

A travers ses larmes, Apolonia sourit.

— Je suis heureuse que vous soyez venue. J'ai l'impression de vous connaître depuis toujours. Et je vous aime beaucoup.

Mallory la serra contre elle avec tendresse.

— Je partage totalement tes sentiments, chérie. D'ailleurs,

je me sens si proche de toi que je te propose de me tutoyer à présent.

Tandis que la fillette lui sautait au cou, elle repensait aux confidences de Lianor à propos de ses problèmes de poids. Il était peut-être temps de creuser le sujet afin que toutes les femmes de la famille ne soient pas victimes du même complexe.

Soudain, une voix virile se fit entendre.

— Prêtes ?

Mallory se libéra des bras de l'enfant, se demandant depuis combien de temps Rafael les écoutait.

Comme il l'observait, elle rangea le pyjama de la petite dans le sac pour se donner contenance.

— J'aime beaucoup ta coiffure, *querida*.

Il prit Apolonia dans ses bras pour l'emporter vers la voiture.

— Viens avec nous, Mallory ! supplia-t-elle.

— Je suis juste derrière toi, chérie.

Tout en sortant de la chambre, Rafael se tourna vers Mallory.

— J'espère que vous avez conscience que ma fille vous est désormais dévouée corps et âme.

Même s'ils ne se touchaient pas, ils étaient si proches qu'elle sentit la chaleur qui émanait de son corps et, de nouveau, elle se sentit prise de tremblements.

— Elle m'a également conquise hier soir. Elle a tellement de charme !

Déconcerté, Rafael ne savait plus quoi penser de la jeune Américaine aux longues jambes galbées qui marchait à côté de lui. Quelques instants plus tôt, il avait vu l'enfant l'embrasser avec chaleur et en avait éprouvé un curieux attendrissement.

Il n'aurait jamais imaginé pouvoir changer d'opinion sur Mallory. A ses yeux, elle incarnait tout ce qu'il détestait chez une femme. Il se méfiait de sa réussite professionnelle, de son indépendance, de son ambition et surtout de l'influence qu'elle exerçait sur Lianor. Mais à présent, il lui devait la vie d'Apolonia et lui en serait éternellement reconnaissant.

Quand elle lui ouvrit la lourde porte d'entrée de l'hôpital, il lui sourit.

— Merci.

Dans ce pays où tous les habitants étaient bruns aux yeux

noirs, le regard clair de Mallory le déstabilisait. Etourdi par les fragrances de son parfum, il perdait pied.

Lianor les attendait près de la Jaguar. Mallory s'installa devant, à côté d'elle. Rafael s'assit à l'arrière et prit sa fille sur ses genoux. En chemin, cette dernière demanda à son père :

— Peux-tu me prêter ton téléphone portable ? J'aimerais appeler Violente.

Il lui embrassa le haut de la tête.

— Je suis désolé, *querida*, mais je ne l'ai pas avec moi.

— Zut ! Je voulais lui raconter ce qui m'est arrivé.

— Luis lui en a certainement déjà parlé.

— Prends le mien, proposa Lianor. Il est dans mon sac. Peux-tu le lui donner, Mallory ?

— Bien sûr.

Quand la jeune femme se retourna pour tendre l'appareil à la fillette, Rafael croisa son regard. De nouveau, il eut l'impression d'être la proie d'une force magnétique.

A en juger par la conversation animée de l'enfant avec son amie, il n'était pas le seul à être touché par Mallory. Apolonia répétait sur tous les tons à Violente qu'elle l'adorait et espérait qu'elle ne quitterait jamais le Portugal. Rafael se sentit profondément ébranlé par ces propos.

Sa fille avait particulièrement besoin de stabilité, de sécurité, au moment où sa nounou était en train de mourir. S'attacher à cette Américaine serait inévitablement source de déconvenues pour elle !

Sur le seuil du palais, la fillette prit la main de Mallory.

— Tu montes dans ma chambre ?

— Elle ne peut pas, *querida*, intervint Rafael. Après les émotions de la matinée, elle doit être épuisée et elle a certainement envie de se reposer.

Lianor vint à sa rescousse.

— Ton père a raison, Apolonia. En fait, une bonne nuit de sommeil nous fera du bien à tous.

— Demain, nous nous retrouverons pour le petit déjeuner, promit Mallory. Celui que nous aurions dû partager ce matin. A quelle heure le prends-tu d'habitude ?

Comme elle se penchait pour embrasser l'enfant, elle effleura par mégarde Rafael. Malgré lui, ce contact le fit frissonner.

— Il sera servi à 8 heures dans la salle à manger, répondit-il avant que sa fille n'ait pu ouvrir la bouche. Je vous enverrai Nina pour vous montrer le chemin. *Boa noite.*

Elle lui adressa un bref regard.

— *Boa noite.*

Partagé entre la profonde gratitude qu'il éprouvait pour la jeune Américaine et son aversion viscérale pour les femmes ambitieuses, il reprit la fillette dans ses bras pour entrer dans le palace. Lianor les suivit.

— Bonne nuit, Mallory ! cria Apolonia. Et merci encore de m'avoir sauvée !

Mallory leur adressa un signe de la main. Une petite brise marine soulevait ses longs cheveux bruns.

Incapable de s'en empêcher, Rafael parcourut du regard les courbes de son corps et, lorsqu'un coup de vent plaqua sa jupe contre elle, un désir incompréhensible le saisit.

Il ne voulait rien éprouver pour cette femme.

Aidé de Lianor, il mit l'enfant au lit. Elle ne parlait que de Mallory et il eut du mal à l'endormir. Lorsque, enfin, elle ferma les paupières, il fit signe à sa sœur de le suivre dans la pièce voisine, laissant la porte de communication ouverte au cas où Apolonia appellerait pendant la nuit.

Dès qu'il se retrouva seul avec Lianor, la jeune femme lui fit part de ses réflexions.

— Après toutes ces émotions, il ne me paraît pas souhaitable d'annoncer tout de suite à ta fille l'état de Maria. Mieux vaut la confier sans attendre à quelqu'un d'autre. Une fois habituée à sa nouvelle nounou, elle supportera plus facilement le choc.

— Je savais que je pouvais compter sur toi, Lianor. Plus que jamais, Apolonia a besoin de toi. Dès demain, tu présenteras ta démission à Mallory. Comme elle est sur place, il lui sera plus facile de nommer une des autres employées de la filiale à ta place.

A sa grande surprise, sa sœur s'écarta brutalement de lui.

— Je crois que tu m'as mal comprise, Rafael, rétorqua-t-elle sèchement. Je ne faisais pas allusion à moi.

Incrédule, il secoua la tête.

— Comment cela ?

— J'ai une carrière à mener, figure-toi ! Comme toi ! Et je n'ai pas l'intention d'y renoncer. Je pensais à Joana. Elle vient de se séparer de son mari et de rentrer d'Espagne, elle cherche à prendre un nouveau départ. Et elle s'est toujours bien entendue avec la petite.

Rafael eut du mal à garder son calme.

— Elle *s'entend* peut-être bien avec elle mais elle ne *l'aime* pas ! Et surtout, comme tu viens de le souligner, elle est en plein divorce.

— Je t'en prie, Rafael ! Cela ne fait pas d'elle une pestiférée !

— Je suis sorti avec bon nombre de divorcées et je sais de quoi je parle. Ma fille a besoin de…

— De quelqu'un de parfait ! Malheureusement, cette personne n'existe pas. Joana est adorable et elle nous connaît tous. A la mort de Maria, elle prendra le relais. Pour Apolonia qui va bientôt entrer dans l'adolescence, l'influence d'une jeune femme sera très bénéfique.

— Cette discussion ne rime à rien, Lianor ! Joana traverse une épreuve. Elle est déstabilisée, dépressive. De surcroît, son mari lui crée tous les ennuis possibles et imaginables. Je ne veux surtout pas que la petite puisse pâtir de leurs histoires. De plus, Joana ne fait pas partie de la famille. Tu vas me dire que Maria non plus, certes, mais elle est depuis si longtemps à notre service que je la considère davantage comme une grand-mère que comme une domestique.

— Eh bien, dans ces conditions, le mieux est de te remarier, mon cher. Je ne vois pas d'autre solution. Il est peut-être temps de mettre en pratique tes préceptes ! *Boa noite*, Rafael.

Et, furieuse, Lianor quitta la suite. Il fut tenté de crier pour la rappeler mais il ne voulait pas risquer de réveiller Apolonia.

Ils reprendraient cette conversation plus tard, l'esprit reposé. Sa sœur pensait peut-être avoir eu le dernier mot mais, demain, il la forcerait à l'accompagner au chevet de Maria. Elle finirait par céder.

Pour se calmer, il sortit sur le balcon. Mais la vue de

l'océan lui rappela qu'il avait failli perdre sa fille ce matin et il frissonna.

Il se remémora son petit visage blanc comme un linge et Mallory lui insufflant la vie…

Les paupières closes, il se demanda si cette image le hanterait encore longtemps et si son cœur se serrerait chaque fois.

Puis un autre souvenir remonta à sa mémoire. De nouveau, il entendit Apolonia murmurer son nom en reprenant connaissance. Bouleversé, il avait alors eu la vision d'un ange sauvant son enfant d'une mort certaine. Sans elle, sans cet ange, la fillette ne serait pas endormie dans la chambre voisine.

Un gémissement s'échappa de sa gorge.

« Merci, mon Dieu, de m'avoir envoyé Mallory ! »

— Papa ?

Surpris, il tourna les talons.

— *Querida!* Tu n'arrives pas à dormir ?

Le regardant en face, elle lui lança :

— Quand Maria va-t-elle mourir ?

Une main de fer comprimant sa poitrine, il lui fallut un instant pour recouvrer son souffle.

— Qui t'a parlé d'elle ?

— Je t'ai entendu le dire à *tia*.

Il s'accroupit et posa ses mains sur les épaules de sa fille.

— Je m'apprêtais à te l'annoncer. Je suis désolé que tu aies appris la nouvelle ainsi. Le docteur pense qu'elle n'en a plus pour très longtemps.

Les yeux de l'enfant se remplirent de larmes.

— Puis-je aller la voir à l'hôpital ?

— Bien sûr. Dès que tu te seras reposée, je t'y conduirai.

Apolonia noua ses bras autour de son cou.

— Parfois, Maria se plaignait tant de son ventre qu'elle voulait en finir pour ne plus avoir mal. J'aimerais qu'elle meure, papa. Ainsi, elle ne souffrirait plus. Elle serait au paradis, elle serait bien.

Ravagé, Rafael ne cherchait plus à cacher son émotion.

— Moi aussi, j'ai hâte qu'elle trouve la délivrance et le repos éternel.

Puis il serra la fillette contre lui avec force.

— Ma courageuse petite fille, murmura-t-il d'une voix tremblante.

Craignant qu'elle n'ait été debout trop longtemps, il alla la recoucher et la borda une fois de plus.

— Papa ?

— Oui, *querida*.

Il s'assit à côté d'elle et lui caressa les cheveux.

— Je suis contente que tu ne veuilles pas me confier à Joana.

Manifestement, la fillette n'avait rien perdu de la conversation qu'il avait eue avec Lianor.

— Bien sûr. Ta tante est la seule personne qui saura s'occuper de toi et je sais bien que tu ne veux personne d'autre.

Elle secoua la tête.

— Non, tu te trompes, papa.

Etonné, il fronça les sourcils.

— Apolonia, tu te crois peut-être assez grande pour te garder toute seule quand je travaille. Mais Ines a trop à faire et la maman de Violente a son bébé. Tu as besoin de Lianor. Elle t'aime et saura s'occuper de toi quand je ne le peux pas.

— Mais *tia* Lianor déteste le palais.

Cette réflexion le bouleversa.

— Te l'a-t-elle dit ?

— Oui, il y a longtemps. Elle y a trop de mauvais souvenirs. Pourquoi n'y est-elle pas heureuse, papa ?

Il poussa un gros soupir.

— Un jour, elle est tombée amoureuse d'un homme qui travaillait pour moi. Mais il a rompu et lui a brisé le cœur.

En réalité, l'histoire était plus compliquée mais l'enfant n'avait pas à en connaître les détails.

Toutefois, Apolonia ne désarmait pas.

— Lorsque j'ai été dormir chez elle la semaine dernière avec Violente, *tia* nous a répété qu'elle adorait Lisbonne. Je pense qu'elle se sent bien chez elle.

Rafael se leva.

— Si elle rencontre celui qu'il lui faut, elle sera contente de retourner vivre ici. Elle t'aime comme sa propre fille.

— Mais en attendant, crois-tu que Mallory accepterait de rester ici et de se charger de moi ?

Ebahi, Rafael se demanda si Apolonia avait perdu l'esprit.

— *Querida*, Mallory est la vice-présidente d'une firme internationale. Elle exerce d'énormes responsabilités.

— Elle pourrait démissionner.

— Non, *querida*.

— Pourquoi ?

— Elle mène une brillante carrière. Sans doute possédera-t-elle un jour sa propre société. Elle est mariée à son métier.

— Ce n'est pas possible, papa !

Il passa la main sur son visage.

— Ce que je veux dire c'est qu'elle adore son travail.

— Toi aussi ! Le préfères-tu à moi ?

— Non !

Il l'embrassa avec chaleur.

— Je t'aime plus que tout, *querida*. Aujourd'hui, quand j'ai cru te perdre, j'ai pensé…

La gorge serrée, il ne put achever sa phrase.

— Moi aussi, je t'aime plus que tout, papa. Tu veux savoir ce que Mallory m'a dit lorsqu'elle m'a secourue ?

Il avait presque peur de l'apprendre.

— Oui ?

— Qu'elle allait me ramener à toi parce que tu ne pourrais pas vivre sans moi.

Les yeux de l'enfant brillaient dans le noir.

— Elle est très courageuse, très gentille, très belle. Et elle est drôle aussi ! Je l'adore, papa !

« Comment pourrais-je l'ignorer ? »

— Je comprends pourquoi. Elle t'a sauvé la vie. Mais elle n'a rien de maternel et ne saura jamais se comporter comme une maman.

— Es-tu toujours en colère contre elle ? Tu étais furieux que Lianor l'invite à passer deux jours au Portugal.

Un gémissement s'échappa des lèvres de Rafael.

— Comment pourrais-je éprouver des sentiments négatifs contre elle après ce qu'elle a fait aujourd'hui ?

Sa fille lui sourit en fermant les paupières.

— Tant mieux, murmura-t-elle. *Boa noite*, papa.

4

Dès son réveil, le lendemain matin, Mallory appela Liz pour la mettre au courant de la situation. Compréhensive, sa patronne accepta de lui accorder deux jours supplémentaires de congé. Comme elle raccrochait, la jeune femme entendit quelqu'un frapper à sa porte.

Enfilant une robe de chambre, elle se dépêcha d'aller ouvrir.

— Apolonia ! Quelle bonne surprise !

La fille de Rafael était vêtue d'un jean et d'un petit corsage fleuri. Au grand soulagement de Mallory, elle avait repris des couleurs et semblait bien reposée. Personne n'aurait pu se douter qu'elle avait passé la journée de la veille à l'hôpital.

— Entre, lui dit-elle. Que tu es jolie !

— Merci. J'aime beaucoup ton peignoir. Tu es très belle.

Mallory l'embrassa.

— Tu es adorable. Tu te sens mieux, ce matin, non ?

La fillette hocha la tête.

— Je voudrais te parler avant le petit déjeuner. Je peux ?

— Bien sûr. Accorde-moi juste un instant, le temps que je m'habille. Je vais faire vite.

Dans la salle de bains, Mallory enfila un pantalon de toile et un chemisier sans manches.

— Voilà, je suis à toi.

Elle entraîna Apolonia sur le balcon pour admirer la vue. Une légère brume couvrait la mer mais la journée promettait d'être magnifique.

Pendant un moment, toutes deux contemplèrent l'océan en silence. Sans doute la petite fille hésiterait-elle à y replonger désormais.

— Pourquoi ne pas nous allonger sur ces transats pour nous dorer au soleil ? proposa Mallory. De temps en temps, il est très agréable de rêvasser sans rien faire.

Ravie, la fillette s'installa à côté d'elle.

— A quoi rêvais-tu quand tu avais dix ans ?

Mallory sourit. Pendant son adolescence, elle avait souvent gardé des enfants. Mais aucun n'avait l'intelligence vive, la gaieté spontanée, ni la personnalité d'Apolonia.

Elle lui parla de la bande dessinée illustrant l'histoire des Amazones sur l'île du Paradis et de leurs pouvoirs magiques.

— A ton âge, j'avais envie de leur ressembler, conclut-elle.

— Ces femmes étaient-elles belles ?

— Très. Quand je serai rentrée aux Etats-Unis, je t'enverrai cet album. Ton anglais est si bon que tu le comprendras sans avoir besoin de demander l'aide de ton papa, j'en suis sûre.

Comme la petite ne répondait rien, Mallory se tourna vers elle, craignant de l'avoir blessée sans le vouloir.

— Qu'y a-t-il, chérie ?

Apolonia se mordit la lèvre.

— Ce livre me ferait très plaisir mais je préférerais que tu ne partes pas. Comme Maria va mourir, je me demandais... Accepterais-tu de devenir ma nounou ?

Posée avec innocence et simplicité, la requête de l'enfant bouleversa Mallory.

Elle ignorait que la fillette avait finalement été mise au courant de la fin prochaine de Maria. En tout cas, Rafael ne savait certainement rien des intentions de sa fille. S'il s'en était douté, il lui aurait sans doute interdit de venir lui en parler.

Manifestement, Apolonia avait longuement réfléchi à la question, car elle se lança dans une longue tirade.

— *Tia* Lianor déteste ce palais. Un homme lui y a brisé le cœur autrefois. Voilà pourquoi elle préfère habiter à Lisbonne. Elle voudrait que son amie Joana s'occupe de moi, mais cette dame ne m'aime pas beaucoup, je le sais. Et de toute façon, papa ne serait pas d'accord parce qu'elle vient de divorcer et qu'elle a trop de problèmes. Hier soir, *tia* Lianor était tellement en colère contre lui qu'elle lui a conseillé de se remarier. Mais si sa nouvelle femme n'est pas gentille avec moi ? ajouta-t-elle d'une voix tremblante. Alors, j'ai pensé que tu pourrais rester ici pour me garder. Avec le téléphone et l'ordinateur, ça ne t'empêcherait pas de travailler, comme le fait mon papa. Et ensuite, nous irions nager ensemble. Je te ferais visiter la région. Ce serait bien, non ? A la rentrée, je retournerai à l'école et tu aurais du temps dans la journée et même le soir, parce que j'aurai mes devoirs à faire. Et si tu dois t'absenter, Ines pourrait se charger de moi si papa n'est pas là.

Chaque mot serrait un peu plus le cœur de Mallory. Que devait-elle répondre à cette petite fille si vulnérable qui se sentait déjà perdue sans Maria ?

Lianor avait dû connaître un traumatisme majeur pour refuser de vivre au palais et, du même coup, d'élever sa nièce. Depuis qu'elle l'avait rencontrée, Mallory avait deviné ses désirs d'indépendance, mais sans doute étaient-ils davantage liés à sa propre histoire qu'à son frère. Les propos d'Apolonia le laissaient penser, en tout cas.

Secrètement, Mallory partageait l'avis de Rafael à propos de Joana. Une femme sortant d'un divorce avait besoin de quelques années pour recouvrer son équilibre. Elle n'était certainement pas la personne la plus appropriée pour s'occuper d'une enfant.

Sans l'aide de Lianor, Rafael devait être désemparé, d'autant que l'amour fou qu'il avait éprouvé pour son épouse, Isabel, l'empêchait certainement d'envisager de refaire sa vie.

De toute façon, il n'allait pas se remarier seulement pour donner une mère à sa fille. Cela n'aurait aucun sens !

Levant les yeux vers elle, Apolonia ajouta :

— Papa n'est plus en colère contre toi.

La jeune femme hésitait entre le rire et les larmes.

— Sait-il que tu es venue me proposer de devenir ta nounou ?

— Non. Quand je lui ai dit que j'aimerais que tu restes pour prendre soin de moi, il m'a expliqué que c'était impossible parce que tu étais mariée avec ton métier et qu'un jour tu serais chef d'entreprise.

— Vraiment ?

— Et il est certain que tu n'es pas du tout maternelle et que tu ne le seras jamais. Est-ce que c'est vrai ? Ne souhaiterais-tu pas avoir des bébés un jour ? La maman de Violente en a un, il est trop mignon et…

A ce moment-là, une des domestiques fit irruption sur le balcon.

— *Perdoa, senhora*. Le papa d'Apolonia la cherche partout. Il a eu très peur en découvrant sa chambre vide.

A sa place, Mallory aurait été également malade d'inquiétude. Après l'accident de la veille, il devait être sans cesse sur le qui-vive à présent.

— Nous descendons tout de suite.

Dans l'escalier, la fillette s'arrêta soudain et se tourna vers elle, le regard triste.

— Papa sera furieux s'il apprend que je t'ai demandé d'être ma nounou. Il pense que tu ne voudras pas t'occuper de moi. S'il te plaît, quand tu le verras, ne lui dis rien…

— Chérie, attends !

Mais manifestement blessée par le silence de Mallory, l'enfant s'élança dans le corridor.

Bouleversée de lui avoir fait de la peine, la jeune femme sentit son cœur se serrer. Le désir d'Apolonia de la voir jouer le rôle de Maria l'avait stupéfiée.

Son père avait affirmé à la petite que cette éventualité n'était pas envisageable. Parce qu'elle menait une carrière réussie, il la prenait pour une femme dure, dépourvue d'instinct maternel.

Autrefois, cette réflexion phallocrate l'aurait amusée. Mais à présent, elle n'avait plus du tout envie d'en rire. Rafael la considérait-il vraiment ainsi ?

Le jugement de tous les Jack Hendley du monde la laissait indifférente. Mais que le père de la fillette ait cette vision d'elle, après ce qui s'était passé la veille, la peinait profondément et la mettait en colère.

Bien sûr, elle ne voulait pas se marier et fonder une famille avec le premier venu. Mais cela ne signifiait pas que seule sa carrière l'intéressait dans l'existence ! Simplement, elle n'avait pas encore rencontré l'homme de sa vie, mais elle ne perdait pas espoir de le trouver un jour et d'avoir des enfants.

Comment Rafael osait-il la présenter ainsi à Apolonia ? Cette petite était tellement attachante, Mallory l'avait senti dès le premier soir. Et depuis qu'elle lui avait sauvé la vie, elle se sentait liée à elle comme si elle avait été sa propre fille.

Se dirigeant vers la salle à manger, elle aperçut Rafael parlant à Apolonia. Il lui parut si séduisant que son cœur s'accéléra dans sa poitrine. Mais la gravité de son visage la frappa. Que se passait-il ?

Quand la fillette éclata en sanglots et se jeta dans les bras de son père, Mallory comprit que Maria avait rendu l'âme. Elle en obtint confirmation en voyant Lianor descendre l'escalier, vêtue de noir et les yeux rouges.

— Maria vient de mourir à l'hôpital, murmura-t-elle. Nous ne pensions pas qu'elle s'éteindrait si vite. Lorsque Rafael a voulu apprendre la nouvelle à Apolonia, elle n'était pas dans sa chambre.

— Elle était passée dans ma suite pour bavarder un moment avec moi.

— Dieu merci, vous étiez ensemble ! Mon frère n'aurait pu supporter un choc supplémentaire. A présent, nous allons nous rendre à Lisbonne pour organiser les obsèques. Dès que la petite aura pris son petit déjeuner, nous partirons.

— Elle ne va pas voir Maria sur son lit de mort, n'est-ce pas ?

— Non, bien sûr. Elle assistera seulement aux funérailles. Mais Rafael est ennuyé de la laisser seule avec le personnel. Elle est bouleversée.

— Je vais rester avec elle.

Lianor secoua la tête.

— Il n'en est pas question, Mallory ! Depuis ton arrivée, tu es confrontée à tous nos drames familiaux. Tu vas regretter d'être venue !

— Pas du tout, Lianor.

En réalité, les épreuves que traversait cette famille la touchaient au cœur. Comme la situation était douloureuse pour eux !

— Je vais aller trouver ton frère pour le lui dire.

Elle courut à sa recherche. Il faisait quelques pas dans le parc avec Apolonia.

— Rafael, attendez !

Surpris qu'elle les ait suivis, il fit demi-tour.

— Mallory ?

— Je suis navrée pour Maria. Lianor m'a expliqué que vous deviez vous rendre à Lisbonne. Pourquoi ne pas me confier la garde de votre fille ?

A travers ses larmes, le visage de l'enfant s'éclaira.

— Oui ! Dis oui, papa ! le supplia-t-elle.

Mallory devina qu'il hésitait. Elle insista.

— Lorsque Nina est venue nous chercher tout à l'heure, Apolonia et moi étions en grande conversation. Ainsi, nous pourrons continuer à bavarder. Et je m'assurerai qu'elle se repose comme le médecin l'a recommandé, ajouta-t-elle.

— Je t'en prie, papa !

— Elle sera en sécurité avec moi, je vous en donne ma parole.

— Croyez-vous que j'en doute ?

Finalement, il poussa un profond soupir.

— Bon, si vous êtes certaine que cela ne vous ennuie pas, vous me rendriez effectivement un grand service.

Mallory saisit la main de la fillette qui la serra avec force.

— J'en suis ravie, assura-t-elle.

— Nous essaierons de faire aussi vite que possible, reprit Rafael.

Elle plongea les yeux dans les siens.

— C'est inutile. Ne vous faites aucun souci, tout ira bien.

Aussitôt, l'enfant la saisit par la main et l'entraîna vers le palais.

— Viens, allons prendre notre petit déjeuner.

La salle à manger était immense. Tout en s'installant à table, la jeune femme admira les peintures qui ornaient le plafond.

— Je possède un petit deux pièces à Los Angeles, il tiendrait dans cette salle !

Apolonia sourit.

— J'aimerais le voir.

— A l'hôpital, ton papa t'a promis de t'emmener un jour aux Etats-Unis.

— Peut-être pourrions-nous nous y retrouver et visiter ensemble Disneyland.

— Tu vas adorer cet endroit. Pour ma part, j'aimerais voir

ton père sur le dragon. Il va à toute vitesse avec un roulement d'enfer, il fait des loopings à n'en plus finir, c'est terrifiant.

— Papa n'a peur de rien.

« Sauf de te perdre. »

— Quant à toi, je parie que l'attraction que tu préféreras sera M. Crapaud au pays hanté.

La fillette fronça les sourcils.

— Je ne comprends pas le mot « Crapaud » !

— C'est une sorte de grenouille.

— Et « Hanté » ?

Incapable de le lui expliquer, Mallory grimaça et sa petite compagne éclata de rire.

Une idée traversa soudain l'esprit de la jeune femme.

— Y a-t-il un ordinateur dans ta chambre ?

— Non mais il y en a un dans le bureau de papa. Je joue dessus parfois.

Rafael n'en voudrait donc pas à sa fille d'utiliser quelques instants son PC.

— Alors, allons-y. Je vais te trouver M. Crapaud.

Côte à côte, elles s'installèrent devant l'écran. Sur la cheminée, Mallory remarqua le portrait d'une très belle femme brune aux yeux de jais, Isabel, certainement. Il y avait aussi une photo d'Apolonia, vêtue de bleu marine, l'uniforme de son école sans doute.

— Papa l'a laissé allumé.

— Tant mieux. Voyons…

Mallory se connecta sur un moteur de recherche et trouva rapidement le site de Disneyland. Elle montra à l'enfant un dessin représentant M. Crapaud et l'attraction correspondante du parc. Il s'agissait d'une sorte de train fantôme.

Ravie, Apolonia battit des mains.

— J'ai hâte d'y aller ! Crois-tu que nous pourrions également trouver une image des Amazones sur Internet ?

— J'en suis certaine.

Après quelques essais, la petite fille put découvrir les héroïnes de l'album fétiche de Mallory.

— Que portent-elles à l'épaule ? s'enquit-elle.

— Un lasso d'or. Lorsqu'elles attrapent quelqu'un avec, il est obligé de dire la vérité.

— La brune aux yeux bleus te ressemble beaucoup.

— Tu trouves ? Veux-tu voir l'homme de mes rêves ?

— Oui !

Elle pianota sur le clavier et cliqua.

— Voilà, il s'appelle Flash Gordon !

Sous leurs yeux, s'affichait la photo de l'acteur qui avait incarné ce personnage de bandes dessinées à l'écran.

— Il a des cheveux incroyablement blonds ! s'écria la fillette.

— Il est beau comme un dieu. Depuis toujours, je donnerais n'importe quoi pour l'épouser !

— Encore maintenant ?

Mallory sourit. Les enfants avaient de ces questions !

— C'est bien simple, un mot de lui et je deviens sa femme sur-le-champ !

Apolonia éclata de rire. Se remémorant les recommandations du médecin de l'hôpital, Mallory lui prit la main.

— Montons, à présent, j'aimerais voir ton domaine.

Elle espérait surtout la convaincre de faire une petite sieste.

Tapissée d'un charmant papier fleuri, la pièce était gaie et ensoleillée.

— Quelle jolie chambre ! s'exclama Mallory.

La petite fille lui montra ses livres préférés, ses jouets, ses poupées, son petit bureau.

— J'ai une salle de bains par ici. Papa dort à côté, ajouta-t-elle en ouvrant une porte.

En un éclair, Mallory imagina Rafael couché dans ce lit. La force érotique de cette vision fut telle qu'elle se hâta de détourner les yeux.

— Maria était-elle aussi installée à l'étage ?

— Non, monter l'escalier la fatiguait. Elle vivait au rez-de-chaussée.

La jeune femme retira ses sandales et s'allongea sur la couette.

— Pourquoi ne pas venir près de moi me parler d'elle ?

A son tour, Apolonia se déchaussa et se glissa sous les couvertures. Elle lui raconta sa vie avec sa vieille nounou.

Elle avait passé beaucoup de moments très heureux avec elle. Mallory la laissa les évoquer et sangloter.

Quand les larmes de la fillette se tarirent un peu, elle lui dit :

— Maria était une personne merveilleuse. Tu devrais écrire tous tes souvenirs d'elle dans un petit livre. Un jour, quand tu seras mariée et que tu auras des enfants, ils t'interrogeront sûrement sur ton existence avec elle, ils regretteront de ne pas l'avoir connue. Alors tu le leur liras.

Apolonia se mit sur son séant.

— Est-ce que tu m'aiderais à le faire ?

— Bien sûr. Pourquoi ne pas commencer après le déjeuner ? Je suis sûre que tu as des photos d'elle. Tu pourras les coller pour illustrer le texte.

— Oui ! Et dans sa chambre, il y a des portraits d'elle lorsqu'elle était petite. Je les collerai aussi !

— Avait-elle une fleur préférée ?

— Les roses blanches. Papa lui en a offert pour son anniversaire et elle en a pleuré de joie.

— Alors nous en achèterons pour les déposer sur sa tombe. Et si tu veux, nous en ferons sécher une pour la glisser dans le livre de tes souvenirs.

La petite fille hocha la tête. Après un moment de silence, elle murmura :

— Je t'aime beaucoup.

— Moi aussi, chérie.

Mallory sentit que l'enfant avait envie d'ajouter quelque chose mais n'osait pas. Elle devina de quoi il s'agissait. Depuis que la fillette lui avait confié son rêve secret de l'avoir comme nounou, elle n'avait cessé d'y penser. Mais Apolonia ne revint pas sur la question. Fatiguée, elle finit par fermer les yeux.

En constatant qu'elle s'était endormie, Mallory se leva et alla à la fenêtre pour contempler l'océan.

Quelle solution Rafael allait-il trouver pour sa fille ?

Peut-être devrait-elle tenter de convaincre Lianor de démissionner et de s'occuper de sa nièce, songea-t-elle. Peut-être son amie avait-elle besoin de l'entendre le lui dire pour ne pas culpabiliser.

Mais Lianor détestant la vie dans ce palais, la situation ne serait pas longtemps tenable. Et il faudrait des semaines, voire des mois, à Rafael pour trouver une personne convenable.

Mallory tenta de se mettre à la place de la fillette. Si elle avait perdu sa mère, elle ne supporterait pas qu'une étrangère s'occupe d'elle.

Quelle tristesse que Maria soit morte ! Et, cruauté du sort, la petite n'avait même pas pu dire adieu à la vieille femme, se dit-elle avec mélancolie.

Le cœur serré, elle retourna près du lit de l'enfant et la regarda longuement dormir. Apolonia était un charmant mélange de ses deux parents. Un jour, elle deviendrait une ravissante jeune femme.

Que les garçons de sa classe étaient donc stupides de la traiter de grosse !

Soudain, le grincement d'une porte la fit sursauter.

— Rafael, murmura-t-elle.

Sans raison apparente, son cœur s'accéléra dans sa poitrine.

Il la dévisagea avec attention, remarquant son air triste et soucieux.

— Y a-t-il eu un problème ? s'enquit-il.

— Non, je regrettais seulement que votre fille n'ait pu revoir Maria avant sa mort.

— Peut-être vaut-il mieux qu'elle garde des souvenirs d'elle au palais, quand tout allait bien.

Elle essuya les larmes qui brûlaient ses paupières.

— Vous avez certainement raison.

— Depuis combien de temps dort-elle ? reprit-il.

— Une bonne heure.

— Elle ne va donc pas tarder à se réveiller. En attendant, passons à côté, je laisserai la porte ouverte.

Après les images qui l'avaient traversée plus tôt, il parut étrange à Mallory de pénétrer dans la chambre de Rafael. La pièce donnait aussi sur l'océan.

Il l'invita à s'asseoir sur sa terrasse et s'installa en face d'elle. Au passage, il effleura son épaule. Le geste était involontaire, elle le savait, mais cette brève caresse la fit frissonner.

— Nous allons déjeuner ici, déclara-t-il. Lianor se change et nous rejoint.

Le couvert avait été dressé sur une table basse. Rafael emplit leurs verres d'un délicieux vin blanc. Quand Lianor apparut, elle avait les traits tirés, les yeux rouges. Elle salua son amie mais resta un long moment silencieuse. Sans doute elle et son frère s'étaient-ils encore disputés en revenant de l'hôpital.

— Prenez quelques-unes de ces crevettes, dit-il à Mallory comme si tout allait bien. Elles ont mariné dans un fumet spécial. Je suis sûr qu'elles vous plairont.

A vrai dire, Mallory aimait tout ce qui était portugais.

— C'est délicieux ! s'exclama-t-elle.

— Le chef vous a préparé toutes ses spécialités. Les gens viennent de toute l'Europe pour sa cuisine, vous savez. Laissez-moi vous servir, reprit Rafael.

Elle lui tendit son assiette.

— Votre cuisinier n'aurait pas dû se donner tant de mal pour moi.

— Felipe y tenait. En sauvant la vie de ma fille hier, vous avez gagné le cœur de tout le personnel.

A sa grande consternation, elle se sentit rougir.

— Alors j'irai le remercier personnellement.

— Cela lui fera très plaisir.

Docilement, Mallory goûta tous les mets que lui offrait Rafael, un gaspacho, original et bien frais, un gratin de fromage, léger et fondant, un poisson en papillote dont la finesse la surprit, une petite paella…

— Si vous continuez, je vais finir par éclater ! protesta-t-elle en riant. Je me régale mais je dois penser à ma ligne !

Rafael la considéra d'un regard pénétrant.

— J'aurais cru que vos grandes responsabilités professionnelles rendaient à vos yeux ce genre de préoccupations secondaires.

Le coup de grâce !

5

Une petite voix inquiète s'éleva soudain de la chambre voisine.

— Mallory ?

— Je suis là, chérie !

Comme Mallory s'apprêtait à se lever, Rafael posa une main ferme sur son bras pour l'empêcher de bouger.

— Vous en avez fait suffisamment. J'y vais.

Dès qu'il eut disparu, Lianor se pencha vers son amie.

— Tu as certainement deviné que mon frère et moi, nous nous sommes disputés.

— Cela ne me regarde pas, Lianor. La situation est très difficile.

— Il voudrait que je quitte mon travail et que je revienne m'installer ici pour m'occuper de la petite. Mais je ne pense pas pouvoir le supporter, ajouta-t-elle dans un sanglot. Il y a des choses que tu ignores, des choses trop douloureuses pour…

— Mallory ! s'écria Apolonia en se précipitant pour l'embrasser. Quand je me suis réveillée, j'ai cru que tu étais partie…

La jeune femme l'embrassa à son tour, consciente du regard intense de Rafael sur elle.

— Je ne serais jamais partie sans te dire au revoir, chérie, lui assura-t-elle. Regarde, Felipe a préparé ces petits plats pour moi. Je vais tous les goûter. Et toi, quel est ton préféré ?

— Les crevettes !

— Moi aussi. Viens t'installer à côté de moi.

Rafael aida sa fille à s'asseoir pendant que Mallory lui remplissait une assiette.

— Papa ? Quand aura lieu l'enterrement de Maria ?

Avant de répondre, il dévisagea un long moment l'enfant.

— Après-demain.

— Dans notre chapelle ?

Mallory ne fut pas étonnée d'apprendre que le palais possédait un oratoire.

— Oui, chérie. Lianor et moi avons tout organisé avec le curé du village.

Sur ces entrefaites, un serveur apporta un assortiment de desserts.

A leur vue, Mallory soupira.

— Je n'ai plus assez faim pour ces pâtisseries ! Quel dommage ! Ces opéras ont l'air délicieux et je n'en ai pas confectionné depuis longtemps.

Les yeux de la fillette s'agrandirent de stupeur.

— Tu sais faire les gâteaux ?

— J'adore cuisiner. Lorsque j'invite mes parents ou des amis à dîner, le week-end, j'expérimente toujours de nouvelles recettes.

Rafael lança alors :

— Et toute la semaine, vous voyagez, je suppose.

Ses remarques perfides commençaient à agacer la jeune femme.

— Pas du tout. Contrairement aux responsables des ventes et du marketing qui sillonnent la planète en tous sens, je me déplace rarement. Je me suis rendue à New York cette semaine parce que ma supérieure m'avait demandé d'assister à une émission télévisée pour promouvoir nos produits.

— Tu es passée à la télévision ! s'écria la petite fille.

— C'est exceptionnel. Mais j'en ai profité pour prendre quelques jours de vacances et rendre visite à Lianor. En vérité, aucune raison professionnelle ne justifiait ma venue.

Elle vit le regard noir que Rafael jeta à sa sœur.

— Comme je suis contente que tu sois là ! s'exclama Apolonia.

— Moi aussi, chérie.

— Tu sais, papa, dès que nous aurons fini de déjeuner, Mallory va m'aider à écrire un livre sur Maria.

Lianor se pencha vers sa nièce.

— Que veux-tu dire ?

Tout excitée, elle leur expliqua son projet.

—… et un jour, je pourrai le lire à mes enfants afin qu'ils connaissent ma vie avec Maria, conclut-elle.

Les yeux de sa tante se remplirent de larmes et Mallory sentit la perplexité de Rafael.

Qu'il devait être douloureux pour lui de lui être reconnaissant d'avoir sauvé sa fille alors qu'il ne la considérait même pas comme une véritable femme !

— Apolonia, pourquoi n'irions-nous pas dans ta chambre le commencer tout de suite ? suggéra-t-elle.

— Non, protesta Rafael. Reposez-vous avec Lianor jusqu'à ce soir.

Malgré son sourire affable, il s'exprimait d'un ton tranchant. Il saisit la main de la fillette.

— Je vais t'aider à le rédiger, *querida*. Mallory a eu une merveilleuse idée. Je me souviens des moments que Maria a vécus avec ta maman avant ta naissance. Nous les noterons aussi.

— Pouvons-nous l'écrire à trois ?

De nouveau, Mallory était source de conflit.

— Non, *querida*. Tu as entendu Mallory. Elle est venue au Portugal pour voir Lianor et, jusqu'ici, elles n'ont pas eu l'occasion de bavarder tranquillement. J'ai pris le reste de ma semaine pour m'occuper de toi. Et demain, nous nous rendrons à Sintra pour rencontrer Eugenia, une amie de Maria. Je lui ai demandé de rester chez nous quelque temps.

Les larmes aux yeux, Apolonia secoua la tête.

— Je ne veux pas qu'Eugenia devienne ma nounou ! Elle est vieille et méchante.

Mallory remarqua que Lianor réprimait un sanglot. C'était un cauchemar.

Les sourcils froncés, Rafael déclara avec fermeté :

— Il n'y a pas lieu d'en discuter, le sujet est clos.

Blême, sa sœur se leva.

— Non, Rafael. La petite a raison. Eugenia est très gentille mais elle ne me semble pas la personne idéale pour se charger d'une enfant. Je vais poser ma démission et revenir vivre ici.

— Merci, mon Dieu, murmura son frère, visiblement soulagé.

Lianor regarda son amie avec désespoir et Mallory comprit que cette décision lui brisait le cœur. Pour elle, il ne s'agissait pas uniquement de renoncer à la direction de la boutique de Lisbonne.

Sans doute ses problèmes de poids passés étaient-ils liés à sa déception amoureuse de jeunesse. Cet échec avait-il été si douloureux qu'elle ne parvenait pas à le dépasser ? Un jour, peut-être la pousserait-elle à se confier.

Quant à Rafael, il était lui-même confronté à un lourd dilemme. Toute la famille était en proie à des difficultés sans nom, en particulier Apolonia qui venait de perdre celle qui avait remplacé sa mère depuis sa naissance.

Mallory aimait cette enfant.

Lui sauver la vie avait créé un lien puissant entre elles deux. D'une manière irrationnelle, elle voulait que cette petite fille soit heureuse, elle le voulait plus que tout. Peut-être pourrait-elle demander à Liz une année sabbatique pour s'occuper d'elle en attendant que Rafael trouve une nounou pour remplacer Maria.

D'ailleurs, comme l'avait suggéré la fillette, elle pourrait travailler à distance, grâce à Internet.

En vérité, Mallory avait très envie de prendre soin de la merveilleuse fille de Rafael.

Encore fallait-il qu'il l'accepte…

Le cœur serré, elle se remémora son jugement sans appel.

« Mallory n'est pas du tout maternelle et ne le sera jamais, *querida*. Elle est mariée à son métier. Un jour, elle possédera sa propre société. »

Elle savait que Liz accepterait la situation dès lors que Mallory continuerait à assurer ses fonctions de loin et à venir de temps en temps assister à des réunions. Au pire, elle y emmènerait Apolonia.

Depuis que la petite lui avait confié son rêve, la jeune femme avait tourné et retourné cette idée dans sa tête. Et soudain, elle prit sa décision. Posant sa serviette, elle se tourna vers l'enfant en pleurs et lui prit la main.

— Chérie, veux-tu répéter à ton père la question que tu m'as posée ce matin ?

Après s'être mouchée, la fillette déclara avec simplicité :

— J'ai demandé à Mallory de devenir ma nounou.

Lianor étouffa un cri.

— J'y ai beaucoup réfléchi toute la journée, reprit Mallory. Et m'occuper de votre fille en attendant que vous trouviez la personne idéale me plairait beaucoup. Si vous en êtes d'accord, bien entendu.

Le gémissement de Rafael fut étouffé par le hurlement de joie d'Apolonia. Tandis qu'elle nouait les bras autour du cou de Mallory pour l'étouffer de baisers, il se leva et lui ordonna d'un ton sec :

— Va dans ta chambre. Je dois parler à Mallory.

— Mais, papa…

— Je m'en charge, intervint Lianor, visiblement bouleversée. Viens, chérie.

Dès que la tante et la nièce eurent disparu dans la pièce voisine, Rafael laissa éclater sa fureur.

— Pourquoi diable avez-vous été déclarer devant ma fille que vous aimeriez être sa nounou ?

— Parce que c'est vrai. Prendre soin d'elle me remplirait de bonheur. Liz m'accordera certainement une année sabbatique.

Un rire ironique s'échappa des lèvres de Rafael.

— Vous plaisantez ! Vous êtes la coqueluche de Wall Street ! Lady Windemere ne survivrait pas sans vous !

Elle riposta.

— Je crois qu'une petite mise au point s'impose. Certes, j'ai fait de longues études, j'ai obtenu de beaux diplômes, j'exerce un métier passionnant. Mais ma carrière n'est pas le seul but de mon existence.

Implacable, il riposta avec hargne.

— Ce n'est pas parce que vous avez brillamment dirigé une firme internationale que vous saurez remplir un rôle maternel. Vous n'avez aucune expérience en la matière.

— En aviez-vous une quand vous êtes devenu père ?

Il serra les poings.

— Apolonia n'est pas un jouet. Elle est ma chair, mon sang. Je refuse qu'elle soit ballottée d'une personne à l'autre. Qui me dit que vous ne l'abandonnerez pas dans un mois parce qu'on vous offrira un poste en or que vous ne pourrez refuser ? Elle a besoin de stabilité.

Mallory tenta de contenir sa colère.

— Si je m'occupe d'elle, je m'engagerai naturellement à rester auprès d'elle tant que vous n'aurez pas trouvé quelqu'un d'autre.

— Vous ne pouvez m'offrir aucune garantie sur ce point.

Les yeux de Mallory lancèrent des éclairs.

— Bien sûr que si ! Prendre une année sabbatique n'a rien d'original. Et comme, à vos yeux, je ne suis pas une femme mais une machine dénuée de sentiments, vous n'avez pas à craindre que je me marie et laisse votre fille en plan pour suivre un quelconque époux !

Un long moment, il la dévisagea en silence.

— Vous lui avez sauvé la vie et cela a créé entre vous un lien dont je ne discute pas la force. Mais avouez que votre soudaine décision de renoncer à une carrière prometteuse pour jouer les nounous auprès d'une petite étrangère que vous ne connaissiez pas il y a deux jours est peu crédible !

— Je n'ai jamais dit souhaiter renoncer à ma carrière mais seulement vouloir la mettre entre parenthèses quelque temps pour veiller sur Apolonia en attendant que vous ayez trouvé une remplaçante pour Maria. Avez-vous quelque chose contre les Américaines ?

Comme il ne répondait rien, elle poursuivit.

— Je m'étais engagée à rester dans la société Lady Windemere pour la remettre sur pied. Ma mission étant accomplie, je n'aurais pas tardé, de toute façon, à rechercher de nouvelles responsabilités.

Il serra les mâchoires.

— Quelle est votre véritable motivation, Mallory ?

— J'ai gagné beaucoup d'argent, votre fortune ne m'intéresse pas, si c'est ce qui vous inquiète. Par ailleurs, au risque de froisser votre vanité, je regrette de vous apprendre que je n'ai aucune envie de vous séduire ou de me faire épouser. Comme vous avez l'habitude de voir les femmes se jeter à votre cou, mon détachement à votre égard va sans doute vous paraître suspect. Mais si vous m'embauchez comme nounou, je n'essaierai pas de vous faire du charme, vous ne me retrouverez pas dans votre lit. D'ailleurs, il me semble évident que vous ne vous remarierez jamais. Vous êtes l'homme d'un seul amour. Quant à moi, si je décide un jour de convoler en justes noces, ce sera avec quelqu'un de libre dans son cœur et dans sa tête, fou amoureux de moi. Si cela peut vous rassurer, je mettrai tout cela par écrit.

Les tensions entre eux étaient si fortes que l'air était chargé d'électricité.

— Ma fille représente tout pour moi.

— Je le sais. Je l'ai vu dans vos yeux. Mais quelque chose s'est passé le jour où je l'ai sauvée. Désormais, Apolonia compte beaucoup pour moi. Je l'aime assez pour avoir envie de m'occuper d'elle et de lui apporter la stabilité dont elle a besoin.

— Vous l'affirmez maintenant mais rien ne me dit que…

— Je l'affirme parce que c'est vrai ! Je ne peux pas expliquer les sentiments que j'éprouve pour elle. Je ne serai jamais comme Maria, nous devrons apprendre à vivre ensemble toutes les deux. Mais ce sera le cas avec sa future nounou, quelle que soit la personne que vous embaucherez.

Il demeura un instant songeur et elle crut l'avoir convaincu mais il secoua la tête.

— Cela ne marchera pas. Et que diront les gens ? Je dois penser à ma réputation. Il y a eu assez de scandales dans le passé. Je ferai tout pour protéger Apolonia.

— Si je comprends bien, il ne vous reste plus qu'à trouver au plus vite une nouvelle épouse et, en attendant, à confier votre enfant à Eugenia.

Son regard noir se durcit.

— Vous savez très bien que je ne le peux pas ! Maintenant que vous avez déclaré à ma fille que vous étiez d'accord pour prendre la place de Maria, croyez-vous honnêtement qu'elle acceptera quelqu'un d'autre ?

— Vous êtes son père, lui rappela-t-elle. Pour vous faciliter la tâche, je quitterai le Portugal pendant l'enterrement. Apolonia sera sans doute furieuse et triste quelques jours mais, par la suite, elle se pliera à votre décision parce qu'elle vous aime. Bientôt, elle m'aura oubliée.

Elle se leva.

— A présent, si vous voulez bien m'excuser, je vais m'offrir un bain de soleil sur la plage pendant que vous passez la journée avec elle.

Et sans attendre de réponse, Mallory quitta la pièce et rejoignit sa suite.

Après avoir jeté ses vêtements et ses affaires de toilette dans une valise, elle s'assit au bureau pour rédiger un mot pour remercier Felipe de sa cuisine et une lettre pour ses trois hôtes.

Elle laissa les enveloppes en évidence puis, s'emparant de son bagage, elle emprunta l'escalier extérieur pour sortir discrètement du palais. Comme elle l'espérait, des taxis patientaient devant l'entrée de l'hôtel.

Craignant de se faire repérer, elle courut s'engouffrer à l'arrière d'un des véhicules et pria le chauffeur de la conduire à l'aéroport. Trois quarts d'heure plus tard, elle parvint au terminal et se précipita au comptoir. Par chance, un vol pour Los Angeles était programmé et il restait des places à bord. Une fois dans l'appareil, elle boucla sa ceinture et respira enfin plus librement.

Tandis que l'avion prenait de la vitesse pour décoller, les larmes qu'elle avait retenues si longtemps coulèrent sur ses joues. Elle savait qu'elle ne serait plus jamais la même. Deux jours plus tôt, quand elle avait atterri à Lisbonne pour rendre visite à Lianor, elle était loin de se douter que sa vie changerait aussi dramatiquement. Si quelqu'un le lui avait dit, elle ne l'aurait jamais cru.

Mais elle avait à présent la preuve que tout était possible.

Il ne lui avait pas fallu trois jours pour tomber follement amoureuse de Rafael et de sa fille.

Puisqu'il ne voulait pas d'elle comme nounou, elle n'avait pas le choix. Elle devait quitter le Portugal au plus vite, avant qu'Apolonia ne s'attache davantage à elle, et avant de connaître les affres d'un amour non partagé.

Mais elle souffrait déjà tant qu'elle avait envie de mourir…

Encore ébranlé par son échange avec Mallory, Rafael demeura un long moment sur la terrasse à contempler l'océan. A présent, il devait s'expliquer avec Apolonia et il craignait sa réaction. Mais s'il restait accoudé au garde-fou, ce n'était pas uniquement pour retarder cette inévitable et douloureuse confrontation.

Le cœur battant, il observa les gens allongés sur la plage. Il cherchait des yeux la jeune femme qui n'allait plus tarder à s'allonger sur le sable. Mais il l'attendit en vain. Sans doute avait-elle finalement décidé de prendre un bain de soleil sur son balcon.

Bêtement, il s'imagina nager avec elle au clair de lune, ses longs cheveux bruns flottant autour d'elle comme…

— Rafael ?

La voix de Lianor le tira de sa rêverie.

— Ta fille veut savoir dans combien de temps tu vas venir.

Il prit une profonde inspiration.

— J'arrive.

— Crois-tu que Mallory parlait sérieusement ? reprit sa sœur.

Manifestement, la proposition de son amie l'avait bouleversée autant que lui.

— Non. Elle s'est emballée dans le feu de l'action.

Un lourd silence s'ensuivit.

— La petite espérait que vous vous seriez mis d'accord tous les deux, reprit Lianor d'un air soucieux.

Il serra les mâchoires.

— Non. Mallory profitera de l'enterrement pour retourner aux Etats-Unis. Quand Apolonia s'apercevra qu'elle est partie, je compte sur toi pour l'entourer.

— Vu les circonstances, elle ferait sans doute mieux de s'en aller demain matin. Je la conduirai à l'aéroport avant qu'Apolonia ne se réveille. Une rupture nette et définitive me semble préférable.

Rafael savait que c'était la meilleure solution pour sa fille. Pourtant les mots « rupture définitive » lui donnèrent la nausée. Avec un soupir, il se dirigea vers la chambre de la fillette. Il la trouva à son bureau, perdue dans ses pensées, un stylo à la main.

— Ça avance ? s'enquit-il.

Elle se tourna vers lui.

— J'ai déjà écrit trois pages. Où est Mallory ?

— Elle se repose.

Il préférait ne pas lui dire la vérité. Elle aurait couru rejoindre sa grande amie.

La fillette se leva.

— Vas-tu l'autoriser à s'occuper de moi ?

Réprimant un gémissement, il secoua la tête.

— Non, *querida*.

Le visage d'Apolonia se ferma et Rafael sentit son cœur se serrer.

— Tu la détestes, n'est-ce pas ?

Si seulement c'était vrai, il serait plus à l'aise !

— Pas du tout. Je suis sûr qu'elle aurait été très gentille avec toi, mais, pour d'autres raisons, je ne peux pas lui permettre de devenir ta nounou.

— Quelles raisons ? Elle m'a affirmé qu'elle avait envie de se charger de moi ! Elle ne m'aurait pas menti.

La confiance que l'enfant avait en Mallory surprit Rafael.

— Ce n'est pas la question. Il n'est pas possible qu'elle vive avec nous comme le faisait Maria.

— Pourquoi ?

— Les gens jaseraient, *querida*. Maria était très âgée. Ce n'est pas le cas de Mallory.

— Tu veux dire qu'ils la prendraient pour ta petite amie ?

Gêné, il s'éclaircit la gorge.

— Oui, c'est à peu près cela.

— Vaz m'a demandé si elle sortait avec toi et je lui ai assuré que non. Il veut l'inviter à aller danser.

Un instant, Rafael ferma les yeux.

— Tu comprends le problème, *querida*. Même Vaz s'imagine des choses qui ne sont pas vraies.

— Je m'en moque !

— Tu as tort. Une jeune célibataire habitant sous notre toit risquerait d'être regardée de travers. Ce ne serait pas juste pour elle.

— Maria non plus n'était pas mariée.

— C'était différent. Elle était trop vieille pour être ma femme, personne n'y voyait donc rien à redire.

— Puisque tu ne détestes pas Mallory, tu n'as qu'à l'épouser, alors ! Comme ça, tout le monde trouvera ça bien. Violente a entendu son père dire à sa mère qu'elle était plus belle encore que maman. Il pense que tu serais fou de la laisser repartir aux Etats-Unis. Et Felipe a déclaré au sous-chef de cuisine que s'il était libre, il tenterait de la séduire.

Por Deus, la jeune Américaine affolait *tous* les hommes ! Plus tôt elle quitterait le Portugal, mieux cela vaudrait.

— *Querida*, pour s'unir pour la vie à quelqu'un, il faut être très amoureux.

— Ce n'est pas vrai, papa ! Un jour, tu as dit à *tia* Lianor que beaucoup de femmes te couraient après pour ton argent.

Rafael réprima un gémissement. Il ignorait que sa fille avait écouté la conversation.

— Alors pourquoi ne te marierais-tu pas avec Mallory pour lui permettre de s'occuper de moi ?

Apolonia ne lâchait pas prise. Implacable, elle suivait sa propre logique.

— Cessons cette discussion. Montre-moi plutôt ce que tu as écrit sur Maria. Puis je le compléterai.

— Et si elle venait travailler ici pendant la journée et qu'elle rentrait passer la nuit ailleurs ? Est-ce que tu la laisserais être ma nounou ?

— Non, répliqua-t-il d'un ton définitif. Tu demandes l'impossible.

Les grands yeux bruns de l'enfant se remplirent de larmes.

— Je regrette qu'elle m'ait sauvé la vie. Je préférerais être morte !

Et elle quitta la pièce en courant.

— Apolonia !

Horrifié, Rafael courut après elle. Comme il dévalait l'escalier, il croisa sa sœur, les traits défaits.

— Que se passe-t-il ?

— Mallory est partie.

Il eut l'impression de recevoir une gifle magistrale. Le souffle coupé, il s'immobilisa.

— Partie ?

A ces mots, Apolonia poussa un hurlement avant d'éclater en sanglots.

Rafael se précipita vers sa fille mais Lianor fut plus rapide que lui et la prit dans ses bras.

— Elle a laissé un mot pour Felipe et une lettre pour nous trois. Allons la lire.

Encore bouleversé par ce qu'il venait d'entendre, Rafael resta en arrière pour écouter.

« Ma chère Lianor,

» Lorsque tu découvriras ces lignes, je serai dans l'avion pour Los Angeles. Liz comprendra que tu sois obligée de démissionner et nommera une de tes vendeuses à la tête de la boutique. Je te considère comme l'une de mes meilleures amies et tu le resteras.

» Je m'en vais parce que je sens que ta famille a besoin de se retrouver dans l'intimité pour pleurer la mort de Maria mais je garde un très bon souvenir du Portugal.

» Apolonia, tu seras toujours dans mon cœur. J'espère te revoir un jour quand tu seras grande. Je te souhaite une belle vie. Avec ton intelligence et ta personnalité, je suis certaine que tu seras très heureuse. Tu vas beaucoup me manquer.

» Rafael, merci de votre hospitalité. Séjourner dans une suite ayant appartenu à un roi fut une expérience fascinante. Je ne l'oublierai pas. Pas plus que votre fille. Vous l'avez élevée d'une merveilleuse manière. C'est une enfant remarquable, un amour.

» Que Dieu vous bénisse.

Mallory »

Il assimilait à peine les derniers mots de la lettre quand Apolonia s'élança hors de la pièce en sanglotant.

Posant la main sur son bras, Lianor l'empêcha de la suivre.

— Laisse-la seule un moment.

— Je ne peux pas ! Elle vient de me dire qu'elle aurait préféré mourir.

— Oh non !

La petite fille était bouleversée. Non seulement Maria était morte, non seulement elle avait failli se noyer, mais à présent elle venait d'apprendre que Mallory était retournée aux Etats-Unis. Il craignait sa réaction.

A sa grande surprise, il trouva la fillette dans son bureau. Perchée sur une chaise, elle pianotait sur le clavier de son ordinateur en pleurant.

Peut-être serait-il plus sage de la laisser se calmer avec ses jeux vidéo, songea-t-il. Mais comme il s'approchait, il se rendit compte qu'elle s'était connectée sur Internet, sur un site de bandes dessinées retraçant l'histoire des Amazones.

Elle agrandit l'image d'une des héroïnes qui ressemblait beaucoup à Mallory et l'imprima. Puis elle se tourna vers son père, les yeux teintés de colère.

— Je te déteste, papa ! jeta-t-elle avant de s'en aller.

Mais Rafael la rattrapa et l'embrassa de force.

— Tu ne penses pas ce que tu dis, murmura-t-il à son oreille.

— Si ! A cause de toi, elle est partie et je ne la reverrai jamais. Je n'ai même pas pu lui dire au revoir.

Le chagrin qui perçait dans sa voix comme le tremblement de son petit corps le terrifièrent.

— J'ai une idée. Après l'enterrement, si nous partions quelques jours tous les deux en vacances ? Décide de notre destination.

Elle leva vers lui un visage ravagé de larmes.

— Disneyland.

Il devina sans peine qu'elle espérait en profiter pour retrouver Mallory.

— C'est le seul endroit où tu aimerais aller ?

— Ma voisine de classe, Gabriela, y est restée deux jours avec sa famille, l'été dernier. Elle s'y est bien amusée. Mallory pense que tu aurais peur de faire du dragon.

Lorsque sa fille avait quelque chose en tête, il était difficile de l'en faire sortir.

— Quand t'a-t-elle dit ça ?

— Ce matin, quand nous avons regardé des photos sur Internet. Viens, je vais retourner sur le site.

Les yeux brillants, elle se réinstalla devant l'ordinateur.

— Voilà M. Crapaud.

Et sans reprendre son souffle, elle lui résuma le conte que Mallory lui avait raconté.

La jeune femme avait le don de le surprendre au moment où il s'y attendait le moins.

— Que t'a-t-elle montré d'autre ?

— La photo de l'homme qu'elle aimerait épouser.

Sous son masque impassible, Rafael fulminait de rage.

Mallory lui avait menti.

— Tu veux le voir ? poursuivit Apolonia.

— Pas particulièrement.

Il éteignit l'ordinateur.

— Si nous allions nous promener ? Appelle Violente pour lui proposer de nous accompagner.

L'enfant glissa de sa chaise.

— J'ai hâte de lui présenter l'amoureux de Mallory. Il a les cheveux blonds et bouclés. Il ne ressemble pas du tout à un Portugais !

Rafael grinça des dents. Il s'agissait certainement d'un richissime industriel ou d'un brillant avocat.

— Elle m'a dit qu'elle l'épouserait sur-le-champ si elle le pouvait parce que, chaque fois qu'elle le voyait, son cœur battait à tout rompre. Il s'appelle…

— Parlons plutôt de notre voyage, veux-tu ? Il fait sans doute très chaud à Los Angeles. Tu n'auras pas besoin de t'encombrer de beaucoup de bagages.

6

Le vendredi matin, les responsables de Lady Windemere étaient en réunion lorsque la réceptionniste appela Mallory sur son portable.

— Désolée de vous déranger mais vous avez des visiteurs.

— Dites-leur de prendre rendez-vous avec ma secrétaire.

— Non, non, vous ne comprenez pas ! répondit-elle à mi-voix. Il s'agit d'un homme séduisant en diable ! Il aurait pu faire du cinéma ! Il parle avec un accent craquant et il est accompagné d'une adorable fillette. Mais il refuse de me donner son nom. Apparemment, sa fille veut vous faire une surprise.

Le cœur de Mallory se mit à battre à grands coups dans sa poitrine.

« Rafael… »

Que faisait-il ici, à Los Angeles, dans les bureaux de la société, avec Apolonia ?

— Je… J'arrive.

D'une main tremblante, elle raccrocha et se tourna vers Liz.

— Je suis désolée, je dois descendre à la réception. Je vous en prie, poursuivez sans moi.

La vieille dame la dévisagea avec curiosité avant de hocher la tête. Mallory lui avait raconté son séjour au Portugal et son désir de s'occuper quelque temps d'Apolonia. Pour respecter le deuil de la famille d'Afonso, Liz préférait attendre lundi pour joindre Lianor et entériner sa démission.

Considérant la dernière discussion qu'elle avait eue avec Rafael, Mallory n'espérait pas le revoir. Elle comprenait qu'il ait voulu offrir un petit voyage à l'enfant pour l'aider à reprendre goût à la vie. Mais pourquoi l'emmener justement en Californie et passer lui rendre visite ? Cela n'avait aucun sens et risquait de compliquer la situation.

Depuis son retour, la jeune femme déprimait. Elle avait perdu l'appétit, le sommeil. Ce matin, Liz avait même remarqué son extrême pâleur. En vérité, elle ne parvenait même plus à se concentrer sur ses dossiers. Pire, elle n'en avait plus envie.

Son voyage au Portugal l'avait tellement changée qu'elle ne se reconnaissait plus. La veille au soir, elle s'était confiée à ses parents. Ils l'avaient écoutée et avaient compati à sa tristesse mais pour la première fois de sa vie, elle ne s'était pas sentie mieux après leur avoir parlé.

Elle n'était pas certaine d'être capable d'affronter Rafael. Si sa fille n'avait pas été avec lui, elle aurait refusé de descendre.

« Menteuse », lui souffla une petite voix intérieure.

Le cœur battant, elle sortait de l'ascenseur quand elle entendit un cri.

— Mallory !

Apolonia traversa en courant le hall et se jeta à son cou. Tout en la couvrant de baisers, Mallory leva les yeux vers Rafael.

La réceptionniste avait raison. Il était si beau qu'il aurait pu devenir acteur. Etait-ce son sang latin qui le rendait si différent des autres hommes ?

Elle ne l'avait jamais vu en tenue décontractée auparavant. Le jean qu'il portait moulait ses hanches étroites et sa chemise en coton bleu mettait en valeur ses épaules musclées.

— *Bom dia*, Mallory, dit-il. Nous avons atterri à Los Angeles hier soir et nous logeons dans un hôtel de Disneyland.

Portant toujours la fillette dans les bras, elle croisa le regard de Rafael. Pourquoi la dévisageait-il avec cet air accusateur ?

Etait-il furieux parce qu'elle était partie sans dire au revoir ? Pourtant, si elle s'était comportée de la sorte, c'était animée par les meilleures intentions. Ne pouvait-il le comprendre ?

— Je vois. Lianor est avec vous ?

— Non. Elle forme une de ses vendeuses à prendre la direction de la boutique de Lisbonne. Avez-vous prévenu la présidente de Lady Windemere de sa démission ?

Ainsi, rien n'avait changé. Il avait décidé que sa sœur

viendrait se réinstaller chez lui pour élever la petite, songea la jeune femme, accablée.

— Oui, je viens justement de m'entretenir avec Liz. Elle compte l'appeler lundi.

— Parfait, dit-il, manifestement soulagé. Tout est organisé, donc. J'avais promis à Apolonia de faire un petit voyage avec elle après l'enterrement de Maria. Elle rêvait depuis longtemps de venir à Disneyland.

— Je suis contente que tu sois bien rentrée chez toi, interrompit l'enfant.

— Mais, rassurez-vous, nous ne faisons que passer. J'ai prévenu ma fille que vous seriez au travail et très occupée.

Mallory était suffisamment subtile pour lire entre les lignes et elle reçut le message de Rafael cinq sur cinq. Il espérait qu'elle allait les prier de l'excuser de ne pouvoir s'attarder, dire adieu à la fillette et disparaître définitivement de la scène.

Eh bien, il allait être déçu !

Forçant délibérément son sourire, elle s'exclama.

— Mais non ! Je suis libre comme l'air. Laissez-moi deux minutes pour aller chercher mon sac. Nous allons visiter Disneyland de fond en comble.

Apolonia battit des mains.

— Mais c'est très grand ! Il va nous falloir plusieurs jours ! Pourras-tu rester avec nous demain aussi ? demanda-t-elle avec inquiétude.

— Sans problème ! J'ai décidé d'être votre guide pendant toute la durée de votre séjour en Californie ! Demandez-moi ce que vous voulez, je suis à votre disposition. Et si vous le souhaitez, dimanche, nous irons déjeuner chez mes parents. Je leur ai beaucoup parlé de vous, ils ont hâte de faire votre connaissance.

Le visage de l'enfant s'éclaira de joie. Après un moment, Mallory glissa un œil vers son père.

« Echec et mat, Rafael ! »

— Combien de temps m'avez-vous dit vouloir séjourner aux Etats-Unis ? s'enquit-elle d'un air innocent.

Il se campa plus solidement sur ses jambes et croisa les

bras sur son torse. A présent qu'elle avait saboté ses plans, il était manifestement la proie d'une fureur folle.

— Nous rentrons lundi à la maison. J'ai du travail.

— Alors profitons-en.

— Je t'adore, Mallory.

— Moi aussi, chérie.

Elle se tourna vers Rafael.

— Je suppose que vous avez loué une voiture ?

Les sourcils froncés, il la fusilla du regard. Comme il hochait la tête sans répondre en serrant les mâchoires, elle reprit.

— Pourquoi ne pas me suivre jusqu'à mon appartement ? Je dois repasser chez moi chercher quelques affaires pour cette nuit. Je compte dormir à l'hôtel, comme vous.

Avec satisfaction, elle le vit blêmir de colère.

Sans s'en préoccuper, elle se pencha vers Apolonia.

— Sur la route de Disneyland, nous nous arrêterons au musée de Snoopy et nous pique-niquerons près des chutes d'eau. Nous allons bien nous amuser, ma puce. Si tu veux, tu enverras une carte postale à Violente de là-bas. Elle sera verte de jalousie.

La fillette était ravie.

— Pour te faire pardonner, tu pourras lui acheter un petit Snoopy en peluche. Attendez-moi un instant, le temps que je prévienne ma secrétaire que je m'en vais. Ensuite, je serai toute à vous.

Elle se dirigea rapidement vers l'ascenseur, laissant Rafael livide. Quand elle arriva dans les bureaux de Lady Windemere, sa secrétaire l'accueillit d'un air tout excité.

— Et nous qui pensions que votre séjour à Lisbonne avait été sans histoires ! Qu'il est séduisant ! Toutes les employées de l'immeuble sont déjà folles de lui.

Le visage en feu, Mallory murmura :

— Moi, c'est de la petite dont je suis folle. Bon, pouvez-vous dire à Liz que je m'absente jusqu'à lundi ?

— Bien sûr ! Allez-y et profitez-en bien ! Je donnerais beaucoup pour passer trois jours avec ce beau brun ! Et je ne suis pas la seule !

Mallory avait quitté le Portugal en catimini, pensant que

cela valait mieux pour l'enfant. Mais maintenant, tout avait changé. Rafael avait traversé l'océan avec Apolonia pour la rencontrer sur son terrain. Le bras de fer avait commencé et l'enjeu était de taille !

Son premier objectif était de devenir la nounou de la fillette. Puis elle se débrouillerait pour ravir le cœur de Rafael, par n'importe quel moyen.

Comme le créateur de la bande dessinée des Amazones l'avait écrit un jour : « Par nature, les femmes sont au service d'Aphrodite, déesse de l'Amour et de la Beauté. Tôt ou tard, les hommes finiront par se soumettre à leurs lois. Ils se plieront alors à leur volonté sans résistance, sans colère, sans désir secret de revanche. Ils leur céderont dans la joie. Et n'auront jamais à le regretter. »

Attrapant son sac à main, elle se hâta vers l'ascenseur. Elle était prête au combat.

Dans le hall, elle aperçut Rafael en grande conversation avec l'enfant. Sans doute lui rappelait-il qu'il ne s'agissait pour eux que d'un voyage de quelques jours et que, lundi, elle devrait dire au revoir pour de bon à Mallory.

« Moi vivante, n'y comptez pas, Rafael. »

Il s'interrompit en la voyant arriver et se redressa.

Elle lui décocha un charmant sourire.

— Ma voiture est garée à deux pas, c'est une Toyota rouge. Viens avec moi, Apolonia, ajouta-t-elle en lui tendant la main. Pendant que ton père nous suivra dans son propre véhicule, tu me parleras de l'enterrement de Maria.

Talonnées par Rafael, elles sortirent du bâtiment et longèrent l'avenue bordée de palmiers.

— J'ai demandé à papa d'acheter des roses blanches comme tu l'avais dit. Je les ai posées sur la tombe de Maria sauf une que j'ai gardée pour le livre.

— L'as-tu terminé ?

— Oui, je l'ai emporté avec moi.

— Formidable ! Tu me le liras ce soir avant d'aller au lit.

— Quand nous serons à Disneyland, pourrons-nous aller d'abord au train fantôme de M. Crapaud ?

— Bien sûr !

En riant, elles prirent place dans la Toyota. Rafael ne semblait pas partager la joie débordante de sa fille…

— Je conduis une Buick blanche.

— Parfait, nous vous attendons. Au cas où vous me perdriez de vue, je vous donne mon numéro de téléphone portable.

Elle l'écrivit sur une de ses cartes de visite et la lui tendit.

Les mâchoires serrées, il s'en saisit et s'éloigna vers son véhicule. Mallory devina qu'il grommelait des injures, et pourtant elle ne parvenait pas à détacher ses yeux de lui.

Elle profita de cet intermède pour appeler l'hôtel où ils étaient descendus et réserver une chambre non loin de celle d'Apolonia et de son père.

A présent, elle voyait Rafael dans son rétroviseur. Le savoir à des milliers de kilomètres de son palais portugais la fit délicieusement frissonner.

Sur la route, la fillette s'extasiait sur tout, posait mille questions, au grand bonheur de Mallory.

Il ne lui fallut pas longtemps pour arriver devant son immeuble. Datant des années 1960, il ne payait pas de mine, mais la jeune femme s'y sentait bien. Dès que ses revenus le lui avaient permis, elle avait choisi d'y acquérir un petit deux pièces. Bien sûr, au départ les traites avaient grevé son budget, mais jamais elle n'avait regretté cette forme d'indépendance.

Comme ils se retrouvaient devant l'entrée, Rafael prit sa fille par la main.

— Nous vous attendons dehors, déclara-t-il.

Mallory se raidit.

— Mon appartement ne se compare pas à votre palace mais j'aimerais vous y recevoir. Vous m'avez si bien accueillie au Portugal ! Laissez-moi vous offrir à mon tour l'hospitalité.

Déconcerté, il ne trouva rien à répondre. Prenant son silence pour un assentiment, elle ouvrit la porte de son appartement et les invita à entrer.

Tapissé de livres — essentiellement d'économie, de droit et de gestion —, son salon ressemblait plutôt à une bibliothèque. Il lui servait également de bureau. Son ordinateur était posé sur une vieille table dénichée dans une brocante. Sur le mur, il y avait une photo d'elle à sept ans avec ses parents et son chien. Mais la décoration s'arrêtait là. Mallory n'avait jamais eu le temps de coudre des rideaux pour les fenêtres ni d'acheter des tapis.

D'un regard circulaire, Rafael se conforta dans l'opinion qu'elle ne possédait pas une once d'instinct féminin.

— Mettez-vous à l'aise, lui dit-elle. Pendant ce temps, Apolonia et moi allons chercher quelque chose à boire.

Elle n'avait malheureusement que du jus de raisin dans son réfrigérateur. Il s'en contenterait.

La fillette la suivit dans la minuscule cuisine. Fascinés, ses yeux bruns se promenaient partout.

— Tu ressembles à une petite souris découvrant le monde !

A ces mots, l'enfant éclata de rire. Elles disposèrent des verres, des biscuits et des serviettes en papier sur un plateau et l'apportèrent dans le salon. Rafael était penché sur la boîte dans laquelle Mallory avait rangé pêle-mêle ses diplômes et bon nombre de papiers inclassables.

— Voilà de quoi vous rafraîchir !

Il se redressa et lui prit des mains le verre qu'elle lui tendait. Quand ses doigts effleurèrent les siens, une myriade de sensations le parcourut.

— Merci, murmura-t-il d'une voix curieusement rauque.

— Je vais me changer et je vous rejoins.

Avant de quitter la pièce, elle conseilla à Apolonia de regarder un livre sur le monde sous-marin qu'elle appréciait tout particulièrement.

— Si tu arrives à convaincre ton père de rester un peu plus longtemps, nous pourrions également visiter Océanopolis.

Et dissimulant un sourire, elle regagna sa chambre.

Elle enfila un jean bien coupé et un joli chemisier à fleurs avant de se tresser les cheveux.

Ce matin-là, Liz avait remarqué sa pâleur mais, quand elle se mira dans sa glace, Mallory constata qu'elle avait repris des couleurs. Elle mit un peu de rouge sur ses lèvres, quelques gouttes de parfum derrière ses oreilles. Elle était prête.

Rapidement, elle jeta dans un sac de voyage ses affaires de toilette et quelques vêtements de rechange, attrapa son appareil photo et sortit de la pièce.

Assis à côté de sa fille, Rafael feuilletait un livre de droit.

Lorsque ses yeux noirs se fixèrent sur elle, l'ouvrage s'échappa de ses mains et tomba sur le sol. Il le ramassa et le reposa sur l'étagère.

L'enfant sourit.

— Que tu es belle ! J'aimerais être coiffée comme toi.

— Veux-tu que je te fasse une natte, maintenant ?

— Cela ne t'ennuie pas ?

— Au contraire ! Je vais chercher un élastique.

Quelques instants plus tard, la fillette arborait avec fierté la même coiffure que sa grande amie et se précipita dans la salle de bains pour s'admirer dans le miroir.

— Papa, regarde ! Mallory et moi sommes comme des sœurs jumelles ! Comment me trouves-tu ?

Incontestablement, la jeune femme aurait pu passer pour sa mère mais la fillette n'en avait heureusement pas fait mention.

— Vous êtes… toutes les deux… ravissantes, dit-il.

En le sentant hésiter avant de l'inclure dans cet éloge, Mallory réprima un fou rire.

— Quel compliment de la part d'un papa ! On y va ?

— D'accord. Je prendrai le volant.

Grisée à l'idée de se laisser conduire, elle accepta. Elle avait l'impression qu'ils formaient une petite famille.

Le reste de la journée passa comme dans un rêve. A Disneyland, l'enfant était au paradis. Sa joie était si contagieuse qu'elle parvint à la communiquer à Rafael. Jusqu'au soir, il s'amusa avec sa fille comme tout père digne de ce nom et Mallory en fut profondément attendrie.

Elle prit des photos d'Apolonia, mais aussi de Rafael, souriant ou riant. Elle savait que ces souvenirs lui seraient précieux.

Dans le parc d'attractions, elle remarqua que beaucoup de femmes le dévoraient des yeux. La fillette lui raconta même que l'une d'elles avait eu le toupet de proposer à son papa de prendre un verre seul à seule dans la soirée.

Mallory en ressentit une incompréhensible jalousie. Mais elle se rassura vite. Contrairement à sa « rivale », elle avait Apolonia de son côté et elle avait bien l'intention de profiter de cet avantage.

Quand Rafael les ramena à l'hôtel, elles étaient toutes deux épuisées mais ravies de leur journée. Sa chambre étant équipée de deux grands lits, Mallory pensa qu'il était temps de passer à la deuxième étape de son plan.

Elle posa le bras sur les épaules de l'enfant.

— Aimerais-tu rester dormir avec moi, cette nuit ? Tu pourras me lire ton livre sur Maria avant de dormir. Et demain matin, ton père viendrait prendre le petit déjeuner avec nous.

— Dis oui, papa ! Je t'en prie !

Pour enfoncer le clou, Mallory ajouta perfidement :

— Je crois que vous avez rencontré une jeune femme. Vous auriez ainsi la possibilité d'aller boire un verre avec elle. Je veillerai sur votre fille, n'est-ce pas, chérie ?

— Oui ! Comme ça, tu rentreras à l'heure que tu voudras, papa. Et nous allons bien nous amuser toutes les deux.

A l'expression qui se peignit sur le visage de Rafael, Mallory comprit qu'il l'aurait tuée s'il l'avait pu.

Elle embrassa Apolonia

— Va vite chercher tes affaires, ma puce.

Sans éprouver la moindre honte pour ce qu'elle venait de faire, elle prit une douche rapide et se prépara à se mettre au lit. Elle achevait de se sécher les cheveux quand elle entendit frapper à sa porte.

— Entrez !

— J'adore ce peignoir ! fut la première chose que déclara la fillette en pénétrant dans la pièce. Tu ne trouves pas qu'il est joli, papa ?

L'éclair de désir qui traversa le regard de Rafael en la voyant n'échappa pas à la jeune femme. Mais elle se demanda si elle ne l'avait pas rêvé tant il reprit vite contenance.

— Très, grommela-t-il.

Puis il passa devant elles pour déposer le sac de l'enfant près du lit.

En dix ans, il n'avait pas encore songé à se remarier. Mais Mallory avait bien l'intention de mettre fin sous peu à cette longue période de célibat.

Elle sourit à Apolonia qui avait dans les bras une peluche de Snoopy.

— Ma mère pourrait t'en fabriquer un grand comme toi. Dimanche, nous le lui demanderons.

— J'ai hâte de découvrir la maison de tes parents !

— Elle est beaucoup plus petite que la tienne. Du coup, tu te sentiras grande dedans.

La fillette éclata de rire.

— Je m'amuse bien avec toi ! Cette journée a été la plus belle de ma vie !

— Pour moi aussi, chérie. Maintenant, nous allons défaire ta natte et tu vas te plonger dans un bain moussant, d'accord ?

— Que veut dire « moussant » ?

Mallory se tourna vers Rafael qui la fixait depuis son arrivée. Cela signifiait-il qu'il la trouvait à son goût ?

— Comment l'expliquer à votre fille ?

— Expliquer quoi ?

En se rendant compte qu'il ne prêtait aucune attention à leur conversation, son cœur s'accéléra dans sa poitrine. Elle le troublait. Tant mieux !

Elle se rendit dans la salle d'eau et en revint avec un flacon.

Il y jeta un coup d'œil et traduisit le nom à l'enfant.

Ravie, Apolonia battit des mains.

— Formidable ! Je vais me laver ! Ne pars pas, papa !

Dès qu'elle eut disparu dans la pièce voisine, Rafael prit une profonde inspiration.

— A présent que nous sommes seuls, j'aimerais vous dire deux mots.

Elle croisa les bras.

— Je vous en prie.

— Vu la façon dont vous avez quitté le Portugal, je croyais que vous aviez compris la situation.

— Bien sûr.

— Alors pourquoi, depuis ce matin, semblez-vous prendre un malin plaisir à la compliquer ? Pourquoi vous êtes-vous rendue disponible pour tout le week-end ? Pour le moment, ma fille est aux anges mais quand nous partirons lundi, ce sera une autre affaire !

— Vous auriez dû y penser avant de venir à mon bureau,

rétorqua-t-elle. Dès que je la vois, c'est plus fort que moi, j'ai envie de passer le plus de temps possible avec elle.

Il la fusilla de son regard noir.

— Demain soir, lorsque je vous reconduirai chez vous, vous trouverez un prétexte pour annuler le déjeuner chez vos parents. Inventez un énorme mensonge s'il le faut.

Avec un soupir, Mallory pencha la tête sur le côté, laissant ses longs cheveux caresser sa joue.

— Apolonia va être très déçue, Rafael.

Il rugit de colère.

— Croyez-vous que je l'ignore ?

Incapable de s'empêcher de le provoquer, elle lui lança :

— Passez une bonne soirée. La réputation des Californiennes n'est pas usurpée.

A ces mots, une flamme brilla dans ses prunelles sombres mais il quitta la pièce sans répondre. Elle fut étonnée qu'il ait gardé suffisamment de sang-froid pour ne pas lui claquer la porte au nez.

Mais sa satisfaction fut de courte durée. Dès qu'il fut parti, elle se remémora ses avertissements et ses consignes. Accablée, elle s'assit sur le lit.

La situation était grave et n'allait pas s'améliorer de sitôt.

Le lendemain, elle dut faire comme si tout allait pour le mieux dans le meilleur des mondes. Pourtant, intérieurement, elle ruminait sa déconvenue. Rafael semblait détendu mais il évitait soigneusement de la regarder. Peut-être avait-il rejoint cette femme, la veille, pour boire un verre avec elle ou pire. Elle n'avait aucun moyen de le savoir.

Pour la deuxième journée consécutive, Apolonia s'amusa comme une folle. Mallory la suivit dans toutes les attractions mais elle regretta de ne pas avoir la possibilité de réfléchir à la meilleure manière de gérer le problème. Quand ils reviendraient à Los Angeles, le drame serait inévitable.

En définitive, il éclata sur le chemin du retour.

— Papa ? Pourrons-nous aller à Océanopolis ? s'enquit la fillette dans la voiture.

— Oui, chérie, répondit son père. Nous irons à San Diego demain avant de retourner chez nous.

— Mais nous déjeunerons d'abord chez les parents de Mallory, n'est-ce pas ?

Le moment fatal était arrivé.

— J'ai bien peur que non. Voulez-vous lui expliquer pourquoi, Mallory ?

Mal à l'aise, elle s'éclaircit la gorge.

— Ma mère m'a téléphoné tout à l'heure, chérie. Mon oncle Steven est très malade et mes parents ont décidé de lui rendre visite demain.

— A-t-il la même maladie que Maria ?

— Non, il a des problèmes cardiaques.

C'était la vérité mais les jours de Steven n'étaient pas en danger. Pour le moment.

— Mon père et ma mère sont désolés de devoir annuler.

— Tu aimes beaucoup ton oncle ?

— Evidemment, intervint Rafael. Voilà pourquoi elle veut également le voir. Mais nous, nous allons bien nous amuser à Océanopolis.

Le reste de la route fut ponctué par les sanglots d'Apolonia. Quand ils se garèrent devant l'immeuble, la fillette se tourna vers Mallory.

— Est-ce que je peux dormir chez toi, cette nuit ?

— Non, décréta son père sans laisser à Mallory la possibilité de répondre.

La jeune femme pressa le bras de l'enfant.

— Je n'oublierai jamais ces deux jours, ma chérie.

A ces mots, l'enfant éclata en sanglots.

— Je ne veux pas aller à Océanopolis sans toi !

— Dans ce cas, nous repartirons au Portugal demain.

Sur ces paroles sans appel, Rafael alla prendre le sac de Mallory dans le coffre. Incapable d'en supporter davantage, la jeune femme descendit de voiture.

La petite fille la suivit. Elle noua les bras autour de son cou et la serra de toutes ses forces.

— Penses-tu pouvoir venir en vacances au palais la semaine prochaine ?

Sèchement, Rafael répliqua d'une voix dure.

— Ce n'est pas poli de demander, Apolonia.

— Mais je ne veux pas la quitter !

Cette agitation attira l'attention d'un voisin de Mallory, qui rentrait chez lui.

En passant, il adressa un sourire à la jeune femme, ce qui parut agacer Rafael au plus haut point.

— Adieu, dit-il. Merci pour ces merveilleuses journées à Disneyland. Nous en garderons un souvenir inoubliable.

Et fermement, il prit la main de sa fille, qui hurlait toujours, pour l'entraîner vers la voiture.

— Non, papa, non ! s'époumonait-elle. J'aime Mallory et elle m'aime ! Si tu obliges *tia* Lianor à s'occuper de moi, je m'enfuirai.

Manifestement, la fillette était au désespoir.

La scène virait au cauchemar mais Rafael pensait sans doute protéger l'enfant de pire encore.

Le cœur brisé, la jeune femme se hâta vers son appartement pour ne plus entendre les cris d'Apolonia. Mais même quand elle referma la porte, ils résonnaient encore dans sa tête. La pauvre chérie avait perdu Maria et, maintenant, toute sa douleur jaillissait comme un geyser.

Très vite, Mallory se rendit compte qu'elle ne pouvait rester chez elle ce soir. Elle avait besoin de parler à quelqu'un avant de devenir folle.

Elle décida de se rendre chez ses parents. Sur la route, elle les appellerait pour les avertir de son arrivée.

Au moment où elle s'apprêtait à sortir, le téléphone sonna. A cette heure avancée de la nuit, c'était certainement sa mère qui l'appelait pour les détails du déjeuner du lendemain. Elle ne pouvait pas mieux tomber.

Posant son sac, elle décrocha.

— Maman ?

— Non, c'est Rafael.

Elle se sentit si faible qu'elle dut s'asseoir.

— Où êtes-vous ?

— Devant votre immeuble.

Ils n'étaient donc pas encore partis ?

— Nous devons discuter, reprit-il.

Le cœur battant, elle ferma les paupières.

— Pourquoi ne pas revenir avec Apolonia ? suggéra-t-elle. Elle est épuisée. Elle pourra s'installer dans mon lit et dormir.

— D'accord, nous arrivons.

Un instant plus tard, ils entraient. La fillette, les traits défaits, noua les bras autour de Mallory sans dire un mot.

Cette dernière l'embrassa et l'entraîna dans sa chambre.

— Viens t'allonger, ma puce. Tu vas rêver toute la nuit de Snoopy, j'en suis sûre. Et si tu as besoin de quelque chose, ton papa et moi sommes à côté.

— Je t'aime, murmura l'enfant en fermant les yeux.

Mallory déposa un baiser sur son front, éteignit la lumière et rejoignit Rafael. Les mains sur les hanches, il l'attendait debout dans le salon, le visage ravagé d'angoisse.

— J'ai emmené Apolonia en Californie dans un seul but : sonder la sincérité de votre proposition de devenir sa nounou.

— Et j'ai échoué ?

Ses traits se durcirent.

— Vous savez bien que non ! Etes-vous toujours d'accord pour prendre soin de ma fille ?

C'était arrivé ! Il cédait enfin !

— Oui.

« En réalité, j'aimerais plus que tout remplacer Maria pour la vie. »

— Même si, pour cela, il vous faut m'épouser ?

7

Lorsque Rafael lui posa cette question, Mallory crut que son cœur allait exploser de joie. Mais elle veilla à ne pas le montrer.

— Sommes-nous vraiment obligés d'aller si loin ? demanda-t-elle avec calme. Certains s'imagineront sans doute Dieu sait quoi, mais je me moque des ragots. Ils ne me dérangent pas.

— Peut-être. Mais au Portugal, les gens verraient d'un très mauvais œil la cohabitation d'une jeune femme célibataire et d'un homme comme moi. Apolonia pourrait en souffrir.

— Si elle est certaine qu'il n'y a rien entre nous, il ne devrait pas y avoir de problème.

— Ma fille m'a elle-même suggéré de vous passer la bague au doigt pour éviter une situation intenable.

Ainsi la fillette poursuivait le même but qu'elle, songea Mallory, folle de joie.

Elle haussa les épaules.

— Si vous y tenez, je veux bien vous épouser, dit-elle comme si c'était le cadet de ses soucis. J'espère pour vous que vos petites amies n'en prendront pas ombrage. Si l'une d'elles comptait aller plus loin avec vous, elle devra attendre que nous ayons divorcé.

Manifestement, Rafael n'apprécia pas beaucoup l'allusion. Cela devenait amusant.

— Etant avocate, je peux dresser un contrat prénuptial, reprit-elle. Nous mettrons notre accord noir sur blanc. Je n'aurai droit qu'à un salaire pendant huit ans et je ne vous réclamerai rien quand nous nous séparerons. Cela vous semble-t-il juste ?

Il plissa les yeux.

— Apolonia m'a raconté que vous étiez amoureuse de quelqu'un. D'après elle, s'il était libre, vous l'épouseriez sur-le-champ.

— Mais il ne l'est pas, répliqua Mallory.

L'enfant avait-elle précisé à son père que ce prince charmant était Flash Gordon ? Si elle avait été assez maligne pour lui suggérer de l'épouser afin qu'elle puisse devenir sa nounou, elle avait peut-être sciemment essayé aussi de le rendre jaloux.

— Peut-être ne le sera-t-il jamais, poursuivit-elle. De toute façon, Apolonia sera mon unique priorité. Si vous le souhaitez, je le préciserai dans l'acte.

— D'autre part, vous devrez faire semblant d'être mon épouse en public, me tutoyer, et vivre dans ma suite pour ne pas éveiller les soupçons du personnel.

— Bien sûr. Comme la chambre de la petite est à côté de la vôtre, je m'y glisserai discrètement la nuit venue et je dormirai dans un lit d'appoint. D'ailleurs, j'ai cru comprendre que vous voyagiez beaucoup. Contrairement à une véritable épouse, je ne vous poserai pas de questions sur vos occupations ou vos fréquentations hors du palais. Je consacrerai ma vie à votre fille et vous mènerez la vôtre comme vous l'entendrez.

Rafael renversa la tête en arrière. Il s'était fait piéger par la fillette et n'aimait pas ça du tout. *Pourtant, il le devait…*

— A quelle date voulez-vous fixer le mariage ? s'enquit Mallory.

— Dès que possible. Le prêtre nous unira dans la chapelle du palais.

Un autre rêve se réalisait…

— Dans ce cas, je demanderai à mes parents de venir demain m'apporter la robe de mariée de ma mère. Elle l'avait gardée pour moi. Nous avons la même taille.

Sans mot dire, il passa la main dans ses cheveux. Sans doute commençait-il à sentir le lasso se resserrer autour de son cou et en était-il angoissé.

— Et que comptez-vous faire de votre appartement ?

— Le louer. Quand Apolonia atteindra sa majorité, je quitterai le Portugal pour revenir vivre ici. En attendant, je laisserai mes affaires chez mes parents. Maman sera contente de profiter de ma voiture.

Mallory devinait qu'elle allait un peu vite en besogne mais elle ne voulait pas lui donner la possibilité de faire marche arrière.

— Je vais m'arranger pour partir à Lisbonne avec vous lundi matin. Donnez-moi le numéro de votre vol, je réserverai une place.

Comme s'il portait le monde sur ses épaules, Rafael poussa un gros soupir.

— Je m'en occuperai.

Ayant vécu plus de dix ans en célibataire, il ne devait pas envisager de gaieté de cœur de se retrouver avec une épouse, même si elle ne le serait que de nom.

Il la fixa avec dureté.

— Et vis-à-vis de vos responsabilités professionnelles ?

Ah oui ! N'oublions pas qu'elle était mariée avec son métier.

— Liz sait déjà que j'aimerais être la nounou d'Apolonia. Le jour où votre fille a mis le sujet sur le tapis, j'ai passé une bonne heure au téléphone avec elle pour voir comment faire si vous décidiez de m'employer à votre service.

Il se tendit. Manifestement, elle venait de dire quelque chose qui le heurtait. Mieux valait abréger la discussion pour le moment.

— Vous semblez fatigué, Rafael. Pourquoi ne pas retourner à votre hôtel prendre un peu de repos ? Demain matin, vous viendrez chercher la petite pour lui annoncer les nouvelles.

— Papa ?

Surpris, tous deux se retournèrent et découvrirent la fillette, pieds nus sur le seuil de la pièce. Elle courut vers son père.

— Tu vas vraiment te marier avec Mallory ? demanda-t-elle, les yeux remplis d'étoiles.

Il s'accroupit.

— Oui, *querida*.

— Que je suis contente ! s'écria-t-elle en se jetant à son cou.

Des larmes de joie brûlèrent les paupières de la jeune femme.

— C'est tout ce qui m'importe, murmura Rafael.

Un jour, lui aussi serait pleinement heureux de l'avoir épousée. Elle allait s'y employer.

— Pouvons-nous rester ici cette nuit ? reprit l'enfant.

Il secoua la tête.

— Non, mais nous repasserons demain aider Mallory à empaqueter ses affaires.

— Oui, oui, oui !

Quand Apolonia se tourna vers Mallory pour l'embrasser, le regard impénétrable de Rafael se posa sur elle.

— Nous serons là à 8 heures avec le petit déjeuner.

— Parfait.

Lorsqu'ils quittèrent l'appartement, elle sourit aux anges en entendant la fillette discuter avec animation avec son père. Sans perdre de temps, elle prit son téléphone et composa le numéro de portable de Lianor. A Lisbonne, on était dimanche matin, mais heureusement son amie était déjà réveillée.

— *Bom dia*, Lianor !

— Mallory ?

— Oui ! As-tu lu la lettre que je vous avais laissée ?

— Bien sûr, et j'ai donné ton petit mot à Felipe. Il en a été très touché.

— Tant mieux.

— Liz ne m'a toujours pas téléphoné. Que se passe-t-il ?

— Je t'appelle pour tout t'expliquer. Hier matin, Rafael est venu à mon bureau avec Apolonia.

Un long silence se fit entendre puis Lianor reprit la parole.

— Quand tu as quitté le Portugal en catimini, la petite était désespérée. Je ne suis pas étonnée qu'il te l'ait amenée pour lui permettre de te dire au revoir.

— Mais nous ne nous sommes pas dit au revoir ! En fait, nous ne nous sommes pas quittés depuis deux jours. Et, tiens-toi bien, ton frère vient de me demander ma main. Ainsi, je pourrai devenir la nounou de sa fille sans faire jaser. J'ai accepté parce que j'adore cette enfant. J'ai envie de m'occuper d'elle.

Au bout du fil, son amie en resta sans voix.

— Ne t'inquiète pas, Lianor. Il s'agira d'un mariage de convenance. L'important est le bonheur d'Apolonia… et le tien, ajouta Mallory. Du coup, tu vas pouvoir garder la direction du magasin. Voilà pourquoi j'ai prié Liz d'attendre pour te joindre.

— Tu es amoureuse de lui, n'est-ce pas ? demanda enfin Lianor.

— Oui, reconnut Mallory. Mais garde le secret. Cela t'ennuie-t-il de devenir ma belle-sœur ?

— Bien sûr que non ! Mais j'ai peur pour toi. Tu sais, Joana aussi a toujours été folle de Rafael. C'est une des raisons de l'échec de son couple. Mais mon frère n'a jamais aimé et n'aimera jamais qu'Isabel. Je serais malade de te voir détruite à ton tour par son indifférence.

— J'en suis consciente. Nous resterons mariés jusqu'à ce qu'il déniche une autre nounou — cela prendra sans doute du temps — ou jusqu'à la majorité de sa fille. Et ensuite, nous verrons…

— Oh, Mallory, je me fais du souci pour toi ! Tu te souviens peut-être qu'à l'adolescence, j'étais une jeune fille grosse et sans grâce. A vingt ans, je suis tombée amoureuse d'un homme, Mateus, qui travaillait pour Rafael. Pour la première fois de ma vie, j'ai suivi un régime draconien pour retrouver une taille fine. Comme je l'espérais, il s'est alors intéressé à moi, nous avons passé beaucoup de temps ensemble et, finalement, il m'a demandée en mariage. Je pensais que Rafael serait heureux pour moi mais il est allé trouver mon fiancé pour lui parler en tête à tête. Après cet entretien, ce dernier a quitté le palais et je ne l'ai jamais revu. Pour tester sa sincérité, mon frère l'avait prévenu que, s'il m'épousait, il n'en retirerait aucun intérêt financier. Apprendre que Mateus ne m'aimait que pour mon argent m'a fait très mal, je suis devenue anorexique. Rafael a dû me faire hospitaliser avant que je n'en meure.

— Seigneur !

A présent, elle comprenait les complexes de son amie.

— Je suis désolée que tu aies traversé tant d'épreuves, Lianor.

— C'est de l'histoire ancienne et cette mésaventure m'a servi de leçon. Il n'est pas possible de forcer quelqu'un à t'aimer. Voilà pourquoi ce que tu tentes de faire avec mon frère m'inquiète. Je préférerais t'éviter les affres par lesquelles je suis passée. Certes, Apolonia et toi êtes très attachées l'une à l'autre mais depuis la mort d'Isabel, Rafael s'est renfermé sur lui-même. Il peut être très dur. S'il te fait souffrir…

« Il peut également être charmant. Et aimant. Et désirable », aurait voulu crier Mallory, qui, depuis deux jours, pensait avoir eu le temps de mieux le connaître.

— Je sais ce que je fais, Lianor.

— Mais tu vas renoncer à ta carrière…

— Pour m'occuper d'une petite fille que j'aime ! J'en ai envie. Ensuite, je retournerai en Californie.

C'était le discours qu'elle avait tenu à Rafael. Mais en réalité, elle comptait bien devenir sa femme à part entière.

— Mon frère est-il au courant de ta décision ?

— Oui. Nous avons tout organisé ce soir. Je vais louer mon appartement. Il veut une nounou et il l'aura. Ni plus ni moins.

Pour le moment…

— Cela te suffira-t-il vraiment ?

Non, mais Mallory n'avait pas l'intention de livrer ses projets à Lianor.

— Je ne vais pas tarder à le découvrir. Sais-tu qu'Apolonia avait elle-même suggéré à son père de m'épouser pour sauver les apparences ?

— En fait, cela ne me surprend pas, murmura Lianor. Je ne l'ai jamais vue si déterminée à parvenir à ses fins. Elle t'adore.

— C'est réciproque. Et c'est la seule chose qui compte.

— Non, cela ne suffit pas, mais, pour des raisons égoïstes, je suis très heureuse de devenir ta belle-sœur.

— Merci, Lianor. Acceptes-tu d'être mon témoin de mariage ?

— Bien sûr. Oh, excuse-moi, quelqu'un m'appelle sur ma ligne fixe !

— Il s'agit peut-être de Rafael. Bonne nuit et à lundi.

Après avoir raccroché, elle téléphona à ses parents. Sans doute allaient-ils lui dire qu'elle s'apprêtait à commettre la plus grosse erreur de son existence, mais cela n'avait pas d'importance. Elle ne pouvait déjà plus s'imaginer vivre sans Rafael et sans Apolonia.

*
* *

Trois semaines plus tard, Rafael et Mallory s'unirent devant Dieu et devant les hommes. La jeune femme avait presque envie de se pincer pour s'assurer qu'elle ne rêvait pas.

Le père de Violente fut le premier à venir la féliciter.

— *Senhora* d'Afonso, Carolina et moi sommes très heureux pour vous deux. J'espère que beaucoup d'enfants béniront votre union et joueront plus tard avec les nôtres.

A côté d'eux, Rafael s'entretenait avec la mère de Violente. S'il entendit la remarque, il n'y réagit pas.

— Je crois que mon mari souhaite comme moi une nombreuse progéniture. A ce propos, pour cet été, je compte inscrire Apolonia à un stage de tennis. Seriez-vous d'accord pour que Violente suive également des leçons ? Dès notre retour, je m'en occuperai.

Luis fronça les sourcils.

— Il paraît que vous emmenez la petite avec vous. Il ne s'agira donc plus d'un voyage de noces !

Mallory espérait bien atteindre son but et vivre avec son époux une véritable lune de miel. Mais le moment n'était pas encore venu… Et il s'en faudrait probablement de beaucoup vu le chaste baiser qu'il lui avait donné devant l'autel. Manifestement, Rafael ne se consumait pas de désir pour sa nouvelle femme…

— Apolonia est encore fragile, la mort de Maria l'a beaucoup secouée. Mieux vaut l'entourer au maximum pendant sa période de deuil. Son père partage mon avis.

Ils avaient décidé de partir trois jours dans l'un des relais châteaux que Rafael possédait dans le nord du Portugal, dès la fin de la réception.

Luis l'observa un long moment.

— Vous aimez vraiment cette enfant, n'est-ce pas ?

La gorge serrée, elle hocha la tête.

— Depuis le tout début.

— Entre votre beauté et votre amour pour sa fille, je comprends pourquoi mon ami n'a pu vous résister.

« Malheureusement, Luis, il résiste, et de toutes ses forces ! »

Depuis leur arrivée à Lisbonne, Rafael la traitait comme une sœur. Et il continuerait jusqu'à ce qu'elle parvienne à le séduire, à le faire tomber amoureux d'elle. Le combat était loin d'être terminé.

Carolina s'approcha pour embrasser à son tour Mallory.

— Toutes les femmes du Portugal sont en larmes aujourd'hui. Mais pour ma part, je suis aussi ravie que Violente de votre mariage. Elle ne jure plus que par vous. Elle était tellement contente d'être demoiselle d'honneur qu'elle n'en a pas dormi de la nuit ! Regardez nos filles ! Ne sont-elles pas adorables !

« Nos filles. »

En robe à smocks, les deux fillettes portaient leurs bouquets de fleurs comme s'il s'était agi du saint sacrement.

C'était une noce de conte de fées. Dans son smoking noir, Rafael attirait tous les regards. Mallory ne pouvait pas s'empêcher de le dévorer des yeux.

Elle se demanda s'il se remémorait son union avec sa première épouse. Il en avait été tellement amoureux qu'il la chérirait sans doute toujours au fond de son cœur. Mais Isabel était morte depuis plus de dix ans et, à présent, elle était devenue sa femme. Même si leur mariage n'était fondé que sur leur désir mutuel d'assurer le bonheur d'Apolonia, Mallory ne désespérait pas de parvenir à ses fins, de séduire un jour son mari. Il lui suffisait d'être patiente…

Mais en songeant à ce que serait leur nuit de noces, elle sentait sa gorge se serrer.

Elle s'était arrangée pour que l'enfant prenne place entre eux deux au banquet. Quand le photographe vint leur demander de poser, Rafael mit un bras sur les épaules de sa fille, l'autre sur celles de Mallory. Personne n'aurait pu deviner qu'ils ne formaient pas une vraie famille heureuse. A les voir sourire, chacun était persuadé qu'ils étaient fous amoureux l'un de l'autre.

Après la séance de photos, Rafael se pencha vers sa jeune épouse.

— Nous devrions partir, maintenant, tu ne crois pas ?

Depuis leur retour au Portugal, ils se tutoyaient pour mieux donner le change, ainsi qu'ils en étaient convenus.

Elle hocha la tête et prit Apolonia par la main.

— Viens, chérie. Montons nous habiller pour le voyage.

Toutes ses affaires avaient été transportées par le personnel dans la suite de Rafael. La jeune femme troqua sa robe de mariée contre un tailleur menthe à l'eau.

A en juger à la lueur d'admiration qui brilla dans ses yeux quand elle réapparut, son mari apprécia sa tenue. Lui-même avait revêtu pour la route un complet en lin brun qui mettait en valeur son teint mat.

Se remémorant les coutumes américaines, Mallory lança son bouquet à Lianor. Son amie l'attrapa et lui envoya un baiser.

A sa grande surprise, Rafael la prit par la taille pour l'entraîner dehors. Leurs invités les suivirent jusqu'à la voiture tandis que le photographe continuait à les mitrailler.

Comme Mallory faisait de grands gestes d'adieu à ses parents, Apolonia appela Violente par la vitre ouverte.

— Je te téléphonerai dès notre retour !

Lorsqu'ils eurent démarré, la jeune femme se tourna vers l'enfant.

— Qu'est-ce qui ne va pas avec Violente ? s'enquit-elle. Elle avait l'air de pleurer.

— Elle a demandé à son papa si elle pouvait venir avec nous et il l'a grondée.

— Je comprends, grommela Rafael.

— Aurais-tu aimé qu'elle nous accompagne ? reprit Mallory. Il n'est pas trop tard pour faire demi-tour.

A ces mots, elle sentit son époux se raidir.

— Non, assura la fillette. Je préfère être seule avec vous deux. Penses-tu que Maria a vu le mariage du ciel ?

Son père émit un curieux bruit de gorge.

— J'en suis certain.

— Je l'espère. Cela la rend sûrement heureuse de savoir que j'ai une nouvelle maman, même si tu es américaine.

Un petit rire s'échappa des lèvres de Mallory.

— Sommes-nous donc si terribles ?

— Maria n'aimait pas les étrangères. Mais elle t'aurait adorée, n'est-ce pas, papa ?

— Comme Mallory t'a sauvé la vie, je n'en doute pas un instant.

Ils avaient parcouru une dizaine de kilomètres quand Apolonia se pencha vers la jeune femme.

— Maintenant que nous formons une vraie famille, je peux t'appeler « maman » ?

8

Bouleversée par la question d'Apolonia, Mallory glissa un œil vers Rafael. Son visage était impénétrable. Quelle réponse espérait-il de sa part ?

— Si ton papa n'y voit pas d'inconvénient, rien ne pourrait me faire plus plaisir, chérie.

— Tant mieux, conclut l'enfant comme si son père avait déjà donné son accord. Quand je retournerai à l'école, je serai comme toutes les autres filles. Leurs mères accompagnent les nonnes lorsque nous sortons voir une exposition ou nous promener. Maria ne venait jamais. Elle était trop fatiguée.

— Quels endroits avez-vous visités ?

— Des églises et des musées de Lisbonne.

— Quand j'étais petite, nous avions aussi des sorties de classe organisées. Nous avons vu un observatoire, une usine nucléaire et, un jour, un studio de cinéma.

— J'aurais adoré !

— L'herbe paraît toujours plus verte dans le jardin du voisin, Apolonia. Mais en vérité, tu as beaucoup de chance de vivre dans un pays chargé d'histoire. Mesures-tu toutes les beautés que les hommes des siècles passés ont laissées au Portugal ? C'est un héritage fabuleux. Je compte profiter de ma nouvelle existence pour m'instruire le plus possible. M'apprendras-tu le portugais ?

— Oui, bien sûr.

— Comment traduit-on « merveilleux » ?

— *Admiravel.*

Mallory tenta de prononcer ce nouveau mot. Après trois

essais infructueux, Rafael assura qu'elle le disait à la perfection. C'étaient ses premières paroles depuis leur départ.

Elle en profita pour enchaîner :

— Où se trouve le relais château où tu nous emmènes ?

Quand il lui adressa un énigmatique clin d'œil, un étrange frisson la parcourut.

— A Obidos. C'est un charmant village datant du Moyen Age, les vieilles maisons sont recouvertes de chaux. Le palace d'Afonso est un ancien couvent du XIVe siècle. Il te paraîtra sans doute austère.

— J'ai hâte de le visiter. Il doit attirer beaucoup de monde.

A la vue du sourire de Rafael, le cœur de la jeune femme s'accéléra dans sa poitrine.

— C'était l'idée.

Elle regarda ses mains puissantes posées sur le volant. La nouvelle alliance qu'il portait au doigt brillait dans le noir. Elle ne parvenait pas à croire qu'elle était l'épouse de ce si bel homme.

— Lianor m'a dit que tes affaires étaient florissantes. Lorsque j'ai découvert le palais, j'ai compris pourquoi.

De nouveau, son regard sombre la détailla.

— Explique-moi vite pourquoi tu me gratifies d'un tel compliment !

Elle trouva son ton légèrement moqueur irrésistible.

— Tu n'as pas ajouté de piscine ou de courts de tennis qui auraient brisé le charme du lieu. Les touristes cherchent l'authenticité, pas le commercial. Contrairement à beaucoup de promoteurs, tu as su préserver l'héritage historique du Portugal.

Il poussa un petit soupir.

— Dis-moi, puisque Lady Windemere a nommé une nouvelle vice-présidente, accepterais-tu de travailler pour moi à mi-temps ?

Etait-il sérieux ?

Le cœur de Mallory commença à battre à grands coups dans sa poitrine.

— Dans quel domaine ?

— J'aimerais que tu prospectes pour moi de nouveaux sites où implanter nos relais châteaux.

Dans d'autres circonstances, Mallory se serait sentie flattée. Mais cette proposition alléchante émanait de l'homme qu'elle venait d'épouser ! Et elle voulait devenir une véritable femme portugaise, rester à la maison, veiller au bien-être de son mari et de sa fille, cuisiner, lui donner un bébé…

— J'imagine que je serai trop occupée avec Apolonia pour en avoir le loisir.

Elle jeta un coup d'œil derrière son épaule avant d'ajouter à mi-voix.

— Comme elle dort, peut-être est-ce le bon moment pour te parler d'une idée qui me trotte dans la tête depuis quelque temps. Elle rêve depuis toujours d'avoir un chien. Pourquoi ne pas lui en offrir un ?

— Un chien ?

— Enfant, j'en ai eu un. Comme je n'avais ni frère ni sœur, il a été un véritable compagnon de jeux pour moi. Apolonia a l'âge idéal pour prendre en charge un animal. Je l'aiderai à le dresser.

— Ce serait une lourde responsabilité.

— Je sais, mais il reste deux mois avant la rentrée scolaire. L'autre jour, j'ai repéré sur Internet l'adresse d'un chenil près de Lisbonne qui vend des briquets. Nous pourrions lui faire la surprise de nous y arrêter au retour. Tu connais le dicton : « On choisit son chien, pas sa famille. »

Il posa son regard sombre sur elle.

— Au cas où tu l'aurais oublié, Apolonia t'a choisie.

Mallory n'avait pas oublié.

— Cela signifie-t-il que tu es opposé à ce projet ?

Il secoua la tête.

— Pas du tout. Au contraire, l'idée me paraît excellente. Et le briquet est une race sympathique, ni trop grand ni trop petit. D'ailleurs, dans ses prières, elle demande chaque jour à Dieu de lui apporter un Snoopy vivant.

La jeune femme l'ignorait mais n'en fut pas étonnée. La fillette menait son père par le bout du nez.

Avec un sourire, Rafael se tourna vers elle.

— Maintenant, j'aimerais savoir ce que tu voudrais comme cadeau de mariage.

A ces mots, le cœur de Mallory se mit à battre la chamade.

— Tu m'en as déjà offert un en me permettant d'être la nounou d'Apolonia.

Il lui avait aussi donné la voiture de Maria.

— Je pense que tu ne l'es déjà plus. A présent, elle te considère comme sa maman.

— Cela t'ennuie-t-il ?

— De toute façon, c'est trop tard.

Toute la joie qu'elle avait ressentie jusqu'alors s'évanouit en fumée. Les paroles que Rafael venait de prononcer lui firent si mal qu'elle dut se mordre les lèvres pour ne pas hurler.

Dans la soirée, Rafael, laissant Mallory et Apolonia se préparer pour la nuit, descendit bavarder avec le directeur du relais château.

— Merci d'avoir fleuri la suite de gardénias. Ce sont les fleurs préférées de ma femme.

— Félicitations pour votre mariage. La *senhora* est d'une grande beauté. Et quand on la voit avec votre fille, il est évident qu'elles s'adorent. Vous avez beaucoup de chance.

— Elles ont vécu une mésaventure qui les a liées pour la vie.

Et il lui raconta la noyade et le sauvetage de la fillette.

— Cela explique leur attachement mutuel. Quant à vous, vous avez dû tomber amoureux au premier regard, non ?

Rafael déglutit avec difficulté. Non, pas exactement, pensa-t-il. La première fois que ses yeux s'étaient posés sur Mallory, il avait plutôt éprouvé un choc. Il n'oublierait jamais le moment où il avait vu celle qu'il pensait détester viscéralement émerger de l'océan, Apolonia évanouie dans les bras, l'allonger sur le sable et pratiquer sur elle la respiration artificielle pour la ramener à la vie.

Il aurait été incapable de dire le moment exact où il avait commencé à ressentir de l'amour pour elle. Tout ce qu'il savait, c'était que la passion l'avait alors emporté avec la force d'un ouragan.

De son côté, elle en aimait un autre mais, à présent, elle était sa femme. Légalement, elle lui appartenait. Maintenant, il devait conquérir son cœur. Quel qu'en soit le prix, il était déterminé à y parvenir.

Quand il remonta dans sa suite, la chambre était plongée dans une semi-obscurité. Sa fille dormait dans le grand lit, Mallory dans celui d'appoint.

Un long moment, il la contempla. Elle n'avait rien d'une nonne et pourtant, dans ce couvent, avec l'enfant à proximité, il ne pourrait rien tenter. Mais bientôt tout changerait radicalement, il l'espérait en tout cas.

Ce voyage de noces peu orthodoxe allait lui apprendre la patience. Une fois de retour chez eux, il mettrait tout en œuvre pour séduire sa femme…

— Quel dommage que nous soyons obligés de rentrer à la maison ! s'exclama Apolonia dans la voiture. Ces trois jours ont passé trop vite.

Rafael adressa un clin d'œil complice à Mallory, manifestement aussi content qu'elle à l'idée de faire une halte au chenil. La fillette ne se doutait de rien.

— Tu avais déjà dit la même chose après notre week-end à Disneyland, *querida*.

Mallory se pencha vers l'enfant.

— Je suis comme toi, chérie. Les moments que nous passons ensemble sont les meilleurs de ma vie et je regrette aussi qu'ils filent si vite.

— Oui, j'aimerais que papa puisse ne plus travailler.

Le rire de Rafael emplit l'habitacle. La jeune femme l'avait beaucoup entendu s'esclaffer pendant ces trois jours.

Il avait l'air heureux.

Elle espérait que sa présence — et non la seule certitude d'avoir trouvé une remplaçante pour Maria — expliquait en partie cette bonne humeur.

Quand ils se garèrent devant ce qui ressemblait à une ferme, Apolonia tourna la tête en tous sens, étonnée.

— Pourquoi t'arrêtes-tu là, papa ?

— Regarde la pancarte accrochée au-dessus de la porte.

De plus en plus perplexe, elle lut.

— Chenil. Ils vendent des chiens ici ?

— Oui, *querida*. Mais pas n'importe lesquels ! Des briquets !

Après un instant d'hésitation, la petite fille poussa un cri de joie.

— Comme Snoopy !

Les yeux rieurs de Rafael croisèrent ceux de Mallory. Elle avait l'impression que son cœur allait exploser tant il se gonflait d'amour pour lui.

Avant que son père ne puisse l'en empêcher, la fillette ouvrit sa portière et courut vers la maison, suivie de Rafael. Lorsque Mallory les rejoignit, ils avaient déjà appuyé sur la sonnette.

Un grand homme chauve d'une cinquantaine d'années apparut et les invita à le suivre. Sa femme s'occupait justement d'une chienne et de sa portée. L'homme dit quelque chose en portugais à Rafael qui traduisit.

— Ils ont vendu tous les chiots sauf ces deux-là. Ils sont sevrés, ont été vaccinés, mais le mâle est plus petit et encore très attaché à sa mère.

Ce fut pourtant ce dernier qui fit fondre Apolonia.

— Il est trop mignon ! Je peux le tenir ?

— L'autre serait plus facile à élever.

— Mais c'est lui que je veux !

Tout le monde sourit. La gérante du chenil s'accroupit pour prendre le préféré de l'enfant et le lui déposer dans les bras.

La fillette le serra contre son cœur, le caressa en lui murmurant des mots tendres. Quand elle leva les yeux, des milliers d'étoiles y brillaient de nouveau. La petite fille avait fait son choix.

— Je vais le baptiser Flash, décida-t-elle.

A ce nom, Mallory sursauta. Quant à Rafael, il n'aurait pu être plus surpris.

— Flash ?

— Cela veut dire éclair, foudre. N'est-ce pas, maman ?

Maman. Comme la jeune femme aimait l'entendre l'appeler ainsi !

— Oui, dit-elle d'une voix tremblante.

« N'ajoute rien d'autre, je t'en prie, Apolonia ! »

— Bon, conclut Rafael d'un ton résigné.

Après une brève discussion avec le propriétaire, l'affaire fut conclue. Le chiot fut installé dans une boîte. Il geignait comme un nourrisson.

Tout en rejoignant la voiture, Apolonia tenta de le réconforter.

— Pourquoi pleure-t-il comme ça ? demanda-t-elle à Mallory.

— Parce qu'il n'a encore jamais quitté sa mère, mais dans quelques jours, il n'y pensera plus. Nous allons lui acheter tout ce dont il a besoin.

Sur la route, l'animal hurla sans arrêt. Excédé, Rafael proposa de se charger des courses pour ne plus l'entendre un petit moment.

— N'oublie pas de prendre des croquettes !

La jeune femme resta dans le véhicule pour aider Apolonia à consoler son protégé.

Quand Rafael sortit du magasin, ses bras étaient chargés de paquets.

— J'ai l'impression d'avoir un nouveau bébé, dit-il en rangeant ses emplettes dans le coffre.

— Et c'est le cas ! remarqua Mallory en riant.

Il poussa un gémissement.

Après ces trois jours de vacances idylliques, le chiot les plongeait de nouveau dans le chaos. Mais secrètement, Mallory s'en réjouissait. Cette nouvelle existence, si remplie, si chaleureuse, lui plaisait tant qu'elle se demandait comment elle avait pu vivre seule si longtemps.

Lorsqu'ils arrivèrent au palais, la nuit tombait. Les hurlements de Flash s'entendaient à des lieues à la ronde. En sortant de voiture, Rafael échangea à peine trois mots avec le personnel qui descendait à leur rencontre pour décharger les bagages. Sans perdre de temps, tous trois se précipitèrent à l'étage.

— Nous allons mettre ton chien sur le balcon pour l'instant, dit-il à sa fille.

A la hâte, Mallory sortit des sacs le panier, les écuelles, les croquettes, l'os en caoutchouc, la petite balle, le spray désinfectant, le collier et la laisse. Rafael n'avait rien oublié.

Comme il étalait des feuilles de journaux sur le sol, elle remplit un bol d'eau et un autre d'aliments pour chiots.

— Voilà de quoi te désaltérer et te régaler, Flash. Viens !

Apolonia, qui berçait son protégé, le posa sur le sol, mais le chiot ne cessa pas de pleurer.

— Offre-lui peut-être un peu de nourriture dans ta main, suggéra la jeune femme. Il va vite comprendre.

La fillette obtempéra et se mit à rire.

— Il me chatouille avec sa langue !

— Tu vois, *querida*. Tu commences à l'apprivoiser.

Il s'accroupit près d'elle.

— Quelle idée de l'appeler Flash !

Oh, oh!

— C'est le nom de l'amoureux de Mallory, lui confia l'enfant. Il vit à Hollywood.

A ces mots, Rafael parut se pétrifier avant de se tourner vers son épouse, les yeux plus noirs que jamais.

— Ce n'est pas un prénom américain très courant, remarqua-t-il.

Elle devina que derrière ses sarcasmes se dissimulait une autre émotion. Etait-il furieux d'apprendre qu'elle aimait quelqu'un d'autre ?

Son cœur s'accéléra dans sa poitrine.

— Ce n'est pas non plus un homme ordinaire, répliqua-t-elle calmement.

— C'est vrai, papa. Maman m'a montré sa photo. Il est très grand et très musclé.

Tendrement, elle embrassa le chiot sur le haut de la tête.

— Cela m'est égal que tu sois le plus petit, Flash. Un jour, tu seras super fort, toi aussi.

Soudain, elle se mit à rire.

— Il a fait pipi sur moi !

— Ce n'est pas grave mais viens faire un brin de toilette, chérie. Laisse ton papa s'occuper de ton chien.

Et sans donner à Rafael la possibilité de protester, elle lui colla l'animal dans les bras et tendit la main à Apolonia.

— Pendant que tu te laves de ton côté, je vais prendre une douche du mien, ma puce. Puis nous irons dire bonsoir à Flash.

— Je voudrais dormir avec lui.

— Un jour, quand il sera dressé.

— Je l'aime tellement !

— Il est adorable.

Après avoir rempli la baignoire de l'enfant, elle se dirigea vers la salle de bains de son mari — qui était d'ailleurs devenue officiellement aussi la sienne.

L'odeur de l'après-rasage de Rafael flottait dans l'air. Elle prit un plaisir infini à poser ses produits de beauté et sa brosse à cheveux à côté des affaires de toilette de son mari. Puis elle se glissa sous le jet d'eau chaude.

Un grand sourire sur les lèvres, elle repensa à l'expression de son époux en entendant parler de Flash, son amoureux de Hollywood. Si c'était bien de la jalousie qu'il ressentait, l'invasion de ses accessoires féminins dans son sanctuaire masculin allait sans doute le troubler. Et un jour, du moins l'espérait-elle, il ouvrirait les yeux…

Dix minutes plus tard, elle le rejoignit sur le balcon, se séchant les cheveux avec une serviette. En cette fin de juillet, les soirées étaient chaudes. Elle le trouva assis dans un fauteuil, laissant le chiot lui téter les doigts.

Attendrie, Mallory les regarda un instant. Qu'il était touchant de voir cet homme si viril se montrer aussi doux et gentil avec le petit animal !

Mais comme c'était elle qui avait proposé de faire l'acquisition d'un chien, il lui revenait de se proposer pour s'en occuper.

— La salle de bains est libre, Rafael. Je vais me charger de lui, si tu veux.

Comme il levait la tête, elle sentit son regard brûlant se promener sur elle.

— Je ne suis pas particulièrement pressé de bouger, murmura-t-il. Viens t'asseoir près de moi.

S'il avait éprouvé de l'énervement plus tôt, il n'y en avait plus trace. Une vague de chaleur s'empara d'elle.

Elle se rapprocha de lui et s'agenouilla devant le panier où se trouvait Flash. Mais Rafael l'attrapa par la taille et l'installa sur ses genoux.

— N'est-ce pas plus confortable que le carrelage ? murmura-t-il dans son cou.

Incapable de prononcer un mot, elle s'adossa contre son torse musclé en tremblant de joie.

D'une main, il continuait à s'occuper du chiot, de l'autre, il caressait la peau tendre à l'intérieur de son bras, la faisant frissonner.

— Tu sens aussi bon qu'un champ de fleurs, dit-il.

Le cœur battant, elle lui sourit.

— Peut-être comprends-tu maintenant pourquoi les produits Lady Windemere se vendent si bien ?

— Je parlais de toi, de ta peau, de tes cheveux. Tu es incroyablement belle, Mallory. En acceptant de m'épouser, tu t'étais engagée à ne jamais tenter de me séduire. Mais à présent, je le regrette…

Tendrement, il repoussa sa longue chevelure pour lui embrasser la nuque.

— Tu sais, j'ai très envie de faire l'amour avec toi…

Elle prit une profonde inspiration.

— Tu as vécu seul pendant dix ans, tu es un homme avec des besoins normaux et maintenant que tu es remarié, tu es loin de tes ex-petites amies. Il est donc normal que tu aies envie de te rabattre sur moi pour assouvir tes pulsions, même si tu ne m'as demandée en mariage que pour éviter les qu'en-dira-t-on.

Avec un petit sourire, il glissa la main sur les épaules de la jeune femme.

— Si tu essaies de me faire croire que je te laisse indifférente, tu mens. Quand je te caresse, je te sens réagir.

Elle arrivait à peine à déglutir.

— Tu es très attirant. Tu connais certainement ton pouvoir de séduction. Comment pourrais-je rester de marbre ?

— Ta sincérité me surprend et me touche.

Les doigts de Rafael se promenèrent langoureusement sur ses hanches.

— J'ai envie de faire l'amour avec toi, répéta-t-il d'une voix rauque. Et depuis très longtemps. J'aimerais que ce soir soit notre véritable nuit de noces.

Ce n'était pas une déclaration en bonne et due forme mais c'était un début. Si elle était incapable de s'offrir à un homme sans l'aimer de tout son cœur et de toute son âme, elle savait que Rafael, lui, pouvait séparer ses sentiments de ses besoins physiques. Elle décida donc d'accepter ce qu'il pouvait lui offrir pour l'instant, quelques heures de passion, faute de quoi il risquerait de chercher du réconfort dans les bras d'une autre. Il n'était pas question de prendre un tel risque !

— Rejoins-moi dès qu'Apolonia sera endormie, lui dit-elle avant de s'écarter de lui.

A contrecœur, il la laissa s'éloigner.

A peine s'était-elle levée que la fillette en pyjama arriva sur le balcon, les cheveux humides et ébouriffés. Elle s'agenouilla près du panier.

— Tu ne m'as pas oubliée, Flash ? Je vais rester près de toi cette nuit.

Son père se leva.

— Non, *querida*. Il a besoin d'apprendre à dormir seul.

— Mais, papa…

— J'ai dit non, c'est non !

— Laisse-moi te coiffer, chérie, avant d'aller au lit.

Pendant que Mallory lui tressait les cheveux, la petite fille en profita pour câliner le chiot.

— Voilà !

Son père lui prit alors l'animal des mains et le remit dans son panier.

— Viens faire tes prières, maintenant.

— Mais si Flash a peur et m'appelle ?

— Il va s'habituer.

Tendrement, Mallory embrassa l'enfant.

— Demain, tu pourras jouer avec lui toute la journée. Nous inviterons Violente à venir faire sa connaissance.

— Quand elle le verra, elle en voudra un exactement pareil, papa, dit-elle à Rafael qui l'entraînait dans sa chambre.

Manifestement, il avait hâte de coucher sa fille pour partager un moment d'intimité avec elle, songea Mallory en frissonnant de joie.

Elle s'accouda sur le balcon pour regarder les surfeurs

au loin. La brise nocturne était plus fraîche, à présent, trop froide pour le chiot. Aussi prit-elle son panier pour le poser dans un coin sombre de la pièce. Comme il geignait encore, elle lui caressa la tête.

— Sois un gentil petit chien et endors-toi vite.

Transportée à l'idée que Rafael s'apprêtait à venir la retrouver, elle se hâta de finir de sécher ses cheveux. Bientôt, ils flottèrent sur ses épaules comme un voile.

Dès qu'il l'eut rejointe dans la chambre, son mari ferma la porte à clé et s'avança vers elle de sa démarche féline.

— Attends-moi, murmura-t-il en effleurant ses lèvres. Je n'en aurai pas pour longtemps.

Quand il disparut dans la salle de bains, Mallory frissonna.

Ce ne serait pas seulement leur nuit de noces mais également la première fois qu'elle ferait l'amour.

Au lycée, complexée par ses kilos en trop, elle avait préféré rester à l'écart des garçons. Plus tard, lorsqu'elle avait repris confiance en elle, elle avait trouvé amusant de les laisser lui voler quelques baisers, de leur faire miroiter des possibles qu'elle leur refusait toujours au dernier moment.

A Yale, elle avait vite compris que les étudiants qui l'entouraient étaient de purs intellectuels. Tout à leurs examens, ils ne se souciaient pas d'amour. Et pour sa part, elle n'aurait jamais accepté de s'abandonner dans les bras de quiconque sans être totalement amoureuse.

Depuis qu'elle travaillait avec Liz, elle avait fréquenté quelques hommes mais se contentait de sortir avec eux au restaurant ou au cinéma. Son époux ne se doutait pas de son innocence mais cela n'avait pas d'importance. Si elle manquait d'expérience, elle avait du désir et de l'amour à revendre.

Après un instant d'hésitation, elle retira son peignoir et s'allongea sur le lit au moment où Rafael sortait de la salle de bains.

Il se glissa sous le drap à son tour et l'enlaça avec force.

— *Por Deus, amada*, murmura-t-il. Je te désire comme un fou !

Elle répondit à ses baisers avec une fougue qu'elle ne

parvenait pas à maîtriser. Emportés par le feu d'une même passion, ils brûlaient les étapes et s'étreignaient avec fièvre.

— Rafael, gémit-elle quand il se détacha d'elle pour lui permettre de recouvrer son souffle.

— Je sais exactement ce que tu ressens.

Ses caresses devenaient plus précises et elle sentit un désir violent s'emparer de son ventre pour la submerger tout entière. Cambrée, elle prit sa tête entre ses mains, le suppliant des yeux d'aller jusqu'au bout.

— Oui, mon amour, oui, balbutia-t-il d'une voix rauque.

C'est alors qu'ils entendirent une petite plainte comme les pleurs d'un bébé.

Le chiot !

Dans les bras de Rafael, elle l'avait complètement oublié.

Frustré, ce dernier se mit sur son séant avec un grognement de protestation.

— On dirait qu'il se trouve dans la chambre.

— Il y est, avoua-t-elle. J'ai apporté son panier ici pendant que tu étais sous la douche. Je craignais qu'il n'attrape froid sur le balcon pendant la nuit.

Une petite voix s'éleva alors de l'autre côté de la cloison.

— Papa ? Ouvre-moi ! Flash a besoin de moi !

Avec violence, il s'empara de la bouche de Mallory puis sortit du lit pour enfiler sa robe de chambre.

— Je vais m'occuper de lui, *querida*, dit-il à sa fille. Retourne te coucher.

— Elle ne va pas vouloir, Rafael. Laisse-la entrer.

La jeune femme alluma la lampe pour retrouver son peignoir qui était tombé pendant leurs ébats et l'enfila en hâte.

Dès qu'il lui ouvrit, Apolonia se rua à l'intérieur. Elle prit son chiot dans les bras et l'embrassa.

— Ne pleure plus, Flash, je suis là.

Elle se tourna vers son père.

— Pourquoi avais-tu fermé à clé, papa ?

— Oui, *senhor* d'Afonso, reprit Mallory d'un air moqueur. Pourquoi avoir verrouillé cette porte ?

D'un regard, Rafael lui fit comprendre qu'elle le lui paierait plus tard, quand ils se retrouveraient seuls.

Comme elle en avait envie !

Mais apparemment, il leur faudrait patienter…

— Nous avions besoin de discuter en privé de quelque chose d'important, *querida*.

Même si cette interruption la frustrait au-delà des mots, peut-être valait-il mieux que le destin ait conspiré pour les arrêter dans leurs élans, songea Mallory.

Une fois de plus, elle se souvint des mots qu'elle avait gardés si longtemps dans le secret de son cœur.

« Par nature, les femmes sont au service d'Aphrodite, déesse de l'Amour et de la Beauté. Tôt ou tard, les hommes finiront par se soumettre à leurs lois. Ils se plieront alors à leur volonté sans résistance, sans colère, sans désir secret de revanche. Ils leur céderont dans la joie. Et n'auront jamais à le regretter. »

Elle voulait un amour pour la vie, pas une passion d'un soir. Tout à l'heure, elle se serait donnée à lui, mais, puisque les circonstances l'en empêchaient, peut-être était-il préférable de le laisser sur sa faim.

Forcé d'attendre un peu, Rafael se démènerait comme un fou pour obtenir ce dont il rêvait et — du moins l'espérait-elle — ne cesserait plus de la désirer leur vie entière.

— Chérie, dit-elle en prenant Apolonia par les épaules. Laisse ton père s'occuper de Flash cette nuit. Bientôt, il va s'habituer et ne pleurera plus. D'accord ?

— D'accord.

Après une douzaine de baisers sur le crâne de l'animal, la fillette le remit dans son panier.

— *Boa noite,* papa.

— *Boa noite*, Rafael, lança Mallory par-dessus son épaule avant de rejoindre la chambre voisine.

Elle l'entendit murmurer son nom mais n'osa pas tourner la tête pour ne pas risquer de se précipiter de nouveau dans ses bras.

Mieux valait le laisser la désirer, même si cela signifiait pour elle rester allongée seule dans l'étroit lit de camp à mordre l'oreiller en se remémorant ses baisers, ses caresses, la chaleur de sa bouche, le parfum de sa peau…

9

Quand Mallory s'éveilla, Apolonia avait déjà quitté la chambre. Comme toute mère de famille responsable, elle s'était précipitée dès l'aube auprès de son bébé chéri. Rafael avait sans doute été content de voir sa fille prendre le relais. Flash l'avait tenu éveillé toute la nuit.

A plusieurs reprises, la jeune femme avait dû résister à la tentation de courir le rejoindre, mais elle avait tenu bon et s'était finalement assoupie. Maintenant, elle avait hâte de se retrouver seule avec lui.

Elle enfila un pantalon blanc et une marinière bleu ciel avant de se rendre dans le salon.

Un regard lui suffit pour s'apercevoir que la pièce était vide. Sur le balcon, elle découvrit Apolonia câlinant son chiot. Mais Rafael n'était nulle part en vue et Mallory en éprouva une sombre déception.

Refoulant sa tristesse, elle s'approcha de la petite fille.

— Comment va Flash, ce matin ?

La fillette la regarda avec un grand sourire.

— Il n'a pas beaucoup dormi ! Avant de s'en aller pour Cabo Espichel, papa m'a montré comment le rendre propre.

Ainsi, il avait quitté le palais, songea Mallory, le cœur serré. Elle avait pourtant espéré qu'ils passeraient la journée ensemble et pourraient aller tous les trois nager dans l'océan.

— J'ignorais que ton père avait prévu de travailler aujourd'hui.

— Un des directeurs d'hôtel l'a appelé pour une urgence. Il est parti très vite et il a dit qu'il ne savait pas quand il pourrait revenir.

— Je vois, murmura la jeune femme.

Pauvre Rafael ! Après avoir passé la nuit à s'occuper du chiot, une journée épuisante l'attendait.

Elle consulta sa montre. Il était presque 10 heures. Quelle nounou à la hauteur ! Dès le premier jour, elle était la dernière debout de la maisonnée.

— J'aimerais t'inscrire au tennis, ce matin. Pourquoi n'appellerais-tu pas Violente pour lui proposer de nous accompagner ? Si sa mère est d'accord, dis-lui que nous passerons la chercher. Rappelle-lui de prendre son maillot de bain.

— D'accord. Pouvons-nous emmener Flash avec nous ?

— Non, chérie. Il sera mieux ici. De toute façon, nous serons revenues dans quelques heures.

Apolonia embrassa le chiot sur le haut de la tête.

— Tu vas me manquer, mon bébé.

— Il est encore petit et il a besoin de sommeil. Nous ne serons pas absentes longtemps.

Avant de partir, la jeune femme proposa à l'enfant de leur préparer un petit en-cas.

— Dans la cuisine ?

— Pourquoi pas ?

— Je ne le faisais jamais avec Maria. Mauricio va être surpris. C'est le chef du matin. Il est moins gentil que Felipe et il ne parle pas anglais.

Un instant plus tard, elles entraient dans l'immense office. Mallory devina la curiosité de tout le personnel à son égard. Mauricio, un homme imposant, lui fit penser à l'Othello de Shakespeare.

Quand la fillette les eut présentés, Mallory lui dit :

— Demande-lui si nous pouvons utiliser des œufs dont il ne se sert pas. Cet après-midi, je ferai des courses pour ne pas avoir à le déranger les prochaines fois.

Apolonia parut étonnée.

— Nous allons préparer nos repas tous les jours ?

— Oui. C'est très amusant de cuisiner, je t'apprendrai.

De l'avis de Mallory, les mets servis au palace étaient délicieux mais trop riches en calories.

Un grand sourire sur les lèvres, l'enfant traduisit ces propos à Mauricio.

Manifestement, il n'était pas ravi de voir son domaine envahi, mais comment aurait-il pu refuser quoi que ce soit à l'épouse de Rafael ?

Elles se régalèrent d'œufs brouillés, d'une salade que la petite fille l'aida à confectionner et de fruits. Lorsqu'elles eurent tout nettoyé, Mallory remercia le chef de sa gentillesse et elles quittèrent le palais.

Apolonia lui indiqua la route et, bientôt, elles se garèrent devant une charmante maison entourée de bougainvilliers. Violente en sortit en courant avec son sac de plage. Sa mère la suivait, un bébé dans les bras.

A la vue de ce dernier, Mallory se sentit bouleversée. Un désir ardent, autant qu'insoupçonné, d'avoir un enfant de Rafael la submergea.

Carolina l'embrassa avec chaleur.

— Alors ? Avez-vous rendu le chiot ?

— Pas encore, répondit-elle en riant. Mais Rafael y pense peut-être. Flash l'a tenu éveillé toute la nuit.

— Pauvre homme ! Et je sens que dès qu'elle l'aura vu, Violente va nous réclamer un chien à son tour !

— Ne vous inquiétez pas. Elle pourra câliner le nôtre autant qu'elle voudra. Seriez-vous d'accord pour que nous gardions votre fille à dîner ? Je la ramènerai ensuite.

— Si cela n'ennuie pas Rafael, avec plaisir.

— Il est à Cabo Espichel pour la journée.

A ces mots, Carolina fronça les sourcils.

— Le travail l'appelle déjà ?

— Il s'agissait d'une urgence. En tout cas, c'est ce qu'il a expliqué à Apolonia.

Toute la matinée, le doute s'était insinué dans l'esprit de Mallory. Rafael n'avait-il pas plutôt eu envie de retrouver une de ses petites amies ? Une femme charmante et libre, sans doute. Ils auraient alors toute une journée pour s'aimer.

Elle l'imagina embrassant une autre avec passion et son cœur se serra.

Comme pour chasser ces démons, elle s'éclaircit la gorge.

— Carolina, Luis vous a-t-il parlé de mon idée de faire donner des leçons de tennis aux filles cet été ?

— Oui, nous sommes tout à fait d'accord. Mon bébé m'accapare et je n'ai malheureusement pas le temps de m'occuper de Violente autant qu'il le faudrait.

— Parfait. Nous y allons sur-le-champ. Je vous ramènerai Violente après le dîner. A plus tard !

Les deux fillettes étaient déjà dans la voiture et bavardaient avec animation en portugais.

Elles lui montrèrent le chemin jusqu'au club où Mallory les inscrivit pour des cours deux fois par semaine. Au retour, elles s'arrêtèrent au supermarché pour acheter de quoi se préparer des repas à midi. Une fois rentrées, comme les enfants se ruaient à l'étage pour aller voir Flash, Mallory porta ses provisions dans la cuisine.

Tout le reste de l'après-midi, les deux fillettes jouèrent avec le chiot. La jeune femme se fit dorer au soleil et se plongea dans la lecture d'un roman pour tromper son angoisse. Pour le dîner, elle prépara du poulet grillé et des légumes. Les petites n'en avaient jamais mangé auparavant et se régalèrent. Les simples yaourts aux fruits pour le dessert furent également appréciés.

Quel changement pour Apolonia qui n'avait pour alternative que la cantine des nonnes à l'école ou les plats gastronomiques !

Rafael n'avait pas appelé pour dire à quelle heure il rentrerait. Lasse de se morfondre devant le téléphone, Mallory proposa aux fillettes d'aller sur la plage.

Lorsqu'elles revinrent dans la suite, il n'avait toujours pas téléphoné. Sa fille était trop occupée par Flash pour s'en soucier mais la déception de Mallory devenait insupportable. Quand il fut l'heure de reconduire Violente chez elle, elle prévint Ines au cas où son mari chercherait à les joindre.

Mais à leur retour, elle apprit qu'il avait passé un bref coup de fil pour prévenir qu'il ne reviendrait probablement pas au palais avant vendredi. Quelque chose d'important le retenait au loin. Il n'y avait pas d'autre message.

Apolonia accepta facilement la nouvelle. Manifestement, seul le chiot lui importait. Mais Mallory fut anéantie. Rafael n'avait même pas essayé de la contacter sur le portable qu'il lui avait offert ! Très certainement, il était avec une autre femme. Maintenant qu'il savait sa fille entre de bonnes mains, il pouvait prendre du bon temps sans complexes.

Les mots qu'elle lui avait dits quelque temps auparavant revinrent à sa mémoire.

« Contrairement à une épouse, je ne vous poserai pas de questions sur vos fréquentations et vos occupations hors du palais. Je consacrerai ma vie à m'occuper d'Apolonia, vous mènerez la vôtre comme vous l'entendrez. »

Lorsqu'elle se coucha, elle trempa son oreiller de larmes pendant des heures. Par chance, le chiot hurla lui aussi toute la nuit, et ses cris couvrirent les sanglots de Mallory.

— Allô ?

— Ines, c'est Rafael à l'appareil. Je suis sur le chemin du retour. Tout va bien au palais ?

— Pas vraiment. Mauricio menace de poser sa démission.

— Mauricio ? Mais pourquoi ?

— Ce ne sont pas mes affaires, mais pour apaiser les esprits vous devriez demander à la *senhora* de ne pas cuisiner. Le chef pense qu'elle n'aime pas ce qu'il prépare. Elle et la petite ne prennent plus leurs déjeuners avec les clients. Je crois qu'elle tente de donner à Apolonia une nourriture plus saine. Mais Mauricio est furieux.

Rafael ne savait pas s'il devait en rire ou en pleurer.

Garder à son service des chefs de réputation mondiale était vital pour la bonne marche de ses palaces. Mais il était touché de voir que Mallory avait la santé de sa fille à cœur et se démenait pour lui offrir des repas simples et équilibrés. Lui-même regrettait cette vie familiale et chaleureuse.

— Je lui parlerai, Ines. Je serai là d'ici à une heure.

Il avait hâte de rentrer. Mardi matin, il avait dû quitter le palais si vite qu'il n'avait même pas eu le temps de noter le nouveau numéro de portable de sa jeune épouse. Mais il avait espéré qu'Apolonia tenterait de le joindre.

Malheureusement, la fillette n'avait pas cherché à l'appeler. Dans l'immédiat, le chiot était son unique centre d'intérêt. Cela signifiait également que Mallory se moquait d'avoir ou non des nouvelles de son mari. Sinon, elle aurait convaincu l'enfant de téléphoner à son père afin d'avoir une excuse pour lui parler.

Si elle n'éprouvait rien pour lui, comment avait-elle pu s'abandonner à ses caresses, l'autre soir ? Il se souvint d'une de leurs conversations.

— *Apolonia m'a dit que vous étiez amoureuse de quelqu'un et que vous l'épouseriez sur-le-champ s'il était libre.*

— *Mais il ne l'est pas, Rafael. Et ne le sera sans doute jamais. Votre fille sera mon unique priorité. Je m'engage à ne jamais l'abandonner. Je le préciserai dans l'acte, si vous voulez.*

Manifestement, elle lui avait dit la vérité.

Rafael prit une profonde inspiration.

Pour qu'Ines ne soupçonne quoi que ce soit d'anormal dans leur vie conjugale, il n'avait pas rappelé. Mais voilà près de trois jours qu'il n'avait pas tenu sa femme dans ses bras et il bouillait d'impatience. Il n'imaginait pas passer une journée de plus ainsi.

Quand il parvint au palais, le soleil commençait à décroître, embrasant l'océan de mille feux. La soirée était magnifique. Tous les clients de l'hôtel étaient en train de dîner, la plage était déserte.

Pourtant, comme il garait sa voiture, il aperçut un surf chevauchant les vagues. Il sortit de son véhicule pour regarder avec plus d'attention.

Cette fois, il distingua deux silhouettes qui fendaient l'écume sur une planche.

Son cœur commença à battre la chamade. C'était Mallory et Apolonia ! Il entendait leurs cris de joie.

Sans hésiter, il enfila un maillot et courut les rejoindre.

L'eau était excellente et après les tensions de ces derniers jours, un peu d'exercice lui fit du bien.

Comme il se rapprochait, il remarqua qu'elles portaient des gilets de sauvetage. Même une championne comme Mallory ne prenait pas de risques inutiles. Elle était vraiment une adulte responsable.

Il les rejoignit en quelques brasses.

— Vous reste-t-il une petite place pour moi ?

En le reconnaissant, toutes deux eurent un sursaut de surprise mais il ne vit que les yeux clairs de sa séduisante épouse posés sur lui, son sourire éclatant. Elle était heureuse de le savoir de retour, il en eut aussitôt la certitude. Rien d'autre n'importait.

Manifestement, sa fille s'amusait comme une folle.

— C'est génial, papa !

— En voilà une autre ! Accrochez-vous !

Tous trois furent soulevés par la vague et se laissèrent emporter par elle.

Lorsqu'ils parvinrent près du rivage, Rafael attrapa la fillette dans ses bras et l'embrassa.

— Tu m'as manqué, *querida.*

— Toi aussi, papa.

Il la porta jusqu'à la plage.

— Cela t'ennuie-t-il si je fais un tour avec Mallory pendant que tu nous attends sur le sable ? Puis nous irons retrouver ton chiot.

— Il m'aime, papa.

— Je n'en doute pas. A tout de suite.

Comme il rejoignait la jeune femme, son cœur s'accéléra dans sa poitrine à la vue de la joie peinte sur son charmant visage.

Il eut alors la révélation qu'une barrière invisible se dressait entre eux, mais, qu'une fois qu'ils l'auraient franchie, leur vie entière en serait changée.

Quand ils arrivèrent au large, elle tourna sa planche dans la bonne direction.

— On y va ? dit-elle.

Il se hissa près d'elle. L'eau était plus fraîche maintenant mais, en sentant son corps tout contre le sien, un feu intérieur l'embrasa.

Elle tremblait et il savait pourquoi. Elle ne parvenait pas à lui dissimuler le désir qu'elle éprouvait pour lui.

Comme elle commençait à pagayer pour prendre une vague, il la retint.

— Attends ! Laisse-moi profiter de ce petit moment seul avec toi.

Ils se laissèrent flotter sur l'eau, l'instant était magique.

— Tu m'as manqué, *amada,* murmura-t-il en enlaçant sa taille.

Poussé par une force qu'il ne maîtrisait pas, il posa les lèvres sur ses cheveux mouillés et l'embrassa.

— Si j'avais pu rentrer plus tôt, je ne me serais pas attardé là-bas. Mais un incendie a ravagé une des chambres. Nous ne savons pas encore s'il est ou non d'origine criminelle. J'ai dû rester tant que la police enquêtait, puis engager des ouvriers pour réparer les dégâts et discuter avec l'assureur… Tout cela a pris du temps.

— Je comprends. Maintenant, tu es rentré et tu vas pouvoir te détendre.

Cette réponse ne lui suffisait pas.

— Je veux savoir si je t'ai manqué aussi.

— Bien sûr.

— Suffisamment pour te donner envie de dormir avec moi cette nuit ?

Un frisson la parcourut.

— Je ne suis pas certaine que ce soit une bonne idée.

Il se tendit.

— Parce que tu es amoureuse d'un d'autre ?

— Parce que Lianor m'a dit que tu aimais toujours la mère d'Apolonia. L'autre nuit, reprit-elle, j'avais décidé de ne pas y penser. Mais depuis ton départ, j'ai eu le temps d'y réfléchir. J'ai très envie de faire l'amour avec toi, Rafael, mais je préfère perdre ma virginité avec quelqu'un qui sera fou de moi.

Stupéfait, il crut que son cœur s'arrêtait. Elle n'avait donc jamais approché un homme ? Cela signifiait qu'elle n'était pas la maîtresse de celui dont elle se prétendait amoureuse !

Sans lui laisser le temps de digérer cette information, Mallory se pencha en avant et se mit à ramer de ses bras avec une force qui le surprit. Il l'aida à s'élancer vers le haut de la vague.

Lorsqu'ils revinrent sur la plage, il lui murmura à l'oreille :

— Merci pour ce tour en planche, *amada*. Je ne l'oublierai jamais.

La fillette les rejoignit en courant. Malgré sa serviette sur les épaules, elle tremblait de froid.

— Ça t'a plu, papa ?

— Plus que ça, *querida*. Viens. Rentrons vite.

Il avait un plan pour ce soir. Plus tôt sa fille serait couchée, plus tôt il pourrait le mettre à exécution.

Dès qu'ils franchirent les portes de la suite, l'enfant le prit par la main.

— Viens voir mon chiot ! Je crois qu'il a déjà grossi.

— Cela ne m'étonne pas.

Comme Mallory se dirigeait vers la salle de bains, il lui lança :

— Après ta douche, rhabille-toi, d'accord ? Je veux t'emmener quelque part, ce soir.

— Très bien.

— Regarde, papa ! Tu ne trouves pas que Flash est encore plus mignon qu'avant ?

Rafael ne s'était absenté que trois jours, mais effectivement l'animal semblait avoir grandi. Il le caressa derrière les oreilles.

— C'est vrai. Réclame-t-il toujours sa mère ?

— Oui, mais maman trouve qu'il pleure moins la nuit.

— Tant mieux. Il commence sans doute à se sentir bien ici. Apolonia, pendant que nous sommes seuls, j'aimerais te demander un service.

La fillette le regarda d'un air interrogateur.

— Oui ?

— Je voudrais offrir une soirée spéciale à ta maman. Cela t'ennuie-t-il si Ines reste avec toi ce soir ? Bien sûr, si Flash pleure dans la nuit, tu devras te lever et t'en charger.

— Ça me ferait très plaisir. Où allez-vous ?

— C'est une surprise ! Mallory ne se doute de rien. Si je te le dis, tu promets de garder le secret ?

— Croix de bois, croix de fer…

Il lui chuchota quelque chose à l'oreille.

Heureuse de partager un secret avec son père, la fillette

afficha un grand sourire et reposa le chiot dans son panier pour aller prendre son bain.

Les deux femmes de sa vie étant occupées à se faire belles, Rafael en profita pour prendre sa valise dans le coffre.

En revenant, il s'entretint avec Vaz. Une fois ce dernier mis dans la confidence, il alla trouver Ines.

Il ne lui restait plus qu'une chose à faire : s'asseoir devant son écran d'ordinateur pour découvrir l'homme qu'Apolonia avait essayé de lui montrer un mois plus tôt.

A l'époque, la jalousie l'avait empêché de vouloir apprendre quoi que ce soit sur l'amoureux de Mallory. Mais depuis les révélations que cette dernière lui avait faites ce soir, tout avait changé.

10

Mallory n'avait aucune idée de l'endroit où son mari comptait l'emmener mais elle eut envie de s'habiller avec élégance. Après beaucoup d'hésitations, elle finit par passer le pantalon noir qu'elle portait le soir de son arrivée au Portugal assorti d'une veste courte et cintrée.

Rafael avait disparu. Quand elle se rendit dans la chambre d'Apolonia pour la coucher, elle fut surprise de la trouver en pyjama et sous le drap.

Elle s'assit sur le lit et l'embrassa sur le front.

— Tu es la fille la plus merveilleuse du monde. Je t'aime, ma chérie.

— Moi aussi, je t'aime, maman. Et Flash est le plus beau cadeau de ma vie. Merci encore de m'avoir permis de l'avoir.

— Il faudra surtout en remercier ton père.

— Je sais.

— Ce soir, il veut m'emmener quelque part. J'ignore où et combien de temps nous allons sortir. Cela t'ennuie-t-il de rester seule ?

— Ines va veiller sur moi jusqu'à votre retour.

Un grand sourire aux lèvres, Rafael entra à son tour dans la pièce.

— Eh oui, tout est organisé !

Il sortait de la douche, vêtu d'une chemise de sport et d'un pantalon de toile. Il était si séduisant que la jeune femme comprit qu'elle ne lui résisterait pas. Tout son corps, toute son âme le désiraient.

Tendrement, il embrassa sa fille.

— *Boa noite, querida.*

Puis il se tourna vers Mallory.

— On y va ?

Le cœur battant, elle leva les yeux vers lui.

— Oui. Bonne nuit, chérie, ajouta-t-elle.

Apolonia lui adressa un signe de connivence.

Comme elle aimait cette enfant !

— Je prends mon sac à main ? demanda-t-elle à Rafael.

— Inutile.

Dès qu'ils furent dans le couloir, il mêla ses doigts aux siens. Aux yeux du personnel et des clients de l'hôtel, ils étaient le couple de propriétaires sortant faire un tour avant d'aller se coucher.

Sans s'y attarder, Rafael l'entraîna de l'autre côté du palais vers l'escalier principal. Plus ils avançaient, plus elle devinait qu'il la conduisait dans la suite Alfama. Pourquoi ?

Quand il ouvrit le double jeu de portes, elle découvrit de nouveau les vers qu'elle y avait lus le jour de son arrivée au Portugal.

Offre-moi tes lèvres, mon amour
Serre-toi étroitement contre moi
Comme quand nous arpentions les ruelles
[d'Alfama.

Le commentaire de Lianor lui revint à la mémoire. « A mon avis, celui de nos ancêtres qui a recopié ce poème voulait rappeler à sa femme ses devoirs conjugaux. »

Son mari l'avait-il emmenée ici pour cette raison ? Ignorait-il qu'elle n'en avait pas besoin ? L'autre soir, n'avait-il pas senti qu'elle l'aimait plus que la vie ?

Lorsqu'il verrouilla les battants de bois pour s'enfermer avec elle à l'intérieur, elle se mit à trembler d'émotion et sa bouche devint sèche.

Debout dans la semi-obscurité, Rafael prit la parole.

— Après notre mariage, Isabel s'est très vite retrouvée enceinte. Tous les matins, elle avait de terribles nausées au point qu'elle a dû être hospitalisée. Ses malaises nous ont contraints à revenir vivre quelque temps dans sa famille.

— La pauvre !

— En plus, je travaillais beaucoup à l'époque. Heureusement, Maria, qui était au service de ses parents depuis plus de vingt ans, a accepté de s'occuper d'elle.

Inutile de se demander pourquoi la mort de la vieille femme avait été si traumatisante. Elle faisait partie de leur vie depuis le début.

— Certains jours, j'aurais donné n'importe quoi pour qu'Isabel n'attende pas de bébé. Quand, peu après la naissance, elle a été emportée par une pneumonie, je me suis senti coupable. Cette grossesse l'avait tellement affaiblie !

— Rafael…

Il prit une profonde inspiration.

— Cette année-là, nous avons traversé de nombreuses épreuves. Mes parents sont morts, ma sœur a connu une tragique histoire d'amour et je sais qu'elle m'en veut toujours. Je lui ai montré que Mateus n'était qu'un opportuniste mais…

— Tu as tort, Rafael. Elle t'en est, au contraire, reconnaissante. Tu l'as empêchée de vivre dans le chagrin toute son existence. Elle t'aime beaucoup. Elle m'a toujours parlé de toi en termes très positifs.

— Je suis ravi de l'apprendre.

— Et c'est vrai !

— Bref, comme tu le vois, ma fille a été mon unique rayon de soleil.

— C'est une merveilleuse enfant.

Avec un sourire, il hocha la tête.

— Après l'enterrement d'Isabel, je me suis installé dans la chambre qu'occupaient mes parents. Celle d'Apolonia est l'ancienne de Lianor. Maria dormait dans celle où j'ai grandi. Et puis j'ai travaillé comme un forcené pour oublier mes chagrins.

Il promena les yeux autour de lui.

— Mon père n'a jamais voulu ouvrir cette suite aux touristes mais j'étais certain qu'elle attirerait les clients. Voilà pourquoi je l'ai rénovée. Manifestement, j'ai bien fait. Les membres des familles régnantes comme les chefs d'Etat m'offrent des ponts d'or pour séjourner ici.

— Je me sens très honorée d'y avoir dormi !

— Lianor y tenait.

— Elle a beaucoup de chance d'avoir un frère aussi attentif.

— Tu crois ?

— Je le sais.

Un long moment, il l'observa en silence avant de poursuivre.

— Pour te résumer, mon travail a fini par porter ses fruits et m'a permis d'acheter un autre relais château puis un troisième et, depuis quelques années, les affaires marchent bien. L'argent ne fait certes pas le bonheur, mais il me donnait le sentiment de ne pas avoir tout raté et de pouvoir au moins garder Apolonia et Lianor à l'abri du besoin. Maigre consolation, me diras-tu, mais c'était mieux que rien.

Quand il posa sur elle un regard brûlant, elle sentit son cœur battre la chamade.

— Mais cette sombre époque appartient désormais au passé, Mallory. Aujourd'hui, je me sens différent et tout a changé. Lorsque je t'ai vue sortir de l'eau avec ma fille dans les bras et la sauver, j'ai compris que l'amour était revenu dans ma vie. J'ai eu alors l'impression d'un tremblement de terre, d'un raz de marée. Et j'ai senti que si tu ne m'aimais pas en retour, je serais détruit.

Mallory ne parvenait plus à respirer.

— J'ai lutté contre la passion dont j'étais la proie, je t'ai combattue parce que ton pouvoir sur moi et sur Apolonia était absolu. Je savais quelle brillante femme d'affaires tu étais, quelle carrière formidable tu menais, j'avais peur de ta réussite, de ta force, d'être méprisé. Lianor a été la première que tu as ramenée à la vie. Après sa déception avec Mateus, elle était intérieurement détruite. Que tu l'aides comme tu l'as fait m'a fait éprouver à la fois une grande gratitude et de la rancune parce qu'elle prenait des distances avec moi. Depuis ton arrivée, notre complicité de toujours a volé en éclats. Puis nous avons perdu Maria…

— Je suis désolée, Rafael.

— Comme si cela ne suffisait pas, ma fille m'a raconté que tu étais amoureuse d'un autre et que tu l'épouserais si tu le pouvais. J'étais anéanti.

A ces mots, elle sentit un délicieux frisson la parcourir.

Il se rapprocha.

— Pourquoi as-tu laissé Apolonia te croire entichée d'un bellâtre américain ? Je pensais qu'il s'agissait du type que nous avions aperçu devant ton immeuble. Et ce soir, j'ai été voir le site dont m'avait parlé la petite et j'ai découvert… Flash Gordon !

Les joues de Mallory s'enflammèrent.

— Je vais t'expliquer.

— Je t'écoute.

Elle déglutit avec peine.

— Je m'étais connectée sur Internet pour lui présenter les attractions de Disneyland et puis j'ai eu envie de lui montrer un de mes personnages de bandes dessinées préférés. Et la photo de l'acteur qui a incarné ce héros à l'écran est apparue.

— Mais il est mort depuis plusieurs années !

— C'est vrai. J'ai expliqué à Apolonia que j'aimerais bien l'épouser mais qu'il n'était pas disponible. Je ne savais pas si elle prendrait mes propos au pied de la lettre ou pas. Mais quand tu as sauté sur la mauvaise explication et qu'elle ne t'a pas contredit, je me suis dit qu'il valait mieux que tu me penses amourachée d'un autre.

— Pourquoi ?

— Pour que tu ne me croies pas amoureuse de toi.

— Mais l'étais-tu ?

Elle le regarda en face. Rafael l'avait attrapée avec son lasso. A présent, l'heure de vérité avait sonné.

— Oui.

— Merci, mon Dieu ! J'ai connu mille morts tant j'en ai douté !

— Moi aussi, j'ai souffert. Ta sœur m'avait parlé de ton amour fou pour Isabel, je ne pouvais pas imaginer faire naître des sentiments aussi forts.

— Je ne t'aime pas de la même manière. Vous êtes deux femmes différentes, venues de deux mondes radicalement opposés. J'ai ressuscité sur cette plage, le jour où tu as sauvé mon enfant. Tu es devenue mon obsession. Quand Lianor m'a appris que tu étais repartie pour la Californie, je te jure que j'ai eu envie de mourir.

— Et de mon côté, lorsque la réceptionniste m'a contactée pour me prévenir que tu m'attendais en bas avec ta fille, j'ai eu l'impression de renaître, je te promets que c'est vrai. Je t'aime, Rafael. J'aurais fait *n'importe quoi*, accepté *tout et son contraire* pour être à *toi* ! Si le chiot n'avait pas commencé à pleurer…

— Ne me le rappelle pas !

Avec fougue, il la prit entre ses bras puissants.

— Merci, mon Dieu, tu m'aimes et tu ne vas pas me quitter. Tu sais, je n'ai jamais eu l'intention de trouver quelqu'un d'autre pour remplacer Maria, pas depuis que je te connais.

Elle enfouit son visage dans son cou.

— J'avais dans l'idée de te devenir indispensable pour que tu me veuilles à tes côtés la vie entière. Je t'adore, mon chéri. Aime-moi.

Il gémit de plaisir.

— Je vais te faire l'amour jour et nuit jusqu'à mon dernier souffle, ici, dans notre nouvelle maison.

Etonnée, Mallory le regarda.

— Comment cela « notre nouvelle maison » ?

— Désormais, nous allons vivre dans cette suite Alfama.

— Je ne comprends pas. Tu en as besoin pour…

— J'ai surtout besoin de garder mes chefs, dit-il en riant.

Il prit sa bouche et l'embrassa passionnément avant de la porter jusqu'au grand lit.

— J'ai entendu dire que, non contente d'avoir bouleversé ma vie, tu avais également mis le palais en émoi en confectionnant des repas.

— Je veux tout faire pour toi, y compris la cuisine !

Il lui sourit de ce sourire en coin dont elle ne se lasserait jamais.

— Comme cette suite en possède une, j'ai décidé que tu pourras y concocter de bons petits plats pour ton seigneur et maître.

— C'est ce que tu es pour moi, jusqu'à la fin des temps.

— Je t'aime, Mallory. Tu as transformé mon existence et celle d'Apolonia. Tu as fait de nous des gens heureux. Nous allons nous retrouver chaque jour autour de la table familiale, je rêve depuis si longtemps d'une vraie vie de famille !

— Oh, Rafael…

Euphorique, Mallory couvrit son visage de baisers.

— Je suis folle de toi, *amado*. Bientôt, je pourrai te le dire en portugais, ta langue est tellement plus belle que la mienne. Je suis si amoureuse que j'aimerais le hurler au monde entier.

— Crie autant que tu veux, *amada*. Les murs sont épais, personne ne t'entendra sauf moi. Et j'en ai tellement envie.

Leurs bouches se trouvèrent et ils s'embrassèrent avec passion, mais Rafael s'interrompit brusquement.

— Attends, il nous reste un point très important à discuter.

Elle leva la tête. Ses prunelles noires la dévisageaient si fixement qu'elle se mit à trembler.

— Oui ? De quoi ?

— Désires-tu des enfants ?

— Des dizaines ! J'ai envie de câliner nos bébés.

Devant son expression angoissée, elle ajouta avec un sourire :

— Je suis forte et en bonne santé. Et Apolonia m'a déjà confié qu'elle aimerait des frères et sœurs.

Il prit son visage entre ses mains.

— S'il t'arrivait quelque chose…

— Ne t'inquiète pas, mon chéri. Je t'aime, tout ira bien.

— Oui, reconnut-il.

Lentement, ils commencèrent à faire l'amour. Contrairement à la première fois, ils prirent le temps de savourer la flamme qui les consumait jusqu'à l'explosion qui les emporta en même temps dans un ailleurs inexploré.

— Rafael ? As-tu entendu ?

— Entendu quoi ? murmura-t-il d'une voix ensommeillée en la serrant plus fort contre lui.

Après une nuit de folle passion, ils s'étaient endormis dans les bras l'un de l'autre.

— Quelqu'un frappe à la porte.

— N'y prête pas attention. Nous avons mieux à faire.

Insatiable, il reprit sa bouche.

— Mais je ne peux pas, protesta-t-elle, tentant de ne pas succomber à ses caresses. Cela doit être Apolonia.

— Ines la surveille.

— Chéri, il est 11 heures du matin !

— Je m'en moque. C'est ma nuit de noces !

Les tambourinements s'intensifièrent.

— Personne n'insisterait à ce point à l'exception de ta fille, murmura-t-elle. J'ai envie d'y aller mais je n'ai même pas de robe de chambre à enfiler.

Devant son sourire coquin, elle se sentit fondre.

— J'aimerais que tu ne t'habilles jamais, au moins quand nous sommes seuls. Tu es si belle, *amada* !

Avec un soupir, il l'embrassa avant de se lever.

— Garde le lit chaud, je vais voir ce qu'elle veut.

Quand Rafael ouvrit les portes, la fillette le dévisagea, les yeux brillants.

— *Bom dia*, papa. Je viens vous rendre visite. Tout a bien marché ? s'enquit-elle à mi-voix.

Un grand sourire éclaira les traits de son père.

— Entre vite le vérifier par toi-même, *querida* !

A sa suite, elle pénétra dans la chambre.

Mallory l'accueillit avec chaleur.

— Viens, chérie ! Comment va Flash, ce matin ?

— Il est trop mignon ! Je l'ai mis dans mon lit. Il s'est endormi avec moi.

— J'ai l'impression que tout le monde est heureux, remarqua Rafael en enlaçant sa jeune épouse.

— Tu es ma vraie maman, maintenant, hein ?

— Oui, et tu es devenue mon enfant.

Tout à leur joie, elles s'embrassèrent en riant.

— Allons-nous avoir un bébé un jour, comme les parents de Violente ?

Mallory se mit à rougir.

— Oui, déclara Rafael. Et le plus tôt sera le mieux. Ce qui signifie qu'il nous faudra déménager. Nous allons nous installer dans la suite Alfama. Cela te plaît-il ?

— J'ai toujours rêvé de vivre ici !

— Je l'ignorais. Quelle chambre veux-tu ?

Comme la fillette courait dans l'appartement faire son choix, Rafael profita de son absence pour embrasser de nouveau sa femme.

Il l'étreignait encore quand Apolonia revint.

— Est-ce que je peux prendre la salle de musique ?

— Excellente idée, *querida*. Cette pièce est grande et ensoleillée. Le petit salon sera transformé sous peu en nursery.

— C'est parfait ! s'exclama l'enfant. Je vais tout de suite appeler Violente pour tout lui raconter.

— Ne lui dis rien encore à propos de notre futur bébé !

— Pourquoi ?

A ces mots, Mallory éclata de rire, bientôt imitée par Rafael.

— Parce qu'il faut un peu de temps pour en faire un, lui rappela-t-il.

— Alors dépêche-toi, papa !

— Oui, dépêche-toi, mon amour ! Mes parents ont tellement envie de devenir grands-parents !

— J'allais oublier ! s'écria Apolonia. *Tia* Lianor a téléphoné tôt ce matin, elle voulait te parler, papa. J'ai donc dû lui expliquer que tu dormais dans la suite Alfama avec maman parce que tu l'aimais plus que la vie.

Rafael et Mallory se regardèrent, un peu effarés.

— Et qu'a-t-elle répondu ?

— Elle a pleuré de bonheur. Puis elle a raccroché. A tout à l'heure ! Je reviendrai avec Flash pour lui montrer sa nouvelle maison.

Dès que sa fille fut partie, Rafael retira son peignoir et se glissa sous les couvertures.

— Je suis heureux de vivre chez nous avec toi, mon amour.

— Moi aussi, chéri.

Elle l'embrassa avec passion.

— A propos de Lianor…

— Plus tard.

Mallory agissait sur lui comme une drogue. Il ne parvenait pas à se rassasier d'elle et n'était pas d'humeur à discuter. Mais la jeune femme insista.

— Je crois que je vais lui demander de conduire Apolonia et Violente à leur cours de tennis mardi. Leur moniteur est si beau qu'elle aura une attaque en le voyant. Il est célibataire, c'est un ancien champion mais un accident de voiture l'a contraint à renoncer à la compétition. A présent, il dirige une société informatique et entraîne les enfants par plaisir.

— Parfait, l'interrompit-il en reprenant sa bouche. Maintenant, je veux me convaincre que la nuit dernière n'était pas un rêve, que mon épouse adorée n'est pas le fruit de mon imagination. Aime-moi, *amada*. Aime-moi comme si demain n'existait pas.

— Oui, mon seigneur et maître !

Il éclata de rire tandis qu'elle mettait tout en œuvre pour le convaincre qu'il était plus important à ses yeux que l'ancien occupant de cette suite, le roi Pedro II !

JACKIE BRAUN

Un week-end de mariage

Traduction française de
MARIE-CHRISTINE DERMANIAN

HARLEQUIN

Titre original :
INCONVENIENTLY WED !

Ce roman a déjà été publié en 2011.

1

Pour une femme comme Serena Warren, Las Vegas avait des allures de paradis. A son image, tout y était démesuré, excessif, et son seul regret était que son séjour dans cette ville mythique se limite à un seul week-end, placé sous le signe de la solidarité féminine. En compagnie de Molly Hunter, Alexandra Lowell et Jayne Cavendish, ces deux jours étaient destinés à distraire cette dernière, qui venait d'essuyer un cuisant échec sentimental. Son fiancé, un sinistre individu, la trompait depuis un certain temps et elle venait à peine de le découvrir.

Arrivées le vendredi soir, les jeunes femmes n'avaient pas ménagé leurs efforts pour lui changer les idées et en avaient été récompensées par ses quelques éclats de rire, au cours du périple qui, depuis leur arrivée, les avait emmenées du salon de beauté aux rues animées de la ville.

A présent, le jour déclinait et l'humeur de Jayne semblait faire de même. Même les propositions alléchantes de ses amies ne parvinrent pas à la tenter, et elle leur annonça qu'elle passerait la soirée à l'hôtel, profitant ainsi des bienfaits de la piscine et du spa.

Alex, qui partageait sa chambre avec elle, déclara que ce programme lui convenait à merveille : non seulement, cela lui permettait de tenir compagnie à Jayne mais, de plus, elle pourrait ainsi prendre le temps de réfléchir : le propriétaire de l'Hôtel McKendrick, où elles séjournaient, lui avait en effet proposé un emploi dans l'établissement. Il s'agissait là d'une chance merveilleuse, elle en était consciente mais, si elle la saisissait, elle devrait occuper le poste dans les heures à venir et ne rentrerait donc pas à San Diego avec ses amies.

Molly et Serena se mirent à envisager, elles aussi, de passer la soirée à l'hôtel mais Alex s'empressa de les en dissuader.

— Pas question ! Profitez-en donc pour quatre, ensuite vous nous raconterez votre soirée.

Serena n'hésita qu'un instant avant de répliquer :

— Bon, puisque vous insistez…

— Et soyez sages, précisa Jayne avec un demi-sourire.

— Promis !

Une heure plus tard, Serena avait tout oublié de cette promesse, lancée à la hâte. Debout dans l'entrée de l'un des salons bondés du Bellagio, elles patientaient, Molly et elle, en attendant qu'une table se libère.

Se tournant vers les spectaculaires fontaines qui contribuaient à la célébrité du Bellagio, elle lança avec un sourire espiègle :

— Crois-tu que je déclencherais une intervention de la police si je décidais de m'y baigner ?

Molly fronça le nez.

— J'aime autant que nous n'ayons pas l'occasion de le vérifier !

— Je n'ai pas dit que j'envisageais de passer à l'action ! Je m'interrogeais, simplement…

— Tant mieux.

Regardant autour d'elle, Molly poussa un soupir.

— Je regrette que Jayne et Alex ne soient pas venues avec nous.

— Moi aussi. Crois-tu que Jayne apprécie ce week-end ?

— Autant que faire se peut, compte tenu des circonstances.

— Si je me retrouve nez à nez avec ce…

Molly tendit la main pour l'interrompre.

— Ne perdons pas notre temps à parler de cet individu, il ne présente aucun intérêt. Félicitons-nous plutôt qu'elle ait découvert sa véritable nature *avant le mariage* !

— Bien sûr, mais je suis furieuse que Rich s'en tire si

bien : il a fait souffrir Jayne, l'a humiliée, et pour lui la vie continue comme si de rien n'était !

— La roue finit toujours par tourner… répliqua Molly, philosophe.

— J'espère bien ! Et je ne demande qu'à être présente quand cela arrivera, voire même, la pousser un peu !

Molly soupira.

— Les hommes peuvent parfois être si stupides… Mais, hélas, j'envisage mal la vie sans eux !

— Surtout certains d'entre eux, précisa Serena, l'œil rivé sur un superbe spécimen mâle aux cheveux blonds.

A peine l'eut-elle repéré qu'il disparut, comme absorbé par la foule.

Au moment où il approchait de l'un des bars du Bellagio, le regard de Jonas Benjamin fut attiré par une jeune femme près de l'entrée. Difficile de ne pas remarquer sa chevelure flamboyante, ses jambes longues et fines gainées de jean et ses sandales léopard à talons hauts ! Complaisamment, il laissa son regard s'aventurer vers une poitrine aux rondeurs harmonieuses, mises en valeur par un chemisier en voile noir.

Son visage, lui non plus, ne pouvait laisser indifférent : des pommettes hautes, des yeux immenses, ourlés de longs cils et des lèvres pulpeuses maquillées d'un rouge franc et brillant.

Malgré la fascination qu'exerçait sur lui le physique de cette inconnue, le désir qu'elle suscita en lui le prit au dépourvu. Aussi attirante soit-elle, elle ne correspondait en rien au style de femmes qui lui plaisait habituellement : ses goûts l'orientaient en général vers des jeunes personnes discrètes, élégantes, portant aux oreilles des perles ou de fines créoles en or et non ces… pendeloques argentées qui lui frôlaient les épaules au moindre geste.

Plus étrange encore, Jonas se sentait presque hypnotisé par le mouvement de ces longs pendentifs, voire par la jeune femme elle-même, à vrai dire. Elle lui apparaissait comme une évidence qu'il avait toujours attendue.

Se frottant les yeux, il détourna le regard. Décidément, il

travaillait trop ces derniers temps et la campagne qu'il menait depuis quelques mois pour les élections municipales ne devait pas être étrangère à ce surmenage. L'échéance approchait et le rythme des réunions s'était accéléré ces dernières semaines, ne lui laissant guère de temps libre. Les rencontres agréables ne bénéficiaient d'aucun créneau dans ce planning !

Ce samedi, à 23 heures, il venait à peine de sortir d'un rendez-vous avec Jameson Culver, son directeur de campagne. Durant cinq longues heures, ils avaient passé au crible les chiffres d'un sondage récent, qui lui donnaient une petite longueur d'avance sur son principal adversaire.

Novice en politique, Jonas n'était pas peu fier d'être épaulé par un fin stratège, mais il n'en restait pas moins vrai que Jameson était d'un ennui abyssal, totalement dépourvu d'humour. Par moments, il en arrivait même à le trouver plus autoritaire que son père, Corbin Benjamin, ce qui n'était pas peu dire. Après avoir exercé deux mandats de gouverneur dans les années quatre-vingt-dix, son géniteur avait été élu au Congrès, où il siégeait toujours.

— Si tu espères un jour tenir les rênes de l'Etat, ou accéder à Washington, un simple poste au conseil d'aménagement de la ville ne suffira pas à ton parcours ! se plaisait à lui répéter son père. Par contre, la mairie serait un bon début.

Un bon début et aussi une bonne fin... Jonas pensait posséder de réelles aptitudes pour le poste de maire et envisageait des changements positifs à Las Vegas s'il était élu, mais, bien que son père refuse de l'admettre, ses ambitions politiques ne dépassaient pas ce stade.

Il tira sur sa cravate rayée pour en desserrer le nœud. Il avait besoin de se détendre, de boire un verre, et c'est pourquoi il se trouvait ici ce soir. Peu d'habitants de Las Vegas fréquentaient ces lieux, et la clientèle, composée pour l'essentiel de touristes, représentait pour lui un réel dépaysement..

Du coin de l'œil, il remarqua qu'un couple partait et se dirigea vers la table qui se libérait, en même temps que la jeune femme rousse qui avait retenu son attention. Elle était accompagnée d'une jolie brune.

— Oh… Vous essayez de nous prendre de vitesse ? Ce n'est guère galant !

La douceur de sa voix contrastait avec son apparence, Jonas se serait plutôt attendu à des sonorités un peu rocailleuses…

— Pourquoi ne partagerions-nous pas cette table ? suggéra-t-il avec un sourire. Je vous offre un verre ?

— Hum…

Inclinant la tête de côté, ce qui fit tinter ses longues boucles d'oreilles, elle fit semblant d'étudier sa proposition.

— Je ne suis pas certaine que notre conversation vous passionne, conclut-elle avec une petite grimace.

— J'ai une sœur, je suis habitué et, ce soir, je suis prêt à tout pour simplement trouver une place assise…

« Tu ne mens pas, n'est-ce pas, Jonas ? » chuchota sa conscience.

La jeune femme rousse éclata d'un rire léger, aussi pétillant qu'une coupe de champagne.

— Qu'y a-t-il de si drôle ? ne put-il s'empêcher de demander.

Sa compagne brune prit la parole.

— Je doute fort que vous teniez à le savoir !

Elles échangèrent un regard complice et éclatèrent de rire.

— Ah ? insista-t-il, se prenant au jeu. Vraiment ?

— Ma foi… nous discutions du sort que nous aimerions réserver à certains éléments de la gent masculine !

— Je n'en fais pas partie, j'espère ?

— Non, le rassura-t-elle. Du moins… pas encore !

De nouveau, le rire les réunit.

— Tenez-vous toujours à ce que nous partagions la table ? lança la brune.

— Pourquoi pas ? J'aime vivre dangereusement.

Détaillant du regard sa tenue, des plus conventionnelles, la rousse haussa un sourcil.

— Vraiment ? remarqua-t-elle, dubitative.

— Les apparences sont souvent trompeuses.

Les jeunes femmes échangèrent un regard de connivence dont le sérieux le surprit un peu. Il décida de ne pas y prêter attention et se rapprocha d'elles, la main tendue.

— Jonas.

La jeune femme rousse fut la première à réagir.

— Serena.

Serena. Un prénom charmant, bien que peu adapté. Si cette attirante créature à la chevelure de feu lui inspirait un sentiment, ce n'était certes pas la sérénité. Cette simple poignée de main avait suffi à raviver l'étonnant désir qu'il avait ressenti dès qu'il l'avait vue.

Elle lui lâcha la main, l'air surpris, et il s'aperçut alors qu'il l'avait gardée serrée dans la sienne bien plus longuement que nécessaire.

— Je… Voici…, commença-t-elle tournée vers son amie.

— Molly, enchaîna celle-ci, plus amusée que vexée par la brusque amnésie de son amie.

— Enchanté, Molly.

Il serra la main de l'exquise brune mais ne ressentit rien de particulier, en tout cas, rien de comparable aux ondes électriques qui l'avaient traversé il y a quelques secondes. Pourtant, avec son apparence soignée, la dénommée Molly se rapprochait davantage de son idéal féminin.

Ils prirent place autour de la table et un serveur se matérialisa aussitôt pour la nettoyer et emporter les verres des consommateurs précédents.

— Alors, reprit Jonas lorsque celui-ci se fut éloigné, comment se déroule votre séjour au Bellagio ?

— En fait, nous logeons au McKendrick, déclara Molly.

— Comment savez-vous que nous sommes touristes ? lança Serena.

— Simple intuition.

Jonas serra le poing pour résister au désir incongru de jouer avec l'une de ses boucles d'oreilles et sut gré au serveur de revenir avec des cartes qu'il leur tendit.

Après avoir ouvert machinalement la sienne, Serena sourit et, du menton, désigna sa cravate.

— Je suppose que vous êtes ici pour assister à une réunion de travail ? Seriez-vous comptable, par hasard ?

— Plus ou moins.

— Plutôt oui ? s'exclama-t-elle.

— Non.

Tourné vers le serveur, il ajouta :

— Ces dames n'ont pas encore choisi. Je prendrai pour ma part un bourbon pur.

— Et moi un Martini-gin, déclara Serena avec entrain.

— Je me contenterai d'une bouteille d'eau gazeuse, demanda Molly. Bien fraîche, s'il vous plaît.

Surpris par ce choix, Jonas reporta son attention sur elle.

— De l'eau seulement ?

— Oui. Je sens arriver une sérieuse migraine…

Elle accompagna ces mots d'une légère grimace et, du bout des doigts, se massa les tempes.

— C'est un phénomène assez fréquent à Las Vegas, dit-il avec une moue de commisération. Il faut essayer d'avancer à son propre rythme, sans se laisser aller à la folie ambiante…

— Se montrer raisonnable à Las Vegas ? protesta Serena en levant les yeux au ciel. Quelle hérésie ! Je remarque que vous avez dénoué votre cravate, Jonas, signe incontestable de décontraction. Mais vous arrive-t-il parfois de vous détendre complètement ?

— Avez-vous déjà oublié ce que je vous ai dit, à propos des apparences ? plaisanta-t-il, étonné de se prendre au jeu.

— Voyons, à quand remonte votre dernière folie ?

— Ma dernière folie ?

— Oui, vous avez bien entendu !

Le voyant porter la main à sa cravate, elle grimaça.

— J'espère que vous avez fait mieux dans votre vie !

Aux yeux de Jonas, desserrer le nœud de sa cravate ne représentait pourtant pas un geste négligeable. La spontanéité n'avait jamais été son fort : il avait coutume de peser, mesurer, analyser chacun de ses actes et de ses mots. Cela lui avait toujours été utile, dans sa profession. Outre ses récentes aspirations aux fonctions de maire, il exerçait le métier d'avocat d'affaires et, de ce fait, était habitué à examiner les documents qui lui étaient confiés et les pièges qu'ils pouvaient receler pour ses clients.

— Alors ? insista Serena avec un sourire éclatant, j'attends !

Attiré par la bouche de la jeune femme, le regard de Jonas, fasciné, s'attacha à ses lèvres pleines, d'un rouge cerise éclatant.

— Ceci, par exemple !

Vif comme l'éclair, il s'approcha de la jeune femme et effleura d'un baiser cette bouche irrésistible puis s'écarta vivement d'elle, comme brûlé par ce contact. Sidérés, ils se dévisagèrent pendant que, discrètement, Molly fixait ses ongles avec une attention soutenue.

Jonas fut le premier à réagir.

— Vous en restez sans voix ? ironisa-t-il, ravi de constater que Serena n'avait toujours pas retrouvé sa belle assurance.

Après une profonde inspiration, sans le quitter du regard, elle sourit lentement.

— Je dois admettre que vous aviez raison : il ne faut pas se fier aux apparences !

Cet homme en costume sombre et chemise blanche était à l'opposé du genre qu'elle trouvait attirant, et rien ne l'avait préparée à ressentir un tel choc lorsqu'il lui avait volé un baiser.

Souriant toujours, elle s'adossa à son siège et enveloppa sa carrure d'un long regard appréciateur. Pour quelqu'un qui, de toute évidence, travaillait dans un bureau, cet individu avait une bien jolie musculature.

Molly toussota et, sous la table, chercha le pied de son amie pour l'inciter à un peu plus de modération. Grimaçant, elle posa ensuite les mains sur les accoudoirs du fauteuil et regarda ses compagnons.

— Je suis désolée mais je pense que je vais devoir vous fausser compagnie.

— Sans même attendre votre consommation ? s'étonna Jonas.

— Je regrette, mais la migraine devient insupportable.

Serena, incapable de cacher sa déception, prit son sac, prête à se lever.

— Eh bien, Jonas, c'était une rencontre…

— Intéressante ? suggéra-t-il.

Elle hésita, puis sourit.

— En effet.

Elle se redressait déjà quand Molly intervint.

— Tu n'es pas obligée de m'accompagner, Serena. Enfin…

c'est à toi de décider, bien sûr, mais je suis tout à fait capable de rentrer seule.

— Mais non, je pars avec toi, insista-t-elle d'une voix peu convaincue.

Le serveur se présenta avec les boissons.

— Le Martini-gin est pour…

— Mademoiselle, fit Molly en désignant son amie, à laquelle elle fit signe de se rasseoir. Non, je t'assure, prends au moins le temps de déguster la boisson que tu as commandée.

— Mais…

Serena adressa un regard discret à Jonas. A quoi bon chercher à se voiler la face ? Elle n'avait, en effet, aucune envie de rentrer à l'Hôtel McKendrick.

— Tu es sûre que ça ne t'ennuie pas, Molly ?

— Certaine. Passez une bonne soirée !

Elle tourna les talons et s'éloigna tandis que le serveur posait devant Jonas un verre de bourbon.

Après son départ, Serena et Jonas restèrent plongés dans le silence mais les regards qu'ils échangeaient étaient éloquents.

Gênée par ce mutisme qui se prolongeait, Serena décida de le rompre.

— De quelle région êtes-vous originaire ? demanda-t-elle à Jonas.

— Je suis un pur produit de Las Vegas : j'y suis né et j'y ai grandi. Et vous ?

Serena était la fille d'un officier de marine et le métier de son père l'avait menée un peu partout dans le monde, au gré de ses affectations. Son dernier poste les avait conduits en Californie du Sud et, en dépit de sa nature remuante, elle avait été ravie de pouvoir enfin poser ses valises, au propre comme au figuré.

Entre autres points communs, Jayne et elle avaient un père militaire.

— Depuis un certain nombre d'années, je me sens chez moi à San Diego.

— Jolie ville, avec de belles plages, ainsi qu'une vie nocturne assez animée.

— Vous avez l'air de bien connaître les lieux.

— J'y suis allé une seule fois, quand j'étais étudiant.

Cette réponse la déçut. Sottement, elle s'était imaginé qu'il effectuait de fréquents séjours à San Diego et que, peut-être, ils auraient ainsi l'occasion de se revoir.

— Je suppose que peu de natifs de Las Vegas habitent la ville ? observa-t-elle.

Jonas sourit.

— Il en existe quelques-uns et, au cas où vous vous poseriez la question, sachez que nous ne travaillons pas tous dans des casinos !

— Dans quel secteur travaillez-vous ?

— Je suis avocat.

Avocat… Jamais jusque-là elle n'en avait croisé qui suscite son intérêt. Il aurait fallu, pour cela, qu'il soit plutôt bohème et défenseur des causes perdues.

— A voir l'expression de votre visage, je pourrais penser que vous ne portez pas cette profession dans votre cœur.

Sans lui laisser le temps de répondre, il enchaîna :

— Dans ce cas, sans doute devrais-je éviter de vous parler de mes aspirations politiques ?

Avocat et homme politique ? Etait-il possible d'être plus conventionnel que cela ? Serena pinça les lèvres en se demandant ce qu'elle attendait pour se lever et prendre ses jambes à son cou…

Au lieu de cela, elle porta son verre à ses lèvres et avala une petite gorgée avant de fixer son regard sur son interlocuteur.

— Des aspirations politiques ? Lesquelles ?

— Je brigue le poste de maire de Las Vegas.

— Non ? s'étonna-t-elle, les yeux écarquillés.

— Si…

— Mais pourquoi ? Je veux dire… Pour quelle raison cette fonction vous attire-t-elle ?

— Je pense avoir quelque chose à offrir à cette ville. Voyez-vous, Las Vegas ne se résume pas au tourisme et aux casinos, les habitants y ont des préoccupations légitimes, au même titre que les entreprises qui y ont leur siège.

Adossée à son siège, la jeune femme le regardait, remarquant la passion avec laquelle il s'exprimait, cette même ardeur qu'elle avait perçue lorsqu'il l'avait l'embrassée. Comme il le lui avait dit et répété, les apparences étaient souvent trompeuses !

— Et vous, Serena, quelle est votre profession ?

— Je suis pâtissière, pour être plus précise décoratrice de gâteaux.

Elle se tut et retint son souffle, s'attendant à une remarque désobligeante. Dès qu'elle avait fait part de son choix professionnel, ses parents ne s'en étaient pas privé et toute occasion était bonne pour lui rappeler à quel point elle les avait déçus.

— Vraiment ? répondit-il. Quel métier délicieux !

Le jeu de mots était trop facile et il s'empressa de s'en excuser.

— Désolé, c'était trop tentant.

Il ponctua ces mots d'un sourire et reprit :

— Voyons, expliquez-moi ce qui vous a mise sur cette voie, ce qui vous a attirée.

— L'aspect créatif, lui répondit-elle sans hésiter. Les clients entrent dans la boutique, fournissent quelques détails sur l'événement à célébrer et je n'ai plus ensuite qu'à laisser libre cours à mon imagination en tenant compte, bien sûr, de leurs préférences.

— Si j'ai bien compris, vous créez des œuvres d'art comestibles ?

Elle acquiesça, satisfaite. Jonas avait parfaitement cerné l'essentiel de son activité.

La soirée se déroula sans que Serena voie les heures s'écouler, ce n'est que deux heures plus tard qu'elle se dit qu'il était temps de rentrer à son hôtel. En fait, elle n'avait aucune envie que la soirée prenne fin, et cette constatation lui sembla à la fois déroutante et effrayante. Ses dernières relations avaient été des plus brèves et dépassaient rarement le premier rendez-vous.

La compagnie masculine ne lui déplaisait pas, loin de là, mais elle n'envisageait pas de fonder tous ses espoirs de bonheur sur un homme. L'exemple de ses parents lui avait suffi. Durant ces trente dernières années, Susanne et Buck Warren semblaient s'être fixé pour but de se rendre mutuellement malheureux et, afin de ne pas être les seuls, avaient entrepris de transformer la vie de leur fille unique en enfer.

— Pourquoi cet air soudain sérieux ? interrogea Jonas.

— Oh ! Je me demandais où était passé le temps !

Il eut un rire léger.

— Je vois très bien ce que vous voulez dire. Je suis moi-même passé ici avec l'intention de boire un verre en vitesse avant de rentrer chez moi. J'étais épuisé, et j'avais envie de me détendre.

— La journée a été longue ?

— Interminable.

— Vous êtes pourtant encore là…

— En effet, et je ne me sens plus du tout fatigué.

— Grâce à notre brillante conversation, je présume !

Au cours de la conversation, chacun d'eux s'était ouvert à l'autre de ses projets, Jason exposant ses raisons de se lancer en politique et Serena lui faisant part de son désir d'ouvrir un jour sa propre boutique. Une fois ces sujets sérieux épuisés, ils avaient abordé les spectacles, la musique et avaient tourné en dérision les prestations de certains nouveaux groupes. Serena s'était même laissée aller à imiter la gestuelle de célèbres chanteuses, sur scène.

— Il y a longtemps que je ne m'étais pas autant amusé. J'ai pris beaucoup de plaisir à bavarder avec vous, Serena.

— Un plaisir partagé, répliqua-t-elle avec un sourire.

Faisant tourner entre ses mains son verre presque vide, Jonas ajouta :

— Je n'ai pas pour habitude de parler à une inconnue dans un bar, encore moins de l'embrasser.

Il leva les yeux sur elle.

— C'est très bizarre. J'ai l'impression de bien vous connaître, alors que je ne connais même pas votre nom de famille.

— Warren.

— Le mien est Benjamin.

— Sachez donc, Jonas Benjamin, que je n'ai pas moi-même coutume de me laisser embrasser par le premier venu dans un bar.

— Je me réjouis donc que vous ayez fait une exception.

Il accompagna ces mots d'un sourire qui fit à Serena l'effet d'une caresse.

— Moi aussi, murmura-t-elle.

Ces mots furent suivis d'un long silence qu'il finit par rompre.

— D'un point de vue purement technique, nous ne sommes plus des inconnus l'un pour l'autre donc, si je vous embrassais…

Il ne finit pas sa phrase, les yeux rivés sur sa bouche et, par réflexe, Serena se passa la langue sur les lèvres. Même fugitif, ce baiser restait vivace dans son souvenir.

Irrésistiblement, leurs visages se rapprochaient l'un de l'autre quand un bruit sec retentit juste à côté deux. Soudain figés, ils se tournèrent vers la serveuse qui venait de poser sur leur table une coupelle avec l'addition.

— Puis-je encaisser ? leur demanda celle-ci avec un sourire un peu las.

Regardant autour d'eux, ils s'aperçurent, surpris, qu'il ne restait que quelques rares clients dans la salle.

— Je pense que l'heure du départ a sonné, remarqua Serena, un peu gênée.

Jonas hocha la tête, sortit son portefeuille et, après avoir laissé quelques billets sur la table, se leva et aida galamment Serena à se lever. Guère habituée à cette courtoisie, elle se dit que la soirée tout entière avait été une merveilleuse promenade en territoire inconnu.

Une fois dehors, ils firent quelques, pas sur la terrasse avant que Jonas ne s'arrête et se tourne vers sa compagne.

— Cela risque de vous surprendre mais j'ai faim.

Les battements du cœur de Serena s'accélérèrent.

— Puisque vous m'y faites penser… moi aussi !

— Il y a, pas très loin d'ici, un endroit où l'on vend de très bons cheese-burgers.

— J'adore les cheese-burgers.

— Dans ce cas…

Il la prit par le bras et s'apprêta à quitter l'enceinte du Bellagio. En dépit de ses talons, Serena avait l'impression de marcher sur un nuage, elle se sentait légère, parfaitement à l'unisson avec cet homme pourtant si différent d'elle.

Ils s'arrêtèrent devant les superbes fontaines du Bellagio

dont les eaux exécutaient un ballet fantastique au son d'une valse de Strauss. C'est là que tout avait commencé : qu'elle l'avait remarqué puis vu s'avancer vers le bar.

Lorsqu'il s'arrêta, l'enlaça et chercha ses lèvres, Serena ne chercha pas à résister. Elle attendait ce moment depuis qu'elle avait posé les yeux sur lui, et le désir n'avait fait que s'intensifier quand il avait effleuré ses lèvres d'un baiser. La soirée passée à parler, échanger des plaisanteries, rire n'avait été que le prélude à cette étreinte.

Leur baiser fut un curieux mélange de fougue et de tendresse et, quand il y mit fin, il plongea son regard dans le sien, sourit et l'entraîna soudain dans une valse un peu folle, près des fontaines féeriques.

— Quel dommage que cette merveilleuse soirée soit sur le point de s'achever, soupira-t-elle.

A sa propre surprise, ces mots avaient franchi spontanément ses lèvres.

— Et pourquoi devrait-elle s'achever ?

Ils s'immobilisèrent, continuant à se dévisager.

— Vous…, commença-t-elle.

— En apparence, nous n'avons pas beaucoup de points communs.

— Quelqu'un m'a fait remarquer récemment qu'il ne fallait pas se fier aux apparences !

Serena rit mais Jonas afficha une mine sérieuse.

— Quand je vous ai vue, j'ai eu l'étrange sensation de vous connaître, de vous avoir même…

— Cherchée ? lui suggéra-t-elle tout bas.

Sa voix était à peine audible lorsqu'elle ajouta :

— Et maintenant… que va-t-il arriver ?

— Normalement, je devrais vous souhaiter bonne nuit et rentrer chez moi. Me laisser quelques jours pour analyser la situation, prendre un peu de recul…

— Je repars pour San Diego dans moins de douze heures.

Le lâchant, elle recula de deux pas et frissonna, en dépit de la tiédeur de l'air.

— Auriez-vous une autre idée ?

Il fronça les sourcils.

— Oui, mais je vous avertis : il s'agit d'une idée folle.
— J'ai toujours eu un faible pour les idées folles.
— Mais celle-ci l'est vraiment !
— Allez-vous prolonger longtemps le suspense ? chuchota-t-elle avec un sourire engageant.
Il inspira, hésita, et lâcha enfin :
— Tu pourrais rester.
Serena se demanda si elle avait bien entendu. Que lui proposait-il, au juste ?
— Rester ? répéta-t-elle. Ici, à Las Vegas ?
Devant son hochement de tête, elle ajouta :
— Jusqu'à quand ?
Cette question le fit sourire.
— Toute la vie ? interrogea-t-il avec l'expression d'un joueur qui vient de miser gros.

2

Mais qu'avait-elle fait ?

Réveillée en sursaut, Serena découvrit une chambre d'hôtel qui lui était étrangère. Après avoir remonté le drap sur sa poitrine, elle se redressa et se tourna vers l'autre côté du lit.

Ce n'était donc pas un rêve : elle avait bel et bien passé la nuit avec Jonas Benjamin.

Allongé sur le côté, ce dernier dormait profondément. Serena avala sa salive et, devant ce corps aux muscles longilignes, dut se retenir pour ne pas le caresser, comme elle l'avait fait cette nuit…

Ses joues s'empourprèrent et elle détourna le regard. Ce n'était pas le souvenir des heures ardentes qu'ils venaient de vivre qui la troublait à ce point mais ce qui s'était produit avant.

Jonas avait glissé le bras droit sous l'oreiller mais on voyait parfaitement sa main gauche et l'on pouvait apercevoir, à son annulaire, un anneau très simple, identique à celui qui ornait son propre doigt.

Ils étaient mariés !

Les souvenirs magiques s'estompèrent pour laisser place à la brutale réalité : elle, la femme incapable de s'engager, venait de jurer amour et fidélité à un homme qu'elle ne connaissait pas et ce, jusqu'à ce que la mort les sépare !

L'inconstance avait toujours fait partie intégrante de sa personnalité, même sa teinte de cheveux était passée par toute une gamme, du noir gothique en passant par le bleu et le violet avant de retrouver son ton roux naturel. Quant à son travail, elle venait de battre son record en travaillant depuis presque un an à Bonaventure Créations, pâtisserie haut de gamme de La Jolla, et en continuant à aimer son activité. Alors… se marier ? Non, c'était impossible même si, la nuit dernière, l'idée avait pu lui paraître séduisante.

Elle mit la main devant sa bouche pour étouffer le gémissement qui lui montait aux lèvres. Elle avait fait dans sa vie un certain nombre de bêtises, c'était d'ailleurs l'une de ses spécialités, mais celle-ci ne serait pas aussi facile à réparer que le glaçage raté d'une pâtisserie, et serait bien plus visible que la libellule qu'elle s'était fait tatouer assez bas sur la hanche droite, le soir de ses vingt et un ans, après un certain nombre de margaritas.

Que faire à présent ?

Elle balaya la chambre du regard. Leurs vêtements froissés jonchaient le sol, entremêlés, et la cravate rayée de Jonas avait atterri sur ses sandales léopard. Face à cette image, symbole du gouffre qui les séparait, Serena sentit sa gorge se serrer.

Il fallait qu'elle quitte les lieux, qu'elle tourne la page sur cette histoire, vite, avant que Jonas ne se réveille, avant qu'il ne lui sourie, ne lui dise quelque chose de drôle, d'attendrissant. Son orgueil l'incitait à partir en premier.

Comme un automate, elle se leva, récupéra ses affaires, sauf son soutien-gorge et l'une de ses boucles d'oreilles, qui restèrent introuvables, et se rhabilla en hâte. S'emparant du calcpin qui était dans son sac, elle griffonna quelques lignes sur une feuille qu'elle détacha avant de la glisser dans une enveloppe. Le léger bruit tira Jonas de sa torpeur.

— Qui est là ? demanda-t-il d'une voix engourdie.

« Qui est là ! » Il ne se rappelait plus même son nom ! Le cœur serré, elle se dirigea vers la porte.

— Personne, chuchota-t-elle avant de sortir dans le couloir et de refermer la porte derrière elle.

Le cliquetis de la porte finit de réveiller Jonas. Se redressant d'un bond, il regarda autour de lui : la chambre était vide. Avec un juron étouffé, il se laissa retomber sur l'oreiller et serra les paupières. Les souvenirs de la nuit précédente affluèrent, avec la force d'une vague un jour de tempête.

Serena. Sa femme !

Il avait entraperçu l'éclair de feu de sa chevelure au moment où la porte se refermait. Elle était partie, et son intuition lui souffla que c'était un vrai départ, elle n'était pas simplement sortie prendre son petit déjeuner. Les pensées se bousculèrent dans son esprit ; bien sûr, ce départ précipité le déroutait mais certainement pas plus que l'aventure elle-même.

Lui d'ordinaire si rangé, si méthodique, avait agi sur un coup de tête et avait épousé une femme qu'il ne connaissait que depuis quelques heures ! Depuis ses études de droit, il calculait la portée du moindre de ses gestes mais avait pourtant oublié toute prudence, dès l'instant où ses yeux s'étaient posés sur cette chevelure flamboyante. L'espace de ces quelques heures dérobées à réalité, l'exquise jeune femme rousse avait représenté l'essentiel de sa vie.

Jamais une femme ne lui avait produit un tel effet. Auprès d'elle, il avait tout oublié de son existence habituelle et, si cette sensation lui avait paru sur le moment très excitante, il se sentait à présent déstabilisé, vulnérable même.

Il reconnut alors la sonnerie étouffée de son portable, qui était resté dans la poche de sa veste et, revenant soudain à la réalité, se leva pour le prendre.

— Benjamin à l'appareil.

— Où es-tu ? lança Jameson Culver en guise de salut. Il avait été convenu que nous nous retrouverions tôt ce matin au QG de campagne, pour travailler sur les spots radiophoniques que tu dois enregistrer demain. Il est plus de 9 heures !

— Oh… Oui, exact, répondit-il avec une grimace, l'œil baissé sur sa montre. Désolé. J'ai été… occupé.

— Eh bien, arrange-toi pour te libérer dans les meilleurs délais. C'est important, Jonas !

Comme s'il ne le savait pas !

— Je connais très bien mon texte. C'est l'avantage de parler avec le cœur.

— Soit, mais je tiens à m'assurer que tu mets bien l'accent sur les termes essentiels. Maintenant que Cloverfield, l'ancien maire, a décidé de soutenir ta candidature, Davenport sautera sur la moindre occasion pour te discréditer aux yeux des électeurs. Il va insister sur ta jeunesse, ton manque d'expérience en politique et va essayer de faire croire que tu veux récupérer les votes des partisans de ton père.

— C'est moi qui me présente, répliqua-t-il, en insistant sur « moi ».

Depuis le début de la campagne, Jonas avait pris soin de tenir son père à l'écart. Jusque-là, il avait toujours vécu à l'ombre de Corbin Benjamin et, aujourd'hui, il désirait remporter seul cette victoire, grâce à son seul projet et, ses qualités personnelles.

— Tu devrais peut-être demander à Corbin d'enregistrer également un spot : son soutien public pourrait faire basculer les indécis de ton côté.

— Il n'en est pas question.

— Le débat de la semaine t'a apporté quelques points d'avance, mais rien n'est gagné.

— Je le sais, répliqua-t-il d'un ton abrupt.

— Il existe une stratégie pour remporter des élections. Serrer des mains et embrasser les enfants sont des tactiques non négligeables, mais ton père représente un allié en or.

— Ma réponse reste la même : non.

Un soupir exaspéré retentit sur la ligne.

— Soit. N'oublie cependant pas ceci, Jonas : les électeurs affirment vouloir du changement mais, le moment venu, démontrent souvent un certain attachement à ce qu'ils connaissent. Le travail de Davenport au sein du conseil fait de lui quelqu'un de moins mystérieux que toi, qui viens tout juste d'arriver sur la scène politique. Les gens voudront savoir le plus de choses possible à ton sujet.

La vue d'une enveloppe blanche qui dépassait de l'une de ses chaussures fit se nouer la gorge de Jonas.

Il s'éclaircit la voix.

— Il se trouve justement que…, commença-t-il.

— Un problème ?

— Je n'en suis pas sûr.

La communication terminée, Jonas s'habilla et découvrit, au milieu de ses vêtements froissés, le soutien-gorge en dentelle noire de la jeune femme, qu'il avait dégrafé quelques heures plus tôt. Après l'avoir porté à son visage pour sentir l'odeur de sa peau mêlée à celle de son parfum aux notes de jasmin, il baissa les yeux sur l'enveloppe.

Autant savoir sans plus attendre ce qu'elle lui avait écrit.

Cher Jonas,

Je ne sais pas trop par où commencer…

Ironiquement, il se dit qu'ils étaient deux dans ce cas.

« Désolée » n'est certainement pas le terme le plus approprié, mais rien de mieux ne me vient à l'esprit. J'ai passé une très agréable soirée, une soirée étonnante, en fait, mais je crains fort de m'être laissé emporter par la magie du moment… Toi aussi, je crois.

Nous marier !

Bien sûr, nous sommes à Las Vegas, et bien d'autres que nous doivent s'être trouvés au matin dans ce genre de situation. Dans la mesure où tu es avocat, j'imagine que tu dois savoir comment y remédier. Je paierai, bien sûr, la moitié des frais juridiques.

Je retourne aujourd'hui à San Diego, comme prévu. Excuse-moi de ne pas te réveiller pour te dire au revoir. J'ai pensé que ce serait plus facile, moins gênant, aussi bien pour toi que pour moi.

« Merci » me semble aussi bizarre que « désolée », mais j'ai pourtant envie de te l'écrire. Tu es quelqu'un de merveilleux, Jonas, et je te souhaite beaucoup de bonheur.

Serena.

Elle avait laissé ses coordonnées au bas de la page, avec un post-scriptum :

Je te rends la bague. Elle n'a pas couté très cher, mais peut-être pourras-tu te la faire rembourser.

Il sortit de l'enveloppe le mince anneau en métal doré puis enleva le sien et les lança tous les deux dans la corbeille qui faisait office de poubelle.

Ensuite, il reporta son attention sur la lettre ; l'écriture de Serena était aussi éclectique qu'elle-même. Il avait sous les yeux une collection de lettres majuscules et minuscules, avec quelques cursives de-ci de-là. Certains *i* portaient un point, d'autres pas, et la barre des *t* pointait soit vers le ciel, soit vers le sol.

Il aurait dû se réjouir qu'elle souhaite rompre leur mariage, lui être reconnaissant de lui faciliter ainsi la tâche : pas de larmes, aucune attente financière…

Il s'assit au bord du lit et ferma les yeux, attendant la vague de soulagement qui allait à coup sûr le submerger, emportant avec elle tout souvenir de Serena Warren.

Ce soir-là, lorsqu'il poussa la porte de son appartement situé dans le centre-ville, il était en proie à une foule d'émotions parmi lesquelles ne figurait pas le soulagement.

3

Le lundi matin, Serena n'entendit pas son réveil et se leva avec quarante minutes de retard. Cependant, au lieu de se dépêcher, elle regarda autour d'elle. Ce matin-là, elle était seule dans son minuscule appartement de San Diego alors que, la veille, elle s'était réveillée dans la suite d'un hôtel de luxe de Las Vegas, auprès d'un presque inconnu qu'elle venait d'épouser. C'est pourtant lui qui occupait toutes ses pensées.

Comment allait Jonas ?

La question s'était frayé un chemin parmi ses défenses, et d'autres suivirent. Lui en voulait-il ? Etait-il au contraire soulagé qu'elle lui ait aussitôt proposé une issue ?

Soulagée, elle l'était elle aussi, se dit-elle. Certes un peu déçue peut-être qu'il ne se soit pas manifesté, mais c'était uniquement parce qu'elle souhaitait être tenue informée de la suite des événements. Ce silence n'avait toutefois rien d'étonnant : même à Las Vegas, les cabinets d'avocats étaient sans doute fermés le dimanche, ce qui expliquait qu'il n'ait pu entreprendre aucune démarche la veille. Il le ferait certainement aujourd'hui.

Peut-être devrait-elle l'appeler, afin de s'assurer qu'ils étaient bien d'accord sur ce divorce. Si elle ne parvenait à le joindre à son cabinet, elle pourrait toujours appeler son directeur de campagne.

Comme elle tendait la main vers le téléphone, elle imagina une élégante réceptionniste lui demander d'une voix posée :

— De la part de ?

Cette perspective la fit aussitôt raccrocher. Elle n'avait ni le temps ni le courage de parler à Jonas. En revanche, elle devait au plus vite se préparer et rejoindre son lieu de travail si elle ne voulait pas que Heidi Bonaventure lui signifie sans détour ce qu'elle pensait de sa conduite.

Vingt minutes plus tard, un gobelet de café fumant à la main, Serena ouvrait la porte de son appartement, prête à rejoindre dans les meilleurs délais son lieu de travail. Surprise par la silhouette qu'elle découvrit sur le seuil, elle s'arrêta si brutalement qu'une giclée de café jaillit de sa tasse pour se répandre… sur la cravate de Jonas Benjamin !

Eberluée, elle le fixa.

— Mais que… fais-tu ici ? lança-t-elle, au moment même où il s'apprêtait à parler.

— Je me suis déplacé pour avoir avec toi la conversation que nous aurions dû avoir hier matin.

Pas la moindre esquisse de sourire. Il s'adressait à elle avec un sérieux qu'elle ne lui connaissait pas. De part et d'autre du paillasson, ils se dévisagèrent, immobiles.

— Tu es venu jusqu'ici pour me parler de… prononça-t-elle enfin d'une voix étranglée.

— … notre mariage, finit-il à sa place.

Elle avait plutôt eu en tête le mot « divorce ».

— Je regrette de m'être enfuie comme une voleuse, hier matin, mais…

En guise d'excuse, elle eut un geste de la main, malheureusement, celle-ci tenait toujours le gobelet de café. Cette fois, Jonas eut le réflexe de se reculer et le liquide brun atterrit sur le paillasson. Machinalement, elle frotta la tache avec son pied. Il lui était plus facile de se concentrer sur cette marque que sur l'homme auprès duquel elle s'était réveillée vingt-quatre heures plus tôt.

— Puis-je entrer ? lui demanda-t-il.

— J'allais justement partir travailler.

— Si tu arrives en retard ?

— Je suis déjà en retard.

— Un peu plus en retard, alors ?

Il plongea les mains dans les poches de son pantalon et cette position atténua quelque peu l'allure stricte que lui conférait son costume sombre.

— Il faut que je te parle, Serena, ça ne peut pas attendre.

Elle hocha la tête puis recula et, de la main qui tenait le gobelet désormais vide, l'invita à entrer dans le petit salon.

— Installe-toi, lui dit-elle, la main tendue vers le canapé rouge. Je vais appeler mon employeur.

Pendant qu'il s'asseyait, Serena se rapprocha du coin-cuisine et sortit son portable de son sac. D'une trentaine de mètres carrés à peine, l'appartement comprenait un salon et une chambre de petite taille, ainsi qu'une kitchenette et un coin-salle de bains. La présence de Jonas semblait rendre cette surface plus étriquée encore et, surtout, plus intime. On voyait le lit depuis le sofa où il était assis et, au souvenir de leurs ébats fougueux, elle rougit.

Se mordant les lèvres, elle composa le numéro de l'atelier de pâtisserie.

— Mon Dieu…, chuchota-t-elle.

La réplique fusa immédiatement sur la ligne :

— Non, Heidi Bonaventure !

— Bonjour, madame Bonaventure, Serena à l'appareil.

— J'espère que vous n'appelez pas pour m'annoncer que vous êtes souffrante, répondit-elle d'un ton brusque.

Heidi Bonaventure n'avait pas son pareil pour confectionner des figurines en massepain ressemblant étonnamment à leur modèle. Quand elle se servait d'une douille à pâtisserie, son talent relevait de la magie. En revanche, personne ne pouvait lui reprocher ses effusions débordantes.

— Non. Je serai là… dans une heure.

Elle se tourna vers Jonas, assis au bord du canapé dans une attitude rigide.

— … environ, rectifia-t-elle.

La réponse explosive de Heidi ne se fit pas attendre.

— Vous avez rendez-vous avec une cliente à 11 heures ! Katherine Bloomwell a insisté pour que vous vous chargiez personnellement de cette commande, et ce n'est pas une broutille, il s'agit des dix-huit ans de sa fille !

— Je serai là à 11 heures, madame Bonaventure. Il se trouve que… un imprévu a surgi. Quelque chose d'important.

— Je ne vois pas bien ce qu'il pourrait y avoir de plus important que votre travail !

Serena regarda par-dessus son épaule, et la vue de Jonas lui procura de curieux fourmillements dans tout le corps.

Heidi reprit alors la parole, la rappelant à l'ordre d'une voix stridente qui l'obligea à écarter en grimaçant le combiné de son oreille.

— Sachez que j'ai pris de gros risques en vous employant malgré votre manque de formation et d'expérience.

Au départ, Serena n'occupait qu'un poste de vendeuse mais, après le départ de l'assistante, elle avait manifesté le désir de se spécialiser, accomplissant de ce fait de nombreuses heures supplémentaires non rémunérées. D'ailleurs, Heidi n'avait pas augmenté son salaire d'un seul centime, alors qu'elle occupait depuis maintenant huit mois les fonctions d'assistante.

Le moment ne lui parut cependant pas des plus adéquats pour le faire remarquer à son employeuse. Celle-ci enchaînait déjà :

— Je vous ai offert des opportunités dont rêvent la plupart des étudiants en arts culinaires. Ne me le faites pas regretter !

— Loin de moi cette idée. Je serai là dès que possible, et au plus tard à 11 heures. La cliente n'aura pas à m'attendre, promis.

— J'espère bien ! Et je vous suggère au passage de remettre un peu d'ordre dans la liste de vos priorités.

Comme elle reposait en soupirant le téléphone sur le minibar, Jonas la fixa avec une attention soutenue.

— Tout va bien ?

— Oui. Enfin… si on veut. Je parlais avec mon employeuse, et elle arrive à me mettre plus mal à l'aise encore que ma mère, ce qui n'est pas peu dire !

Il eut un sourire un peu gêné. Parce qu'il l'avait mise dans une situation délicate avec sa patronne ou parce qu'elle avait évoqué une femme qui, en l'état actuel des choses, était sa belle-mère ? A son tour, elle se sentit confuse.

— Donc ? commença-t-elle en prenant place en face de lui.

— Donc…, répéta-t-il avant de changer de position.

Deux soirs plus tôt, les mots coulaient entre eux, fluides, aisés, mais à présent ils avaient du mal à échanger deux paroles d'affilée. Après avoir changé elle aussi de position, Serena s'éclaircit la voix.

— Combien de temps faudra-t-il pour… eh bien… défaire ce que nous avons fait ?

Bien que la question soit assez floue, elle espérait qu'il en ait bien compris le sens.

— Pardon ? demanda-t-il pourtant, les sourcils froncés.

Elle eut un rire nerveux.

— Supprimer le « Oui, je le veux », si tu préfères.

Après s'être calé contre le dossier du sofa, il la dévisagea, puis se leva et avança vers la fenêtre. Quand il se tourna de nouveau vers elle, il ne fronçait plus les sourcils mais son regard restait peu amène.

— J'ai bien peur que ce ne soit pas si facile que ça.

— Et pourquoi ?

— Je ne sais trop comment te l'expliquer.

— Je suggère que tu optes pour la solution la plus radicale et rapide, comme on enlève un pansement !

Serena ponctua ces mots d'un sourire crispé. Elle n'avait pas pris le temps de déjeuner ce matin-là, mais cette sensation de vide au creux de l'estomac n'était pas due au seul manque de nourriture.

— Soit, je me lance donc. Je veux, pardon, je voudrais, que nous restions mariés.

Des bourdonnements résonnèrent soudain à ses oreilles. Son imagination lui jouait-elle des tours ?

Jonas essayait de décrypter la réaction de Serena : elle paraissait… éberluée. Oui, c'était bien le mot ! Elle ne souriait pas, en tout cas, ce qui signifiait que ses propos ne la transportaient pas de joie. Qu'espérait-il donc, après la façon dont elle s'était enfuie la veille ?

Ignorant le sentiment de déception qui s'insinuait en lui, il croisa les mains derrière son dos et se mit à déambuler, adoptant ce que ses professeurs de droit appelaient la posture de l'avocat plaidant.

— Nous ne nous connaissons pas très bien, mais tu n'as peut-être pas oublié que je me présente bientôt à des élections.

— En effet. Tu brigues le fauteuil de maire de Las Vegas.

Il hocha la tête, content qu'elle s'en souvienne.

— Et beaucoup de gens, surtout dans le milieu des affaires, pensent que ton adversaire manque d'imagination pour donner un nouvel essor à l'économie locale.

Jonas cligna des paupières.

— Exact.

Elle plissa ses grands yeux verts pailletés d'or.

— Surpris que je t'aie écouté avec autant d'attention ?

— Ma foi… oui, je l'avoue !

Comme il prononçait ces mots, son regard fut captivé par la jeune femme qui portait une jupe en coton imprimé assez courte, dévoilant ses jambes parfaitement galbées. Des images de la nuit passionnée qu'ils avaient passée ensemble vinrent immédiatement semer le trouble dans son esprit.

Il avança d'un pas vers elle avant de s'arrêter. Ce n'était pas pour cette raison qu'il avait fait ce voyage jusqu'à San Diego. Il avait besoin que Serena lui rende un service, son avenir en politique pouvait bien dépendre d'elle.

— Pour en revenir à notre… union, reprit-il aussi naturellement que possible, sache qu'un mariage ne peut pas rester bien longtemps secret. La situation risque de se gâter pour moi quand mon adversaire aura vent du nôtre…

— C'est-à-dire ? insista-t-elle, haussant un sourcil.

Après avoir écarté les bras, il se remit à faire les cent pas.

— Ce problème n'est pas le tien, sache que j'en suis bien conscient, Serena. Pour répondre à ta question, je dirai pour commencer que personne ne te connaît à Las Vegas. On ne nous a jamais vus ensemble. Or, comme tu t'en doutes, mon statut de célibataire a été étalé dans la presse. De ce fait…

Il se tut, et elle soupira.

— Je vois.

Lorsque, la veille, Jonas avait parlé à son directeur de campagne de Serena et l'avait informé de leur mariage impromptu, les joues de Jameson étaient devenues d'un rouge foncé plutôt inquiétant. Ensemble, ils avaient cependant trouvé un moyen de préserver ses ambitions politiques et leur idée leur avait paru plausible, raisonnable même, sur le moment. A présent, face à la jeune femme qui le scrutait, les lèvres entrouvertes, il trouva que leur projet s'avérait non seulement absurde mais également égoïste.

Cependant, il avait fait tout ce trajet pour lui en faire part, il l'énonça donc tout de même :

— Nous ne devons pas mettre un terme à ce mariage.

— Dans un but politique ?

Il acquiesça, s'efforçant de ne pas fixer ses superbes jambes fuselées qu'elle venait de croiser, d'ignorer les jolies rondeurs de sa poitrine, que soulignait un T-shirt décolleté.

— Mais… nous nous séparerions ensuite, n'est-ce pas ? Nous ne resterions pas ensemble… jusqu'à ce que la mort nous sépare ?

C'était pourtant le vœu qu'ils avaient formulé et, lorsqu'il avait prononcé ces mots, Jonas était sincère. Il n'avait pas coutume de faire des promesses à la légère. Le lendemain, à la lumière crue du jour, cette promesse avait cependant pris une tout autre allure : épouser quelqu'un que l'on venait à peine de rencontrer revêtait un caractère pour le moins absurde.

— Pas aussi longtemps, en effet.

— Combien de temps ? insista-t-elle, se mordillant les lèvres en une moue qui parut à Jonas irrésistible.

La vision de sa bouche lui fit remonter le temps, le ramenant aux heures fougueuses de leur nuit.

— Jonas ?

— Oh… Excuse-moi, j'avais l'esprit ailleurs. Tu disais ?

— Combien de temps devrait durer notre… mariage ?

— Cela dépend.

Elle cligna des paupières.

— De ?

— Du résultat de l'élection générale. Jusqu'ici, la course à la mairie se déroulait en juin mais, cette année, le greffier a opté pour le même cycle électoral que celui des autres municipalités.

— Novembre, donc, fit-elle. Si j'accepte, il faudrait que notre mariage dure jusqu'à cette date.

Il toussota.

— Encore une fois, cela dépend. Si je ne passe pas l'étape des primaires, il sera inutile d'aller plus loin et chacun pourra reprendre sa vie. Dans la mesure où j'habite Las Vegas, une annulation par consentement mutuel ne devrait pas poser de problème et, au moment où cette séparation sera rendue publique, je n'occuperai plus le devant de la scène.

— Et si tu gagnes ? demanda-t-elle, les yeux plissés.

— Dans ce cas-là, il faudrait que nous restions mariés un peu plus longtemps. Ce serait pour le moins curieux que ma femme me quitte juste après que j'ai été élu…

Il lui adressa un sourire mais sentit son visage se crisper. En fait, ne l'avait-elle pas déjà quitté, la veille ?

— Un peu plus longtemps, répéta-t-elle. C'est-à-dire ?

Il se rappela les mots formulés le soir de leur rencontre, lorsqu'il lui avait suggéré de prolonger son séjour à Las Vegas.

« Toute la vie… »

Mais, cette fois, il se garda bien de les prononcer. Il n'était d'ailleurs plus très sûr d'en avoir envie et doutait fort que ce soit le souhait le plus cher de Serena, qui s'était empressée de le quitter, le matin venu.

— Il m'est impossible de te répondre de façon précise. Quelques mois, je suppose.

Jameson lui avait précisé qu'il faudrait prévoir une année. Cela suffirait à faire taire les sceptiques, et ce divorce précoce lui attirerait sans doute la sympathie d'une bonne frange de la population, élément non négligeable s'il décidait de se présenter pour un second mandat. Cependant, dans la mesure où Serena se tenait sur la défensive, mieux valait rester évasif.

— Quel serait mon rôle ? Quelques apparitions en public, je suppose ? Embrasser de temps en temps des enfants ?

Son statut de femme de maire engloberait bien sûr d'autres fonctions, des entretiens avec la presse, par exemple. Il hocha néanmoins la tête.

— Je pense que je pourrais te retrouver tous les weekends et en semaine aussi, parfois, si cela s'avère nécessaire.

Elle fit une petite grimace avant de poursuivre :

— Je dois te dire que… j'aurai besoin d'une aide financière

pour tous ces trajets. J'ai un petit salaire, pour le moment, et il est peu probable qu'il augmente de façon vertigineuse dans les semaines à venir.

Jonas avança d'un pas vers elle, se frotta la nuque et eut une ébauche de sourire.

— Nous arrivons au cœur du sujet. Cela ne pourra pas être crédible si tu restes vivre à San Diego, Serena. Il faudra que tu t'installes à Las Vegas avec moi.

Au moment où ces mots franchissaient ses lèvres, Jonas saisit soudain tout ce qu'ils impliquaient : Serena et lui allaient vivre sous le même toit, en couple.

Serena fronça les sourcils.

— Voyons si j'ai bien compris : tu voudrais que je renonce pour le moment au divorce et que je parte à Las Vegas pour être ta femme pendant une période indéterminée ?

— En effet. C'est beaucoup attendre de toi, j'en suis conscient.

— Beaucoup ? Tu as l'art de l'euphémisme !

Elle regarda autour d'elle, écartant les bras.

— Et mon appartement, Jonas ? Et mon emploi ?

— Je réglerai le loyer, à moins que tu ne préfères le sous-louer ?

L'emploi représentait un problème d'un autre ordre, mais il l'avait envisagé et avait une réponse toute prête à offrir à Serena.

— En ce qui concerne ton poste, je pense que tu devrais démissionner.

Il connaissait Serena depuis peu, mais assez, toutefois, pour avoir lu diverses émotions dans ses yeux, jamais encore la colère cependant, et il devait admettre qu'elle lui allait bien. Le vert de ses yeux luisait d'un nouvel éclat et ses joues toutes roses la rendaient plus appétissante encore.

— Démissionner ? prononça-t-elle, lentement, doucement.

Ensuite, elle marqua une pause et, quand elle reprit la parole, s'exprima d'une voix tendue, si vite que les mots semblaient se bousculer.

— Il faudrait que je démissionne, parce que tu te trouves dans une impasse ? Pour préserver ta carrière, il faudrait que je renonce à mon emploi, la seule profession que je m'imagine encore exercer dans les cinq, que dis-je, les vingt années à venir ?

— Serena…

Mais elle ne le laissa pas poursuivre.

— J'imagine que tout cela t'est bien égal ? Décorer des gâteaux est une fonction qui ne revêt pas grande importance à tes yeux, bien moins, en tout cas, que celle de maire !

— Serena…

— A moins que tu ne penses, comme mes parents, qu'il ne s'agit que d'une lubie parmi tant d'autres, qui se soldera par une ligne de plus sur mon *curriculum vitæ*.

Le vert de ses prunelles vira au gris tandis qu'elle serrait les poings.

— Quand je leur ai annoncé que j'aimerais un jour monter ma propre pâtisserie, ils m'ont ri au nez !

— Je ne ris pas, moi.

Il se rapprocha d'elle et, bien que conscient qu'il ferait mieux d'éviter tout contact physique, la prit par les mains pour qu'elle se lève. Quand ils furent face à face, il la fixa, sérieux, et ajouta :

— Je comprends bien ce que signifie pour toi ce rêve, et je ne te demande pas d'y renoncer.

Ils étaient à présent très proches l'un de l'autre, et Jonas bloqua sa respiration. Les fragrances de jasmin entravaient le cours de ses pensées, or, il ne devait pas s'écarter de la voie qu'il s'était tracée.

— Tant mieux, parce que je n'en ai pas l'intention ! répliqua-t-elle avec cette spontanéité et cette force de caractère qui commençaient à lui devenir familières. Je ne travaille pas depuis bien longtemps à Bonaventure Créations, mais je m'y suis déjà fait un nom. Aujourd'hui par exemple, j'ai rendez-vous avec une cliente qui veut que ce soit moi qui me charge de sa commande et ce n'est pas la première fois que ça se produit, malgré mon manque de formation. Si je démissionnais maintenant, je devrais repartir de zéro.

— Ton emploi actuel et ton projet professionnel ne sont pas indissociables, Serena.

— L'un mène à l'autre !

— Pas si tu disposes d'un bon financement et de bons contacts.

Cette phrase retint toute l'attention de la jeune femme.

— Que veux-tu dire, au juste ?

— Supposons que je puisse te donner accès à l'un comme aux autres, à la fin de notre… contrat ?

Le mot lui laissa un goût amer dans la bouche mais il se força à poursuivre :

— Il te serait possible, pendant ce laps de temps, de suivre quelques cours dans cette spécialité, d'accéder à la formation que tu n'as jamais eue. Et quand…

Trouver des formules adaptées à la situation n'était décidément pas facile.

— Quand tout sera… réglé, reprit-il, je t'aiderais à t'installer en te remettant une liste de clients potentiels, ainsi que le capital pour créer ta propre entreprise.

— Ça ressemble…

Il attendit, persuadé qu'elle allait faire référence au paradis, ou à quelque chose d'approchant.

— … à de la prostitution !

Après avoir asséné ces mots, elle recula vivement, désireuse de mettre le plus de distance possible entre eux.

— Si j'étais prête à me vendre pour avoir ma propre boutique, je ne serais pas obligée d'aller si loin, enchaîna-t-elle d'un ton rageur. J'imagine que ce serait faisable à San Diego !

Cette réaction inattendue provoqua en Jonas une colère identique à celle qu'exprimait la jeune femme.

— Tu n'as rien compris à la proposition que je viens de te faire, Serena ! Je cherche à t'offrir une nouvelle opportunité, ni plus ni moins.

Lancés d'un ton très sec, les mots résonnèrent dans le petit appartement et parurent même ricocher sur les murs. Si Jameson, qui n'avait pas son pareil pour louvoyer et s'était autoproclamé roi de la diplomatie, avait assisté à cet entretien, il aurait été très déçu par la contre-performance de son poulain. Il y avait fort à parier que Serena l'envoie maintenant au diable.

— Que ceci soit bien clair entre nous, Jonas Benjamin :

je ne veux pas de ton argent ! rétorqua-t-elle, le fusillant du regard. Je ne cherche pas un moyen facile de m'enrichir et je ne suis certainement pas prête à vendre mon âme, ou quoi que ce soit d'autre, pour remplir mon compte bancaire.

— Je le sais.

D'un geste nerveux, il glissa les doigts dans ses cheveux et regarda autour de lui en soupirant.

— Et je te prie de m'excuser si j'ai présenté cette offre comme un paiement en échange de services rendus. Ce n'était certainement pas mon intention mais, dans la mesure où je te demande de renoncer à un certain nombre de choses qui te tiennent à cœur, il m'a semblé normal de te proposer une sorte de compensation. Et sachant combien tu aimes laisser libre cours à ton imagination en décorant des gâteaux…

— Ah ?

En dépit de la tension qui régnait entre eux, Jonas sourit.

— Tu n'étais pas la seule à écouter avec attention, l'autre soir.

Pour toute réponse, elle cligna des paupières.

— Cette offre est modulable, Serena. Si tu dois te sentir plus à l'aise avec un prêt à taux très bas…

— Je ne sais pas, Jonas, fit-elle, l'air soudain abattue. Je ne sais plus… Je ne m'attendais pas à ce que ce week-end à Las Vegas perturbe à ce point ma vie !

— J'avoue que la situation est assez…

Il s'arrêta, cherchant un terme apte à décrire ce qu'ils vivaient.

— … bizarre, conclut-il enfin, faute de mieux. Mais nous pouvons faire en sorte d'en tirer le meilleur parti possible.

Croisant les mains, elle baissa la tête, puis la releva aussitôt.

— Il faut que je réfléchisse, Jonas. J'aimerais autant ne pas agir cette fois encore à la légère !

— Bien sûr.

Il eut soudain l'impression de mieux respirer et s'aperçut qu'il était jusque-là oppressé.

— Quand repars-tu ?

— Je suis venu pour la matinée seulement. J'ai des rendez-vous cet après-midi : des spots radio à enregistrer. Si tu décides d'accepter ma proposition, je reviendrai te chercher vendredi.

A ces mots, elle laissa ses bras retomber le long du corps.

— Ce vendredi ? insista-t-elle, les yeux écarquillés.

— J'aimerais pouvoir te laisser plus de temps mais un groupe de citoyens qui porte le nom de « En route pour le changement » organise un dîner, auquel nous sommes invités mon adversaire et moi. Jameson pense que…

— Jameson ?

— Jameson Culver, mon directeur de campagne. Il pense donc que nous devrions y assister ensemble, et profiter de l'occasion pour annoncer notre mariage. Passer en quelque sorte à l'offensive, avant que quelqu'un n'en ait vent et ne répande la nouvelle, ce qui aurait des conséquences fâcheuses sur…

Il se tut et, mal à l'aise, haussa les épaules.

— Je suis désolé, Serena. Je regrette vraiment que…

Il n'en dit pas plus, il se sentait incapable de formuler de façon précise ce qu'il regrettait.

— Ce n'est pas ta faute.

— Moins encore la tienne.

Ce fut elle, cette fois, qui haussa les épaules.

— Je ne sais que te dire. J'ai tendance à agir sur des coups de tête et à entraîner les autres. Toi en revanche… malgré ce premier baiser-surprise dans le bar du Bellagio, tu me donnes l'impression d'être quelqu'un de posé, réfléchi.

— En général, c'est assez vrai mais je suis un grand garçon, Serena, tu ne m'as obligé à rien. Je n'ai rien fait que je n'aie eu envie de faire… sur le moment.

— Sur le moment, répéta-t-elle à voix basse.

4

Après le départ de Jonas, Serena se laissa tomber sur le sofa en soupirant. Que faire ? Si elle acceptait sa proposition, elle devrait en l'espace de quelques jours sous-louer son appartement, empaqueter ses affaires et démissionner de Bonaventure Créations. Pour finir, elle allait devoir avertir ses amies et sa famille qu'elle était mariée et partait s'installer à Las Vegas.

Portant la main droite à sa bouche, elle commença à se mordiller les ongles, fâcheuse habitude dont elle s'était défaite vingt ans plus tôt.

Devait-elle tout dire, y compris qu'ils restaient mariés dans le seul but de ne pas briser la carrière politique de Jonas ? Ses parents seraient sans nul doute ravis de l'apprendre. Elle entendait déjà la voix de baryton de son père.

— A quoi te sert ta tête, ma pauvre fille ? T'arrive-t-il de réfléchir, de temps en temps ?

Sa mère, elle, fumerait cigarette sur cigarette en répétant :

— Mais quelles erreurs avons-nous donc commises ?

Serena était habituée à ces réactions. Elle était certaine d'avoir déçu ses parents à l'instant même où elle était née, au moment où la sage-femme s'était écriée :

— Quelle belle petite fille !

Son père voulait un garçon et sa mère ne souhaitait qu'une chose : avoir la paix, et elle savait fort bien que cela n'arriverait pas tant qu'elle n'aurait pas satisfait au désir de son mari. Malheureusement, par la suite, des ennuis de santé lui avaient interdit une seconde grossesse. Entre les époux, cela avait marqué les débuts d'une guerre froide qui n'avait jamais pris fin, et Serena avait grandi dans cette atmosphère glaciale.

Arrivée à ce stade de ses pensées, elle eut un nouveau haussement d'épaules. Ses parents seraient mécontents et déçus, et alors ? Rien de bien nouveau ! La réaction de ses amies la préoccupait davantage. Qu'allaient-elles penser d'elle ? A l'inverse de ses parents, elle savait qu'elles ne la jugeraient pas, leur affection était inconditionnelle, mais sans doute seraient-elles peinées qu'elle leur ait caché ce tout récent épisode de sa vie.

La tête appuyée sur l'accoudoir du canapé, Serena leva les yeux au plafond et son regard fut attiré par une entaille de forme arrondie. Celle-ci datait du dernier jour de l'an, qu'elles avaient fêté chez elle. Alex, qui avait ouvert la bouteille de champagne, s'était confondue en excuses et avait insisté pour payer les réparations, mais Serena n'avait rien voulu entendre. Elle trouvait que cela ajoutait du caractère au petit appartement.

Les quatre jeunes femmes avaient porté un toast à cette empreinte originale, puis un autre à leur amitié. Deux heures plus tard, à l'exception de Jayne qui était partie rejoindre son fiancé, elles célébraient la nouvelle année en ouvrant une autre bouteille de champagne.

Serena avait toujours tout partagé avec ses amies, aussi bien les bonnes nouvelles que les mauvaises. Pourquoi, en ce cas, ne leur avait-elle pas parlé de Jonas quand elle était retournée à l'hôtel ? Elle n'avait pas coutume de garder des secrets, surtout un tel événement qui avait grand besoin d'être partagé, commenté et analysé, comme on ne pouvait le faire qu'avec de vraies amies.

Sur le moment, elle s'était dit qu'elle préférait se taire, pour ne pas rendre la situation plus difficile : Alex leur avait finalement annoncé sa décision de rester à Las Vegas mais elle savait bien que ce n'était pas une excuse valable. Curieusement, Molly, avec qui elle partageait la chambre, n'avait fait aucun commentaire sur son absence prolongée.

Elle regarda sa montre et grimaça. Il était grand temps qu'elle parte travailler, mais ce soir, dès qu'elle rentrerait, elle rassemblerait ses troupes, en l'occurrence deux éléments en chair et en os et un troisième par téléphone.

*
* *

— Mariée… J'ai encore du mal à y croire !

Molly secoua la tête avant d'avaler une autre gorgée de thé glacé.

— Je sais bien que nous étions à Las Vegas et que les gens peuvent y avoir un comportement… étrange.

Bizarrement, ses joues s'empourprèrent et, pour cacher sa gêne, elle fit tourner son verre entre ses mains en le fixant.

— Mais de là à se marier, conclut-elle.

Serena poussa un long soupir, un vague sourire aux lèvres.

— Vous me connaissez !

— Même pour quelqu'un comme toi, c'est complètement fou ! s'exclama Jayne.

Elle prit une chips dans le bol posé sur la table du salon et la plongea dans la sauce épicée. En dépit de ses efforts pour cacher sa tristesse, sa voix avait des accents mélancoliques lorsqu'elle ajouta :

— Il doit être particulier, pour t'avoir fait tourner la tête à ce point, et aussi vite.

La voix d'Alex retentit dans le haut-parleur.

— Tu as rencontré ce phénomène, Molly. Alors, à quoi ressemble-t-il ?

— Je ne suis pas restée très longtemps avec eux puisque j'avais mal à la tête et que… j'avais, en plus, l'impression d'être importune ! Mais il avait l'air bien sous tous rapports, selon l'expression consacrée.

— Pas seulement l'air, rectifia Serena.

C'est ce qui expliquait qu'elle se sente déchirée. Si Jonas avait été un imbécile, elle aurait pu lui dire sans détours qu'elle n'était pas disposée à se prêter à cette mascarade et n'aurait pas réuni ses amies pour solliciter leur avis.

Une heure s'était écoulée depuis qu'elle leur avait annoncé la nouvelle qu'elles avaient, en premier lieu, accueillie par un lourd silence. Le choc initial passé, toutes trois l'avaient harcelée de questions et, à présent, elles avaient abordé un autre stade : elles essayaient d'aider leur amie à prendre une décision.

Dotée d'un esprit pratique hors pair, Jayne suggéra de dresser une liste des différents avantages et inconvénients.

— Je ne sais pas trop, observa Serena en fronçant le nez. Je ne suis pas une adepte des listes.

— Dans ce cas, cela me semble pourtant indispensable ! déclara Alex, dans le combiné. Il faut que tu sois sûre de faire le bon choix.

— Elle a raison, renchérit Molly, en prenant des notes, nous devrions y voir plus clair.

Elle se leva et se dirigea vers la petite table d'angle qui faisait office de bureau. Après y avoir trouvé un carnet et un stylo, elle revint s'asseoir avec ses amies.

— Commençons par la colonne « Avantages », dit-elle en traçant un trait vertical qui séparait la page en deux.

Le visage dressé vers Serena, elle attendit.

— Eh bien… il est charmant, intelligent et étonnamment drôle.

Son humour n'était certes pas flagrant lors de sa récente visite, mais à Las Vegas…

Inconsciemment, elle se passa la langue sur les lèvres avant de murmurer :

— Il embrasse divinement bien.

La situation ne se prêtait pas à ce genre de commentaire, qui lui attira des regards préoccupés. Molly fut la première à reprendre la parole et articula lentement, comme si elle s'adressait à une personne affligée de difficultés de compréhension.

— Serena, nous essayons de trouver des avantages… sérieux, qui justifieraient que tu quittes San Diego pour Las Vegas et que tu fasses semblant d'être l'heureuse épouse de Jonas Benjamin, jusqu'aux élections.

— Penses-tu que… tu pourrais vouloir rester mariée avec lui ?

— Non ! Dieu du ciel… non !

Elle changea de position, but une grande gorgée de thé glacé et grimaça un sourire.

— Bon, je ne vais pas vous mentir… il me plaît. Le contraire serait étonnant, il est superbe ! Tu l'as vu, Molly. Explique-leur.

— Il est superbe, répéta consciencieusement cette dernière, mais, si je puis me permettre, Serena, ce n'est pas le premier spécimen masculin superbe que tu croises sur ta route. Giovanni, par exemple, l'été dernier… Il était bâti comme un dieu, avait un accent à faire se pâmer toutes les amoureuses de l'Italie, et tu n'as pas pour autant décidé de l'épouser ! Si je ne me trompe pas, tu as même refusé un second rendez-vous.

Ignorant ce commentaire, Serena se mordilla les lèvres.

— Alors, reprenons. Si j'accepte la proposition de Jonas, je m'installerai pour quelque temps à Las Vegas où vit maintenant Alex. Nous nous retrouverons donc toutes les deux, c'est un point positif non négligeable !

La voix de l'intéressée résonna dans le combiné, enthousiaste :

— Absolument ! Même si je suis en ce moment débordée de travail… Tu auras sans doute, toi aussi, un certain nombre d'obligations, j'imagine, mais cela ne nous empêchera pas de nous voir et je me sentirai moins isolée.

— Parfait, lança Serena. Voici donc un premier argument à inscrire dans la colonne « Avantages ».

Molly griffonna quelques mots sur le calepin.

— C'est noté. Ensuite ?

— Il m'offre une chance de me lancer dans la carrière qui me plaît.

Molly se mit de nouveau à l'œuvre.

— J'ajouterai aussi que je me sens… redevable à son égard.

Le stylo en l'air, Molly darda sur elle un regard interrogateur.

— C'est-à-dire ?

— Je vous rappelle qu'il s'est réveillé dans une suite nuptiale, avec une alliance au doigt !

Ces mots furent suivis d'un silence que rompit Alex.

— Il me semble bien que toi aussi, non ? Je doute que tu lui aies mis un pistolet sur la tempe pour le traîner jusqu'à la chapelle la plus proche !

Molly, enseignante de profession, fit preuve de plus de diplomatie.

— Serena, je trouve très noble de ta part de vouloir assumer les conséquences de tes actes mais, comme vient de le souligner Alex, vous étiez deux. Jonas est adulte et si, comme tu l'affirmes, vous n'étiez ni l'un ni l'autre en état d'ébriété…

— Notre dernier verre remontait à un certain temps, souligna-t-elle.

Elle se rappelait cependant avoir ressenti une merveilleuse ivresse, qui n'avait strictement rien à voir avec le Martini-gin.

— N'oublie pas, reprit Molly, que j'étais là quand vous vous êtes rencontrés. J'ai aussitôt perçu le courant qui passait entre vous et il ne t'avait pas encore embrassée…

— Pure chimie, conclut Serena, le regard rêveur.

Bien éloignée de celle que ses professeurs s'étaient efforcés de lui enseigner.

— Mais la chimie ne suffit pas à faire un bon mariage, enchaîna-t-elle.

— C'est ce qui se dit, murmura Molly.

Serena se demanda si elle avait bien vu ses joues rosir de nouveau ou s'il s'agissait d'un effet de son imagination.

— Un mariage ne peut pas se construire sans des bases solides telles que l'honnêteté et, surtout, la confiance, intervint Jayne avec calme.

Face à l'expression triste de son amie, Serena tendit d'instinct la main vers elle et, un faible sourire aux lèvres, Jayne secoua la tête.

— Ne t'inquiète pas, tout va bien.

Serena n'en croyait pas un mot. Jayne n'allait pas bien du tout, grâce à Rich, et sa propre tendance à se mettre dans des situations impossibles ne faisait que réactiver le mal-être de son amie.

— Je suis désolée, Jayne, j'imagine que le mariage est un sujet que tu préfères éviter en ce moment. Nous sommes parties à Las Vegas pour t'aider à oublier tes problèmes et voilà que nous nous retrouvons à débattre des miens !

— Tout va bien, répéta Jayne.

— Bien sûr que non ! Tu dois penser que je suis une drôle d'amie et tu as parfaitement raison. Au lieu de m'occuper de toi, je monopolise votre attention.

Jayne secoua la tête avec vigueur.

— Arrête donc de dire des bêtises, Serena ! Je n'ai rien

d'un petit être fragile et sans défense et nous savons toutes ici que l'amitié n'est pas à sens unique. Tu as été présente quand j'ai eu besoin de toi, il me semble normal d'essayer de t'aider à mon tour !

— Merci Jayne, fit Serena, sincère.

— N'en parlons plus.

Serena crut que son amie en resterait là mais elle ajouta tout bas :

— Bien sûr, il n'était pas prévu que ta crise suive de si près la mienne…

Ces mots furent salués par un silence que brisa Alex, dont on entendit le rire dans le combiné.

— Bien. D'autres avantages ?

Deux heures plus tard, après avoir raccompagné ses amies à la porte, Serena se retrouva seule, face à un évier rempli de vaisselle et à une montagne de doutes. La liste d'avantages et inconvénients s'était allongée et couvrait à présent deux pages du calepin. Elle paraissait complète mais Serena savait que bon nombre d'éléments n'y figuraient pas. Tout simplement, elle ne les avait pas abordés parce qu'elle n'aurait pas supporté de les voir inscrits noir sur blanc.

Si elle s'en tenait aux notes prises par Molly de sa petite écriture nette et précise, elle avait la réponse à ses questions. Il ne lui restait plus qu'à appeler Jonas pour lui en faire part.

Cet aller-retour imprévu à San Diego avait obligé Jonas à reporter deux rendez-vous avec des clients, ainsi qu'une réunion de campagne électorale.

De plus, il aurait dû, ce jour-là, déjeuner avec sa mère, son père se trouvait, comme souvent, à Washington. Malheureusement, il ne s'en souvint qu'au moment où son avion atterrissait à San Diego et il dut l'appeler en toute hâte pour annuler leur rendez-vous. Après avoir prétexté une interview impromptue, il raccrocha en soupirant.

Le soir venu, le téléphone sonna au moment où il lançait

dans un fauteuil sa cravate tachée de café, tout en déplorant le mauvais score de son équipe de base-ball préférée. Epuisé, il n'eut même pas la force de se scandaliser de cette piètre performance.

La voix qui résonna dans le combiné effaça sur-le-champ sa sensation de fatigue intense.

— J'espère que je ne te dérange pas, commença Serena.

Déranger n'était pas le terme adapté, elle le perturbait, plutôt, d'une façon qu'il préférait ne pas analyser.

— Pas du tout, répondit-il. Je regardais le match à la télévision.

Il imagina la jeune femme dans son minuscule appartement. Que faisait-elle en ce moment ? Etait-elle également devant le petit écran ? L'appelait-elle, allongée sur le canapé où il s'était assis le matin même ? Que portait-elle ?

Par chance, elle lui répondit aussitôt, avant qu'il ne laisse son esprit vagabonder et l'imaginer dans une tenue légère.

— Je ne suis pas fanatique de base-ball mais il m'est arrivé de confectionner un gâteau en forme de gant, avec une balle nichée au centre, à l'occasion des dix ans d'un petit garçon.

— Vraiment ? Je l'envie ! Pour mon dixième anniversaire, j'ai eu droit à un gâteau en chocolat qui représentait un visage de clown et je déteste les clowns. Quand j'étais petit, ils me faisaient terriblement peur.

— Je n'ai, moi non plus, jamais été attirée par les clowns.

Le silence se fit. Ils étaient tous deux conscients que Serena ne l'avait pas appelé pour lui parler de base-ball, de gâteaux d'anniversaire ou de clowns.

— J'ai beaucoup réfléchi à la situation, finit-elle par dire.

— Vraiment ?

Le sang se mit à battre si fort à ses tempes qu'il se demanda si elle allait l'entendre dans l'écouteur.

— J'en ai discuté avec mes amies.

— Celles avec lesquelles tu es venue à Las Vegas ?

— Oui. Je les considère comme les sœurs que je n'ai jamais eues. J'ai entièrement confiance en leur jugement.

— Tu ne te fies pas au tien ?

— Disons qu'elles ont plus que moi les pieds sur terre.

— Bien, se contenta-t-il de répondre.

Pouvait-il considérer cet élément comme un point positif ?

— Examinée sous certains angles, reprit-elle, ta proposition ne me plaît pas outre mesure.

Jonas retint sa respiration.

— En jouant le rôle de jeunes mariés heureux, nous allons tromper bon nombre de gens.

— Oui ? murmura-t-il, dubitatif.

— Voyons, Jonas, nous ne nous connaissons pas ! Nous nous sommes rencontrés il y a deux soirs à peine, dans un bar. Tu ne vas tout de même pas me dire que nous avons succombé à un coup de foudre ?

En vérité, leur rencontre l'avait perturbé bien plus qu'elle ne l'aurait dû mais il se garda de formuler sa pensée. Depuis toujours, à ses yeux, le coup de foudre n'existait pas, l'amour ne jaillissait pas, magiquement, au premier regard. C'était un sentiment fort, solide, qui se bâtissait jour après jour et conduisait au mariage, à des promesses d'avenir.

Sa dernière relation sérieuse avait pris fin tout juste un mois avant qu'il ne décide de se présenter aux élections municipales, elle avait duré cinq ans. Durant toutes ces années, il avait tenté de construire prudemment les fondations de l'édifice mais cela n'avait pas suffi à le rassurer sur le futur qui l'attendait avec Janet Kincaid. Aussi lorsque, lasse d'attendre, elle lui avait lancé un ultimatum, il avait décidé d'en rester là.

Il fronça les sourcils. Quelles raisons avaient-elles bien pu le pousser à demander Serena en mariage ? Revenant à la réalité, il se rappela qu'elle était en ligne et attendait toujours sa réponse.

— Nous ne nous connaissons pas, mais ce que je sais de toi me plaît, beaucoup même…

— Quand nous nous connaîtrons mieux, cela passera.

Cynique, Serena ? C'était un aspect de sa personnalité qui lui avait échappé jusque-là.

— Peut-être, mais nous ne sommes pas destinés à passer notre vie ensemble.

— Exact. Ce qui nous ramène à la case départ, Jonas. J'ai d'excellentes raisons de rester à San Diego : deux de mes meilleures amies vivent ici et mes parents deviendraient fous si je leur annonçais ce genre de nouvelle. J'ajoute que j'aime le métier que j'exerce, j'en apprends tous les jours un peu plus et je commence à me faire ma propre clientèle. Pour finir, je me plais aussi dans mon appartement, et mon bail ne prendra fin que dans neuf mois.

Curieusement, ces arguments négatifs ne le découragèrent pas, lui donnant l'impression de n'être qu'un prologue. Intuitivement, il pressentait que ce qui allait suivre serait nettement plus agréable à entendre.

— Mais, enchaîna-t-elle.

Le petit mot qu'il attendait, qu'il espérait, fit naître un sourire sur ses lèvres. Serena marqua une halte et il attendit, se gardant bien de la presser de poursuivre.

— Ta proposition comporte aussi des avantages. Je ne serais pas seule à Las Vegas puisque mon amie Alex vient d'accepter un poste là-bas. Cependant, il n'y a pas que cela : je me sens également responsable de ce qui s'est passé. Mes amies ne partagent pas mon avis mais je ressens le besoin de t'aider à redresser la situation. Bien que…

Cette fois, il l'interrompit.

— Quelle que soit ta décision, Serena, je ne voudrais surtout pas qu'elle soit guidée par une culpabilité mal placée. Tes amies ont raison sur ce point : tu ne me dois rien.

— Tu devrais leur plaire !

Elle ponctua ces mots d'un éclat de rire puis s'empressa d'ajouter :

— Non que notre mariage soit appelé à durer, bien sûr.

— Cela signifierait-il que…

Il n'en dit pas plus long, n'osant pas exprimer l'espoir qui commençait à vibrer en lui.

— Oui. Je vais retourner à Las Vegas et faire le nécessaire.

— A t'entendre, on croirait que tu t'apprêtes à t'acquitter d'une corvée ! observa-t-il d'un ton sec.

— Désolée. J'imagine que tu as compris ce que je voulais dire.

— En effet.

Machinalement, il accompagna ce mot d'un hochement de tête et retourna s'asseoir sur le sofa.

— Merci, ajouta-t-il.

— Je t'en prie. Merci à toi de me prêter de l'argent pour monter ma propre affaire, surtout une telle somme ! Mon banquier n'y aurait jamais consenti… Je te rendrai jusqu'au dernier centime, promis. Et merci aussi de t'être engagé à me présenter de futurs clients.

Le prêt, les contacts… Voilà donc les raisons pour lesquelles elle acceptait de le suivre dans cette aventure. Refoulant sa déception, il s'éclaircit la voix avant de déclarer :

— Je t'en prie. Il me tarde de goûter à l'une de tes œuvres d'art.

— Euh… Jonas ?

— Oui.

— Il y a certains points sur lesquels il me semble important d'insister.

— Je t'écoute, fit-il, les mâchoires serrées.

— En premier lieu, je pense que les termes de ce… marché devraient être écrits noir sur blanc, de façon explicite.

— Un contrat verbal peut-être défendu devant un tribunal, mais je suis d'accord avec toi.

— Je n'ai aucune intention de te poursuivre en justice, déclara-t-elle aussitôt. Mais Jayne pensait que… Enfin, je pensais plus exactement…

— Rassure-toi, ta requête me paraît tout à fait justifiée, Serena, et, dans la mesure où les contrats n'ont aucun secret pour moi, je m'en occuperai dans les meilleurs délais.

— Très bien.

— As-tu autre chose à ajouter ?

— Je souhaiterais que chacun de nous ait la possibilité de se désengager à n'importe quel moment.

Cette clause ne plaisait pas outre mesure à Jonas mais il comprenait que Serena la juge importante. Elle avait besoin de ne pas se sentir emprisonnée si, à Las Vegas, la situation lui semblait intenable.

— Une porte de sortie ? D'accord.

— Il va de soi que, si je décidais de rompre notre pacte

avant les élections, je ne m'attendrais pas à ce que tu tiennes tes engagements envers moi.

Il aurait dû se réjouir qu'elle concentre son attention sur l'aspect professionnel de leur relation mais, en fait, cela commençait à l'agacer.

— Soit, ce sera noté sur le contrat, dit-il sèchement. Autre chose ?

Il perçut son hésitation.

— Eh bien, oui. En ce qui concerne notre relation, quand nous ne serons pas en public…

Jonas attrapa une nouvelle bouteille de bière dans son réfrigérateur. Il pressentait qu'une longue gorgée lui serait bientôt bénéfique, sinon indispensable.

— Oui ?

— Notre mariage sera purement factice : en public, nous jouerons les amoureux, pas en privé.

Elle attendait de lui qu'il s'engage dans une relation platonique, qu'il oublie leurs baisers enflammés, leurs étreintes fougueuses et le plaisir intense qu'ils avaient connu dans les bras l'un de l'autre.

L'avocat qu'il était savait fort bien que cette requête n'était pas dépourvue de fondement. Poursuivre une relation intime ne ferait que compliquer davantage encore une situation déjà très complexe, qui deviendrait extrêmement difficile si leur nuit de noces s'avérait fertile. Assoiffés l'un de l'autre, ils n'avaient, en effet, pris aucune précaution.

Jonas finit sa bière d'une traite. Si Serena était enceinte ou venait à l'être, mettre un terme à leur mariage s'avérerait bien plus compliqué, quel que soit le résultat des élections.

— Puisque tu abordes le sujet, dans la mesure où nous n'avons rien utilisé l'autre soir, y aurait-il un risque de…

Il ne finit pas sa phrase et, en dépit de la longue gorgée de bière, sentit sa gorge s'assécher.

— Non.

Après ce bref échange personnel, la conversation reprit la tournure presque professionnelle qu'elle avait eue jusque-là. Très pratiquement, ils évoquèrent l'installation de Serena à Las Vegas. Jonas louerait un véhicule utilitaire pour transporter les affaires dont elle aurait besoin sur-le-champ, le reste serait envoyé par une société de transports ou resterait dans l'appartement. Plus tard, elle réfléchirait à une éventuelle sous-location.

Lui précisant l'heure de son arrivée à San Diego, le vendredi, il promit de lui envoyer par e-mail une copie de ses déplacements dans la semaine afin qu'elle puisse le joindre en cas de besoin.

Une fois tous ces renseignements fournis, ils marquèrent tous deux une pause.

— Merci, Serena, dit-il d'une voix grave.

Le « Je t'en prie » qu'elle lui murmura était à peine audible.

— A vendredi, donc ?

— A vendredi, répéta-t-elle avec un rire nerveux.

Voilà qui était réglé, songea-t-il en raccrochant. Il aurait dû se réjouir que tout se soit passé aussi facilement, qu'elle ait accepté presque sur-le-champ le marché qu'il lui proposait mais, au fil du temps, il sentit un poids de plus en plus lourd peser sur ses épaules. Comment diable réussirait-il à vivre sous le même toit que Serena, dans la chasteté la plus absolue ?

5

Quatre jours plus tard, il n'avait toujours pas trouvé de réponse à cette question lorsque, après avoir parcouru près de six cents kilomètres, il se gara à midi devant l'immeuble de la jeune femme.

Jonas était connu pour sa maîtrise sur lui-même mais, sans qu'il soit capable de s'expliquer comment, Serena était parvenue à la faire voler en éclats. Même en se repassant mentalement le film de leur rencontre, des heures qui avaient suivi, il ne comprenait pas. Quoi qu'il en soit, il ne pouvait pas changer le passé et devait à présent assumer les conséquences de ces moments d'égarement.

Il soupira et descendit de la camionnette. Le soleil luisait dans un ciel sans nuages, et la chaleur montant du bitume ne justifiait pas, à elle seule, la moiteur de ses mains.

Après un instant d'immobilité devant l'immeuble, il redressa les épaules et y entra. La porte de l'appartement qu'occupait Serena était entrouverte et, au fur et à mesure de son approche, il put constater qu'elle n'avait pas attendu la dernière minute pour préparer ses affaires : deux valises et plusieurs cartons encombraient l'entrée. Il s'apprêtait à les enjamber et à annoncer son arrivée quand la voix de Serena retentit, vibrante de colère.

— Quelle idée d'être venus !

Interdit, il finit par comprendre qu'elle ne s'adressait pas à lui. Elle avait de la compagnie.

Une voix féminine, aux accents rauques, lui répondit.

— Nous sommes venus essayer, une fois de plus, de te

mettre un peu de plomb dans la cervelle ! Mais j'imagine que nous n'aurons pas plus de succès que précédemment…

— Te voilà presque trentenaire, Serena Jean, enchaîna une voix masculine aux intonations brusques. Quand donc vas-tu cesser de te rebeller et consentir à agir comme une adulte responsable ?

Jonas serra les mâchoires. Il s'agissait, sans nul doute, des parents de Serena et il devinait que ce qui allait suivre ne serait pas très agréable. S'armant de courage, il passa le seuil de l'appartement, un sourire aux lèvres.

Le soir de leur rencontre, Serena avait évoqué ses parents. Lorsqu'elle lui avait parlé de son père, Buck Warren, un officier de marine à la retraite, il avait imaginé un homme à l'expression sévère, bien bâti et se tenant droit comme un I. Il constatait à présent qu'il ne s'était guère trompé. L'ancien officier avait, de surcroît, un regard d'acier qui se durcit un peu plus encore lorsqu'il se posa sur lui.

— Cet individu serait-il l'espèce de…

— Jonas Benjamin, l'interrompit-il d'une voix calme et assurée en avançant vers lui, la main tendue. Le mari de Serena.

Prononcer ces mots lui procura une sensation étrange, mais l'heure ne se prêtait pas à l'analyse de ses réactions : le regard féroce, Buck Warren était en train de lui broyer la main. Ne voulant pas être en reste, il serra lui aussi très fort cette main rude, et déclara :

— Enchanté de vous connaître.

En guise de réponse, Buck émit un rire sec qui fit aussitôt réagir Serena.

— Papa, s'il te plaît…

Debout près du bureau, elle vidait les tiroirs et en rangeait le contenu dans un carton. La chemise en voile de coton couleur framboise aux manches amples qu'elle portait lui donnait l'allure gracile d'un papillon doté de merveilleuses jambes, que révélait généreusement un short en jean très court. Cette tenue était complétée par une paire de spartiates en cuir argenté et de longues boucles d'oreilles, semblables à celles qui avaient attiré son attention le soir de leur rencontre.

A la fois extravagant et sensuel, cet accoutrement était

à mille lieues des tenues féminines qui plaisaient à Jonas en temps normal. Pourtant, cette fois encore, un étrange courant circulait entre eux, quelque chose qui ressemblait à de la complicité.

Serena lui rendit son sourire mais il remarqua que ses traits accusaient une certaine fatigue. Fatigué, il l'était lui aussi et il n'avait pas dû, comme Serena, préparer un départ improvisé.

— Tu es en avance, dit-elle.

— Je crois plutôt être en retard. A cause de quelques embouteillages sur l'autoroute 15.

— Vraiment…

Elle baissa les yeux sur son poignet, s'attendant apparemment à y trouver une montre, mais il n'était orné que de quelques bracelets en coton tressé et en cuir.

— J'ai dû perdre un peu de temps… Mes parents sont passés à l'improviste.

Sa voix s'était faite glaciale.

La femme qui se tenait à la fenêtre fit soudain volte-face.

— Que croyais-tu ? Que nous te laisserions t'installer dans un autre Etat avec un parfait inconnu, sans lever le petit doigt ?

— Je te présente ma mère, Susanne, fit-elle, tendue.

Jonas remarqua la ressemblance existant entre les deux femmes : chez l'une comme chez l'autre, on retrouvait le même délicat ovale de visage, le teint d'ivoire et les grands yeux verts. Mais rien, en Susanne, ne reflétait l'extraordinaire vitalité qui habitait sa fille. Par ailleurs, le temps ne s'était pas montré très tendre à son égard et la nicotine n'était sans doute pas étrangère à cette peau abîmée, songea-t-il, en la voyant porter nerveusement à sa bouche une cigarette.

— Enchanté, madame.

Cette fois, il eut droit à une poignée de main brève, distante, puis Susanne exhala la fumée de sa cigarette sans paraître se soucier de la proximité de son interlocuteur.

— Maman ! protesta Serena, horrifiée, tandis qu'il s'écartait d'elle avec une lenteur délibérée, sans cesser de l'observer.

L'œil scintillant de colère, la jeune femme se tourna vers lui.

— Comme tu l'as certainement remarqué, mes parents ne sont pas très satisfaits du comportement de leur fille…

Après avoir ponctué sa phrase d'un rire dénué de gaieté, elle ajouta :

— A vrai dire, ils le sont rarement… pour ne pas dire jamais !

Jonas ignorait comment elle avait présenté la situation à ses parents et regretta qu'ils n'aient pas pris le temps d'aborder ce sujet avant cette rencontre. Mais, quelle que soit la version qu'elle leur avait donnée, ils devaient maintenant présenter un front uni.

Il se rapprocha d'elle et lui passa le bras autour des épaules.

— Je comprends que cette décision subite les surprenne. Peut-être devrions-nous nous asseoir pour en discuter tranquillement ?

Il sourit tour à tour à Susanne puis à Buck, avant de baisser le regard sur Serena.

— Est-ce qu'elle est enceinte ?

Devant cette question brutale du père, Jonas sentit sa gorge se nouer, bien qu'ils aient déjà écarté cette éventualité.

— Elle prétend ne pas l'être, lança Susanne sans leur laisser le temps de répondre, mais je ne vois aucune autre raison à sa fuite soudaine à Las Vegas, avec quelqu'un que nous ne connaissons pas et dont elle ne nous a même jamais parlé !

— Je ne suis pas enceinte et je ne m'enfuis pas, maman ! Comme je crois vous l'avoir déjà expliqué deux fois, à papa et à toi, j'ai rencontré Jonas le week-end dernier, quand je suis partie à Las Vegas avec mes amies.

— Drôles d'amies ! rétorqua Susanne avec un rire grinçant. Qui n'étaient même pas présentes quand tu as rencontré ce… monsieur !

— Ce n'est pas leur faute si…

— En effet, c'est entièrement la tienne ! asséna son père, lui coupant la parole.

— A se demander si ton cerveau n'est pas rempli de ce glaçage dont tu te sers pour décorer tes gâteaux !

— Si je puis me permettre…, intervint Jonas.

— Non ! J'ai déjà rencontré des individus dans votre genre, plutôt beaux garçons, dotés de plus d'argent que de cervelle !

— Papa…

Mais Buck n'envisageait pas d'en rester là. Les bras croisés, Jonas attendit que l'ancien officier de marine, à la mentalité apparemment aussi rigide que le maintien, en ait terminé.

— Des gosses de riches qui n'ont jamais travaillé de leurs mains et suivent le chemin tracé par papa ! enchaînait déjà l'officier. Moi, je me suis fait tout seul, et mon grade, je l'ai gagné sans rien devoir à qui que ce soit !

Cette fois encore, Serena essaya de le freiner.

— Papa, si tu pouvais nous épargner le chapitre des classes sociales…

Ignorant délibérément la jeune femme, il darda sur Jonas un regard dur.

— Qu'attendez-vous au juste de ma fille ? Elle est jolie, certes, surtout quand elle ne se teint pas les cheveux de toutes les couleurs !

— Et quand elle ne porte pas ces affreux piercings aux sourcils ! renchérit Susanne.

A ces mots, Jonas, qui tenait toujours la jeune femme par les épaules, inclina discrètement la tête pour la regarder de plus près. Des piercings ? Il imaginait mal la ligne parfaite de ces sourcils gâchée par ces instruments de torture !

— Je les ai portés pendant deux mois, pas plus, rétorqua la principale intéressée, et permets-moi de te rappeler que j'avais vingt ans à peine.

Buck balaya ces objections d'un geste de la main et, s'adressant toujours à Jonas, poursuivit :

— Ce que j'essaie de vous expliquer, c'est qu'elle n'est pas plus votre genre que vous n'êtes le sien.

Difficile de prétendre le contraire. C'était ce que lui avait dit aussi son directeur de campagne, dès le premier instant. Pourtant…

— Les extrêmes s'attirent, déclara alors Serena. La preuve : maman et toi.

Pour toute réponse, Buck grommela quelques syllabes inintelligibles tandis que Susanne creusait les joues, aspirant le plus profondément possible la fumée de sa cigarette. Jonas n'avait nul besoin d'un psychologue pour deviner que les Warren n'étaient pas heureux ensemble. Il le regrettait pour eux mais surtout pour Serena. Si ses propres parents ne frisaient pas la perfection, son père se montrant souvent exigeant et autoritaire, ils étaient la bonté pure, comparés à ceux de la jeune femme.

Comme il tenait à apaiser les esprits, il leur sourit avant de reprendre la parole.

— Votre fille m'inspire beaucoup de respect et…

Mais cette fois encore, Buck ne le laissa pas poursuivre.

— Que se passe-t-il au juste entre vous ? interrogea-t-il, la mine suspicieuse.

— Rien de plus que ce que je t'ai expliqué, papa. Je n'avais jamais jusqu'ici rencontré quelqu'un comme Jonas. Nous nous sommes plu au premier regard… et voilà !

— J'ai bien compris que vous vous êtiez mariés sur un coup de tête et, venant de toi, ça ne me surprend pas ! Tu as moins de jugeote qu'un moineau ! Mais tu me caches quelque chose, j'en suis sûr. Pourquoi voudrais-tu du jour au lendemain abandonner ta vie actuelle, un métier que tu aimes pour quelqu'un que tu viens tout juste de rencontrer ?

— Tiens donc ! répliqua-t-elle, un sourcil levé. Jusqu'ici, tu ne daignais pas qualifier mon activité de « métier », tu le décrivais plutôt comme une sorte de folie passagère.

— Je n'ai pas changé d'avis, mais l'activité en question a, au moins, eu le mérite de retenir ton attention pendant quelques mois !

— Onze, très exactement.

D'un geste agacé, Buck passa la main sur ses cheveux poivre et sel, coupés en brosse, avant de reporter son attention sur Jonas.

— Que se passera-t-il quand vous vous serez lassé d'elle ? Actuellement, elle représente pour vous une nouveauté, mais j'ai bien compris au premier regard que vous ne jouiez pas dans la même cour, et vous le savez aussi bien que moi, Benjamin !

— Stop ! l'arrêta ce dernier, la main tendue.

Les yeux plissés, Buck retint son souffle.

— Pardon ? fulmina-t-il.

— Vous avez très bien entendu. Je vous rappelle que vous êtes en train de parler de ma femme.

Jonas avait réussi jusque-là à se contenir, à ne pas se départir de sa politesse, mais l'arrogance de Buck Warren lui devenait insupportable.

— A qui donc croyez-vous parler, Benjamin ? lança celui-ci d'un ton menaçant.

Il avança de deux pas en direction de Jonas, qui fit de même. Debout au centre de la petite pièce, ils se mesurèrent du regard.

— Vous ne manquez pas d'aplomb ! dit enfin Buck.

— Votre fille non plus.

Ils continuèrent à s'observer, immobiles. Buck finit par hausser les épaules et lâcher avec un rire sarcastique :

— Après tout, ce n'est plus mon problème. Je vous aurais prévenu, à vous de vous débrouiller, maintenant !

La voix de Susanne retentit alors.

— Tu envisages d'en rester là ? demanda-t-elle en écrasant rageusement sa cigarette dans une plante.

— Que voudrais-tu que je fasse ? Elle est adulte maintenant, même si elle se comporte toujours comme une gamine !

Il recula d'un pas, examina Jonas de pied en cap et reprit :

— Celui-ci au moins a une allure décente : pas de cheveux longs, pas de tenue hippy… Je suppose qu'il doit gagner convenablement sa vie.

— Elle nous a dit qu'il était avocat, mais supposons qu'ils se séparent, dans un délai plus ou moins bref, qui assumera les frais de mademoiselle, puisqu'elle a démissionné ?

— Allez-vous vous taire, tous les deux ? explosa Serena, qui trouvait leur attitude abjecte. Rassurez-vous, vous êtes bien les dernières personnes que j'appellerais au secours en cas de problème, et sachez, pour en finir, que je n'ai pas épousé Jonas pour son argent.

Susanne leva les yeux au ciel en ricanant.

— Quand la vie de femme mariée ne lui conviendra plus, elle viendra frapper à notre porte, j'en suis sûre et certaine ! Comme cette fois où elle est partie à Los Angeles pour entamer une carrière d'actrice et s'est retrouvée serveuse dans une pizzeria !

— J'avais dix-neuf ans à cette époque. Je sortais à peine du lycée.

— Dix ans plus tard, tu continues à agir sur des coups de tête, déclara Susanne d'un ton accusateur.

A en juger par cet échange de propos, Serena n'avait manifestement pas expliqué à ses parents les motifs réels de son départ pour San Diego. Il n'avait aucun mal à imaginer leur réaction s'ils avaient connu tous les tenants et aboutissants de cette affaire.

Cette fois encore, il chercha à apaiser les tensions.

— Vous ne me connaissez pas, et je comprends bien que la nouvelle vous choque. Pourquoi ne pas nous asseoir et parler de cette situation de manière calme et rationnelle ?

Il s'avéra que ces termes-là faisaient référence à des concepts inconnus des Warren, lesquels quittèrent l'appartement dans les minutes suivantes, non sans avoir affirmé à leur fille qu'elle n'avait jamais été pour eux qu'un sujet de déception et qu'ils allaient la déshériter.

Lorsque le bruit de leurs pas se fut atténué dans l'escalier, Jonas et Serena restèrent immobiles pendant quelques minutes qui leur parurent interminables. Le silence qui les enveloppait était lourd, dense, pareil à celui qui suit un violent orage.

— Serena, je suis sincèrement désolé.

Le mot paraissait ridicule, par rapport à ce qu'il ressentait après avoir assisté à une scène pareille. Pour protéger ses propres intérêts, il avait semé la panique dans la vie de la jeune femme.

— Veux-tu te lancer à leur poursuite pour essayer de… pour éviter d'en rester là ? Je peux m'en charger si tu préfères…

Elle secoua la tête et se remit à vider les tiroirs du bureau.

— Sache que… je comprendrais que tu désires rompre notre pacte.

Bien sûr, égoïstement, il préférait qu'elle n'en fasse rien.

— Merci, mais je n'envisage pas de changer d'avis.

— Tu peux au moins t'accorder un temps de réflexion…

Il vit l'expression de son visage s'adoucir.

— Tu as besoin de moi, murmura-t-elle simplement.

Il avait en effet besoin d'elle mais pas au point d'oublier qu'il était aussi un homme d'honneur.

— De là à semer la zizanie dans ta famille !

Le carton était désormais plein et Serena le referma avant de répondre à Jonas.

— Ne t'inquiète pas pour cela.

Son attitude blasée le surprit.

— Mais ils ont dit qu'ils te déshéritaient !

— Ce n'est pas la première fois, et probablement pas la dernière. A leurs yeux, je n'ai jamais valu grand-chose, il y a bien longtemps que j'ai arrêté de vouloir changer les choses.

Jonas décela du chagrin sous cette apparence résignée, le comprenant d'autant mieux qu'il portait lui-même une blessure semblable, qui tardait à cicatriser.

— Mon père me considère, lui aussi, comme un sujet de déception.

Sur le point de commencer à remplir un autre carton, elle s'arrêta net et leva les yeux sur lui.

— Toi ?

— Dans le plan qu'il aurait aimé me voir suivre, je devrais aujourd'hui être marié, avoir deux enfants, un troisième en chemin et une carrière politique déjà bien amorcée.

— De ces trois buts, il ne t'en reste plus que deux à atteindre. Certes, je suppose que je ne suis pas pour lui la belle-fille rêvée…

— Pas tout à fait…

Il ignorait, en revanche, si les réticences de son père étaient dues à la personnalité et au statut de Serena plutôt qu'à leur situation pour le moins particulière.

Cette réponse ne sembla pas la blesser.

— Par contre, je crois que mon père a été agréablement surpris par son nouveau gendre. Ton apparence physique soignée n'y est pas étrangère, comme il l'a si délicatement souligné, mais je pense que tu t'étais déjà frayé un chemin jusqu'à son cœur quand tu as résisté à sa poignée de main !

Roulant des prunelles, Jonas éclata de rire.

— Il t'a même dit que tu ne manquais pas d'aplomb, ce qui pour lui est un compliment !

— J'évite en général de me laisser intimider.

Après avoir refermé le carton et y avoir collé pour plus de sécurité un large ruban adhésif, elle redressa la tête et le fixa.

— Moi aussi.

Elle soupira avant d'ajouter :

— Mais j'avoue qu'il ne me tarde pas d'entendre leurs « C'était couru d'avance ! » quand je quitterai Las Vegas après notre divorce.

— N'oublie pas qu'entre-temps, tu auras monté ta propre entreprise ; ils pourront difficilement te reprocher de ne pas avancer dans la vie.

— Tu as raison. Elle s'appellera Serenity Cakes.

Il la dévisagea, étonné.

— Tu as déjà trouvé le nom de ta future boutique ?

— Depuis longtemps !

— Serena, Serenity… Ça me plaît bien.

— Merci.

Après s'être frotté les mains, elle les posa sur ses hanches et sourit à Jonas.

— Bien, sur les quatre parents, il ne nous en reste plus que deux à affronter !

— Les miens devraient se montrer plus souples. Ils passent, de toute façon, le plus clair de leur temps à Washington, même si ma mère est en ce moment à Las Vegas. De plus, ils sont au courant de notre arrangement, ainsi que ma sœur aînée, Elizabeth.

Persuadé que la nouvelle serait accueillie avec soulagement, il fut surpris de voir la jeune femme pâlir.

— Ah ? Ils… savent ?

— Mon directeur de campagne s'est chargé de transmettre l'information à mon père.

Jonas n'avait d'ailleurs pas apprécié cette démarche, même s'il avait eu l'intention d'informer ses parents du changement qui allait s'opérer dans sa vie. Il aurait préféré présenter les événements à sa façon et au moment qui lui aurait semblé le plus adéquat.

— Je ne sais pas si je te l'ai dit, mais mon père siège au Congrès. Jameson a préféré prendre les devants pour éviter qu'il n'apprenne la nouvelle par la presse à scandale, au cas où il y aurait une fuite.

— Jameson a l'air très… pointilleux.

— C'est bien le moins qu'on puisse dire ! Mais ça entre dans le cadre de ses fonctions, il met tout en œuvre pour que je remporte cette élection.

— C'est ce que je devrai faire aussi, je suppose…

Ils firent rentrer à l'arrière de la camionnette les valises et la plupart des cartons. Le reste serait expédié, et ce dont elle n'aurait pas besoin pendant les mois à venir resterait dans l'appartement jusqu'à ce qu'elle trouve un sous-locataire ou revienne à San Diego. Elle avait également décidé de laisser sa voiture sur place, Molly et Jayne lui avaient promis de passer de temps en temps la faire démarrer. Serena savait que le vieil engin aurait du mal à aller jusqu'à Las Vegas et à en revenir sans quelques arrêts chez un mécanicien.

— Prête ? lui demanda-t-il au moment où ils allaient quitter l'appartement.

Elle lui sourit.

— Autant que faire se peut ! Tu n'as pas oublié que mes amies nous attendent ?

— Non. Il faudra que tu me guides pour arriver jusque chez elles.

Après l'annulation à la dernière minute de son mariage, Jayne s'était installée dans la petite villa de Molly.

— Ce n'est pas très loin et cela ne représente pas un grand détour. Je pense que tu devrais les trouver sympathiques.

— Et elles, crois-tu qu'elles me trouveront sympathique ? Après tout, je comprendrais qu'elles m'accueillent avec froideur, ou tout au moins avec méfiance.

Elle lui répondit par un simple haussement d'épaules et lui fournit les indications pour arriver chez ses amies. Pendant qu'il conduisait, elle ne put s'empêcher de lui lancer des regards à la dérobée. La vue de ce profil bien dessiné ravivait les souvenirs de la nuit qu'ils avaient passée ensemble.

Leur nuit de noces…

Ces mots résonnaient étrangement dans son esprit…

Prise d'une soudaine envie de glisser les doigts dans les cheveux blonds de son voisin, elle reporta en hâte son attention sur la route. Il ne fallait surtout pas qu'elle s'égare, qu'elle se laisse aller à imaginer ce qu'aurait pu être leur relation.

— Mes amies te réserveront un accueil tout à fait normal. Elles savent parfaitement pourquoi je pars avec toi.

Et elle ferait bien de s'en souvenir, elle aussi.

6

Ils ne restèrent pas plus d'une heure chez Molly et Jayne, le temps de procéder aux présentations et de boire un rafraîchissement, accompagné de divers toasts et canapés. Après quelques instants de gêne, la rencontre s'avéra détendue et agréable, comparée à celle qui avait eu lieu un peu plus tôt avec les Warren. Cette mansuétude ne manqua pas d'étonner Serena, d'autant plus qu'à plusieurs reprises, elle surprit des regards bizarres entre Molly et Jayne.

Lorsque Jonas, avant le départ, leur faussa compagnie, pour aller se rafraîchir dans la salle de bains, elle comprit enfin ce qui se passait.

— Dis-nous tout, maintenant, demanda fiévreusement Molly dès qu'il fut hors de portée d'oreille. Ce mariage n'est pas seulement un mariage de convenance, n'est-ce pas ?

Serena cligna des paupières.

— Pourquoi me poses-tu cette question ?

Repoussant en arrière ses cheveux bruns, Molly inclina la tête de côté et dévisagea son amie.

— Parce que j'ai l'impression de me retrouver au Bellagio, le soir où vous vous êtes connus : il y a exactement la même électricité dans l'air !

— Je n'y étais pas, intervint Jayne mais, pour ce qui est de l'électricité, je confirme.

Serena haussa les épaules.

— Il y a en effet une certaine attirance entre nous, je ne cherche pas à le nier et je vous en ai d'ailleurs parlé l'autre soir. Rien que de très normal : Jonas est un beau spécimen masculin. Mais ce n'est pas très important.

Cette conclusion lui valut un regard sceptique de Molly.

— Ne minimise jamais le pouvoir de l'attirance, murmura-t-elle. Elle peut être la cause de bien des folies…

— Inutile de me le rappeler, murmura Jayne, une pointe d'amertume dans la voix.

— Ce n'est pas à toi que je m'adressais.

Serena allait reprendre la parole quand Jayne se tourna vers elle.

— Es-tu sûre de ne pas commettre une erreur ? Je sais bien que nous en avons longuement discuté l'autre soir et que ce mariage temporaire nous est apparu comme une bonne solution mais je me fais du souci pour toi. Tu vas être si loin de nous…

Serena avala sa salive, cherchant à chasser le nœud qui venait de se former dans sa gorge.

— Il y aura Alex.

— Je sais bien, mais je ne voudrais pas te voir malheureuse.

Comme l'avait été Jayne…

Serena se rapprocha de son amie et la serra dans ses bras.

— Ne t'inquiète pas, Jonas et moi ne sommes pas amoureux l'un de l'autre.

Ces mots, qui se voulaient rassurants, éveillèrent soudain en elle quelques doutes. Jusque-là, elle n'avait jamais imaginé qu'elle puisse s'éprendre de quelqu'un ou s'engager dans une relation. Elle ne s'en était d'ailleurs jamais laissé l'opportunité, s'empressant de briser toute histoire avant même qu'elle ne prenne la forme d'une idylle. Cette stratégie avait fait ses preuves.

Jusqu'à ce qu'elle rencontre Jonas durant ce week-end à Las Vegas. Qu'avait-il donc de différent ?

L'objet de ses pensées revint alors et sourit à la ronde.

— Je crois que l'heure du départ a sonné.

Le sourire rayonnant qu'afficha alors Serena était surtout destiné à tranquilliser ses amies. Le petit groupe se dirigea vers la porte.

— Ne vous inquiétez pas, dit-il à Molly et à Jayne. Je prendrai soin de votre amie.

— Je l'espère pour vous ! lança Molly, de sa voix la plus menaçante d'institutrice.

Au lieu de s'en formaliser, il les invita à rendre visite à la jeune femme.

— Vous serez les bienvenues à la maison. J'ai une chambre d'amis que vous partagerez avec Serena, s'empressa-t-il de préciser. Je vous ferai découvrir un autre Las Vegas, loin des casinos et des enseignes au néon.

Les enseignes au néon furent cependant ce que Serena aperçut en premier quand elle ouvrit les yeux. Elle s'était endormie dans le siège passager de la camionnette et se redressa en grimaçant, les muscles endoloris. Il était plus de minuit et ils ne s'étaient arrêtés que deux fois pendant le trajet pour prendre un café et, plus tard, pour dîner. Sitôt remontée dans le véhicule, elle avait sombré dans le sommeil.

— Nous serons chez moi dans un quart d'heure environ, lui dit Jonas.

— Désolée de m'être montrée de si piètre compagnie.

Elle accompagna cette phrase d'un sourire d'excuses.

— Tu avais besoin de dormir, la semaine n'a pas été de tout repos pour toi.

Elle acquiesça avec une petite grimace.

— Si j'ai bien compris, tu habites un appartement qui se compose de deux chambres ?

Il ne lui restait plus qu'à espérer que l'appartement en question soit beaucoup plus grand que le sien. S'ils étaient appelés à cohabiter quelques semaines, voire quelques mois, mieux valait qu'ils disposent d'un minimum d'espace vital. Ce serait plus confortable et, surtout, plus prudent.

— Oui, dans un gratte-ciel rénové du centre-ville, près de Fremont Street.

Serena hocha la tête et il se lança dans d'autres explications qu'elle écouta d'une oreille distraite.

— Je l'ai acheté à la fin de mes études de droit. Il s'agissait au départ d'investir l'héritage reçu de mes grands-parents. Je pensais acheter, plus tard, une maison aux abords de la ville et mettre cet appartement en location.

Se tournant vers elle, il lui sourit.

— Je n'imaginais pas me sentir aussi bien dans ce quartier, à la fois très animé et plaisant. Il me suffit de descendre dans la rue pour avoir le choix entre une dizaine de restaurants et magasins de toutes sortes. De plus, mon cabinet est situé tout près de là, je n'y trouve donc pour le moment que des avantages.

— Ça a l'air très agréable.

Elle aimait être au cœur de la ville, dans les quartiers vivants.

— Tu devrais t'y plaire, affirma-t-il en conclusion.

— J'en suis sûre. De toute façon, comparé à la boîte de chaussures où j'ai vécu jusqu'ici, je pense que cet appartement aura pour moi des allures de palace !

— Tu y as habité longtemps ?

Serena se dit que c'était le genre de questions que se posaient mutuellement des célibataires à leur première rencontre, lorsqu'ils cherchaient encore à se découvrir. Leur cas était pour le moins atypique : la première rencontre s'était soldée, pour eux, par un mariage immédiat. Lui plairait-elle toujours quand il la connaîtrait mieux, qu'ils partageraient le quotidien ? Il avait résisté à la première épreuve, pourtant ardue, et n'avait pas pris ses jambes à son cou après la confrontation avec les Warren. Bien sûr, dans sa situation, il ne pouvait pas se montrer trop sévère ou exigeant, il avait besoin d'elle.

— Assez longtemps, lui répondit-elle enfin. Pour moi, en tout cas.

— C'est-à-dire ?

— Presque trois ans.

Elle n'avait pas coutume de fournir aux hommes qu'elle rencontrait des détails trop précis sur sa vie et préférait rester pour eux une énigme. Pourtant, comme le samedi précédent, elle se surprit à parler à Jonas en toute liberté.

— Avant d'habiter là, j'ai partagé un appartement avec une fille et son petit ami. Ils fréquentaient une bande de néopunks.

— C'est à ce moment-là que t'est venue l'idée des piercings ?

— Non. Je ne les portais déjà plus à cette époque.

Passant machinalement la main sur son sourcil droit, elle ajouta avec un haussement d'épaules :

— Oh ! Ce n'était qu'un effet de mode qui n'a d'ailleurs pas duré, je ne trouvais pas ça très flatteur.

— Et les cheveux ?

Il n'avait donc rien oublié de la conversation animée avec ses parents.

— Je pense être passée par toutes les couleurs de l'arc-en-ciel, pour le plus grand plaisir de mes parents, comme tu as pu le constater ! Je crois bien qu'en fait, c'est surtout cela qui me plaisait…

A l'instant même où elle prononçait ces mots, elle en saisit toute la pertinence. Pendant de longues années, elle avait opté pour la provocation, face à l'attitude de ses parents à son égard.

— Tes amies aussi ont traversé ce genre de phase ? J'ai du mal à imaginer Molly et Jayne arborant ce genre de coiffure.

Cette remarque la fit rire aux éclats, rire dans lequel perçait l'affection qu'elle portait à ses amies. Elles avaient toutes les quatre des personnalités et des parcours différents mais l'amitié qui les liait depuis cinq ans était indéfectible. Serena savait pouvoir compter sur elles en toute circonstance, et la réciproque était vraie.

— Elles n'ont peut-être pas toujours apprécié mes choix, mais n'ont jamais fait la moindre réflexion déplaisante.

Jonas tendit la main vers elle, et elle retint son souffle quand il lui effleura les cheveux.

— J'aime bien ta couleur actuelle.

— Aucun artifice cette fois, dit-elle s'efforçant d'ignorer le frisson qui venait de la parcourir. C'est ma couleur naturelle.

Ils venaient de s'arrêter à un feu rouge et il se tourna vers elle.

— Et quelle a été ta couleur préférée ?

— Entre toutes ces tentatives un peu folles ?

— Oui.

— Le violet, lui répondit-elle sans hésiter.

Elle sourit au souvenir de l'expression de Molly quand elle l'avait vue à sa sortie de chez le coiffeur.

— J'avais les cheveux aussi courts que toi. Je me coiffais

avec du gel et je les portais dressés sur le crâne, comme un hérisson.

Il sourit, secouant la tête. Même si Serena n'avait pas encore aujourd'hui une apparence des plus classiques, il avait toutefois du mal à imaginer le tableau qu'elle lui décrivait.

— Que se passerait-il, d'ailleurs, si les médias trouvaient une photo de moi datant de cette époque ?

Elle s'attendait à voir Jonas grimacer mais son sourire ne fit que s'élargir.

— Je me soucie moins des médias que de la réaction de ma mère !

— Je suppose que tu ne t'es jamais présenté chez toi avec quelqu'un dans mon genre ?

— En effet. En fait, je ne me suis non plus jamais présenté chez moi accompagné d'une épouse ! Quant aux médias, qui sait, peut-être les mettrai-je moi-même sur la piste ? Contrairement à ce que croit mon directeur de campagne, Las Vegas est une ville peu conventionnelle. Je récolterai sans aucun doute les voix de tous ceux qui se rebellent contre un système bien établi.

Serena interpréta ces mots comme une plaisanterie de sa part. Si Las Vegas était aussi peu conventionnelle qu'il le prétendait, pourquoi aurait-il tenu à préserver leur mariage jusqu'aux élections ? Pourquoi aurait-il voulu offrir aux habitants de la ville l'image d'un jeune couple uni et heureux ?

Elle retenait surtout de ses propos le verbe « rebeller ». C'était ce qu'elle avait fait en choisissant de mettre des piercings et de se teindre les cheveux de couleurs bizarres. Ses amies avaient compris avant elle qu'elle cherchait ainsi à s'opposer à ses parents. Elles l'avaient aidée à traverser cette phase difficile, à s'accepter telle qu'elle était et à se frayer un chemin dans la vie.

— Tu es bien calme tout à coup, remarqua Jonas qui venait de redémarrer au feu vert.

— Je pensais à mes amies.

— Serena, je n'ai pas lancé cette invitation à la légère. Elles seront les bienvenues à la maison chaque fois qu'elles voudront venir.

— Je le sais bien. Merci.

— Je veux que tu sois heureuse.

Elle le voulait elle aussi mais, alors qu'ils entraient dans le parking souterrain du gratte-ciel, elle sentit son estomac se nouer de façon alarmante.

— Quelles sont les affaires dont tu auras besoin ce soir ? lui demanda-t-il.

Il venait de se garer et ils se dirigeaient à présent vers le coffre du véhicule.

— Si cela te convient, nous laisserons ici le reste jusqu'au matin.

— Bien sûr.

La gorge nouée, elle hocha la tête.

— Mon nécessaire de toilette et le sac noir posé à côté devraient suffire pour la nuit.

Un ruban rose, souvenir du fameux week-end à Las Vegas, était attaché à l'anse du sac en question. Etait-il possible qu'une semaine à peine se soit écoulée depuis ? Sa vie avait pris un tel tournant en l'espace de quelques jours…

Un bagage dans chaque main, Jonas guida sa compagne vers l'ascenseur. Elle eut l'impression que l'appareil mettait un temps infini pour atteindre le dix-septième étage, ensuite tout se mit à aller très vite.

— Et voilà ! lança-t-il en ouvrant la porte de l'appartement.

Après avoir posé les sacs dans le hall, il conduisit Serena jusqu'à une grande pièce qui faisait office de salle à manger-salon, avec une cuisine attenante séparée par un bar. Tendue, elle regarda autour d'elle, remarquant au passage la belle alliance des tons allant de l'ivoire au brun, avec quelques touches noires. C'était un intérieur élégant, mais un peu froid.

Elle ouvrit la bouche, prête à meubler le silence en complimentant le maître des lieux mais, quand elle leva les yeux sur lui et rencontra son regard intense, les mots s'étranglèrent dans sa gorge.

Un sourire étrange aux lèvres, il lui dit :

— Je suis très attaché aux traditions et j'ai failli te soulever dans mes bras pour entrer, mais les circonstances sont un peu particulières…

Ils se dévisagèrent en silence. Moins d'un mètre les séparait, elle ressentit cette attirance presque palpable qui existait entre eux depuis le premier regard et, d'instinct, recula.

Si Jonas était attaché aux traditions, ce n'était pas son cas et leur mariage n'avait rien de traditionnel.

— Puisque nous abordons ce sujet, autant te dire que je tiens à conserver mon nom de jeune fille.

— Ah ?

— Oui. A quoi bon en changer ?

— Bien sûr. Vu sous cet angle…

Il hocha la tête et lui adressa l'un de ces sourires factices que les hommes politiques affectionnent tout particulièrement.

— Quoi qu'il en soit, bienvenue à la maison… madame Warren !

La maison… Ce n'était pas la première fois qu'il employait ces termes pour décrire son appartement mais elle ne devait pas se laisser prendre au jeu. La maison était un lieu stable, sécurisant, où les familles se réunissaient à l'heure d'un repas qui n'était pas ponctué de disputes et de cris. On ne pouvait donner ce nom qu'à un havre où les parents encourageaient leurs enfants, les couvraient même parfois d'éloges au lieu de les dénigrer, et où maris et femmes n'évoquaient pas en permanence leur prochaine séparation.

Autrement dit, ce lieu n'existait pas pour elle.

— Je veux bien que tu me montres ma chambre, demanda-t-elle avec une extrême courtoisie.

Il fronça les sourcils.

— J'ai l'impression de t'avoir froissée…

Sur le point de nier, elle préféra finalement opter pour l'honnêteté.

— Non, Jonas, tu ne m'as pas froissée mais il faut que les bases de notre relation soient bien claires entre nous : cette maison n'est pas la mienne, je ne suis pas ici chez moi.

— Certes, mais pour le moment…

— Pour le moment, je fais semblant d'être ta femme.

Sans doute s'était-elle exprimée un peu sèchement mais elle ne le regrettait pas. Il fallait qu'ils gardent bien en tête, l'un comme l'autre, le motif de sa venue à Las Vegas.

— Bien sûr. Mais je pensais que…

Il hésita quelques secondes et, tournant les talons pour récupérer ses sacs, ajouta :

— Aucune importance.

Après avoir posé les bagages dans un coin du salon, il s'avança vers la fenêtre, une grande baie vitrée qui offrait une superbe vue de la ville, illuminée à cette heure tardive.

— Comme je te l'expliquais, reprit-il, d'un ton impersonnel cette fois, cet appartement se situe en plein cœur de la ville. Il a une surface de cent soixante mètres carrés, se compose de deux chambres et de cette grande pièce à vivre.

Serena regarda de nouveau autour d'elle et remarqua deux toiles modernes, dans des tons vert olive et orangé. Chaque chose paraissait à sa place, à l'inverse de chez elle où régnait un joyeux fouillis.

— Tout est… parfaitement en ordre, observa-t-elle.

— J'ai une femme de ménage, Mme Danielson, qui vient une fois par semaine mais, à vrai dire, je ne suis pas très désordonné.

Comme pour prouver cette assertion, il prit le trousseau de clés qu'il avait lancé sur le bar et le plaça dans une coupelle apparemment prévue à cet effet.

« Une place pour chaque chose et chaque chose à sa place », ironisa silencieusement Serena.

Mais où donc se trouvait la sienne ? se demanda-t-elle. Elle avait vingt-neuf ans et ne l'avait toujours pas trouvée.

— Mme Danielson s'occupe aussi des courses quand j'ai un emploi du temps trop chargé.

— Je pourrai m'en charger tant que je suis ici.

Machiavélique, elle ajouta avec un sourire doucereux :

— Tu aimes le tofu, je suppose ?

— Je suis prêt à gouter à tout…

Le regard gourmand qu'il posait sur ses lèvres l'incita à tourner la tête en toute hâte. Les souvenirs de leur nuit d'amour affluant, elle préféra se rapprocher du couloir.

— Nous devrions aller nous coucher…

L'ambiguïté de la phrase qu'elle venait de prononcer lui fit monter le rouge aux joues.

— Je voulais dire par là que… je suis très fatiguée, s'empressa-t-elle de rectifier.

Jonas hocha lentement la tête.

— Je te laisse le choix de ta chambre. Celle que j'occupe habituellement est plus spacieuse et confortable que la chambre d'amis et dispose de grands placards et d'une salle de bains privée.

Serena ne s'imaginait pas dormir dans la chambre de Jonas.

« A moins qu'il n'y soit… », lui souffla une petite voix intérieure.

— La chambre d'amis me conviendra très bien, inutile de déménager toutes tes affaires.

— Le matelas de mon lit est de bien meilleure qualité, insista-t-il. Plus ferme…

Cette fois, ce fut lui qui prit un air gêné.

— Rassure-toi, j'ai dormi pendant trois ans sur un lit de qualité très moyenne et il y a fort à parier que celui de la chambre d'amis me fera l'effet d'un cinq étoiles !

— En ce cas…

Il empoigna de nouveau les deux sacs et emprunta le couloir. La première porte à gauche ouvrait sur un bureau où régnait un ordre parfait, et Serena songea en grimaçant à l'état de sa propre table de travail, minuscule, où se mêlaient factures, fiches de salaire et autres documents.

Ils passèrent ensuite devant la chambre du maître de maison, très grande, décorée dans un style minimaliste japonisant et ils parvinrent enfin dans la chambre d'amis, une pièce de dimensions tout à fait convenables, aux murs tendus de papier jaune pâle et aux meubles de ton pastel.

Serena, qui préférait en général des couleurs plus franches et soutenues, hocha la tête, un sourire appréciateur aux lèvres.

— C'est charmant, affirma-t-elle.

Jonas la surprit par un éclat de rire.

— Tu mens très mal.

Elle haussa les épaules, renonçant à jouer plus longtemps la comédie.

— C'est donc si évident ?

— Ma foi… Même si je n'étais pas allé chez toi, j'aurais deviné que tu aimes les couleurs vives.

Elle ne put s'empêcher de sourire.

— Je ne chercherai donc pas à nier plus longtemps ! J'avoue être en effet être attirée par la couleur, aussi bien pour mon intérieur que pour mes vêtements.

— Sur toi aussi.

Cette remarque lui valut un regard étonné de Serena.

— Je ne me teins pourtant plus les cheveux.

— Je pensais plutôt à cette libellule que tu portes tatouée sur la hanche.

Ces mots, ainsi que le regard dont il les accompagna, la firent frissonner. Le souvenir de cette nuit au cours de laquelle il avait redessiné les contours du dessin du bout de la langue, revint, lancinant.

Résolue à ne pas s'aventurer sur ce terrain dangereux, elle lui adressa un sourire poli et tapota le lit.

— Je pense que je vais très bien dormir. Je suis si fatiguée… Après avoir parcouru plus de mille kilomètres dans la journée tu dois l'être, toi aussi.

— Oui.

Son regard, étincelant de désir, démentait ses propos.

— Eh bien… bonne nuit Jonas, murmura-t-elle dans un souffle. A demain.

— A demain.

Mais il ne bougeait pas et elle dut s'approcher de la porte et poser la main sur la poignée pour qu'il consente à quitter les lieux.

Jonas passa la demi-heure suivante à faire les cent pas dans sa chambre. Il ne se sentait absolument pas fatigué et, s'il se couchait, il savait qu'il mettrait un temps fou à s'endormir. Son esprit et son corps étaient en ébullition.

La savoir si près et pourtant inaccessible…

7

Le lendemain matin, la musique réveilla Jonas, un rock endiablé qui lui fit l'effet d'un réveil militaire au clairon. Se redressant d'un bond, il cligna des paupières et fixa le mur à travers lequel filtraient ces sons disharmonieux.

Les souvenirs lui revinrent soudain : la chambre d'amis, Serena.

Le réveil affichait 7 heures du matin : apparemment, son épouse était une lève-tôt, même le samedi matin.

Quelques secondes plus tard, le silence se fit, et il entendit la jeune femme marmonner.

Au moment où il ouvrait la porte de sa chambre, Serena sortait de la sienne, vêtue d'un grand T-shirt blanc sur un boxer-short à carreaux. Jonas avala sa salive. Elle ne lui aurait pas produit plus d'effet si elle avait fait son apparition dans un ensemble de lingerie fine.

— Bonjour, articula-t-il après s'être éclairci la voix.

Elle esquissa une grimace.

— Je suis désolée de t'avoir réveillé. Il y a une batterie de secours sur mon réveil et j'ai oublié de la débrancher quand j'ai préparé mes affaires. Le temps que je le retrouve, ce matin…

— Il fallait de toute façon que je me lève, affirma-t-il avec un sourire.

— Je me rendais à la salle de bains, l'informa-t-elle, la main tendue vers le couloir.

— D'accord. Je vais préparer le café.

Démarrant d'un même pas, ils faillirent se retrouver dans les bras l'un de l'autre.

— Excuse-moi.

— Je suis désolée.

Ils s'étaient exprimés en même temps, reculant chacun vers son côté de mur. Ils se dévisagèrent, et Serena fut la première à reprendre la parole.

— C'est une situation… bizarre.

Jonas hocha la tête puis enfouit les doigts dans son épaisse chevelure blonde.

— Qui devrait s'améliorer, ajouta-t-elle, dès que nous nous serons habitués tous les deux à cette nouvelle vie…

Avec un sourire gêné, elle passa à côté de lui et disparut dans la salle de bains. Jonas soupira avant de s'éloigner vers la cuisine. Manifestement, il ne s'habituerait pas de sitôt à cette présence féminine sous son toit.

Une demi-heure plus tard, ils se retrouvaient dans la cuisine. Ses cheveux encore humides avaient la couleur du cuivre, et elle avait changé son pyjama contre un chemisier blanc orné de dentelle et un bermuda en jean. La tenue en soi n'avait rien d'osé mais elle était portée par Serena…

— Le café est prêt, annonça-t-il avec un sourire crispé. Et j'ai préparé des toasts.

D'un geste de la main il lui désigna le bar, où ils s'installèrent face à face.

— Merci.

Après avoir bu une gorgée de café, Serena regarda autour d'elle.

— Ta cuisine n'est pas très grande mais bien aménagée. Aimes-tu cuisiner ?

Il éclata de rire.

— Je suis à peine capable de faire bouillir de l'eau ! J'imagine que, dans ce domaine, tes capacités dépassent largement les miennes…

— Erreur, monsieur l'avocat. Je sais préparer des gâteaux et, bien entendu, les décorer, mais à part cela…

Elle accompagna ces mots d'une grimace comique.

— Il me semble pourtant bien t'avoir entendu parler de tofu hier soir, non ?

Ce fut elle qui rit, cette fois.

— Je mentais ! Non seulement je ne sais pas comment on le prépare mais je déteste cela.

— Je vois. Eh bien, nous nous nourrirons essentiellement de plats préparés !

— Je suis quand même capable de confectionner certains plats : des salades, des tartes salées, des omelettes ! Que dirais-tu d'une omelette, pour compléter ce petit déjeuner ?

Sans attendre de réponse, elle se leva de son tabouret.

— Voyons ce que contient ton réfrigérateur.

Sans mot dire, Jonas suivit la jeune femme et se tint derrière elle tandis qu'elle inspectait les différents tiroirs et étagères. Quelques minutes plus tard, elle versait dans une poêle chaude des œufs battus auxquels elle avait mélangé du fromage râpé et des fines herbes.

— Il ne faudrait pas que tu te taches, remarqua-t-il, prévenant.

Il prit un grand torchon blanc, qu'il entreprit de lui nouer autour de la taille, mais Serena eut la malencontreuse idée de se tourner à ce moment. Comme aimantés, leurs visages se rapprochèrent, leurs lèvres se cherchèrent et l'attirance folle qu'ils s'efforçaient jusque-là d'ignorer jaillit soudain entre eux. Agrippés l'un à l'autre, ils échangèrent un long baiser passionné, et Jonas se préparait à glisser les doigts sous le chemisier de la jeune femme quand la sonnerie stridente du détecteur de fumée retentit au-dessus d'eux.

L'omelette était carbonisée. De toute façon, ils n'avaient plus faim.

Serena rangeait ses vêtements dans la penderie lorsque Jonas frappa à la porte. A la suite du petit déjeuner écourté, elle avait préféré s'enfermer dans la chambre d'amis avec les cartons qu'il lui avait rapportés.

Cette étreinte l'avait ébranlée, tant par sa fougue que par ce qu'elle impliquait. La façon dont elle s'était abandonnée dans les bras de Jonas, alors qu'elle se l'était formellement interdit, laissait augurer une cohabitation difficile.

— Tu peux entrer, dit-elle, aussi naturellement que possible.

Il ouvrit la porte mais resta sur le seuil.

— Serena, commença-t-il, circonspect. En ce qui concerne ce qui s'est passé tout à l'heure… Je tenais à te présenter mes excuses.

D'un geste brusque, elle ouvrit un coffret qui contenait des boucles d'oreilles.

— N'en parlons plus.

— Tu es en colère ?

— Comme je viens de te le dire, mieux vaut ne plus en parler.

Elle lui tourna le dos, manœuvre inutile puisqu'elle fut confrontée à son image dans le miroir de la penderie.

— En plus, tu m'avais bien précisé que notre mariage ne serait qu'un mariage de convenance, rien d'autre, insista-t-il. Je suis sincèrement désolé.

— Cesse de t'accuser, répliqua-t-elle en faisant soudain volte-face. Pour autant que je sache, nous étions deux !

Cette remarque lui valut un regard incisif de Jonas.

— Voilà donc pourquoi tu es en colère ?

— Je ne vais pas pousser l'hypocrisie jusqu'à prétendre que tu m'es indifférent ! Si tel avait été le cas, nous ne nous retrouverions pas aujourd'hui dans cette situation, n'est-ce pas ?

Elle marqua une pause et plissa à son tour les yeux avant de reprendre, plus bas :

— Pourquoi au juste as-tu voulu m'épouser, Jonas ? Le soir où nous nous sommes connus, tu m'as demandé de rester avec toi, mais pourquoi le mariage ?

— Cette question, je me la suis déjà posée, Serena. Je me suis aussi demandé pourquoi tu avais accepté de m'épouser.

Les lèvres pincées, elle garda le silence.

— Ecoute, je ne suis pas venu frapper à ta porte dans l'intention d'entamer une dispute, soupira-t-il.

— Je sais, tu es venu me présenter des excuses.

— Et te rendre ceci…

Il franchit le seuil de la pièce et ouvrit sa main droite, dans laquelle était nichée une petite boîte en cuir grenat. Immédiatement, elle devina ce qu'elle contenait. L'alliance en platine était accompagnée d'un solitaire monté dans le même style. Serena retint son souffle : étant donné la taille du diamant, Jonas avait dû payer cette bague une fortune.

L'ironie de la scène ne lui échappa pas : il lui offrait ce symbole d'amour et de fidélité au moment même où ils s'interrogeaient sur les raisons de leur mariage. Certes, ces bagues ne représentaient que des accessoires indispensables à son rôle de jeune mariée, et elle n'avait pas à se sentir déçue, même s'ils ne correspondaient guère à ses goûts personnels.

Cette pensée traversa sans doute l'esprit de Jonas car il jugea bon de préciser :

— C'est ma sœur qui a choisi ces bijoux.

Sa sœur… Serena n'avait pas encore rencontré Elizabeth mais elle imaginait qu'elle était du genre à fréquenter les clubs privés et bronzer sur le pont d'un yacht. Sans doute avait-elle de longs cheveux raides qu'elle retenait à l'aide d'un épais bandeau.

— Ces bagues sont très belles, concéda-t-elle.

Belles et classiques…

— Essaie-les.

Elle fit d'abord glisser l'alliance à son doigt ; elle était un petit peu trop grande mais, lorsqu'elle essaya l'autre bague, le diamant pencha aussitôt de côté.

— Il faudra la faire mettre à ta taille, observa-t-il avec un soupir. Dommage, j'aurais aimé que tu puisses la porter ce soir.

Bien sûr. Le dîner de bienfaisance qui se déroulait ce soir était, pour Jonas, l'occasion de présenter son épouse en public. La veille, durant le trajet, il lui avait exposé le déroulement de la soirée. Son directeur de campagne avait décidé qu'organiser une conférence de presse pour annoncer la nouvelle donnerait lieu à de trop nombreuses spéculations et jugeait préférable d'ouvrir une parenthèse pendant ce dîner.

— J'ai une idée.

Elle se dirigea vers la commode où elle avait posé son coffret à bijoux et en sortit une bague fantaisie rectangulaire, avec une imitation de topaze bleue sertie de faux diamants. Quand elle l'eut passée à son doigt, elle fut bien forcée de constater qu'elle éclipsait l'alliance. Elles n'allaient pas du tout ensemble ce qui, de son point de vue, était parfait.

— Voilà qui me ressemble davantage, reconnut-elle avec un sourire.

Il l'observa quelques instants dans un silence songeur et finit par hocher la tête.

Elle lui rendit le solitaire, qu'il glissa dans sa poche.

— Cela me rappelle que j'ai en ma possession quelque chose qui t'appartient, pour être plus précis, deux objets.

Il partit et revint presque aussitôt.

— J'ai trouvé ceci par terre, dans notre chambre d'hôtel.

Il lui tendit l'une des boucles d'oreilles qu'elle portait le soir de leur rencontre.

— Oh… merci. C'est ma paire de boucles d'oreilles préférée. Je pensais l'avoir perdue.

— J'ai également trouvé… euh… ceci.

Il ouvrit l'autre main, dans laquelle il tenait un soutien-gorge couleur lavande, en satin et dentelle.

Le souvenir du moment où il l'avait déshabillée, de leurs caresses ardentes firent s'enflammer ses joues mais, prompte à se ressaisir, elle lança, ironique :

— J'ai l'impression d'être Cendrillon ! Que voudrais-tu que j'essaie en premier ?

— Ai-je le choix ?

Il accompagna cette question d'un sourire qui la décontenança et elle baissa les yeux sur la grosse bague rectangulaire.

— Quelle tenue as-tu décidé de porter ce soir ? reprit-il, afin de revenir sur un terrain plus neutre.

— Craindrais-tu que je te fasse honte ?

Bien qu'elle ait lancé la question sur un ton léger, c'est en retenant son souffle qu'elle attendit la réponse.

— C'était simplement pour trouver une cravate assortie.

— Les problèmes vestimentaires masculins sont tellement plus faciles à résoudre… répliqua-t-elle en fronçant le nez, avant d'ouvrir en grand les portes de l'armoire.

Elle venait d'y ranger toute sa garde-robe, tout au moins la partie qu'elle avait choisi d'apporter, et la passait maintenant en revue, en même temps que Jonas. Quand elle hasarda un regard dans sa direction, elle remarqua qu'il avait l'air préoccupé.

— Quelle tenue faut-il porter à ce genre de soirée ?

— Pas trop fantaisie, répondit-il, l'œil rivé sur des sandales léopard.

Il les avait reconnues sur-le-champ, elle les portait le soir de leur rencontre.

— Une robe devrait faire l'affaire, ajouta-t-il.

Serena réprima une grimace. Le « pas trop fantaisie » était, en ce qui la concernait, très restrictif. L'expression éliminait d'office la plupart de ses robes : la rouge avec les motifs géométriques, celle en voile de coton bleu indigo… Celle en jersey couleur chocolat aurait pu convenir si elle n'avait été aussi décolletée, quant à sa petite robe noire, elle était à la fois trop courte, trop moulante… Trop, tout simplement !

Comme elle poussait les cintres de plus en plus impatiemment, elle vit Jonas froncer les sourcils.

— Voyons, que porterais-tu par exemple pour dîner avec tes amies ?

— Tout dépend de l'endroit, bien sûr, mais en général j'opte pour une tunique ou un chemisier, que je mets sur un jean ou, parfois, une minijupe.

— Une minijupe, répéta-t-il avant d'humecter ses lèvres sèches.

Le croyant horrifié, elle s'empressa de le rassurer.

— Ne t'inquiète pas, je trouverai bien quelque chose de sérieux.

Sans mot dire, il hocha la tête et quitta la pièce.

Une fois Jonas parti, Serena se livra à une nouvelle inspection de sa garde-robe, aussi peu fructueuse que la précédente. Le reste de ses vêtements arriverait bientôt de San Diego mais cela ne changerait rien au problème. La façon dont elle s'habillait jusqu'ici ne correspondait en rien à l'image d'une épouse de candidat aux élections municipales !

Elle hésita moins de trois minutes avant de prendre son portable et composer le numéro de son amie Alex. Après avoir exposé en quelques mots la situation à son amie, elles convinrent d'un rendez-vous en fin de matinée.

*
* *

Une minijupe !

Le jet froid de la douche n'aida en rien Jonas à calmer les ardeurs provoquées par ces mots. Des images perturbantes défilaient dans son esprit : Serena en minijupe en jean, juchée sur ses sandales léopard… vêtue de son seul soutien-gorge lavande.

Dieu du ciel, comment s'y prendrait-il pour refouler le désir que lui inspirait la jeune femme ? Le baiser qu'ils venaient d'échanger dans la cuisine ne l'y avait certes pas aidé.

Une demi-heure plus tard, il finissait tout juste de s'habiller lorsque deux petits coups furent frappés à la porte de sa chambre.

— Je sors, Jonas. Je vais faire du shopping avec mon amie Alex.

— Maintenant ?

En général, les femmes perdaient le sens du temps dès qu'elles posaient le pied dans un magasin.

— Ça ne sera pas très long.

— Tu ne peux pas plutôt remettre cette sortie à demain ?

— Ce serait un peu gênant, je cherche une tenue pour ce soir !

Il l'imagina en train de se déshabiller devant les miroirs des boutiques, et sa réaction fut plus vive qu'il ne l'aurait souhaité.

— Essaie de trouver une tenue décente ! lança-t-il d'un ton sec.

La voyant ciller et reculer, il voulut atténuer la dureté de ses propos mais elle se trouvait déjà au bout du couloir.

— Tout à fait décent, non ?

Alex regarda son amie tourner sur elle-même et eut une moue peu enthousiaste.

— En effet, mais j'ai du mal à te reconnaître dans cette robe droite couleur taupe et ce collier de perles. C'est à la fois décent, plat et ennuyeux !

— Parfait ! Voilà qui devrait plaire à Jonas.

Alex ouvrit grands les yeux.

— En es-tu bien sûre ? Quand il est tombé amoureux de toi, tu ne…

— Erreur, Alex. Il n'est pas tombé amoureux de moi, il a eu envie de moi, ce n'est pas du tout la même chose !

Cette vérité brutale provoqua une douleur aussi soudaine qu'étrange au creux de sa poitrine.

— Il t'a pourtant épousée ? insista Alex.

— Mais il ignore complètement pourquoi et, à vrai dire, moi aussi.

Alex s'avança vers son amie, lui prit la main et la serra dans la sienne.

— Il existe pourtant sûrement une raison. Peut-être vous faut-il juste un peu plus de temps pour la trouver…

Secouant la tête, Serena soupira.

— Je ressemble si peu à ce qu'il attend d'une femme. Même d'une pseudo-épouse ! Il a peur que je ne le mette dans l'embarras, ce soir.

— Est-ce ce qu'il t'a dit ?

— Pas en ces termes mais il a insisté pour que je porte une tenue décente !

Un sourire de commisération aux lèvres, Alex écarta les bras en un geste d'impuissance.

— Dans ce cas, celle-ci devrait le combler de plaisir…

Debout devant le miroir de la boutique, Serena toucha du bout des doigts le collier de perles. Elle pouvait s'acquitter de la tâche qui lui incombait, mais peut-être existait-il d'autres moyens d'y parvenir.

Un sourire gourmand sur les lèvres, elle laissa son instinct de rébellion reprendre le dessus.

— Il me semble avoir vu dans la boutique précédente quelque chose qui ferait très bien l'affaire…

8

Avec un soupir, Jonas refit pour la troisième fois le nœud de sa cravate. Serena était rentrée une heure plus tôt de sa sortie shopping, tenant un énorme sac et arborant un sourire ravi. L'un comme l'autre le rendaient nerveux.

— As-tu trouvé quelque chose ? lui avait-il demandé.

— Oui. Quelque chose qui devrait te plaire… et qui est très décent !

Ensuite, elle avait tourné les talons pour disparaître dans sa chambre et, depuis, il l'avait entendue faire quelques allers et retours dans la salle de bains.

— Es-tu prête, Serena ? demanda-t-il, de l'autre côté de la porte de sa chambre.

— Presque.

Quelques instants plus tard elle sortait de la pièce, plaquant sur sa poitrine une étoffe d'un vert émeraude assez vif.

— J'ai besoin d'aide, s'il te plaît.

Elle lui tourna le dos, et, tenant toujours la robe d'une main, releva ses cheveux de l'autre.

A la vue de la bande de dentelle noire de son soutien-gorge, Jonas sentit sa gorge se serrer. Cette même dentelle ceignait ses hanches rondes.

— Jonas ? Que se passe-t-il ? Elle est bloquée ?

— Non, non…

Sans un mot, il remonta la fermeture à glissière, évitant surtout de frôler la peau couleur pêche dont il connaissait la douce texture. Quand il eut fini, Serena se tourna vers lui. Il aurait dû se préparer au spectacle qu'elle allait lui offrir mais, quand elle fit volte-face, il eut l'impression de recevoir un coup de poing au creux de l'estomac.

Dans cette robe de soie sauvage dont le ton rappelait celui de ses yeux, Serena était stupéfiante de beauté. Le modèle était pourtant simple : une robe fourreau sans manches, à peine décolletée, qui soulignait ses formes sans les épouser et lui arrivait au genou. Un modèle parfaitement décent, selon sa stupide recommandation. Des créoles en or de taille raisonnable et des escarpins en cuir noir complétaient la tenue. Avec ses cheveux roux qui retombaient en boucles sur ses épaules, elle ressemblait à une star sublime des années cinquante, sans pour autant être provocante.

« Du moins, pas trop », rectifia-t-il en son for intérieur en avalant avec difficulté sa salive.

— Je sais bien que ce n'est pas ce que tu avais en tête, dit-elle, face à son silence. Je n'oublie pas non plus les clauses de notre contrat. Je les respecterai, bien entendu… mais ne t'attends pas à me voir en taupe avec des perles de grand mère !

Il se demandait encore ce que signifiait cette description étrange, quand elle lui glissa dans la main un objet soyeux.

— J'ai aussi pris ceci pour toi : une façon de me rattraper et de remplacer celle que j'ai tachée !

Il baissa la tête, et ses yeux s'écarquillèrent en voyant la cravate de soie que venait de lui offrir la jeune femme : d'un vert presque semblable à celui de sa robe, elle était couverte de motifs géométriques multicolores. Celle qu'il avait choisie pour la soirée était rouge cerise, avec quelques rayures noires…

— Je ne m'attends pas à ce que tu la portes un jour, mais le clin d'œil m'a plu.

Avec un petit haussement d'épaules, elle prit une pochette noire et sortit dans le couloir. Jonas regarda une nouvelle fois la cravate, la mit dans sa poche et emboîta le pas à la jeune femme.

Il ne recouvra l'usage de la parole que lorsqu'ils furent assis dans la voiture.

— Le groupe de personnes auquel je vais m'adresser ce soir va, dans la semaine, présenter un rapport sur nos projets, et appeler à voter pour moi… ou pour mon adversaire. Tout dépendra de la prestation de chacun.

— J'ai bien compris toute l'importance de cet événement, Jonas. Je remplirai mon rôle du mieux possible.

Il se tourna brièvement vers elle, et la vue de sa poitrine le troubla à tel point qu'il ne s'aperçut qu'au dernier moment que le feu venait de passer au rouge. Décidément, la proximité de Serena était dangereuse à tout point de vue…

— Parle-moi de ton adversaire, demanda-t-elle, au moment où il redémarrait.

S'intéressait-elle vraiment au sujet ou cherchait-elle seulement à meubler le silence ? Quoi qu'il en soit, il se réjouit de satisfaire sa curiosité ; cela aurait en outre le mérite de l'obliger à concentrer son attention sur sa candidature, au lieu de s'intéresser autant à l'exquise créature qui partageait désormais son appartement.

— Il s'appelle Roderick Davenport, a la cinquantaine et est promoteur immobilier. Il fait partie du conseil municipal.

— Il n'est pas titulaire ?

— Non. Le maire actuel a décidé de ne pas se représenter aux prochaines élections et, comme le siège est libre, les primaires nous ont désignés tous les deux comme candidats.

Serena hocha la tête.

— A son âge, j'imagine que Roderick Davenport est marié ?

Elle avait prononcé le nom de son adversaire avec une certaine emphase.

— Depuis une trentaine d'années.

— Il mérite une médaille ! ironisa-t-elle. Et que penses-tu de lui ?

— Il est plutôt agréable mais de façon assez superficielle, à mon goût. Il dit toujours ce qu'il faut dire, reste courtois en toute circonstance… En résumé, je dirais qu'il est trop poli pour être honnête. Je le soupçonne d'être prêt à vendre sa mère si on lui proposait un tarif intéressant ! conclut-il avec un rire sec.

— Qui ne le ferait pas ?

Ayant rencontré sa mère, il se demanda si elle plaisantait réellement. Comment le lui reprocher ?

Le dîner organisé par « En route pour le changement » se déroulait dans l'un des salons de réception d'un grand hôtel de la ville. Lorsque Serena et Jonas arrivèrent, l'équipe de serveurs apportait les dernières touches à la décoration et à la mise en place. Bien entendu, Jameson était déjà là et, dès qu'il les vit, il mit un terme à sa conversation téléphonique, rangea le portable dans sa veste et avança vers le couple.

— Il était temps, lança-t-il en guise de préambule.

Jonas embrassa du regard la salle vide avant de répliquer :

— Je n'ai pas l'impression que nous soyons en retard.

— Les gens commenceront à arriver dans une demi-heure, pour le cocktail, et il me semble important que nous réglions quelques détails… techniques.

Tourné vers la jeune femme, il enchaîna, une moue sévère aux lèvres :

— Voici donc Serena ?

De toute évidence, il était désagréablement surpris.

— Je suis, moi aussi, ravie de faire votre connaissance, monsieur Culver, le salua-t-elle d'un air faussement naïf.

Les mâchoires serrées, il hocha la tête et se tourna vers Jonas.

— J'espère que tu lui as bien expliqué ce qu'on attendait d'elle.

Appréciant peu qu'il parle d'elle à la troisième personne, Serena lui adressa un sourire perfide.

— Détends-toi, Jameson, tout se passera bien, tenta de le rasséréner Jonas

Manifestement peu convaincu, Jameson détailla la jeune femme de pied en cap.

— Qui a choisi cette tenue ?

— Moi, lui répondit-elle sans se départir de son sourire. Et j'en suis très contente.

— Ouais…

Continuant de l'ignorer délibérément, il ajouta :

— Ça ira pour cette fois, mais nous ferons dès demain appel aux services d'une conseillère en image. Il faudrait que Serena porte quelque chose de plus sobre pour le débat qui aura lieu la semaine prochaine.

Serena ouvrit la bouche pour protester mais le directeur de campagne ne lui en laissa pas l'occasion.

— A la fin du repas, dès que tu monteras sur l'estrade pour prendre la parole, annonce la nouvelle de ton mariage. Cette tactique obligera les journalistes à attendre la fin de ton intervention pour poser leurs questions.

Ceci dit, il daigna enfin se tourner vers la jeune femme.

— Quant à vous, Serena, votre rôle consistera ce soir à observer les Davenport, Cindy tout particulièrement. Elle est le bras droit de son mari et une véritable professionnelle en matière de relations publiques. Je pense que vous devriez prendre exemple sur elle.

— Je fais confiance à Serena, déclara Jonas. Elle n'a pas son pareil pour mettre les gens à l'aise.

C'était la deuxième fois qu'il volait à son secours. Il semblait avoir une foi sans bornes en son épouse et cette attitude avait sur elle un effet lénifiant. Mais Jameson reprit la parole et elle sentit de nouveau son estomac se nouer.

— En réalité, Cindy Davenport est plus connue encore que son mari, dans la communauté. Elle s'est investie dans une bonne douzaine d'associations à but caritatif et a à Las Vegas de nombreux amis influents.

— Je ne me présente pas contre Cindy.

Jameson lâcha un rire désagréable.

— Ne sois pas stupide, Jonas. Les épouses jouent un rôle, et pas des moindres, dans ce genre d'élection. Elles peuvent représenter un atout…

Il s'arrêta et enveloppa Serena d'un regard froid avant d'ajouter :

— … ou bien l'inverse.

Serena eut du mal à se contenir devant cette critique à peine déguisée.

— Pourquoi ne pas engager une doublure ? suggéra-t-elle avec un calme feint.

— J'avais cru comprendre que vous en étiez une…

Prononcée d'une voix suave, cette phrase lui fit l'effet d'un coup de poignard.

— Il me semble que tu t'égares, Jameson, intervint Jonas d'un ton sec.

— Ah ? En ce cas, j'en suis désolé.

Serena n'en croyait rien, et ce qu'ajouta le directeur de campagne ne fit que confirmer son opinion.

— Je n'attends évidemment pas de Serena qu'elle tienne tête à une adversaire de l'envergure de Cindy. J'aimerais simplement qu'elle évite, ce soir, de vous mettre l'un ou l'autre dans une situation embarrassante.

Son portable sonna alors et il grimaça.

— Je vous prie de m'excuser.

Avant de s'éloigner, il ne put s'empêcher de donner une dernière consigne à Jonas.

— Explique-lui le déroulement de la soirée, si ce n'est pas déjà fait.

Dès qu'il se fut éloigné, la jeune femme haussa un sourcil.

— J'ai peur que tous ces compliments ne me montent à la tête…

— Désolé, Jameson n'est pas toujours tout en finesse.

— C'est le moins que l'on puisse dire !

— Son travail consiste à me faire remporter les élections, mais je ne lui permettrai pas, pour autant, d'être aussi désagréable avec toi. Je l'ai déjà remis à sa place et je n'hésiterai pas à le refaire.

Elle se sentit soudain plus légère et le remercia.

— Je t'en prie. Que veux-tu boire, Serena ?

— Je ne sais pas trop. Jameson m'autorise-t-il à boire ?

— Sans doute pas ! lui répondit-il en riant.

— Dans ce cas j'accepte, deux fois plutôt qu'une !

Il rit de plus belle.

— J'espère que tu n'envisages pas de danser sur les tables…

— Uniquement si j'arrive à convaincre Sainte Cindy de me suivre.

— Tu en serais bien capable ! Je suggère cependant que nous nous en tenions sagement à un verre de chardonnay.

— Il serait dommage, en effet, que ce pauvre Jameson ait un arrêt cardiaque, déclara-t-elle avec une moue espiègle.

Le serveur venait à peine de leur apporter deux verres de

vin quand Jameson les rejoignit. Serena eut du mal à cacher sa déception.

— Bien, nous disposons d'une quinzaine de minutes avant l'arrivée des premiers invités. Je propose donc un bref récapitulatif : quand les gens, les journalistes en particulier, vous demanderont comment vous vous êtes rencontrés, restez vagues.

— C'est-à-dire ? insista Serena.

— Vous direz que des amis communs vous ont présentés l'un à l'autre, sans citer de noms, bien sûr.

Après avoir remis machinalement en place une cravate qui n'en avait nul besoin, il précisa :

— Vous devriez laisser entendre que cette rencontre remonte à quelques années et que vous ne vous êtes retrouvés que tout récemment.

Elle se borna à hocher la tête et vit Jonas serrer les lèvres.

Après avoir lancé autour d'eux un regard suspicieux, Jameson se rapprocha et reprit, plus bas :

— Personne ne doit savoir que vous ne vous connaissez que depuis une semaine, et encore moins que vous vous êtes mariés quelques heures à peine après vous être rencontrés ! Soyez très attentifs, il y aura des questions subtiles, perverses. Les gens sont avides de détails, face à ce genre d'histoire romantique.

— Vous êtes célibataire, n'est-ce pas ? s'enquit Serena.

— Depuis mon divorce, qui remonte à cinq ans, et j'entends bien le rester jusqu'à la fin de mes jours !

Voilà qui expliquait bien des choses…

Sur sa lancée, Jameson poursuivait déjà :

— Nous pourrions dire que vous vous êtes rencontrés pendant les vacances universitaires ?

— Pourquoi pas ? dit Jonas.

— Je n'ai pas fréquenté l'université.

— Ah… Elle n'a pas fréquenté l'université, répéta Jameson.

Il lâcha sa cravate et commença à se masser les tempes.

— Serena est une artiste de talent, dit Jonas à son directeur de campagne. Elle n'a eu besoin d'aucun diplôme pour trouver un emploi dans son domaine.

— Vraiment… Et quel est ce domaine ? demanda Jameson d'une voix quelque peu étranglée.

— La pâtisserie. Je décore des gâteaux.

Serena fronça les sourcils. Si Jameson Culver continuait à se masser les tempes aussi vigoureusement, il finirait par se faire mal.

— Ce ne sont pas de vulgaires gâteaux, précisa alors Jonas, mais de véritables œuvres d'art.

— Tu les as vus ?

Jameson avait posé la question, au moment même où Serena s'apprêtait à le faire.

— Oui. En début de semaine. J'ai appelé la boutique où elle travaillait jusqu'ici, à La Jolla. Son ex-patronne n'est pas des plus aimables mais, quand je lui ai annoncé que Serena aurait certainement ici la possibilité d'avoir une clientèle haut de gamme, elle m'a aussitôt envoyé un e-mail avec des photos de gâteaux impressionnants.

Tourné vers la jeune femme, il ajouta :

— Elle ne tarissait pas d'éloges sur ton talent, ta créativité, ton originalité, et m'a affirmé t'avoir enseigné tout ce que tu sais aujourd'hui.

Ce n'était pas tout à fait vrai mais, pour l'instant, ce détail lui importait peu.

— Tu as appelé Heidi ? murmura-t-elle, interloquée.

Il hocha la tête en souriant.

— Et je dois dire que j'ai été abasourdi par tes créations.

— Tu n'étais pas obligé de faire appel à elle, j'aurais très bien pu te montrer moi-même ces clichés. Et tu n'étais pas non plus obligé de citer une « clientèle haut de gamme ».

— C'était un choix de ma part, afin d'éviter qu'elle ne soit surprise si quelqu'un l'appelait pour connaître tes références.

Elle darda sur lui un regard interrogateur.

— Que veux-tu dire, au juste ?

— Rien n'est arrêté, c'est pour cela que je ne t'ai encore rien dit. Un de mes amis travaille au Caesar Palace, où deux personnes désirent organiser de grandes soirées.

Une main sur la bouche, Serena refoula un cri de joie. Quand elle fut sûre de ne plus risquer de se donner en spectacle, elle secoua la tête, stupéfaite.

— Oh ! Jonas… j'ai l'impression de flotter sur un nuage ! C'est à peine croyable. Merci infiniment !

— Mais je t'en prie. Je t'avais promis de t'aider, tu t'en souviens ?

La bulle de joie qui gonflait en elle disparut : il se bornait à tenir ses engagements, rien de plus. Elle réussit à maîtriser sa déception.

— Tu es donc un homme de parole ? C'est une qualité assez rare dans la classe politique… Promis, je voterai pour toi.

Elle eut l'impression que son visage prenait une expression décontenancée, vexée, même, et se demanda pourquoi.

Conscient de la brusque tension qui venait de s'installer entre eux, Jameson profita de ce silence pour reprendre la parole.

— Tiens-moi au courant dès que ce sera signé. Tout compte fait, qu'elle ne soit pas diplômée d'une université peut jouer en ta faveur, cela te rapprochera des petites gens.

Serena ne chercha pas à contrôler le rire sarcastique qui lui montait aux lèvres.

— Je tiens quand même à préciser, messieurs, que j'ai suivi des cours du soir de comptabilité et gestion, ainsi que des cours par correspondance de business management.

Jameson écarta cet argument d'un geste de la main, qui lui rappela son père. Jonas, quant à lui, avait retrouvé le sourire.

— Les personnes dont je viens de te parler connaissent bien un célèbre chef qui donnait des cours au Cordon Bleu College of Culinary Arts. Il est à la retraite maintenant mais possède un restaurant aux abords de la ville, très réputé pour ses desserts. Il a même participé à certaines émissions de télévision.

— S'agirait-il de… Jeffrey Kefron ? hasarda-t-elle, les yeux écarquillés.

Il hocha la tête, non sans une certaine satisfaction.

— Je lui ai parlé de toi, de ton expérience, de tes compétences et…

— Tu as parlé de moi à Jeffrey Kefron ? répéta-telle, médusée.

— Oui, il m'a demandé de lui envoyer des photos de tes réalisations ainsi qu'une photocopie de ton *curriculum vitæ*. Si ce que tu as fait jusqu'ici lui plaît, il pourra t'accueillir dans sa cuisine quelques heures par semaine afin de le seconder, lui ou un autre chef pâtissier. Tu aurais ainsi l'occasion d'apprendre de nouvelles techniques et d'améliorer celles que tu possèdes déjà.

« Tout n'est qu'apparence, ne l'oublie pas ! » se sermonna-t-elle en tentant de ne pas se laisser envahir par une joie débordante.

— Très bien. Merci beaucoup.

Jameson, lui, déborda soudain d'enthousiasme.

— Formidable ! Cette idée me plaît beaucoup. Elle prouve qu'il n'est jamais trop tard pour aller de l'avant et reflète les efforts des citoyens pour faire revivre la ville, ainsi que tout l'intérêt que tu apportes à cette démarche. Bravo, Jonas, tu es très fort ! C'est d'ailleurs pour cela que ton nom a été retenu pour ces primaires.

La salle commençait à se remplir.

— Allez, jeune gens, il est temps de vous lancer dans l'arène ! conclut-il avec un clin d'œil pour Jonas.

— Prête ? demanda ce dernier, dès que Jameson se fut écarté.

Ellc hocha la tête et le prit par le bras, ignorant le frisson qui la parcourait. N'étaient-ils pas censés donner l'image d'un jeune couple heureux ?

Jonas était émerveillé par l'assurance dont faisait preuve Serena. Elle était le centre d'attention de la soirée, et pas seulement à cause de sa robe, qui semblait étinceler dans cet océan de tons fades et conformistes. Les gens ne cachaient pas leur curiosité envers la superbe créature qui se tenait près de Jonas Benjamin. Exception faite de sa mère et de sa sœur, il ne s'était jamais affiché en compagnie d'une femme.

Souriante, le menton relevé, Serena ne cherchait à esquiver aucune conversation. Lorsqu'elle ne comprenait pas certains sujets trop techniques, elle n'hésitait pas à poser des questions auxquelles, charmés par tant de sincérité et d'intérêt, ses interlocuteurs répondaient avec plaisir.

Tandis qu'ils circulaient de groupe en groupe, Jonas respecta le désir de la jeune femme et la présenta autour d'eux sous le nom de Serena Warren, évitant toute allusion à leur mariage. Cela viendrait plus tard, quand il monterait sur l'estrade destinée aux orateurs. Juste avant d'énoncer et défendre ses projets pour la ville, il informerait le public de ce changement dans sa vie privée.

Au fur et à mesure que l'heure approchait, il sentait la nervosité le gagner, lui nouer l'estomac. Il n'avait aucune envie d'annoncer son union avec Serena et cela n'avait rien à voir avec le retentissement que cela aurait sur les médias, ni même les possibles conséquences sur sa campagne électorale. La vérité était plus dérangeante : il tenait, en fait, à garder Serena et leur relation un peu plus longtemps pour lui-même.

Ils étaient mariés mais n'étaient jamais sortis ensemble, n'avaient pas pris le temps de se connaître. Leur nuit d'amour avait été inoubliable alors qu'ils ignoraient tout de leurs sentiments. Serena l'attirait irrésistiblement mais il existait, entre eux, bien plus que cela et il le savait. Le temps l'aiderait sans doute à y voir plus clair, malheureusement, celui dont il disposait était très limité.

Plongé dans ses pensées, Jonas ne remarqua la présence de Roderick et Cindy Davenport que quand ils furent juste devant lui.

— Mon très cher adversaire ! s'exclama Roderick d'un ton ironique, avant de lui tendre la main. Ravi de vous voir !

— Il en va de même pour moi.

Tourné vers l'épouse du candidat, il lui sourit.

— Bonsoir, madame Davenport.

— Oh… Cindy, voyons ! protesta celle-ci avec un petit rire. « Madame Davenport » me donne l'impression d'être de la génération de votre mère.

Jonas ne releva pas mais elle avait, en effet, approximativement l'âge de sa mère.

— Je vous présente Serena.

Roderick lui prit la main et la garda serrée dans les siennes.

— Vous êtes délicieuse, mon petit. Je comprends que Jonas nous ait caché jusqu'à ce soir votre existence. A sa place, moi non plus, je n'aurais pas voulu partager !

— Allons, mon cher, vous êtes en train de vous ridiculiser, intervint Cindy avec un petit rire mondain, et vous plongez dans l'embarras notre jeune amie.

Passant d'un geste machinal la main sur ses deux rangs de perles, elle inclina la tête de côté et enchaîna :

— Votre robe est très… verte !

Résolue à ne pas se laisser affecter, Serena fit mine de considérer cette remarque venimeuse comme un compliment.

— Merci, le vert est la couleur préférée de Jonas.

Il acquiesça en souriant, bien que l'assertion soit fausse. Du moins l'était-elle jusqu'ici.

— A l'évidence, vous avez le don de vous faire remarquer dans une assistance, reprit Cindy.

L'expression de son visage indiquait que cela n'avait rien d'une félicitation

— On ne voit que vous ! conclut-elle avec un sourire pincé.

C'était précisément le genre de situation que Jameson souhaitait éviter, songea Jonas, qui passa alors le bras autour de la taille de sa compagne.

— On remarquerait tout autant Serena si elle était vêtue de taupe et portait des perles, répliqua-t-il d'une voix sereine.

Ces mots, prononcés un peu plus tôt par Serena, lui étaient venus tout naturellement à l'esprit, et ce n'est qu'à ce moment qu'il se rendit compte qu'il venait de décrire la tenue de Mme Davenport.

Le couple s'éloigna sur-le-champ, et Serena, qui avait de la peine à contenir son envie de rire, murmura :

— J'imagine la réaction de Jameson s'il avait assisté à cet échange de politesses.

— C'est Cindy qui a ouvert les hostilités ! On ne peut pas dire qu'elle ait fait preuve d'une grande élégance envers toi.

— Certes, mais le dîner promet d'être intéressant…

Une heure plus tard, réunis autour de la même table, les deux couples, entourés de quelques personnages clés de la campagne, s'efforçaient de parler de tout et de rien, attendant le moment où chacun des candidats devrait défendre ses idées. Jonas passerait en premier, après tirage au sort, puis Davenport et, enfin, le président du groupe « En route pour le changement » ferait passer le micro dans la salle afin que les invités puissent s'exprimer et poser des questions.

Plus Jonas regardait Serena, plus il la trouvait parfaite dans son rôle, naturelle tout en restant discrète. Aucun de ses propos ne pouvait se retourner contre elle, et Jameson lui-même paraissait satisfait de sa performance.

— Elle s'en tire bien, n'est-ce pas ? glissa discrètement Jonas à l'oreille de son directeur de campagne, profitant d'un moment pendant lequel le personnel desservait.

— Jusqu'ici, elle n'a pas commis de bévue, admit Jameson du bout des lèvres.

— Reconnais qu'elle est parfaite et que tu avais tort de t'inquiéter.

— Elle reste un élément pour le moins délicat, Jonas. Si Davenport apprenait les circonstances de votre mariage, il te présenterait comme un être impulsif, et bon nombre d'électeurs adhéreraient à cette opinion. Je te conseille donc une prudence extrême. Cette femme est ton talon d'Achille…

Sitôt installée dans la voiture de Jonas, Serena enleva ses escarpins à talons. Son soupir de soulagement n'était pas lié au seul plaisir de se déchausser : elle était ravie que cette épreuve ait pris fin. Les muscles de ses joues étaient endoloris à force de sourire et elle avait tant parlé qu'elle avait mal à la gorge.

Ce ne fut cependant pas la raison de son mutisme pendant le trajet de retour. Comme l'avait pensé Jameson, l'annonce de leur mariage-surprise avait été le thème dominant de la soirée. Les nombreuses questions qui fusèrent au cours de la soirée reflétaient un intérêt nettement plus marqué pour cette histoire d'amour que pour le programme du candidat Benjamin. Jason y répondit en s'en tenant au canevas de Jameson : une rencontre des années plus tôt, des retrouvailles récentes lors d'un week-end entre amies à Las Vegas…

Un savant mélange de mensonges et de demi-vérités. Cela plaisait d'autant moins à Serena que, comme l'en avait averti Jonas, les interprétations plus ou moins fantaisistes des journalistes viendraient s'ajouter à cette trame.

— Tu es bien calme, observa celui-ci, alors qu'ils traversaient les rues toujours animées de la ville.

— La fatigue.

— Tu me donnes plutôt l'impression de te livrer à un grand exercice d'introspection.

Il la connaissait trop bien et, ce soir-là, elle trouva cela dérangeant. Il lui donnait l'impression de lire en elle comme dans un livre ouvert.

— En fait… il me semble me retrouver sur les bancs de l'école, en train d'apprendre les répliques d'une pièce de théâtre. Au moment des représentations, je me trompais toujours ! Je préfère improviser.

« Etre moi-même », ajouta-t-elle mentalement.

— Ta prestation a été admirable.

— Par chance.

Jonas lui adressa un clin d'œil juste avant que le feu ne passe au vert.

— Dans cette ville, la chance est un facteur important…

9

Pendant les jours qui suivirent, Serena se fit très discrète et ne sortit qu'à deux reprises, chaque fois en compagnie de Jonas. Jameson jugeait plus prudent qu'elle n'affronte pas seule les journalistes.

Ceux-ci appelaient à toute heure, l'un d'eux avait même découvert que le mariage avait eu lieu dans l'une des petites chapelles de Las Vegas. Jonas avait rattrapé la situation du mieux possible, alléguant qu'il s'agissait d'un clin d'œil à l'une des traditions de Las Vegas et qu'un mariage plus conventionnel aurait lieu plus tard.

Un mensonge de plus.

Le vendredi soir, il était déjà tard lorsque Jonas tourna la clé dans la serrure. Entre ses clients et la campagne, la semaine s'était avérée longue et pénible, et il avait hâte de rentrer chez lui, de se détendre et de retrouver celle qui vivait sous son toit, son épouse, qu'il connaissait si peu.

Pendant la semaine qui venait de s'écouler, il avait découvert une foule de petits détails à son sujet : elle ne sucrait pas son café et, pendant le petit déjeuner, lisait soigneusement toutes les inscriptions sur le paquet de céréales. Mais il avait envie d'en savoir plus et l'occasion lui parut rêvée, il était même passé dans un magasin de location de DVD et avait rapporté une comédie sentimentale ainsi qu'un thriller.

En un mot comme en mille, il avait hâte de passer une soirée tranquille avec Serena.

Tranquille ? Cela ne manquait pas d'ironie quand le simple

fait de penser à elle, de l'imaginer de l'autre côté de la porte, mettait tous ses sens en éveil ?

Il la trouva dans la cuisine, un grand torchon noué autour de la taille. Elle ne lui avait pas menti en affirmant ne pas savoir cuisiner, mais leur préparait tous les soirs des salades composées. Ce soir-là, pourtant, il la trouva penchée devant le four.

— Mmm… Ça sent bon ! lança-t-il, la mine gourmande.

— J'espère que tu aimes les lasagnes ?

— C'est l'un de mes plats préférés. As-tu besoin d'aide ?

— Non, merci.

— Un verre de vin en apéritif, alors ?

— Petit, alors, parce que je dois aller retrouver Alex.

Elle remarqua alors les DVD.

— Je peux l'appeler pour annuler, enchaîna-t-elle d'un ton peu convaincu.

— Mais non !

Son sourire ne cachait cependant pas sa déception. Après un instant d'hésitation, la jeune femme écarta les bras et soupira.

— J'ai *besoin* de sortir, Jonas. J'ai passé le plus clair de la semaine dans cet appartement, pour éviter de croiser des journalistes. Exception faite de quelques courses avec toi, je suis restée enfermée ici… et j'ai l'impression de devenir folle ! conclut-elle avec une petite grimace.

Jonas fut tenté de grimacer à son tour. Quel idiot ! Comment avait-il pu ne pas imaginer que Serena risquerait de s'ennuyer ?

— Pourquoi ne pas m'en avoir parlé ? Je ne te retiens pas prisonnière ici !

— Je le sais bien, lui répondit-elle avec un sourire. Je ferai de mon mieux pour esquiver les médias.

Ils s'installèrent à table et se racontèrent leur journée tout en dégustant les lasagnes, fondantes et parfumées à souhait. A la fin du repas ils desservirent ensemble, puis Serena finit de se préparer tandis que Jonas échangeait son sempiternel costume contre une tenue plus décontractée.

Elle le retrouva dans le salon, devant la télévision, où une journaliste annonçait que les sondages ne l'annonçaient plus vainqueur. Disparus, les quatre points d'avance sur son adversaire.

Il se tourna vers la jeune femme au moment où elle entrait dans la pièce. Elle portait un ravissant chemisier noir à pois blancs sur une minijupe en jean, et il dut se forcer à détacher le regard de ses magnifiques jambes fuselées. Quand il y parvint enfin, il se retrouva confronté à un visage interloqué.

— Que se passe-t-il ?

— Tu portes un jean !

— J'en ai quelques-uns dans mon armoire, lui répondit-il, plus amusé que vexé.

— C'est la première fois que je te vois dans cette tenue avec, en plus, une chemise déboutonnée. Ça te va bien, conclut-elle avec un sourire.

Ne sachant trop comment réagir, il préféra changer de sujet.

— Où ton amie t'a-t-elle donné rendez-vous ?

— A la taverne Hennessey, je suppose que tu connais ?

— J'y suis en effet allé quelques fois.

Le pub irlandais était situé tout près de l'appartement.

— C'est un endroit agréable et assez animé et, en plus, ils préparent d'excellents cocktails. Tu devrais y passer une bonne soirée.

— J'en suis sûre. De toute façon, il me tarde de revoir Alex et, quel que soit l'endroit, ce sera parfait !

Cette remarque incita Jonas à observer la jeune femme avec plus d'attention.

— Serais-tu atteinte du mal du pays ?

Elle réfléchit et eut une moue dubitative.

— Je n'irais peut-être pas jusque-là. Tu as rencontré mes parents, tu te doutes bien qu'ils ne me manquent pas, mais mes amies en revanche… Nous sortions souvent ensemble, à San Diego. Les miracles de la technologie moderne nous permettent de rester en contact, mais ce n'est pas pareil. Un e-mail ne remplacera jamais un verre en terrasse, conclut-elle en souriant !

Le regard de Jonas reflétait la compréhension quand il hocha la tête.

— Comme je te l'ai déjà dit, tu peux les inviter quand bon te semble.

Soudain, il eut envie qu'elle se sente mieux dans cet environnement qui n'était pas le sien et, avec un grand geste du bras qui englobait la pièce, il ajouta :

— Et si tu as envie de changer la décoration, ne te gêne surtout pas.

— Tu m'y autoriserais ?

— Pourquoi pas, si cela te permet de te sentir davantage chez toi ?

Malheureusement, elle n'était pas ici chez elle…

— Merci, mais je ne crois pas que ce soit nécessaire, lui répondit-elle avec un sourire poli. Je ne resterai pas très longtemps.

Remontant l'anse de son sac sur son épaule, elle fit un pas vers le couloir.

— A plus tard, Jonas. Bonne soirée.

Il n'avait aucune envie de la voir partir.

— Merci. Bonne soirée à toi aussi.

Lorsque la porte de l'appartement se referma sur la jeune femme, il dut faire appel à toute sa volonté pour ne pas se lancer à sa poursuite.

— Tout se passe bien ? demanda Alex à son amie.

Elles buvaient un bloody mary en terrasse, regardant les passants aller et venir dans la rue illuminée qui donnait sur Fremont.

— Oui, mais… j'ai beaucoup de choses en tête.

— Jonas ?

— Il faut absolument que j'évite de mélanger réalité et fiction !

— Si j'en crois l'expression de ton regard, ce n'est pas chose facile… J'ai vu quelques photos de vous deux dans la presse. Vous donnez vraiment l'impression de former un vrai couple.

— Tout cela n'est qu'illusion, Alex.

Penchée en avant, cette dernière examina attentivement son amie.

— Ne serait-ce pas l'excuse derrière laquelle tu te caches pour ne courir aucun risque ?

Ce n'était certainement pas ce qu'elle avait envie d'entendre, il était hors de question qu'elle s'avoue vulnérable.

— Tu sais ce que je pense des relations à long terme, Alex. Elles aboutissent à l'échec. Regarde l'exemple de mes parents : ils sont malheureux ensemble depuis plus de trente ans.

— C'est leur choix.

— D'accord, mais vois ce qui est arrivé à Jayne : quasiment à la veille du mariage, elle s'est aperçu que Rich la trompait. Nous le trouvions pourtant toutes charmant ! Et Molly ? N'a-t-elle pas elle aussi divorcé ?

— C'est la vie, Serena. Certaines relations sont stables, d'autres pas.

Serena remarqua que son amie s'exprimait d'une voix lointaine, un peu rêveuse.

— Parlons-nous réellement de Jonas ?

Alex, clignant des paupières, but précipitamment une gorgée de son cocktail.

— Bien évidemment ! De qui d'autre pourrions-nous parler ?

— De ton patron, par exemple, répliqua Serena avec un petit sourire. Molly et Jayne m'ont appris que vous vous étiez embrassés, Wyattt et toi.

Alex était trop rusée pour se laisser prendre à cette digression.

— Nous ne sommes pas ici pour parler de mon patron. J'ai promis aux filles de te soutenir… madame Benjamin ! Ou, tout au moins, de t'aider à y voir plus clair.

Serena se mordilla les lèvres.

— Si tu arrêtais de te voiler la face ? insista Alex.

A ces mots, Serena fit mine de concentrer toute son attention sur son verre, dont le contenu rappelait fâcheusement la couleur de ses joues.

— Je… Jonas me plaît, bien sûr, mais notre histoire n'est pas appelée à durer. Comme tu le sais, il ne s'agit que d'un simulacre de vie commune, destiné à ne pas lui faire perdre de voix.

Alex garda le silence.

— Pourtant, ce soir, il m'a proposé de changer la décoration de son appartement. Comme je te l'ai dit, il s'agit d'un intérieur élégant, mais assez froid, à mon goût.

— Ah ?

Le regard d'Alex trahissait à présent un intérêt soutenu.

— Et tu vas accepter ?

Elle avait déjà répondu à Jonas par la négative.

— Peut-être, s'entendit-elle dire.

Il n'était pas tout à fait minuit quand elle glissa la clé dans la serrure de l'appartement. Elle se dirigea vers la salle à manger-salon, où résonnaient des bruits de voix, et s'arrêta sur le seuil. Jonas s'était endormi sur le canapé, face au grand écran de télévision où défilait le générique de fin du thriller loué pour la soirée.

Elle traversa la pièce à pas feutrés, sortit le DVD pour le remettre dans sa boîte et se rapprocha de Jonas, qui avait la télécommande à portée de main.

Alors qu'elle se penchait pour les prendre, il souleva doucement les paupières et lui sourit.

— Coucou, murmura-t-il. De retour à la maison ?

Ces mots résonnèrent d'une étrange façon à ses oreilles. Elle les trouvait… justes. Elle s'empressa de rejoindre sa chambre sur un rapide « Bonne nuit. »

10

Deux semaines s'écoulèrent ainsi. Les dernières affaires de Serena avaient fini par lui être livrées mais cela ne lui facilitait pas pour autant la tâche. Quelle tenue choisir pour dîner ce soir-là chez les Benjamin ? Ce genre d'événement ne lui était pas familier, elle n'avait jusque-là jamais eu de relation suivie avec un homme, encore moins issu d'un tel milieu social.

— Alors, qu'as-tu choisi pour la circonstance ? lui demanda Alex par téléphone.

— Aucune idée. Je suis complètement paniquée… Ces gens fréquentent les clubs les plus huppés de la ville !

— Soit. Il n'en reste pas moins que ce ne sont jamais que des êtres humains, Serena.

— Que porterais-tu, toi ?

— Il ne s'agit pas de moi. Sois toi-même ! Il n'y aura pas de journalistes chez les Benjamin et tu m'as dit que Jonas avait exposé clairement la situation à ses parents. Joue donc la carte du naturel. Qu'as-tu à y perdre ?

— Rien…

Et tout à la fois. En dépit de ses préjugés à l'égard du mariage, Serena n'était pas dupe et savait très bien qu'elle éprouvait des sentiments envers Jonas. Cela changeait les données…

Elle venait tout juste de raccrocher quand la sonnerie de la porte d'entrée retentit. Intriguée, elle alla ouvrir et se trouva face à une jeune femme longiligne, aux cheveux longs et lisses retenus par un bandeau blanc. De son tailleur en lin crème, sans aucun doute griffé, à ses accessoires, tout en elle respirait l'opulence.

— Serena, je suppose ? demanda-t-elle, posant sur elle ses yeux d'un bleu foncé.

— En effet. Que puis-je pour vous ?

— Je suis Janet. Janet Kincaid.

Elle marqua une pause, attendant visiblement une réaction de Serena à l'évocation de ce nom. En vain…

Pensant avoir affaire à une journaliste, Serena afficha un sourire poli avant de lui annoncer que son mari n'était pas là.

— Par ailleurs, comme vous le savez sans doute, nous sommes assez pris en ce moment. Je vous suggère plutôt de vous adresser à Jameson Culver pour une interview…

— Oh ! Mais je ne suis pas venue pour une interview, intervint la jeune femme blonde avec un petit rire. Jonas ne vous a pas parlé de moi ?

— Non. Pourquoi ?

A l'instant même où elle posait la question, Serena le regretta.

— Oh… Tout simplement parce que nous avons eu une relation qui a duré cinq ans !

Stupéfaite, Serena la vit passer à côté d'elle et faire quelques pas dans l'appartement en regardant autour d'elle.

— C'est d'ailleurs moi qui ai choisi la décoration.

Décoration que Jonas lui avait proposé quelques jours plus tôt de changer… Cela ne signifiait-il pas qu'il avait complètement tourné la page sur cette histoire ?

— Mais je ne vais pas vous retenir plus longtemps, puisque vous m'avez laissé entendre que vous aviez un emploi du temps très chargé…

— En effet, nous dînons chez les parents de Jonas.

— Des gens exquis. J'ai appris que son père était ici pour quelques jours.

Avant de repartir, Janet s'arrêta face à Serena et la détailla de pied en cap.

— J'espère que vous ne m'en voudrez pas d'exprimer ma pensée, mais… je suis très étonnée que Jonas se soit marié.

— Avec moi… ou dans l'absolu ?

— Les deux, désolée.

Le sourire dont elle accompagna son excuse était totalement dépourvu de sincérité.

— Voyez-vous, j'ai fini par lui poser un ultimatum.

— Au bout de cinq ans, je peux le comprendre.

— Il m'a répondu qu'il n'était pas prêt à s'engager dans une relation à long terme.

— Il a apparemment changé d'avis, observa Serena.

— J'ai croisé sa mère l'autre jour. En fait, pour être plus précise, je suis passée la voir. Nos familles se connaissent bien.

Cela coulait de source, songea Serena sans se départir de son sourire poli.

— Et elle m'a laissé entendre que votre mariage avait été… une décision subite.

— Où voulez-vous en venir au juste ?

Elle ne souriait plus, à présent.

— Nulle part. Je tenais simplement à ce que Jonas sache que je serai toujours là pour lui.

Janet avait, elle aussi, renoncé à son sourire poli.

— J'espère en tout cas qu'il ne perdra pas ces élections à cause de vous ! lâcha-t-elle avant de tourner les talons.

Furieuse, Serena regagna le salon, qu'elle examina d'un œil sévère. Cette visite n'avait fait que compliquer encore une situation déjà complexe. Pourquoi Jonas n'avait-il pas épousé Janet ? Cette femme était l'image même de la poupée Barbie idéale pour un homme politique ! Il est vrai que tous les hommes détestaient se trouver confrontés à un ultimatum. Regrettait-il sa décision ?

Assise sur le canapé, un coussin rageusement serré contre sa poitrine, elle était encore en proie à une foule de questions lorsque la voix de Jonas retentit, sur le seuil.

— Serena… Tu n'as pas oublié que mes parents nous attendent ?

— Non, je… n'ai pas vu passer le temps.

Elle se leva et ajouta :

— Je réfléchissais, j'ai décidé d'accepter ta proposition : je vais m'occuper de la décoration de cette pièce, si tu es toujours d'accord, bien sûr.

Quelque peu surpris par ce brusque changement d'attitude, il hocha néanmoins la tête.

— Parfait. Je vais me préparer maintenant.

Debout devant la garde-robe de sa chambre, elle entendit les mots d'Alex résonner dans sa tête. Sois toi-même ! Sans hésiter plus longtemps, elle tendit la main vers une robe à bretelles fleurie, qu'elle décida de porter avec des espadrilles rouges à talon, des bracelets en verroterie multicolores et les fameuses boucles d'oreilles de leur première rencontre. Elle releva ensuite ses cheveux en un chignon désordonné et, redressant les épaules, traversa le couloir.

Le regard que lui réserva Jonas quand il la vit apparaître apaisa ses derniers doutes et l'accueil qui lui fut réservé chez les Benjamin la conforta dans son choix. Jamais elle ne remercierait assez son amie de lui avoir donné ce conseil.

Eblouissante : ce terme vint à l'esprit de Jonas pendant qu'il écoutait Serena deviser avec sa mère et sa sœur. Jamais il n'avait entendu celles-ci rire d'aussi bon cœur ; elles étaient totalement séduites par la fantaisie de la jeune femme, son extravagance naturelle et son sens de l'humour, en fait, par tout ce qui l'avait lui-même attiré au premier regard.

Son père, lui, se montra bien plus réservé et ne lui cacha d'ailleurs pas le fond de sa pensée pendant qu'ils prenaient le café ensemble, les dames se promenant dans le jardin.

— Je comprends bien ce qui t'attire chez cette jeune personne, elle est très séduisante, mais je doute qu'elle te soit d'une grande utilité dans ta carrière politique.

— Vois-tu, père, il se trouve que ma vie ne se résume pas à la politique.

Comme il prononçait ces mots, la rigueur de Corbin Benjamin, tant dans sa pensée que dans sa tenue, lui parut plus flagrante que jamais. Serena aurait-elle un jour cette opinion ? Verrait-elle en lui un personnage ennuyeux, avec ses réunions de campagne et ses costumes ?

— Quand on a goûté au pouvoir, on a du mal à y renoncer, crois-en mon expérience.

— Nous ne sommes pas tout à fait pareils. Si je remporte ces élections, je briguerai éventuellement un second mandat à la mairie mais je n'irai pas au-delà. C'est la gestion de Las Vegas qui m'intéresse, pas la politique en général ! Il va falloir que tu consentes à l'admettre un jour ou l'autre.

— Décidément, cette fille t'a fait tourner la tête ! lança Corbin avec un rire empreint d'amertume.

— Je crois surtout qu'elle m'a appris à poser un autre regard sur l'existence. Elle a apporté de la couleur à ma vie !

Un rouleau à la main, Serena recula jusqu'au seuil de la pièce pour juger de l'effet : le vert émeraude des boiseries se mariait bien avec le bleu indigo des murs. Quelques touches jaune citron apporteraient une note piquante à ce décor.

Malheureusement, les fêtes prévues au Caesar Palace avaient été annulées. Elle avait entretemps envoyé à Jeffrey Kefron un *curriculum vitæ* et des photos de ses créations. Pour supporter l'attente de sa réponse, elle avait décidé de se lancer dans ces travaux de peinture.

— Oh ! s'exclama Jonas quand il rentra ce soir-là. Mais… ce n'était pas prévu ?

— Exact. J'en ai eu envie, tout à coup ! Est-ce que ça te plaît ?

Il regarda lentement autour de lui avant de reporter son attention sur la jeune femme.

— Enormément. Et j'aime aussi beaucoup ces taches de peinture que tu as sur le bout du nez !

Refoulant son envie de la serrer contre lui et de l'embrasser, il observa la pièce. Serena avait réussi à rassembler les meubles au centre de la pièce.

— Tu aurais peut-être pu m'attendre, Serena, au lieu de tout faire toute seule.

Elle lui adressa un regard amusé.

— Il y a un autre rouleau et des pinceaux, dans ce coin. Tu n'imaginais tout de même pas t'en tirer à si bon compte ?

Le soir même, la première couche était passée.

— Demain, même heure même endroit ! lança-t-elle en

riant, avec cette bonne humeur naturelle qui était devenue familière à Jonas.

Quelques jours plus tard, Serena commençait à trouver l'attente insupportable quand le téléphone sonna. Jeffrey Kefron en personne l'appelait pour la féliciter de son travail et lui proposer une collaboration.

— Vous avez un don, madame Benjamin. Vous êtes une véritable créatrice mais il faut travailler encore la technique.

« Madame Benjamin »... Elle ne jugea pas utile de rectifier.

Après avoir raccroché, elle entama une danse de sioux dans la salle à manger-salon repeinte de neuf et eut envie d'appeler quelqu'un pour partager la nouvelle. Le nom de Jonas lui vint en premier à l'esprit mais, après avoir hésité, elle finit par composer le numéro de téléphone d'Alex.

— Je le savais ! s'exclama celle-ci en poussant des cris de joie. Un jour prochain, tu animeras ta propre émission de télévision, Serena. J'en suis sûre ! J'aurais bien voulu que nous fêtions ensemble l'événement ce soir, mais il y a un certain nombre de choses à régler à l'hôtel et je ne pourrai me libérer qu'assez tard.

Serena trouva à son amie une voix particulièrement gaie lorsqu'elle énonça les « choses à régler à l'hôtel ». Elle envoya des SMS à Jayne et à Molly pour leur annoncer la nouvelle et reçut aussitôt des messages de félicitations.

Elle n'appela pas Jonas mais se dirigea vers la cuisine. Ce soir, son mari et elle mangeraient un gâteau.

Cette fois encore, Jonas se trouva confronté à une journée trop remplie. Après avoir passé la matinée à préparer le dossier difficile d'un client, il dut affronter Jameson qui, au téléphone, se plaignait encore des tenues par trop originales de Serena.

— J'ai pris une fois de plus rendez-vous avec Terri Kaufman, dont la réputation en termes d'élégance n'est plus à faire.

— Eh bien, tu peux l'annuler, comme les deux précédents ! Serena n'a aucun besoin qu'on change son image, elle est parfaite telle quelle. Si quelqu'un doit changer d'apparence, c'est moi, pas elle !

A midi, après avoir déjeuné sur le pouce, il partit en toute hâte inaugurer un nouveau service de pédiatrie dans un hôpital local. Bien entendu, Jameson, qui surveillait de près son poulain, assistait à l'événement.

Fatigué et énervé, Jonas s'apprêtait à prononcer un petit discours de circonstance quand, soudain, quelqu'un lui mit un bébé dans les bras. Les flashes fusèrent de toute part.

— Envisagez-vous d'avoir bientôt un enfant, Mme Benjamin, pardon Warren, et vous ? lança un journaliste.

— Laissez-nous encore un peu de temps ! Nous venons tout juste de nous marier…

Il rit, mais son cœur se mit à battre plus fort quand il baissa les yeux sur le bébé. Quand Serena et lui fonderaient-ils une famille ? Il connaissait la réponse à cette question, l'avait connue dès l'instant où il avait accepté de divorcer.

Le soir même de leur rencontre, il lui avait demandé de rester avec lui. Envisager aujourd'hui son départ lui paraissait impossible.

— Je l'aime, avoua-t-il d'une voix grave.

Bouleversé, il se laissa tomber sur le siège qui se trouvait juste derrière lui, manquant lâcher le bébé que les parents récupérèrent avec empressement.

— Eh oui ! intervint Jameson avec un rire étranglé. C'est la raison pour laquelle il a épousé Mme Warren ! Et maintenant, mesdames et messieurs, nous allons devoir écourter cette visite car nous avons d'autres obligations.

Il prit Jonas par le coude et le guida vers le couloir.

— Que s'est-il passé ? J'ai bien cru que tu allais t'évanouir, touché par la grâce… et avec un bébé dans les bras !

— J'aime ma femme.

— Bonne idée, je pense que nous allons exploiter le filon romantique.

*
* *

Jonas passa le restant de l'après-midi à penser à Serena, à leur mariage, à l'avenir. Il fallait qu'il réussisse à la convaincre de renoncer au divorce, à oublier leur marché.

Que faire pour cela ? Lui avouer son amour dès ce soir ? Malheureusement, leur situation était tellement ambiguë qu'elle risquait de ne pas le croire.

Il ne lui restait qu'une solution : lui prouver son amour.

Faire la cour à sa femme.

11

Une musique brésilienne résonnait dans l'appartement quand Jonas y arriva vers 17 heures, et Serena chantait à tue-tête. Dès qu'il entendit sa voix, en provenance de la cuisine, toute sensation de fatigue s'envola de lui comme par magie.

Il la rejoignit et la vit, une douille de pâtisserie à la main, en train de façonner de minuscules gâteaux multicolores sur une base de meringue.

— Etonnant, dit-il, admiratif. Et que fêtons-nous ?

Elle haussa les épaules.

— Rien de particulier, ou presque. J'ai parlé aujourd'hui avec Jeffrey Kefron.

— Rien de particulier ? répéta Jonas en haussant les sourcils. Alors ?

— Alors... il aime bien ce que je fais et nous devons bientôt nous rencontrer ! conclut-elle avec un rire joyeux.

Puis, tournée vers le magnifique gâteau qu'elle venait de confectionner, elle grimaça.

— Mais il y a aussi une mauvaise nouvelle... J'étais tellement occupée à faire le gâteau que j'ai oublié de préparer à dîner !

— Va te changer, je m'occupe de te préparer une soirée inoubliable.

Jonas ne lui avait pas menti et Serena ne regretta pas d'avoir soigné sa tenue quand elle entra dans le restaurant d'un luxe à la fois exotique et raffiné, qui semblait avoir jailli par magie dans le désert.

Tout était féerique dans ce lieu, sa musique, son ambiance...

Tandis qu'elle regardait autour d'elle, émerveillée comme une enfant, il lui caressa la main.

— Nous ne sommes pas sortis une seule fois depuis ton arrivée.

— Comment ? s'étonna-t-elle. Nous allons de cocktail en cocktail, de soirée en soirée…

— Je rectifie : pas sortis en tête à tête.

Le sourire dont il accompagna ces mots fit courir des frissons sur sa peau.

— A cause des médias, je suppose ? avança-t-elle. J'ai l'impression qu'ils sont partout, à nous traquer !

— Pas seulement, murmura-t-il avant de prendre la carte que leur tendait un serveur en livrée.

Lui dire qu'il avait jusque-là évité ce genre de soirée pour respecter les termes de leur pacte lui sembla toutefois malvenu, et il concentra son attention sur le choix des plats. Au bout de quelques minutes, il leva les yeux sur elle.

— De quoi as-tu envie ?

Il n'avait pas calculé l'ambiguïté de la formule, mais la question donna lieu à un échange de regards lourds de sens.

A la fin du repas, Jonas prit sa compagne par le bras et la guida vers un patio fleuri où dansaient quelques couples. Quand il la prit dans ses bras, sur la piste, elle se figea.

— Ne faudrait-il pas rentrer, maintenant ?

— Pourquoi ? Tu n'es pas bien, ici ?

— Un peu trop, lui répondit-elle, si bas qu'il l'entendit à peine.

Elle n'avait cependant pas besoin de parler, le langage de ses yeux, de son corps, était éloquent.

— Si nous restions ? proposa-t-il alors.

Cette situation lui rappela le soir de leur rencontre, cette nuit-là aussi, ils avaient dansé sous le ciel étoilé.

— Ici ? articula-t-elle.

— Il y a des chambres.

— Mais nous avions décidé…

Comment se rappeler ce qu'elle essayait de dire alors que son souffle brûlant parcourait ses joues, son cou ?

Il s'arrêta et chercha son regard.

— De nous en tenir à un mariage fictif, je sais et, si tu le préfères vraiment, nous pouvons repartir tout de suite.

Le cœur battant, ils se dévisagèrent quelques instants en silence puis elle lui passa les bras autour du cou, et le baiser qu'ils échangèrent scella leur sort.

Cette nuit-là, leurs corps se retrouvèrent, comme ceux de deux danseurs de ballet que la vie avait séparés. Ce fut dans une merveilleuse harmonie qu'ils se donnèrent l'un à l'autre et furent emportés au même moment par un plaisir d'une intensité rare.

Ensuite, essoufflés, ils restèrent longtemps serrés l'un contre l'autre.

— C'était…, commença Jonas, avant de se taire, incapable de trouver un mot assez fort pour exprimer ce qu'il venait de ressentir.

Tournée vers lui, elle enfouit la main dans ses cheveux et, d'une voix rauque, murmura :

— Je trouve aussi.

Le lendemain, Serena s'aperçut qu'elle chantonnait en reposant le téléphone. Elle avait appelé Alex pour lui raconter sa soirée avec Jonas et lui demander conseil. Mais elle n'en avait pas eu l'occasion : dès qu'elle avait reconnu sa voix, son amie lui avait annoncé la nouvelle.

Elle allait se marier !

Cela n'avait d'ailleurs pas surpris outre mesure Serena, qui avait très vite perçu que quelque chose de particulier se passait entre Axel et son patron. La nouvelle la réjouit.

Après la nuit qu'elle venait de passer dans les bras de Jonas, elle aurait voulu croire qu'ils allaient, eux aussi, rester unis pour le meilleur et pour le pire. Cependant, pas une seule fois il n'avait parlé d'amour et, de crainte de l'effrayer, elle n'avait rien dit elle non plus. Tout cela semblait encore si fragile…

Son bonheur tout neuf ne résista pas à la visite impromptue de Jameson, l'après-midi même.

— Toutes mes félicitations ! s'exclama celui-ci, la mine

réjouie, en lui tendant un magazine sur la page de garde duquel ils apparaissaient, Jonas et elle, tendrement enlacés.

— Mais que…

— Lisez : « Les nouveaux mariés profitent enfin de leur lune de miel ». Savamment orchestré ! Les électeurs sont toujours très sensibles à ces histoires d'amour. Jason va remonter dans les sondages !

Serena eut l'impression que le sol se dérobait sous ses jambes. Elle ne gardait pas le souvenir du moindre flash sur la piste mais elle était fascinée par Jonas, cela n'avait donc rien de surprenant. En revanche, elle était stupéfaite par ce qu'elle commençait à comprendre.

— Vous voulez dire que tout était programmé ?

— Vous connaissez Jonas, Serena. Il n'agit jamais à la légère.

— Sauf le soir où il m'a épousée !

Jameson sourit et sa voix vibrait de satisfaction lorsqu'il répondit :

— Il en tire en tout cas le meilleur parti possible ! Je lui disais justement hier après-midi qu'il devrait exploiter le chapitre sentimental et sitôt dit, sitôt fait !

Le cœur serré, Serena se rappela leurs caresses, leurs étreintes, le bonheur qu'ils avaient connu dans les bras l'un de l'autre. Ce n'était que le plaisir physique, rien d'autre. Voilà pourquoi il n'avait pas prononcé le moindre mot d'amour. Il ne lui avait pas menti, c'est elle qui s'était laissé emporter, qui avait voulu croire que, peut-être…

— Vous ne vous êtes déplacé que pour cela ? demanda-t-elle à Jameson, soulagée de pouvoir s'exprimer normalement.

— Oui.

Il hésita puis ajouta :

— Et aussi pour vous dire que je vous ai pris rendez-vous avec une conseillère en image, qui vous aidera à trouver un genre plus adapté à votre statut. Jonas a annulé à deux reprises les rendez-vous précédents pour ne pas vous froisser, je suppose. Vous avez été si coopérative, depuis le début…

— Coopérative, répéta-t-elle.

— Cette lune de miel et un petit coup de pouce à votre

apparence devraient suffire à le faire remonter dans les sondages, à le faire devancer Davenport.

Ils se mesurèrent quelques instants du regard.

— Vous ne m'aimez pas beaucoup, n'est-ce pas ?

— Je ne suis pas là pour vous aimer, Serena, mais pour faire en sorte que Jonas remporte ces élections.

Elle répondit à ces mots par un simple signe de tête puis prit la carte de visite que lui tendait le directeur de campagne.

— Appelez-la, elle se rendra disponible pour vous.

Quand il quitta l'appartement, Jameson arborait un sourire de triomphe.

Jonas, en déplacement pour la journée, avait l'impression qu'il n'arriverait jamais chez lui. Il avait hâte de retrouver Serena : ils ne s'étaient pas parlé depuis le matin et n'avaient alors échangé que quelques mots, encore sous le charme de cette belle nuit d'amour. Après s'être douché et changé, il avait dû repartir. Ce soir-là, ils avaient prévu une soirée tranquille à l'appartement mais les images qui peuplaient l'imagination de Jonas n'avaient qu'un lointain rapport avec la tranquillité.

Lorsqu'il entra dans l'appartement, Serena se tenait dans le hall, non pour l'accueillir mais apparemment prête à partir.

— Tu sors ?

— J'ai un rendez-vous avec Terri Kaufman à 16 h 30.

Elle se tenait très droite, parlait d'une voix calme et détachée.

— La conseillère en image ? s'étonna-t-il.

— Elle-même. La situation est urgente, elle a donc accepté de me recevoir sans tarder.

Jonas fronça les sourcils.

— Quelle situation urgente ?

— Les derniers chiffres des sondages donneraient Davenport gagnant.

— Des broutilles !

— Raison de plus pour se montrer vigilants. Il faut vite inverser la tendance.

— J'ai l'impression d'entendre Jameson. Que se passe-t-il au juste, Serena ?

— J'ai décidé de m'investir un peu plus dans mon rôle. Après tout, tu t'es donné tellement de mal pour donner de nous une image parfaite !

On pouvait lire sur son visage une expression bouleversée, mêlée de colère. Que se passait-il ? La réponse ne tarda pas : elle lui tendit un journal où figurait en bonne place une photo d'eux enlacés, photo qui remontait à quelques heures à peine.

Fils d'homme politique et candidat lui-même, Jonas était habitué à voir ses photos dans la presse mais il s'étonna de ne pas avoir remarqué la présence de journalistes, la veille. Certes, il était occupé à tout autre chose. Il s'agissait toutefois d'un cliché décent, dont il ne put que se réjouir. Le plan serré sur leurs visages montrait une Serena merveilleuse de tendresse et de beauté.

— Tu es magnifique, dit-il simplement. Ce sont malheureusement les aléas de la vie publique mais ils ont su rendre de toi une image parfaite.

— Ce n'est pas mon meilleur profil. Si j'avais été au courant de cette mise en scène, je me serais mise en valeur.

Il la fixa, interloqué.

— Que veux-tu dire par là ? Tu n'imagines tout de même pas que… Serena ! Je voulais passer la soirée en tête à tête avec toi, rien de plus ! Que vas-tu imaginer ?

— Je n'imagine rien. Cette photo et l'article se passent de tout commentaire ! J'ai une question à te poser, une seule. Jameson t'a-t-il dit qu'il serait bon d'apporter une touche romantique à ta campagne ?

— Serena…

— Oui ou non, Jonas ?

— Oui, mais…

Elle était déjà sortie.

12

L'entretien avec Terri Kaufman dura moins d'une heure mais Serena ne retourna pas tout de suite à l'appartement. Au volant de la petite voiture que Jonas avait mise à sa disposition quelques semaines plus tôt, elle roula jusqu'à la nuit tombée.

Désemparée, elle n'avait pas la moindre idée de ce qu'elle devait faire.

Devait-elle suivre les conseils de Terri et renoncer à ces couleurs qui lui étaient chères pour servir la cause de Jonas ? C'était bien dans cet objectif qu'elle était venue à Las Vegas mais aurait-elle le courage de continuer à jouer la comédie ?

Jamais elle ne s'était sentie aussi mal, aussi perdue.

Quand elle retourna à l'appartement, le salon était vide mais un rai de lumière filtrait sous la porte de la chambre de Jonas. Elle s'ouvrit immédiatement sur lui.

— Te voilà enfin, je commençais à m'inquiéter !

— Désolée.

Le silence s'installa, pesant.

— Alors, comment s'est passé ce rendez-vous avec Terri Kaufman ? demanda-t-il enfin.

— Eh bien, elle m'a conseillé des tons plus sobres. Elle voudrait aussi que je change de couleur de cheveux, que j'opte pour quelque chose de moins flamboyant et pour une coiffure plus disciplinée.

— C'est ridicule ! Tu n'as pas à changer. Tu me plais telle que tu es !

— Je ne ressemble pourtant pas à Janet Kincaid ! rétorqua-t-elle.

Ce commentaire lui valut un regard surpris et elle lui expliqua dans quelles circonstances elles s'étaient connues.

— Avant de partir, elle m'a même chargée de te dire qu'elle serait toujours là pour toi, quand j'aurai quitté la scène.

— Je ne veux pas de Janet et je ne veux pas non plus que tu quittes la scène ! D'ailleurs, pourquoi te comparer à Janet ?

Ces mots la désarçonnèrent quelque peu mais elle décida de rester ferme sur ses positions.

— Nous nous égarons, là n'est pas le problème.

— Je voudrais que tu comprennes bien ceci, Serena : Jameson m'a certes vanté les mérites d'une image de couple idéal mais ce n'est certainement pas dans cette intention que je t'ai proposé cette soirée ! Au départ, je souhaitais fêter ta prise de contact avec Jeffrey Kefron, ce n'était qu'un prétexte pour passer une soirée seul avec toi, dans un décor un peu particulier. Pas un seul instant je n'ai soupçonné la présence des journalistes, je te demande de me croire…

Elle aurait tant aimé pouvoir le faire mais, à force de jouer avec la réalité, elle ne savait plus où elle en était.

— Je pense qu'il est préférable de revenir à nos conditions de départ : la cohabitation, jusqu'aux élections, du moins.

— Et ensuite ?

— Ensuite, nous nous séparerons, comme prévu.

— Mais…

— Je pense que c'est mieux ainsi, aussi bien pour toi que pour moi. Après tout, nous n'avons jamais souhaité, ni l'un ni l'autre, nous engager dans une relation à long terme. Bonne nuit, Jonas.

Il lui répondit par un simple hochement de tête et attendit, pour refermer la porte de sa chambre, que Serena soit entrée dans la sienne. La nuit ne serait pas bonne, il le savait.

Pendant les jours qui suivirent, leur relation ne cessa de se détériorer. Serena préparait sa sortie, prenait ses distances.

C'est épuisé et d'une humeur massacrante que Jonas se rendit à un cocktail de bienfaisance, conscient que l'on attendait de lui qu'il sourie, se mêle à l'assistance et serre des mains.

Jameson s'avança vers lui.

— Je tiens à te prévenir qu'il y aura aujourd'hui parmi nous une journaliste assez dangereuse. Colleen Daring, de la chaîne Vegas 24/7. Elle est réputée pour détenir des informations de première main et ne pas avoir la langue dans sa poche.

Jonas hocha distraitement la tête et continua à serrer des mains. C'était bien là le cadet de ses soucis… A vrai dire, il était forcé de constater qu'il commençait à se désintéresser de l'élection. Serena et leur avenir, ou plus précisément leur manque d'avenir, l'obsédaient.

— Monsieur Benjamin ?

Il se tourna vers une femme d'une quarantaine d'années, brune et menue, qui posait sur lui un regard sagace. Elle tenait un micro dans une main et était suivie de son cameraman.

— Colleen Daring, ajouta-t-elle. J'aurais voulu que vous m'accordiez quelques minutes, s'il vous plaît.

— Je suis désolé, mais…

— Ce ne sera pas très long, promis.

Souriant, il s'éloignait déjà vers un couloir quand elle le rattrapa.

— J'ai cru comprendre que vous aviez rencontré votre épouse dans un bar de nuit et que vous vous étiez mariés le soir même.

Cette fois, Jonas s'arrêta net et fit volte-face. Après quelques secondes de stupeur, il fut sur le point de répéter la version suggérée par Jameson mais se ravisa soudain.

— En effet.

De toute évidence, sa réponse la surprit.

— Vous avez épousé quelqu'un que vous connaissiez depuis quelques heures à peine ?

— Vous avez certainement aperçu une photographie d'elle, ou l'avez même rencontrée. Pouvez-vous me le reprocher, madame Daring ?

Le sourire de la journaliste se fit rusé.

— Etes-vous en train de me dire que le candidat à la mairie de Las Vegas a été victime de l'un des plus anciens clichés ?

— L'amour est donc pour vous un cliché ?

— Pas du tout. Vous seriez donc tombé amoureux au premier regard ?

— Il semblerait, mais j'ai mis du temps à l'admettre. Comme vous, je pensais que ce genre de chose n'existait que dans les romans ou, en tout cas, n'arrivait jamais aux gens intelligents et pragmatiques que nous sommes !

La journaliste hocha la tête mais ne dit rien, elle attendait qu'il reprenne la parole.

— Mais ce n'est pas là le plus drôle, quoique, pour ne rien vous cacher, l'humour de cette situation m'échappe. Quand j'ai enfin compris que j'avais eu raison de me fier à mon premier instinct, il était apparemment trop tard.

— Ah ?

— Ma femme s'apprête à me quitter, madame Daring. Quand je lui ai demandé de venir s'installer à Las Vegas, c'était avant tout pour préserver ma carrière politique. J'avais réussi à me convaincre que la mairie comptait plus que Serena et je préférais croire que je ne l'aimais pas. C'était… moins risqué. Au moment où je suis enfin prêt à vivre pleinement mon amour, elle va partir parce qu'elle a eu l'impression d'être traitée comme un simple faire-valoir, une marionnette qu'on manipule à loisir.

La journaliste l'examina quelques instants en silence.

— Vous ne me mentez pas ?

— Tout ce que vous venez d'entendre est la vérité absolue.

— Etes-vous prêt à tout pour sauver votre mariage ?

Serena raccrocha le téléphone, repassant dans sa tête l'étrange conversation qu'elle venait d'avoir avec Jonas. Après lui avoir dit que le cocktail était terminé, il lui avait annoncé qu'il se rendait à un studio de télévision pour enregistrer une émission et lui avait instamment demandé d'être devant le petit écran.

Intriguée, elle s'installa sur le canapé et, à l'aide de la télécommande, choisit la chaîne. Elle vit d'abord apparaître le visage d'une femme brune, au regard pétillant d'intelligence.

— Notre invité du jour est Jonas Benjamin, candidat à la mairie de Las Vegas.

La présentatrice brossa un rapide portrait du candidat en question.

L'image de Jonas succéda à celle de la journaliste, et Serena remarqua qu'il avait les yeux cernés, les traits tirés.

— Bien, monsieur Benjamin, seriez-vous prêt à confirmer une rumeur affirmant que vous auriez épousé Serena Warren alors que vous veniez à peine de la rencontrer ?

Serena bondit en l'entendant répondre à cette question par l'affirmative.

— Et pourriez-vous, je vous prie, répéter pour nos téléspectateurs ce que vous m'avez dit il y a quelques instants ?

Cette fois encore, il hocha la tête.

Comme dans un rêve, Serena l'entendit raconter leur rencontre, leur histoire, les malentendus, les regrets… A l'écran, défilait un mixage savant de direct et d'images enregistrées un peu plus tôt, au cocktail, accompagné d'une bande-son sur laquelle il parlait d'amour.

— Je dois dire que je salue votre courage, monsieur Benjamin. Comme chacun sait, les hommes politiques sont plutôt des adeptes de la langue de bois. Que diriez-vous, pour conclure ?

— Je t'aime, Serena. Ne pars pas.

Serena s'engouffra dans la voiture de Vegas 24/7 qui l'attendait au pied de l'immeuble, elle n'avait pas hésité un seul instant quand on l'avait appelée pour lui proposer de rejoindre Jonas. Pendant tout le trajet, elle ne cessa de se remémorer ses mots, le ton de sa voix, la sincérité qui brillait dans son regard.

Colleen Daring l'accueillit et la conduisit au plateau.

— Mesdames et messieurs, je dois dire que nous avons aujourd'hui une émission de direct exceptionnelle ! L'épouse de Jonas Benjamin a accepté de nous rejoindre et je vais donc pouvoir poursuivre cette intéressante interview. Je sais que vous avez vu et écouté, avec beaucoup d'attention sans doute, la première partie de l'émission. Avez-vous été surprise par les propos de votre mari ?

— Oui, mais je n'aurais pas dû l'être.

— Pourquoi ?

— J'aurais dû comprendre que Jonas était un homme digne de confiance. Simplement, il se trouve que, pour des raisons personnelles et familiales qui me sont propres, je n'osais pas croire en lui.

— Bien. Je vais maintenant vous poser la question cruciale, celle dont nous attendons tous avec impatience la réponse. Aimez-vous votre mari ?

Elle regarda autour d'elle : il n'y avait sur le plateau que les techniciens et la journaliste.

— Alors ? insista Colleen Daring, face à son silence.

— Je ne répondrai à cette question que si elle m'est posée par le principal intéressé.

— Bien joué ! s'exclama la journaliste dans un éclat de rire.

Serena sentit son cœur cogner contre sa poitrine quand elle vit entrer Jonas qui s'avança vers elle d'une démarche un peu hésitante. Quand il fut arrivé à sa hauteur, elle se leva, oubliant totalement les caméras braquées sur eux.

— Je t'aime, Jonas, dit-elle d'une voix claire et distincte, avant de se blottir dans ses bras.

— Mesdames et messieurs, merci de votre attention. L'émission va donc s'achever sur un baiser digne des plus grands films hollywoodiens !

OFFRE DE BIENVENUE

Vous aimez les romans thématiques Hors-Série ?
Pour prolonger le plaisir, recevez gratuitement :

◆ 1 livre Hors-Série gratuit ◆

et 2 cadeaux surprise !

ne fois votre colis de bienvenue reçu, si vous souhaitez continuer à recevoir nos mans Hors-Série, cela se fera automatiquement. Vous recevrez alors tous les 2 mois, livres Hors-Série au tarif de 31,65€ (Frais de port inclus - 33,65€ pour la Belgique)

➡ LES BONNES RAISONS DE S'ABONNER :

Aucun engagement de durée ni de minimum d'achat.
◆
Aucune adhésion à un club.
◆
Vos romans en avant-première.
◆
La livraison à domicile.

➡ ET AUSSI DES AVANTAGES EXCLUSIFS :

Des cadeaux tout au long de l'année.
◆
Des réductions sur vos romans par le biais de nombreuses promotions.
◆
Des romans exclusivement réédités notamment des sagas à succès.
◆
L'abonnement systématique et gratuit à notre magazine d'actu ROMANCE.
◆
Des points fidélité échangeables contre des livres ou des cadeaux.

EJOIGNEZ-NOUS VITE EN COMPLÉTANT ET EN NOUS RENVOYANT LE BULLETIN !

C8ZEA4
C8ZE4B

N° d'abonnée (si vous en avez un) ☐☐☐☐☐☐☐☐☐☐

Mme ❐ Mlle ❐ Nom : .... Prénom : ....

Adresse : ....

CP : ☐☐☐☐☐ Ville : ....

Pays : .... Téléphone : ☐☐☐☐☐☐☐☐☐☐

E-mail : ....

Date de naissance : ☐☐ ☐☐ ☐☐☐☐

☐ Oui, je souhaite être tenue informée par e-mail de l'actualité d'Harlequin.

☐ Oui, je souhaite bénéficier par e-mail des offres promotionnelles des partenaires d'Harlequin.

Renvoyez cette page à : Service Lectrices Harlequin – CS 20008 – 59718 Lille Cedex 9 - France

Date limite : **31 décembre 2018**. Vous recevrez votre colis environ 20 jours après réception de ce bon. Offre soumise à acceptation et réservée aux personnes majeures, résidant en France métropolitaine et Belgique. Prix susceptibles de modification en cours d'année. Conformément à la loi Informatique et libertés du 6 janvier 1978, vous disposez d'un droit d'accès et de rectification aux données personnelles vous concernant. Il vous suffit de nous écrire en nous indiquant vos nom, prénom et adresse à : Service Lectrices Harlequin - CS 20008 - 59718 LILLE Cedex 9. Harlequin® est une marque déposée du groupe HarperCollins France – 83/85, Bd Vincent Auriol – 75646 Paris cedex 13. Tél : 01 45 82 47 47. SA au capital de 1 120 000€ - R.C. Paris. Siret 31867159100069/APE5811Z.

Composé et édité par HarperCollins France.

Achevé d'imprimer en avril 2018.

BLACK PRINT

Barcelone

Dépôt légal : mai 2018.

Pour limiter l'empreinte environnementale de ses livres, HarperCollins France s'engage à n'utiliser que du papier fabriqué à partir de bois provenant de forêts gérées durablement et de manière responsable.

Imprimé en Espagne.